侠隐行

忆笔生花◎著

中国出版集团　现代出版社

图书在版编目（CIP）数据

侠隐行／忆笔生花著. － － 北京：现代出版社，
2022.11

ISBN 978 － 7 － 5231 － 0050 － 9

Ⅰ. ①侠⋯ Ⅱ. ①忆⋯ Ⅲ. ①侠义小说 – 中国 – 当代
Ⅳ. ①I247.5

中国版本图书馆 CIP 数据核字（2022）第 220824 号

侠隐行

作　　者	忆笔生花	
责任编辑	杨学庆	
出版发行	现代出版社	
通讯地址	北京安定门外安华里 504 号	
邮政编码	100011	
电　　话	010—64267325　010—64245264（兼传真）	
网　　址	www. 1980xd. com	
印　　刷	北京荣泰印刷有限公司	
开　　本	710 毫米 × 1000 毫米　1/16	
印　　张	36.5	
字　　数	516 千字	
版　　次	2023 年 1 月第 1 版　2023 年 1 月第 1 次印刷	
书　　号	ISBN 978 － 7 － 5231 － 0050 － 9	
定　　价	88.00 元	

逝去的武林与双截棍

各位读者朋友好！

我是忆笔生花，能拿到这本《侠隐行》，说明你我有缘，就让我写点儿心里话送给各位吧。

最近发现身体似乎不如从前了，看来得多锻炼，刚工作的时候每个周末都去爬山，有时候独自去，带着双截棍一起，时不时在山顶练练，吹吹森林中的自然风，随之俯视山下有种一览众山小的感觉，我喜欢这种感觉。

现在的年轻人最缺乏的就是锻炼，因为工作忙，最终把自己的身体耽误了。

我从小受武侠文学熏陶，至今也认为自己是"武林"中的一员。我从小学就喜欢练功夫，到了中学、大学，至今也一直没有放下。

这么多年，我的双截棍一直陪伴着我，会时不时地拿出来练练。是的，从学生时代我就开始练习双截棍，大学时更是每晚都练，如今已融入我的血液当中。

几日前和朋友爬山，累得我上气不接下气，多次停歇，大喘气时感觉天旋地转，可原来我们爬山都是一口气直奔山顶，绝不休息的。那天我才知道总不动的话身体会生锈的。

到达山顶后，大风将至，空气宛如狂想曲般直逼我的面门，那一刻真是清爽，我不由自主地拿出双截棍，在山顶的巨石之上挥舞起来，一口气把所有套路和绝招都发出，虽然有些生疏，但气势还是有的。

希望各位读者平时要把身体调养好，不仅要学习，还要有体育爱好，经常锻炼，让自己更加强壮。

武侠里的同门师兄弟们，当年个个身怀绝技，但各奔东西后，都各有各的事，武功似乎不重要了，或许是因为都太忙。但那些该记住的，我认为会永远在他们心里保留着。

有些人说如今武侠小说面临"灭绝"，还有些人说"那些名家"之后再无武侠，我第一个站出来否认，因为我相信如我一样热爱武侠的人大有人在。

最后感谢一路支持我的朋友们，在写作的路上遇到过很多知己，要不是你们的鼓励，我岂能有今日的写作成就，所谓饮水思源，吴某在此谢过各位！

忆笔生花

目录

《 金陵风云篇 》

《 江湖之隐篇 》

《 刀冷情深篇 》

《 凌云岁月篇 》

《 今朝折桂篇 》

》叱咤风云篇 》

《 鸿门夜宴篇 》

《 太湖断天篇 》

《 洞庭渺渺篇 》

《 破浪乘风篇 》

《 独尊青云篇 》

《 刃叠浮屠篇 》

各门派分布图

边防军

长白山派

丹青派

形意门

蝙蝠岛

气功门

血杀堂

五岳剑派

渤海派

东瀛派系

金枪门

凶邪门

浅海帮

西域

海沙派

南派刀宗

锦衣卫

神拳门

暗影组

六扇门

万刀门

西藏镖局

文院

京师学府

凌云堡

小听湖

秦淮船舫

摩天寨太湖分舵

渊帮

太湖帮

西湖

万湖帮

钱塘江帮

摩天寨

天竺

天外剑阁

火通镖局

霹雳堂

残月

采花帮

南海龙宫

金陵风云篇

梅落莫愁　君子扼腕

突然一阵狂风袭来，原本平静的湖面被吹得激荡翻涌。

梅花从各个方向飘来，香气在空气中散发开来，青年人坐在莫愁湖旁看着流水，他慢慢地闭上双眼，仿佛在思考着什么，突然起身拔剑，电光石火间将刚被狂风吹落的柳叶斩断！

这招看似简单，实则需要数十年的功夫，就算剑术名家也未必能行。

青年人叹了一口气，似乎对自己的武功并不满意。

"好！师弟的剑法可谓武林一绝，十年未见想不到你的武功竟然到了如此境界！"身后隐约出现一人，此人年纪在五十岁左右，两侧胡须已经发白，身材十分匀称，这几个字从他口中说出后方圆几里内的小鸟都惊飞而起。

"卢师兄?！你，你怎么回来了？"青年人收剑问道。

"我是来看看你的，想当年在师门里就你我关系最好，可今天马上要有大事发生，所以前来见你一面，一叙往日之情。"

"师兄，可你……"

"哈哈哈，我卢振天从来就没把当年的事放在心上，师弟想必心中疑虑极多，不妨你我坐下详谈。"卢振天随后拍了一下这位师弟的肩膀。

卢振天看着水面慢慢说道："你看这水流，现在被风吹得如此翻涌，其实早已暗流涌动，只不过你隔着湖面看不到罢了。"

青年人道："师兄你话里有话，直说吧。"

卢振天哈哈大笑，"兄弟的脾气秉性还是没变，坐不住，太耿直，这也是你一直未能成为一代宗师的根源。"谁知青年人起身拔剑："师兄莫要逼我！今天你我相认已是破了规矩，请你立刻从我眼前消失，不然我吕方的君子剑可不认人！"

随后一个闷声从四面八方发出："哼！'翩翩君子'吕方吗？君子剑算什么东西！这点火候我还不放在眼里！"一时间吕方竟然没发现发声的人在哪儿，于是问："请问是何方高人？为何藏头露尾，请现身相见！"

那声音再次发出："呵呵，没发现我在哪儿也正常，你的剑法我看了半天，的确算一流高手，可你在我这里走不过三招！"吕方沉默了，突然喊道："鼠辈！你在水下吗？"

只见几道剑光刺向水下，将莫愁湖横切几道沟！

这时候吕方心中暗忖："水中如果有人的话，那太可怕了，这么半天我都没发觉，可见此人武功远在我之上！"

水中果然有人，是个胖老者，此人年近八旬，从水中一跃而起，徒手硬接君子剑！

吕方不甘示弱，凝聚全身之力发出绝招硬拼，老者从容一笑避过锋芒，随之给了他胸口一掌！

君子剑掉落，吕方倒在地上口吐鲜血！

老者负手而立俯视吕方说："想不到你这般年纪竟然把剑术练到如此境界，方才我稍不留神就被你杀了！"一旁的卢振天劝道："多谢方师傅手下留情！"

此时吕方才意识到面前这位姓方的老者是个大人物，可谓邪派中数一数二的真高手，"天眼"方天！他的魔神掌当年独步武林，难遇敌手，正派武林曾多次联合起来对付此人，但也未能胜他！

他出道极早，就连掌门师尊当年都是他的手下败将！

此魔头这几十年销声匿迹，想不到今天竟然复出，江湖必将有一场血雨腥风！

一股烧焦的气味在空气中弥漫，吕方看了看远处，发现金陵瞬间成了一片火海！

他拿起君子剑起身问道："师兄，这到底是怎么回事？你们到底来了多少人！"卢振天淡淡地说："师弟莫要多问，今日我就是来救你的。"

谁知吕方骂道："放屁！谁用你救，金陵武林高手云集，尔等奸邪必将身首异处！"一旁的方天哈哈大笑，"那就让我先送你一程。"话音刚落一掌直击吕方面门，这招太快了，吕方如今内力受损，没有硬拼之力，闪躲也来不及了！

突然一个身影挡在了他面前，正是卢振天！

两掌相击，双方后退数步，方天惊讶道："想不到你的功力到了这般境界！看来我是小看你了，能挡得住我这一掌的武林中没有几人。"

卢振天抱拳道："方老前辈过奖了，还请老前辈放过我这位师弟！"方天看了看远处的火势，"哼！今天还有正事，你也快点跟来！"随后消失在他们的视野中。

吕方说："你别以为刚才帮了我就可以解除你和师门的仇怨。"卢振天叹了一口气说："师尊把君子剑传给你看来是对了，真是个君子，眼里不揉沙子，可如今不是君子门的事，而是整个南派武林要翻天了！"

"什么?！你说，怎么回事！"

"唉！估计现在师尊已经死了！"

"胡说！师尊武功极高，内功已入化境，你休要在此胡言乱语！"

卢振天没有理会他："师弟多保重！当年只有你帮我，我卢振天虽然不是什么正人君子，但恩怨分明，你好自为之，现在马上离开金陵！如若不听就是死路一条!"

吕方问:"到底发生了什么?你说呀!"卢振天摇了摇头说:"万刃门今天要血洗金陵武林。"

"万刃门?!他们怎么动手如此之快?!梅花?刚才的阵阵梅花是?!"

"是的,今天你们的胜算几乎为零,而且还有很多你不知道的事,总之明里暗里输赢已是定局,想想刚才我说的话,暗流汹涌,这次是奇袭,今日过后恐怕武林要变天!"卢振天叹气道。

吕方握紧君子剑:"我要去和师门共存亡!"说完便准备赶去师门,谁知感到脖颈一阵剧痛,随后昏了过去。

卢振天将他放到一处隐蔽之所,拿起腰间的酒葫芦,将烈酒一饮而下,望着空中的烈火浓烟,眼神中露出万般无奈……

四面楚歌　血染金陵

火势在金陵蔓延着，莫愁湖面被火光映射出血色。

一把镰刀上鲜血慢慢滑落，一个人头落在地上，是个老人的头颅，眼睛都没闭合，或许是死不瞑目吧。

梅花伴随着火光在天空中飞舞，君子门的牌匾已经被人踩踏得污秽不堪，一群黑衣人蜂拥而入，为首的背着一把八十多斤的重剑，身高九尺，年纪四十出头，面目可怖，单凭相貌就能把人吓住。

他命令手下："从此金陵又少了一个门派，把君子门烧了！"随后回身看了看拿镰刀的人，"您是？汪老前辈吗？"拿镰刀的老者摘下草帽，脸上的皮肤已经褶皱，双眼细小，瘦瘦的身材在火光中显得更加干练，镰刀已经沾满了血迹。

老者点了点头，身负铁剑之人立刻抱拳："想不到是'鬼王'汪老前辈，总听家师提起您。"

汪怒涛，当年为了追求武林第一的位置，曾单枪匹马挑战湖南各大门派掌门人，数十个掌门人被他击败，在湖南一带黑道上可谓一等一的怪才，此人一生杀人无数，一把镰刀横行武林，未逢敌手。

汪怒涛道："不必客气，你师父别忘了答应我的事就行，我看你年纪不大但内功不凡，当今武林后辈中论内功恐怕你数第一！"身负铁剑者谦虚道："前辈过奖了，我这点功夫在您老的鬼王镰刀面前不值一提！"

话音刚落，谁知汪怒涛将镰刀杀向此人，两人正面对了一下，汪怒涛没有表情地收回了镰刀，"真是后生可畏，想不到梅无赦收了这么好的徒弟，长江后浪推前浪，好得很！"

他放下铁剑，道："方才多谢前辈手下留情，晚辈得以勉强扛住一招。"汪怒涛拿起镰刀，"走吧，今晚过后，江湖上会消失很多门派，从此南方武林就是你们万刃门的了。"

两人一前一后走出了君子门，良久一个身影跳到了老者头颅面前，单膝跪地后用一块白布将其盖住，心中暗忖："师父啊，您一路走好，对手是鬼王，您老战败也是无可奈何，如今武林不是您想的那样了，都是利益，您那套过时了。"

此时天空中出现了紧急信号！这种信号是万刃门的最高警示！卢振天惊讶道："按照计划今天应该会很顺利，万刃门花费了十年之久暗中聚集了黑道上数十名超一流高手血洗金陵武林，到现在为何会有集合警示?！难道出现了难以对付的狠角色?！"

"应该是出问题了，看来金陵武林正派真是藏龙卧虎，到底是谁在顽抗？"身后走出一人，此人步伐极其稳健，负手而立，一看就是一派宗师。

卢振天见到此人十分惊讶："你是谭大先生？不可能。"对方笑了笑说："卢兄的威名我十年前就有耳闻，今日一见果然风采照人，不错，老夫便是谭大！"

"想不到连您都来了，您不是已经退隐江湖了吗？"卢振天问，谭大先生看了看夜空："这一战真是痛快，唉，我和金陵武林的仇怨永远都解不开，当年要不是朱别离险胜我半招，我是不会退隐武林的，其实我和他的实力不相上下，只是我当日分心了，比武前小女突然染上怪病，郎中说活不过几日了，我心有杂念，所以我的七十二路谭腿才败给了朱别离的千步神拳！"

"正是因为那个赌约，你输了就是输了，所以才退隐的吧。"

"也不全是，小女随后去世了，我的心里已经没有江湖，也不想和朱别离继续争什么南派武林盟主。"谭大先生闭上双眼，"但今天不同，我想开了，这一口恶气必须出，而且我现在功力更胜当年，论天下腿法我说第二没人敢说第一！我要看着金陵武林化为灰烬！看着朱别离的神拳门崩塌！"

卢振天道："前辈出山了真的令我惊讶，咱们去看看是何人令万刃门陷入危机！"

"晚儿快走，这里你是留不住了！"一位身材强壮的大汉说。

"我不走，呜呜呜，我不要离开家，我要等我哥一起走，为什么会这样啊！"伴随着窗外的火海，一位绝世美女在哭泣。

"晚儿听话，晚儿最乖了，古叔叔对你最好了对不对，今天你就听古叔叔一句话，快走吧！拿着银票，去北方找个安逸的地方，隐姓埋名地生活吧，你哥哥他现在顾不上你，古叔叔也无能，不能保护你到最后，今天可能是咱们最后一次见面了，万刃门的奇袭让整个武林陷入绝境，现在几乎所有掌门都已阵亡了！"

"为何你们没早察觉?！"

"因为有内奸！万刃门从攻击前就已经做了很多部署，他们今天来的人太多了，不少都是暗中潜入的，有的甚至已经潜入各大门派之中！有的扮作百姓流窜在金陵城中，总之这是个大阴谋，外加当今是乱世，梅无赦肯定勾结了朝廷中奸佞之辈，综合因素之下导致了我们的败北。"

"我不管那么多，我就想和哥哥还有古叔叔一起走！"她现在已经快崩溃了，毕竟身为千金小姐的她从来没受过如此惊吓。

"我古逍遥纵横武林一生，出身正派，可谓行得正坐得端，平生从来没做过一件亏心事，今日要和金陵武林共存亡。"随后点了晚儿的穴道，将她绑在快马上，将其送出城外，时间来不及了，晚儿的生死今后只能听天由命。

看这漫天血海，死尸无数，尸体几乎都是金陵各门派的人，无数黑衣人踏着他们的尸身闯进了神拳门！这里曾是武林人士敬仰的神圣之地，如今却被火海包围！

可黑衣人们竟然在门口停了下来，因为他们看到了一具尸体，这不是金陵武林人士的，而是海南创恶派祖师"万恶王"华通的尸体，华通可是海南黑道上无人能敌的亡命徒，就连朝廷的神捕都不敢与之硬拼，如今只见华通被人劈成两半！刚死不久，血还在地上流淌……

周围不仅有华通的，还有几名黑道宗师级高手都被砍死在地……

杀身成仁　金刀无敌

一人，一刀，站立在神拳门大厅中央，此人面无表情，眉宇间散发出英雄气概，手中的刀闪着金光。

此时门外的黑衣人越来越多，将屋子围得水泄不通，卢振天等人也到了。

持刀之人深吸一口气，喊道："我看谁敢上前送死！今日只要我没死，你们就都得死！"话语声震碎了屋内的瓷器。声音可谓十分洪亮，内力非同小可！

"不错，不错，如果我没看错的话这位少侠应该是金陵双杰之一，南派刀宗一把手，武林奇侠之首，外号'金刀无敌'林枫！"那人说完后众人议论纷纷。

持刀之人点了点头，"不错，算你有眼力，之前的几人连死都不知道被谁所杀。"对方说："想不到朱别离竟然有你这么一个好弟子，他要是泉下有知看到你这番表现，一定会欣慰的。"

林枫举起金刀道："少废话！你也不是好东西，受死吧！"对方忽然噤声，衣服瞬间破裂，一股邪恶之气散发在屋内，他的身体随之长大数倍，转眼已高达三米！

林枫道："'魔教金刚不坏体神功'！你是西域魔教副教主段地？!"对方慢

悠悠地说："知道了就好，你的刀不可能伤我分毫，因为至今还没有一人能伤……"话还没说完，只见林枫手起刀落，他就已经被砍成两半了！

临死前段地露出了难以置信的表情，似乎在问对手为什么如此厉害。

林枫喘了口气，心中暗忖："我快支持不住了，想不到对方都是武林宗师级人物，刚才真的没把握，他的气功护体太过霸道，差那么一点我的刀气就伤不到他了。"

他用衣袖擦了擦金刀上的血迹，问："还有谁！"人群中又走出了一位，此人十分客气，"久闻朱别离弟子众多，但只有两名弟子最为出众，林枫兄弟就是其中之一，但我真的没想到你如此之强，太可怕了。"

林枫怒道："废话少说！"那人眯着小眼继续笑道："兄弟有个不情之请，望林师兄准许！"

"谁是你师兄，无耻！"

"师兄莫怪，我也是学刀的，但天下刀宗是一家，我虽然没和林师兄见过面，但神交已久，今日一见尊容心中十分畅快，你我可谓惺惺相惜，如果不是立场不同，我真想与师兄一醉方休，义结金兰！"

"你是何人？"林枫觉得此人很是客气，当着这么多人的面，太不给对方面子有失大体。

"在下南山森，不足挂齿！"听完后林枫心中一震，暗忖道："此人竟然是我南派刀宗的头号劲敌，我身为刀宗之首，手下有很多人和我说过此人，说其刀法已经通神，行踪神秘，无数刀客都败在他的手里，早想会会他了，想不到此人竟然是邪派中人。"

南山森抱拳道："兄弟知道师兄的宝刀乃天下三大神刀之一的落寒，这是用乌金以及各类贵重金属打造而成，可谓天下刀王，不知可否借小弟一看，哈哈，放心，今天当着这么多人的面，小弟不会看了不还！"

林枫心中有数，于是把金刀扔给了他，南山森接住金刀后，仔细打量，自言自语道："真是绝世好刀！哈哈哈！"

林枫问："看完了吗？"谁知南山森的声音突然变了，变得十分恶心，"嘿嘿嘿，可笑的林枫，你的刀以后就是我的了，刚才我看你一刀破了魔教至高神功，全都因为这把刀的材质，现在兵器没了，你就等死吧，看刀！"

林枫面对金刀来袭丝毫不惧，他顺手拿起桌上的木杆，正面挡住金刀一击，木杆被砍成两半，随后林枫大吼一声双手拿着木杆转身一划！

只听一声惨叫，在场的不少黑衣人都后退数步，眼前的南山森被林枫用两段木杆砍去双臂！

金刀随之掉落，南山森失去双臂后痛苦地惨叫起来，一道细线从黑暗中出现勒住了他的脖颈，随后可将其切断！

林枫道："何人？不用我动手取他首级了。"从天花板方向飞进一人，他一身蝙蝠衣，已经浑身是血，想必杀了不少人。

那人飞向南山森咬住他的脖颈开始吸血！

片刻后，那人道："南山森真是给我们黑道丢脸，拿了人家的刀还是打不过，看来你林枫的刀法才真的是神通，南山森就算拿了神刀也未必是神人！"

林枫知道此人来历，他外号蝙蝠公子，在陇南一带横行武林，黑道上当年最厉害的陇南三霸都相继被他杀害，他随之也成了陇南黑道中谈之色变的煞星！

平日里修炼邪功，以吸人血来提升内力，这门邪功据说有九层，他已经练到了第八层，吸了不少成名武林人士的血，当年师父朱别离在莫愁湖畔巧遇此人，两人展开激战，打得难解难分，最终还是让此人逃了。

蝙蝠公子道："嘿嘿，废话少说，今日本公子就要吸你的血，想必你的血一定特别鲜美。"

林枫刚要出刀，可不知为何动弹不得！

蝙蝠公子哈哈大笑，"刚才在说话的时候我就暗中将我的细线围绕在你周围，只要你一动就会被牵制，我的细线是用西域最名贵的金丝制成，天下间还没人能挣脱，当年陇南三霸何等强悍，还不是死在我的金丝之下！"

林枫闭上双眼，猛然间发力，一口气竟然挣脱了！

蝙蝠公子的表情惊讶到难以用语言形容，"你，你还是人吗！"

生死之间　气贯长虹

猛然间一道金光发出！蝙蝠公子躲闪不及，被正面击中！

林枫爆发的刀气将其从其蝙蝠衣的翅膀处斩断，险些断了对方一臂！

正当林枫准备继续时，一把剑接住了他的攻势。

此人一身黑衣且蒙面，身手极快，不在刚才任何一位高手之下。

他回身发出数十诶剑光，林枫稳稳地用金刀招架。

蝙蝠公子也加入战斗，变成了二打一。

林枫面对两名绝顶高手不落下风，刀法瞬间变得更加猛烈，横切一刀将蝙蝠公子的右腿砍伤，又将蒙面人的剑势封住！

林枫感到这个蒙面人的武功很高，而且有似曾相识的感觉，不对，此人虽然故意掩饰身份，但绝对瞒不过自己！

林枫喊道："你是谁？"蒙面人依然不说话，继续出剑。林枫继续道："找死！"双手握刀，蒙面人见状停住了攻击准备后退，谁知一股刀气从四面八方袭来！蒙面人眉头紧皱，握剑准备防御。

就在这时一个闷声响彻全场，林枫感到头快被这个声音震得炸开了！

这是少林正宗狮吼功！而且已经到了顶级水平，单凭声音即可断金碎石！

林枫暗忖，"怎么可能！少林高手也被万刃门收买了？还有刚才用剑的那个人，一定在哪里见过他的武功，不对，方才要不是狮吼功阻止我，我一招就能击败蒙面人，发出狮吼功的人定然不想让我知道他是谁！一定是武林中响当当的大人物，呵呵，真想不到武林的泰山北斗竟然和黑道同流合污！"

狮吼功不断增强，声音只针对林枫，和其他人没关系，这也是狮吼功最高境界，见谁杀谁，被顶级的狮吼功击中的人必九死一生。

林枫睁大双眼刚要出刀攻击那位少林蒙面人时，蝙蝠公子借机趴在了他的后背上，一口咬住了他的脖子，林枫感到浑身都是冰冷的。

在这生死一刻，林枫一手抓住蝙蝠公子的脑袋，将他提了起来，自己的肉被生生地咬下一块来，鲜血从脖子处喷出，随后一刀将蝙蝠公子的脑袋砍下！

这一招过于血腥，全场都陷入了寂静，狮吼功也停了下来。

林枫用内功强行封住了脖子上的伤口，骂道："想不到少林高手竟然出此败类，今日我必将让你以真面目示人！"

那两名蒙面人对视一眼二话没说一左一右攻向林枫，这两人的内力极强，三人打得不相上下，林枫心中想："可恶，是少林正宗达摩内功，通晓这门功夫的人一定是掌门级别的高手，还有武当瞑玄神剑，真是了得！"

一旁的卢振天说："厉害，这两人的功力可以比肩正派武林巅峰了。"方天却笑了笑："你太小看金刀无敌了，再打下去，不出十招，此二人必败！"

一声惨叫传来，少林蒙面人的腿被砍断了！武当蒙面人被吓得连退三步，可林枫杀红了眼，双手握刀大喊一声，武当蒙面人握剑防御，不料两人硬拼一击后长剑被金刀砍断，随之武当蒙面人也被金刀竖着劈成两半！

血光中林枫站立不动，他一步一步地走向少林蒙面人，准备揭开他的面纱。

被砍断腿的少林蒙面人倒在地上发出狮吼功，可这次林枫将刀扔了出去插在那人喉咙上，一击毙命。

林枫身法极快，迅速拔出金刀，正当他准备揭开面纱时，有人喊道："贤侄且慢！"话音甚是熟悉。

令在场所有人都惊讶的是，说话的人不是别人，正是谭大先生。

这位当年差点统领南方武林的正派宗师怎会出现在这里，难道也加入万刃门了？

林枫见到他后马上问："前辈是来助拳的？"其实打到现在林枫已经疲惫不堪，他的刀法一直默默修炼，无形中已经突破了超一流境界，就算师父朱别离在世，也不是他的对手，但今日面对如此多的高手，自己快支撑不住了，心中一直在想为何打了这么久附近的武林同道还不来援助。

谭大先生慢慢走向林枫，"贤侄，你错了，接下来就是老夫出手了！"林枫有点不敢相信自己的耳朵："您说什么？"

谭大先生双手握拳，眉宇间露出杀机，"我说我要杀了你，那样能一雪前耻，让你和朱别离在黄泉下做个伴！"

天空中突然下起了大雨，电闪雷鸣，风雨交加，谭大先生说："看在你我都是正派武林领袖的分儿上，在过招前答应我一件事。"

林枫点了点头："行！"

谁知谭大先生却说："放过这两个蒙面人，他们虽然死了，但面子和名誉比他们的生命还重要，就别揭露他们了，都是武林中人，看在昔日你师父和他们交情甚好的分儿上，放过他们吧。"

良久过后，林枫答应了："好！"

千步扬威　鬼哭神嚎

"好！真好！"谭大先生默默地说。

两人上前对视，这是武林巅峰的一场较量，谭大先生抱拳道："贤侄对不住了，今日万刃门必灭神拳门，现在大概就剩下你一人了，虽然你的武功已经出神入化，可惜以你一人之力也难挽回局面，在这里的高手还有比我强的，你能杀十人未必能杀百人，能杀百人未必能杀尽天下魔头。"

"前辈的话我懂，稍后拳脚无眼，既然前辈已经投敌，那我就不手软了。"

"一定，这样甚好，我就是和你师父的那口气没出，既然他已过世，我就找他最厉害的弟子出气吧，也就算和他进行的一场较量。"

"叮"的一声，金刀插入了地面，地上只留下刀柄，刀身全部没入地底。

在场的人都没看懂，谭大先生疑惑道："你这是？"林枫抱拳道："不管前辈信不信，恩师最敬重的人就是您，多次和我说起如果当年的比武您胜了，武林会不会更好，今日为解您和先师这段仇怨，我愿弃刀用拳，以师父的成名绝技'千步神拳'对战您老的七十二路谭腿！"

谭大先生连声叫好："好！好！好！朱别离呀，你真有个好徒弟，贤侄，稍后你我难免有一场厮杀，不妨告诉你，如今我的谭腿远胜当年，已经练到了谭家腿法传说中的境界，你最好用你的拿手金刀和我对决，不然你会死的。"

林枫道："多谢指点，我近日把神拳和刀法结合了，如今不知道威力如何，还请前辈指点，前辈请！"

谭大先生在开打前一脚将那两名蒙面人的尸体踢开！这股脚力蕴含着真气，威力无穷，大地为之震动，宛如地震一般，只见那两具尸体被踢得很远。

谭大先生默默地说："在武林中人眼里或许名利比生命更重要，如今往者已矣，何必最后的尊严也不给呢，人都会走错路，给他们一次机会吧。"

厅内的林枫双拳紧握，准备施展千步神拳，此拳法是武林第一拳法，号称千步之内都难以逃脱神拳直击，学习者必须有足够的内力，不然练功时会受内伤，严重的会被神拳内力反噬。

一拳一脚正面对上了，二人打得看似简单，但每一招都是千钧之力！

如今谭大先生的谭腿威力可谓武林一绝，打得林枫难以招架，几个照面下来林枫连连后退，而谭大先生丝毫没有停手的意思，一记重腿直击林枫胸口，不料林枫正面被击中后没有倒地，随后右脚后退将地面踩裂！

突然殿内一个声音响起："先生小心！"没等谭大先生反应过来，他感到自己胸口一阵剧痛！

这正是中了千步神拳！

林枫吐了一口鲜血，随后全力发出一拳直击谭大胸口，将他打飞！

谭大倒在地上起不来，不停地咳嗽，血从口中不断咯出，已经到了控制不了的地步，躺倒在地不停翻滚。

血气中林枫也坐在地上，闭目养神，殿内刚才指点谭大的声音又响起："呵呵，不愧为金陵武林第一把交椅，朱别离能把位子传给你真是有眼光，想不到这么多超一流高手都败在你的手上。"

林枫慢慢起身，拔起刀，"鼠辈，你就是梅无赦吧？有种的现身相见，你我公平地来一场较量！"黑暗中那个声音再次响起："兄弟真有魄力，在下有个想法，如果你愿意加入我万刃门，这第二把交椅就给你如何？"

林枫骂道："呸！打不过就想收买我，你已血洗金陵武林，这是无法原谅的罪过，今日我势必将你一刀劈为两半！"

方天突然跳了出来："梅宗主不必和他废话，此人已是强弩之末，大家一起上！"随后他发出魔神掌突袭林枫。

与此同时一把镰刀从林枫的身后露出，配合着夜色闪着寒光，此人正是鬼王汪怒涛！

两个大魔头一前一后夹击林枫，可林枫丝毫不惧，刀光一闪一声惨叫！

方天的双掌被一下斩断！这招是正面拼命的招数，一个照面斩魔神！

如今林枫已不惧生死，而镰刀从后方擦了一下他的衣服而过，他勉强躲过，滚倒在地，鬼王汪怒涛怎能轻易让他脱身，一把镰刀如影随形！

这招是鬼王镰刀的绝技，武当派前任掌门曾差点被这招取了性命！

"杀！"林枫爆发出无穷之力抓住了七尺镰刀的刀身！另一只手握住金刀将其插入他的胸口！

卢振天不禁动容，"他竟然能单手接住鬼王的镰刀，恐怕天下没有第二人！"

失去双手的方天也被林枫随之斩了首级！

厅内血流成河，林枫握刀将刀尖杵在地上，身体下蹲大口喘气，暗忖："快不行了，内力所剩无几，我得杀了梅无赦再死，要拼！"

良久空气中陷入了寂静，今日南方黑道魔头聚集于此，但打了半天也没能战胜林枫，单凭这段事迹就足以流传后世。

浴血无泪　梅花隐现

孤独感谁都有，林枫也不例外，今日被灭门，心中时刻在滴血，他现在不想别的，就想杀了梅无赦与其同归于尽。

厅堂内再次陷入了寂静，林枫道："梅无赦，想不到你是个藏头露尾的奴才，打了这么久，死了不少人，你连面都不敢露，真是可笑之极，就算今天你统一了南派武林，下面的人会真心服你吗？"

黑暗中隐约出现一个声音："林大侠教训得是，方才被大侠的刀法所吸引，看得太入神，没来得及现身。"林枫冷笑道："我看你藏头露尾的功夫倒是武林第一！"

"林大侠所言极是。"一个阴冷的声音突然出现在他背后，林枫暗忖："可恶，他什么时候到我身后的？可能是我太累了，所以没注意。"

只见厅内出现了一位身穿紫衣，面色白皙，双目凛凛，说话温和且身材十分消瘦的老者。

单凭外表没人会相信他就是近几年武林第一邪派万刃门的宗主。

随之有两个人站到他左右，一个是背负重剑之人，另一人长得十分俊俏，远处看还以为是女子，这是梅无赦的两个门徒。

群魔见到梅无赦出场后纷纷向其靠拢。

林枫明白，这是最后决战的阵势。

梅无赦拿起一杯酒，"稍后和林大侠有一场血战，在此之前我先敬大侠一杯，此酒代表我对大侠的无尽敬意！"话音刚落，只见杯中酒悄然消失了，梅无赦轻轻张嘴仿佛吸气，随后道："好酒。"

林枫惊讶道："你的内力竟然达到了如此境界！这是？"梅无赦微笑道："这点功夫在林大侠面前就是小把戏，让大侠见笑而已。"

"废话少说！有种的和我一对一单打！"林枫握紧金刀喊道。"我师父是何等身份，怎能和你硬拼，有种你我拼个高低！"背负重剑之人道。

林枫暗忖："他应该就是'万刃王'上官剑，万刃门第一年轻高手，得梅无赦真传，这把重剑传说用八十八类乌金重铁打造，江湖中没几人能接住他一剑。"

梅无赦道："都别出手！既然林大侠提出一对一决斗的要求，那我就答应他！"这话一出上官剑劝道："师父您不能……"

梅无赦摆了摆手："首先我知道以大局为重，犯不上与其硬拼，如今我万刃门稳操胜券，只要大家一拥而上必能战胜此人，可此人武功太过高强，这么打下去还会损失数十名黑道兄弟，我岂能见状不顾！"

林枫道："果然有一派宗师风范，早该这么做。"梅无赦抱拳道："林大侠耗费很多内力，已很是不易，老夫如果再不出手，那将会被江湖人传为笑话。"

林枫闭上双眼，心中琢磨，"他的武功高深莫测，师父和我提起过此人，说他精通剑术，十年前师父和他在黄山遇到过，二人一见如故，切磋武功，当时完全看不出此人是个大魔头，还对其赞赏有加。"

一把长剑不知从何方飞到梅无赦手中，这把剑闪着红光，剑刃一看就不是凡品，这就是武林四大名剑之一"嗜血刃"。

两个人各上前一步，梅无赦抱拳道："可惜林大侠的绝世刀法了。唉，真是天妒英才，你我要是同路人该多好，必能成就一番霸业！"

林枫道："你的废话太多了。"梅无赦道："在决战之前的确还有几句话要说，还请林大侠赏脸听听。"

林枫做了个让他说的手势，梅无赦抚摸着嗜血刀道："江湖的事很多时候都不好判定绝对的对错，我与朱别离算是故交，也算和神拳门有渊源，武林早就传言这里有个万宝阁，典藏了天下武学，你的刀法和朱别离的神拳都是从那儿学的，所以神拳门才能成为武林第一大门派，因为天下武学都在于此，而神拳门更是高手云集，每个徒弟学习的武功不同，造就了'百家武学出神拳'的江湖美誉。"

梅无赦看了看四周，"各位，今日万刀门是以偷袭取胜，可谓胜之不武，随后我会亲自去朱别离墓前拜祭道歉，如果正面硬拼的话胜负就不好说了，如今我虽然是黑道领袖，但我出身正派，乃华山派弟子！这个很多晚辈不了解，所以武林今后在我手里无论正邪，梅某都能勉强应付。"

林枫惊讶道："想不到你竟然是华山派出身！"在场的不少人也不知道，上官剑喊道："神拳门占着武林第一门的位置，但不做实事，例如你们经营的镖行，已经覆盖全国，可赚来的钱多数都支援了朝廷，殊不知这个乱世朝廷昏庸无能，你们所支援的军饷费用最后都进了贪官的口袋，你们不懂得权衡事态，所以我等只有取而代之。"

梅无赦叹气道："神拳门的确是正，可正错了地方。"林枫道："这我倒是不了解，想不到朝廷如此昏庸，呵呵，我认为是你们找找理由而已。"

猛然间林枫飞起，双手握刀直劈向梅无赦！

这有失江湖规矩，这个距离在梅无赦没有任何防备的情况下不好招架，林枫打算凝聚浑身之力，发出全力一击，刚才他一直在运气，现在顾不得什么规矩了，自己的内力所剩无几，准备发出全力一击解决梅无赦！

这一刀凝聚了天地之力，是他内力集合的一刀！也是自己的绝招！结合狂、忍、隐三种心法合一的一刀，相信天下间无人能挡！这一刀比刚才发出的所有刀都强……

千钧之力　泰山压顶

这一刀有无敌之力，天地间谁人能挡？

梅无赦立刻拔剑御敌，但距离太近，来不及防御！

只见他将嗜血刃挡在身体正面，看看能否勉强挡住，由于这刀太快，可能砍到自己其他部位！

一个高大身影忽然站在二人之间，此人是上官剑！

上官剑早就怀疑对方可能来个突袭，所以蓄势待发，手中握着重剑准备随时出手，他看似虎背熊腰，实则心细如发。

正好在这关键时刻封住这一刀！但对方是金刀无敌，震得他浑身剧痛。

林枫万万没想到自己的绝世神刀竟然被梅无赦的徒弟封住了！

场内所有人都看惊了，想不到上官剑的武功也到了登峰造极的境界，能挡住林枫的拼死一击！

林枫退到远处，心中宛如火焰般在燃烧，气血翻涌，随后闭上双眼似乎在思考着什么。

没等梅无赦有所举动，墙壁侧面突然打开！冲出一人，手拿开山斧直劈上官剑！

梅无赦反应及时用剑封住攻向上官剑的去路，谁知这人竟然不是攻击他，而是另一名弟子！

这一招实在太绝了，单从方向上看无法判断是针对谁，只有距离很近时才能判断。

只见这位大汉的开山斧直劈此人，此人没有任何防备，随即拿出腰间宝剑抵御巨斧，不料对方内力太强，宝剑都被压弯了，双腿也被压得跪地不起！

这一幕看得连林枫都惊住了，梅无赦叹道："泰山压顶！"他连忙飞到弟子处救援，可惜晚了，这位大汉大吼一声，四周地面八方开裂，一时间无人能近身！

大汉身材虽壮，但行动敏捷，一跃而起飞到林枫旁边："兄弟可要撑住了！"林枫闭上双眼，用内力传音此人："古前辈，我快不行了，晚儿她走了没有？"

大汉也用内力传音道："放心，她现在很安全，你不要说丧气话，你是金陵双杰之一，武林中的顶尖高手，正道的希望，前些日子你已突破金刀秘籍中最高心法，此等境界古今没有几人能达到，咱们只要扛住了，定能杀出重围！"

这种用内力传声的功夫对人的内力要求很高，必须是武林中一流高手才能使用，具有针对性传播，其他人听不到。

林枫传音继续道："多谢古前辈，我刚才想了想，咱们之间只能一人杀出去，我留下来断后，还请前辈出去号召天下群雄反万刀门！"古逍遥道："兄弟！要死也是我死，你是神拳门唯一的希望，也是金陵武林中最后一滴血了，如今所有人都被杀了，就剩你我，我这把年纪早就该退隐了，今日能战死沙场何不快活！"

两人难抑心中豪情，对视一眼，武林中人的风骨不能丢！

此时古逍遥叹气道："如果他在的话，局势会不会不是今天这样了？"林枫的眼神闪着光茫："他在的话，局势肯定就不是这样了，唉！"

梅无赦蹲下查看被巨斧震伤的徒弟后，眼神中充满了愤怒，这位弟子叫黄令，资质极高，梅无赦曾想把一生所学传授于他，他的天资无人能及，如今爱徒受此偷袭，浑身筋脉大乱，口吐鲜血，生死不明。

另外上官剑站在原地不动，眼睛都不眨一下，梅无赦连忙过去细看，暗忖："剑儿看似没事，实则受了重创，不仅受了内伤，今后生活恐怕都难自理。"

厅内的黑道中人纷纷将两人围住，剑拔弩张之际梅无赦用浑厚的内力发声："各位，今日我两名爱徒都被此二人所伤，对方虽然是出手突袭，但我等也不光彩，这个结果我认，接下来咱们就见真招了！"

古逍遥骂道："今日不是你死就是我活，你的两名徒弟只是个开始！"谁知梅无赦不仅没生气，还赞道："不愧是'金陵力王'古逍遥，一招泰山压顶就击败了爱徒，当年神拳门的大人物，朱别离的左膀右臂又是武林奇侠之一！曾以一人之力单挑金陵各大掌门，如今老夫要请教阁下高招了！"

林枫传声给古逍遥："现在必须果断，拼死也要杀出去，我已经做好了死的打算。"突然林枫身体冒起了青烟！

古逍遥喊道："兄弟，别做傻事！你这样会没命的！"梅无赦发现这一幕后，惊讶道："难道是经脉逆行?!"

经脉逆行，是传说中的心法，这类心法只能绝世高手才能运用，而且只能用一次，好处是让重伤之人重新恢复内力，在短时间内变为之前的状态，全身属于高度亢奋状态，不仅内力回来了，伤口的痛也会减弱，但负面影响也很要命，因为这样做的话片刻之后经脉还会倒转回来，那时候由于元神消耗太大，就是使用者死亡之时！

万丈狂澜 殊死一搏

各类兵器将此二人围住，古逍遥忍不住吐了一口血，原来刚才突袭黄令时两人拼斗内力，双方都有损伤，如果正面打的话自己可能不是黄令的对手。

梅无赦沉稳地道："诸位，你们对付古逍遥就行，我亲自和林大侠一决高下，谁都别插手！如若我败了，还请各位不要挡住林大侠的去路！"

此话一出令场内之人对梅无赦非常佩服，如今林枫已经恢复了所有内力，十成功力的林枫谁人能敌?！可梅无赦丝毫不惧，不愧为黑道领袖，他的身上还带着些许正派之气！

"杀！"林枫喊道。

金刀和嗜血刃正面对击，这一击是两人的全力，梅无赦没有表情地看着林枫，林枫感到胸中热血沸腾，在生命的最后一刻将武功施展！

他们一来一往打得难解难分，每一招都用了十成功力，招数看似普通，其实每一下都是杀招，五十招过后，林枫占了上风，打得梅无赦连连败退，从东打到西，屋内的器具均被内力震碎！

林枫杀红了眼，一招横刀劈向梅无赦，梅无赦没有闪躲，正面用剑挡住了这一击，被震飞退后数十步，林枫继续追击，又是一刀翻江倒海，打得梅无赦倒在地上打滚，十分狼狈。

突然梅无赦消失了！林枫都没看清他的动作，刹那间他感到背后一阵寒意，是杀气！

林枫感觉到剑气袭来，他低头躲开梅无赦的一剑，跃起挥刀向梅无赦头砍去！

这一招太猛，梅无赦也大吼一声及时收剑挡住刀锋！

两人纷纷倒地随后站起又是一刀一剑！

这是一场正邪巅峰对决，方圆几百里的鸟儿都被这股气势惊飞。

他们在拼斗内力，刀剑来往互不相让，原地走步，兵器时快时慢，可谓稳中求胜。

站在众人中观阵的卢振天暗忖："想不到他们竟然势均力敌，林枫真是一代武学奇才。"

另一旁的古逍遥杀得浑身是血，寡不敌众，来者都是黑道上一等一高手，在群殴之下濒临死亡。

人在临死之前都会想起一些事情，古逍遥后背中了一招后已支撑不住，他大吼一声，地面均被这招泰山压顶震裂，瞬间十几名黑道高手被震得口吐鲜血，不敢向前。

古逍遥由于失血过多，闭上双眼想，我金陵武林可谓人杰地灵，今夜虽然被灭门，可你们忽略了一个人，只要他能回来，武林还有希望，只要他能……

此刻他似乎不在意生死了，大笑了起来，道："尔等邪魔早晚有灭亡之日，我金陵武林还有能人！"此话一出，一旁的梅无赦都听得惊呆了，就在此分心之际林枫一刀横切梅无赦腰部！

这一刀太快，梅无赦用剑身挡住后被震得气血不畅，一时间感到天旋地转，而林枫也突感不适，暗忖："不行了，看来经脉逆行的时间将近，方才用力过猛。"

林枫感受着刀中神髓，双手握住金刀，这或许将是他这辈子最后一次出招了，一刀劈向梅无赦，而梅无赦也双目圆睁，用剑拼死一击！这招是他的成名绝技"梅花万雨"！

林枫被震飞数十丈倒地不起，血从他口中不断吐出！梅无赦原地不动，负手而立，这一战胜负已分！

"兄弟，你要走！"一个浑身是血的人从人群中杀了出来，他已浑身是伤，有四把兵器都插在他身上。

古逍遥拼死抓起林枫往窗外一扔！这一下用尽了他所有内力！具有千钧之力。

昏死过去的林枫一下被扔出数百丈之远，落入莫愁湖中……

而古逍遥原地不动，站着死去，内力耗尽之死。

梅无赦站在原地道："快去追！"黑衣人纷纷飞了出去，屋内只剩下几名梅无赦的亲信。

有一人问："宗主放心，林枫的经脉逆行会让他变成死人，不追也罢。"梅无赦笑道："那肯定，从来还没有人能经脉逆行后活下来。"

那人又道："今日一战宗主就是武林盟主了，属下稍后亲自为宗主安排此事。"这人名叫方白，是追随梅无赦多年的高手，出自巨鲸帮，闭气神功武林第一，一把龙牙分水镗用得出神入化。

尔虞我诈　明枪暗箭

　　由于梅无赦一生沉迷武学，在江湖中打拼，也错失了几段缘分，至今没有成家，如今年过半百，他心里一直想有后人继承武学，所以对两名弟子十分关怀，就因为这点方白等人逐渐被他冷落。

　　如今两名爱徒都受了重伤，生死未定，方白抓住时机来表现自己，关键时刻更要突显自己的能力，他看到上官剑和黄令重伤后心中甚是兴奋，感觉自己有了出头之日，和他一样的几名万刃门属下都是这么想的。

　　神拳门从江湖消失，梅无赦的计划顺利完成。

　　随后方白就安排了梅无赦一切事务，和他一起的还有一位黑道高手，外号"索命阎罗"陆涯，此人枪法出神，曾经担任万刃门总教头，如今已是梅无赦手下一等大将，由于前几日事务缠身，刚刚赶到，没能参加激战。

　　今日梅无赦大摆宴席，万刃门从此称霸武林，这是历来少有的盛会。

　　酒宴上来了不少黑道武林高手祝贺，每次给梅无赦敬酒他都是一饮而尽！十分豪爽，酒量似乎更胜以往。

　　方白多次起身带领群雄给梅无赦敬酒，梅无赦来者不拒，当晚喝得最多的就是他。

宴席散去后梅无赦安然地回到房间，突然听到有人敲门，都这个时候了，宾客都应散去了，到底是谁？

梅无赦问："何人？"如今他是何等身份，谁还敢半夜敲门，难道是行刺的?!

门外有个低低的声音道："宗主，我是刘明山。"梅无赦暗忖："他怎么来了？"

刘明山早年追随梅无赦，是个孤儿，一晚被人围攻后他被梅无赦解救，自此之后就和梅无赦出生入死，创建万刃门也有他的功劳，可谓得力干将之一，深得梅无赦真传。

梅无赦问："明山这么晚前来，所为何事？"刘明山道："我亲自给宗主找了千年冰蚕，现已熬成汤，请宗主服用。"

梅无赦笑道："哈哈，熬汤作甚？我用不着补。"刘明山继续道："属下担心宗主和林枫对决时受了内伤，所以请宗主还是喝下，贵体为重……"

没等刘明山说完话，门突然开了，这是梅无赦用内力将门打开的，只见刘明山双手捧着冰蚕汤进入，梅无赦倒不担心汤里有毒，因为以他的江湖经验，不难看出。

喝完汤后刘明山告退，他走到门外时大喊："什么？林枫！"梅无赦听后感到奇怪，林枫怎能还活着？

正在这一瞬间一把奇怪的兵器从刘明山手中发出，数百道寒星向梅无赦袭来！

梅无赦跃起躲开了暗器，真是千钧一发，刘明山见状转身就逃，不料梅无赦瞬间出现在他身旁，吓得他后退数步。

梅宗主二话没说一掌直击刘明山胸口，将其击毙！

这一掌打得力道十足，内力惊人，附近的帮众很快赶到，方白跪下道："属下看护不利，都怪属下看错了人，以为刘明山追随宗主多年，忠心耿耿，谁知竟然敢行刺！"

梅无赦哈哈大笑，"真是可笑，我是何等人物，这小子竟然敢行刺我？"方白道："宗主神功盖世，此人真是死有余辜，妄想趁机作乱，以下犯上，今日之事还请宗主原谅，以后不会再有这类事发生。"

这把奇怪的暗器近看之下竟然是武林十大暗器之一的"凤凰斩"，瞬间可以发出几百种暗器，梅无赦能勉强躲开已是古今少见，可见他武功之高。

随后搜查了刘明山的房间，发现此人竟然与华山派有密切往来，此次刺杀行动就是华山派指示的，而刘明山早就被华山派收买，毕竟梅无赦出身华山派，如今成了江南黑道巨擘，肯定成为华山派的眼中钉。

梅无赦转身回房，先是坐下喝了几杯茶，又开始写起了字，由于出身华山派，所以名门正派的爱好他都有，每晚都有写字的习惯。

时间差不多了，他坐在床上闭上双眼洞察四周，确定门外无人后，慢慢地吐了一大口血，血从他嘴角不断流出，他感到胸口剧痛，坐到地上不断吐血！

整整半个时辰，梅无赦都没能从地上起来！

梅无赦想："想不到金刀无敌如此厉害！这场决战要不是他经脉逆行的时间到了，说不定败的人就是我！"

他感受着江湖人的苦楚，一辈子真的不易，黑道中人更是如此……

一开始击败林枫后，他就感到内力受损太过严重，当时就有一股血气往上涌，可他强行用内功压了回去，随后原地不动暗中运功调解，生怕手下看出些端倪。

黑白之间 武林传奇

梅无赦此时处于黑道巅峰的位置，所以要时刻警惕手下人叛变，刘明山就是个例子。

武林的成败有诸多因素，例如这次击败金陵武林就下了很大功夫，首先得收买诸多黑道巨头助阵，外加牵制住金陵附近的正派，阻止他们支援神拳门，必须把金陵武林变作孤军才行。

朱别离被害后林枫是神拳门的一把手，由于刚接手对门派诸多事项安排能力有限，经验不足，这就让梅无赦钻了空子，如果朱别离还在的话不会轻易让他们乘虚而入。

成大事者真是要天时地利人和。

随后晚宴中梅无赦大量饮酒就是掩盖自己的内伤，他每喝一口烈酒身体就剧痛一下，又遇到刘明山行刺，他装作没有受伤，并强用内功一掌将其击毙，这种火候的掌力是他平时的十成，之所以下此重手就是想让其他人看看自己没有受伤。

如今自己的两名爱徒都不行了，身边能信任的人不多，武林盟主之位刚刚拿下，在此关键时候绝不可出任何事！

　　屋内躺着两名年轻人，郎中正在给他们诊治，许久，慢慢地说："梅宗主，恕小人无能，两位公子的病情复杂，上官公子恐怕要躺在床上休养一段时间，他的脉象混乱，似受了重创，黄公子的病情更为复杂，恐怕今后站不起来，要坐轮椅。"

　　这位郎中是武林四大名医之一赵权，他曾是朝廷中的御医，由于受不了宫内的规矩，就告老还乡了，他说的话很有分量，梅无赦听后道："那可有什么方法调治，让他们痊愈？"

　　赵权捋了捋胡子，继续道："上官公子只需静养数月即可，应该不会有大碍，黄公子的双腿也不是没法医治，得看他的意志力如何，等他醒后告知他每日运功，只能用内力试图打破腿上的玄关。"

　　几日来万刃门没有林枫的消息，搜遍整个莫愁湖也未能找到此人。

　　梅无赦表面说此人经脉逆行后绝无生还可能，找不到不必在意，可心中始终有个疑问，到底死了没有？人去哪儿了？那么短的时间，他又和死人无异，到底去了哪里？难道有人救他？

　　带着诸多疑问的梅无赦思来想去，总是感觉不对劲，以他多年来的江湖经验告诉他，林枫没死，但又没有证据。

　　门外方白和陆涯求见，两人似乎有心事一般。

　　方白道："属下无能，没能摸清神拳门的武林秘籍所在，据说这里藏有天下武学典籍，可我找了很久也没能发现。"梅无赦摆了摆手，"这种东西肯定不是一时间能找到的，据说神拳门里只有朱别离等掌门级的几人知道机关所在，这事先不急，等我请江湖机关名家前来看看。"

　　陆涯道："可惜朱别离当年请来设计机关的人现已去世。"梅无赦笑道："好事多磨，再说就算获得了那些典籍又能如何，你们扪心自问，有几人将自身的武学学到极致了，连本门的功夫都没摸透，还想参悟百家武学岂不可笑！

就算我获得了那些秘籍，也未必能学多少，毕竟武功拼的是火候和时间，还有天赋。"

方白喝了口茶，慢慢道："针对林枫一事，属下做了大胆猜测。"梅无赦做了个让他说的手势，他继续道："早年听闻金陵双杰中的另一人，此人介于黑白两道之间，长年游历在外，通晓百家武学，传说武功早已通神，不在'金刀无敌'之下！乃武林四公子之首，黑道中的采花帮就是他所创，曾单枪匹马独闯武当派，单手就能击败少林达摩院首座，早已成为金陵武林传说中的人物，武学天赋之高无人能及，就算再普通的武学招式在他手里都能发挥得淋漓尽致，甚至更胜其师，早年因与门派不和而离开了金陵武林，此人是朱别离最得意也是最失望的徒弟，外号'天下第一'。"

梅无赦听后起身看了看窗外，"此人非常关键，如果他打算为金陵武林复仇的话，恐怕各大名门正派都会追随，可他的情况我也略知一二，早已对武林纷争不感兴趣，长年在天下游走，心思在寻欢作乐，成日花天酒地，不知他知道了金陵武林被灭的消息后作何感想。"

陆涯道："宗主，我认为此人应该不会插手咱们的事，三年前我与此人有过一面之缘，他每天酗酒，完全不像传说中那样厉害，而且他曾与金陵武林的关系闹得很僵，恐怕不用过多考虑此人，说不定人家早已离开中原隐居了。"

方白道："我认同，我师弟当年贩卖私盐，在水道上可谓黑白通吃，一日与几名黑道人物聚会时遇到此人，想不到此人和黑道人物相交甚好，所以我认为他不会插手此事概率会大一些，方才只是猜测而已。"

梅无赦道："看看再说，但愿此人不与我为敌。"

一座隐蔽的寺庙里，吕方正在熬制汤药，床上躺着的人不是别人，正是林枫！

原来林枫落入水后，昏迷中喝下不少湖水，浑身经脉本来宛如火焰般燃烧，突然遇到冷水给他中和了死亡之火，经脉逆行的原理就是时间到了之后，身体会出现火焰般的剧痛，随后各处经脉尽断而死，巧的是林枫直接落入湖水中，还算及时，晚一点就会有性命之忧。

由于向来能使用经脉逆行的人屈指可数，所以没人知道经脉逆行后突遇冷水竟可保命。

力竭悲落　望叹江湖

当林枫醒来时，发现自己完全用不上力气，一旁的吕方道："林师兄！你终于醒了！"

嘴唇干裂的林枫慢慢道："吕兄弟，是你救了我？"吕方满眼血丝，熬着药道："当日我侥幸未遇难，正巧发现师兄在莫愁湖岸边，你身受重伤，身后还有万刃门的人追赶，所以将你救到此处，这里是我的秘密之地，无人知晓，实际位置就在莫愁湖畔的下游，外人极难发现。"

林枫想起身感谢却用不上力气，"多谢兄弟相救，咱们金陵武林现在还剩多少人？"吕方难过地说："应该就剩下咱俩了。"

两个人陷入了沉默，师门被灭，家没了，一夜之间神拳门变成了别人的天地，良久后，林枫再次起身运功，发现自己已内力尽失！这二十多年的内力一点都没剩！

林枫叹气道："我因和梅无赦同归于尽，使用了经脉逆行，本来打算绝死的，谁知落入湖中后没死，我拼命挣扎上岸后就昏了过去，如今我内力全无，和一个普通人没区别。"

武林中人没有了内力，等同于失去了生命。

吕方鼓励道："师兄一定能调养过来，我一定遍请天下名医给你看。"林枫却摇了摇头，"不可能恢复了，我的身体我懂，现在浑身筋脉已经衰竭，不可能恢复像往常一样了，现在我的武功连以前的百分之一都不如！"

"师兄，这里不可久留，虽然是我的秘密之所，但早晚会被他们发现，如今整个金陵城在全面搜查你的下落，来，戴上这顶帽子，咱们连夜出城。"

"天下之大，我还能去哪儿？万刃门已经霸占了武林。"林枫现在的态度很是悲观。"师兄，你要振作！你只要还活着，就是整个武林的希望，天下间除了你，还有谁能和万刃门继续抗衡？"吕方按住他的肩膀道。

林枫闭上双眼，"有一人绝对可以，起码我相信他能行。"吕方似乎知道他在说谁，愤然道："他早已不是武林正派之人，就算你我都战死沙场，也不让他救。"

"哎，兄弟呀，现在不是意气用事的时候，倘若此人和万刃门交好，那天下就真的完了。"林枫劝道。

"那我就和他拼个你死我活！"吕方的眼神十分坚定。

"呵呵，如今我是个废人，兄弟不要管我了，你还年轻，君子剑在手，今后前途无量，号召天下群雄的事就靠你了。"

"我会尽力的，可我的武功抵不过他们，必须号召天下群雄方可成事！"

林枫突然一下打翻了药碗，"兄弟听我一言！如今我已和废人没什么两样，你的影响力远不足以号召天下群雄，所以只有他才能行，无论从武功还是才学此人都胜于我，当年丐帮帮主被魔教暗算，丐帮六大高手和所有长老都束手无策，毕竟魔教高手如云，易守难攻，此人却单刀直入硬闯魔教，不仅解救了丐帮帮主，还靠一人之力对抗魔教四大护法，六大杀神，十八金刚，最终魔教教主虞进波也没能留住他，为此丐帮帮主和他结拜成兄弟，帮中上下都敬重此人，还有一次山东山西两省黑道火并，当局势到了剑拔弩张之时，此人突然出现调解，因为两省的黑道首领都和他私交甚好，避免了武林的一场血雨腥风，另外他在军事上也做出过很大贡献，当年'赤金鞭'呼延元帅镇守边关时，对阵蛮夷外族压力极大，我方数名将领对阵时均被对方大将斩于马下，在这关键时刻，此人毛遂自荐加入军旅，不仅单枪匹马对阵敌军所有高手上将，还连杀敌将四十余名！且在万军丛中取上将首级如探囊取物，当年大梁王彦章也就连打唐将三十六人，敢问这等人物岂能由你亵渎！"

一番话后吕方愣了一会儿，"师兄教训得是，我技不如人，或许他真的变了，他这人，真是让人捉摸不透。"

林枫一口气说完话后感到胸口一阵剧痛，自己的身体真的完了，现在连大声说话都费劲。

吕方缓过神来，"师兄起身和我速走，咱们离开金陵，去北方投奔我师叔。"

林枫无奈地起身，勉强可以走路，他的金刀也丢了，如今武林再无"金刀无敌"。

二人上马后计划连夜出城，利用镖局出城，当年全南方有名气的镖局都归朱别离管，可如今变了天，一般交情的镖局怎敢收留他们，而吕方觉得大友镖局总镖头志海会答应的。

志海早年押镖年轻气盛，惹怒了黑道人物，他们险些全部被杀，朱别离正巧路过，仗义出手将其解救，从此他就认为自己的命就是朱别离给的，如今他的徒弟有难，他岂能坐视不管！

月黑风高，二人到了大友镖局门口，吕方连忙上前敲门，门一直不开，继续敲后，门童说志海早已出镖，不在家中。

不远处树林里的林枫扶着一棵树，叹气暗忖："如今我真是个累赘……"

患难真情　　忍辱无奈

吕方问："那他什么时候回来？"门童道："不清楚，多则数十日呢。"

门关闭后吕方察觉到不对劲，方才开门时院子里有匹马是志海的宝马，这匹马日行千里，也是朱别离赠送的，此人如今是怕事，不敢相助。

林枫得知此事后，道："无妨，人各有志，咱们继续想办法，实在不行兄弟你先走，我自己对付他们。"吕方摇了摇头，"现在整个金陵城黑白道都在抓你，世态炎凉尽是如此，咱们不可妄动，随时都可能有危险发生。"

"那你说如何是好？"

吕方道："师兄稍等。"随后他一下子翻墙进入镖局。

志海就在房内，问门童："什么！他们真的来投奔我了？幸亏我交代你及时，不然说我在的话可怎么办？"门童年纪虽小，但一直追随志海，他小声道："小人觉得您在这关键时刻应该帮帮林大侠，毕竟……"

谁知志海骂道："混账！你懂什么，江湖的规矩就是这样，胜者为王，他们败了，就是弱者，我帮他们的话万一出了事，那我一家上下将性命不保。"

听到这里吕方大骂："好一个志海，想不到你如此薄情寡义，今日你帮也得帮，不帮也得帮！"随后他拔出了君子剑。

志海的武功不如吕方，对方的突然出现令他很是羞愧，"吕兄弟，你，你怎么知道我在这儿？"吕方道："少废话，你把我们装在镖箱里连夜运送出城，你们大友镖局一般都押送贵重物品，过关时道上的人一般都不会为难。"

志海叹了一口气，"兄弟，不是我不帮，刚才的话想必你也听到了，我也是有家室的人了，梅无赦是不会放过我的！求你不要为难于我。"吕方大步上前，"当年要是没有朱掌门，你早就死了，哪来的今天！"

志海继续道："我，我真的很为难，恕难从命！"吕方一剑指向志海，"那我就杀了你这个忘恩负义的小人！"

志海低头道："好！那我就冒死相助，日后你们可不要泄露出去，不然我就完了。"

今晚押镖的都是志海信得过的人，镖师总共就选了四人，毕竟这事越少人知道越好。

由于大友镖局长年和朱别离私交甚好，在道上一般都不会有人为难，这么多年几乎没有出过事，绿林强人遇到大友镖局后知道它们和神拳门的关系，都会给面子，虽然现在梅无赦掌控武林，但多年来大友镖局在道上的关系还在。

正当林、吕二人进入镖箱的时候，有一位年轻镖师上前问道："今日见到林大侠真是我的荣幸，小弟穆宏远，崆峒派弟子，如今出来押镖混口饭吃，听说了林大侠的事迹，晚辈十分佩服！今日的事我等全力相助，还望大侠今后逃出生天后一定要杀回来，到时小弟必定助你一臂之力！"

此人万丈豪情，真乃英雄也！

夜间起程，这一路十分顺畅，人马直接北上，中途经过不少山路，几天行程下来十分顺利，再过一日就能到洛阳了。

休息时吕方对林枫道："这一路师兄很少说话，我知道你心中的苦，到了洛阳就好了，咱们去找我师叔，让他请洛阳城最好的名医救治你。"林枫道："唉！想不到我林枫竟然有今天，真是可悲可叹，有时我真的想一死了之，藏在箱子里，真是屈辱。"

志海烤了山鸡，过来给他们，道："两位兄弟明日到了洛阳千万别提起是我帮你们的，小弟只能帮到这里了。"林枫起身抱拳连拜三下，道："兄弟的救命之恩，在下永生难忘，只要我林枫还有出头之日，定会相报！"

志海笑道："林大侠客气，这是小弟应该做的，那时间不早了，咱们休息吧，明早过了这条河就到洛阳了。"吕方高兴道："到了洛阳就不是梅无赦的地盘了，太好了！"

夜间林枫不知怎的，就是睡不着，虽然这一路很顺畅，可总觉得哪里出了问题。

可能是自己多疑了，吕方也睡不着，小声道："哎，师兄，不知为什么我心跳得厉害，感觉有些不对劲。"话音刚落，一阵笑声传遍山谷："哈哈哈！林枫，想不到你落在了我的手里！"此人是梅无赦的手下方白！

只见他手握铁镋，身边带了三十余人，将他们包围了！

林枫查看四周后，发现志海竟然站在了方白身后，林枫大笑："想不到啊，我竟然栽在自己人手里！"

浮萍难测　君子豪情

不料方白手握铁镗上前道:"你错了,志海兄弟早就投奔我万刃门了!在血洗金陵前就已经是我们的内应,你们真蠢,自投罗网,真是踏破铁鞋无觅处,得来全不费工夫!"吕方听后骂道:"无耻小人!今日我一定杀了你!"

志海拔剑道:"我呸!朱别离他还是死得早!没看到金陵武林是怎么灭亡的,他这种一心报国的蠢人怎会懂我等之苦,如今朝廷昏庸,他把钱都捐给军队有个屁用,养了一帮贪官而已,而我们这些跟着他出生入死的人呢,连口汤都喝不饱,我每次押镖的钱都给他了,大友镖局虽然靠山是神拳门,但是也给足了神拳门好处,我不欠他的!"

方白道:"志海兄弟不必和他们废话,给我杀!宗主有令!格杀勿论!"于是数十名镖师将他们围住,外面是方白带的三十多人。

突然一个声音喊道:"志海!你个武林败类!今天如果林大侠逃出生天,那将是武林逆转的时刻,而你竟然助纣为虐,武林很可能因为你今天的一个举动而继续黑暗下去!"说话的人正是一身英雄气的穆宏远!

林枫佩服道:"没想到穆兄弟如此豪气,真英雄也!"三人站在一起,此时都将生死置之度外，江湖儿女，一时真情胜过千杯烈酒！

一场厮杀开始，林枫由于没了内力，只有闪躲和勉强招架小兵的份儿了，几次被打倒险些丧命。

一旁吕方一人独战方白，两人打了十招后吕方就落了下风，此人毕竟是成名已久的大魔头，武功极高，突然一招横扫震得吕方全身剧痛！

随后方白喊道："倒下！"又是一记重手将吕方的君子剑打飞！

另一边穆宏远拼命掩护林枫出逃，在此关键时刻林枫的心中只有逃！因为恨，如果自己死了谁来报仇！

穆宏远出自崆峒派，武功底子深厚，想不到片刻就杀出一条血路，就连志海都不是他的对手，但由于敌我人数悬殊和保护林枫之故，也已身受重伤。

眼见吕方将要被杀，一个黑衣人挡住了方白！

黑衣人一把长剑封住了方白的铁镗，吕方回身向林枫方向看去，发现他们即将杀出重围！

方白道："兄弟的武功不俗，不知是哪条道上的？"黑衣人沉默不语，只是不断给吕方手势让他走。

方白怒道："看来是给脸不要脸！你不是我的对手！"随后两人拼斗了几招后黑衣人被打得连连败退！

吕方不走，拿起剑和方白继续打斗，两人双剑对抗方白，可还是敌不过，只见方白大吼一声再次将吕方击飞，黑衣人趁机一剑直刺方白喉咙，可方白一个转身将他的剑击落！

随后又是一个重击将黑衣人打倒在地！

而另一旁林枫已不见踪影，穆宏远独自苦战，凶多吉少，方白见林枫不见了，怒道："真是一帮废物！"志海道："方首领去追林枫，这几个人交给我们收拾！"

方白全速追赶，以他的轻功追赶一个没有内力的林枫，那就是猎豹追赶乌龟相仿。

吕方似乎知道这位黑衣人是谁，连忙道："你，你快走，别管我！"可黑衣人身受重伤，一时间很难起来，志海见到他们重伤的样子哈哈大笑，"真是一帮奴才呀，生死时刻还分先后，今日我就送你们上路！"

吕方道："慢着，志海，你要是还有一点良知的话，就放过这位黑衣人，算我求你了！"谁知志海骂道："哈哈，行，你跪下给我磕十个响头，然后再叫一百声爷爷，我就考虑一下！"随后人群大笑，吕方此时身受重伤，气得说不出话来。

黑衣人自己摘下了蒙面，他就是卢振天。

"师弟，你我都是热血男儿，生死何惧之有！这么多年我一直想和你说声谢谢，当年我一意孤行，只有你帮我，如今该我帮你了，可惜今日的对手太过强大，师兄也是无能为力。"吕方道："原来你一直在暗中保护我们。"

卢振天道："是的，从你一开始救了林枫，我就跟着你，你的地方我都知道，毕竟同门一场。"

志海举起利剑："多么感人的师门情谊，让我送你们一程吧，黄泉路上再叙旧！本来我不想伤害你们，可你们硬要往我手里送，我也是无奈，休怪我无情！"吕方骂道："你不是人，早晚不得好死！"

吕方的话音刚落，不远处一粒石子打出，正中志海眉心！

石子从志海后脑穿出！他当场毙命……

诡秘之隐　神乎其神

这一幕发生得太快，志海的眼神带着些许惊讶，眼睛都没闭就倒下了。

随后一阵飓风刮过，将四周树叶卷起，再次落在地上时竟然拼凑成一个"滚"字！

吓得众人纷纷撤离，卢振天惊讶道："是天山神道！多谢前辈出手相救！晚辈等再次谢过！"树林中没有回应，卢振天继续对吕方道："刚才的招数是天山派的绝学'摘叶飞花'！此等神功当今只有已经退隐的天山派前掌门神道他老人家才会。"

林枫拼命逃跑，可如今他毕竟没了内力，怎么跑都很慢，后面一个高大的身影挡住了去路，此人就是方白！

月色下他的气势宛如山神般，林枫知道自己逃不了，停下道："哼，乘人之危。"

方白步步逼近，大声笑道："临死前告诉你一件事吧，梅宗主对你甚是忌惮，没看到你死他彻夜难眠，当天就广发英雄帖，谁能找到你就重赏，志海是我的人，所以他第一时间就告诉我了，我又不能告诉其他人，因为这个功劳太大，今后我就是万刃门的二把手，还得多谢你的成全！"说完准备一击了结林枫！

对于武学经验丰富的方白来说，此时他感到一股杀气袭来！似乎有暗器袭来，凭借他的武学修为刚反应过来，只见一个石子擦过他的脸颊！

吓得他回身查看四周，心中暗忖："到底是谁?！刚才的石子力度太大，可见使用者内力十分深厚，武功恐怕在我之上。"他查看了半天，也没发觉哪里有动静。

方白想，不对劲，这个人就在周围，因为我躲过石子后没有听到任何响动，他一定没走，现在不能轻举妄动。

林枫抱拳道："虽然不知道是哪位前辈出手相救，但是林枫在此谢过！"方白越来越紧张了，因为此事非同小可，如果不杀死林枫，他如何跟梅无赦交代?

方白为了自己立功，隐瞒了林枫的信息，如今又让人跑了，到了洛阳就不好办了，北方的武林和南方不同，局势更加混乱，到时候再想杀林枫就难上加难了！

方白闭上双眼，用了闭气神功！

此等武功可以洞察方圆百里以内的一切动静，自己进入闭气状态后不仅能在水中自由行走，在陆地上还可以让听觉比常人机敏数倍。

良久依然没有发现对方在哪儿，方白此时心中甚是紧张，想："我用了闭气神功竟然都无法察觉此人位置，可见他的内力远在我之上，看来不能力敌。"

方白喊道："何方神圣? 在下方白自知不敌，还请这位高人现身相见，让我一睹风采！"树林中突然又发出一阵狂风，这次吹的是石子，只见飞沙走石过后，小石子摆成了三个字："让他走！"

方白看了之后神色大变，"前辈！还请您高抬贵手，此人乃万刃门的一号追杀人物，如若此事让梅宗主得知，恐怕日后可能与您产生误会，从刚才的功夫不难看出，您是天山派高人隐士神道老前辈吧?"

方白也是猜测，这种功夫也是在传说中听过，如今他装作已知晓对方身份，再用梅无赦激一激此人，看看有何反应。

谁知一声巨响，一个巨石直击方白！

如此重的巨石瞬间就被对方击飞，这种程度的招数武林中没有几人能掌握，就连"金陵力王"古逍遥都未必能行！

方白双手握住铁镗，大吼一声正面将巨石打碎，由于太过突然身体没有防备和巨石过大，自己也被震成了内伤。

这难道是丐帮绝学神龙绝掌的招数？难道丐帮中人在附近？马上快到洛阳了，这里的确是丐帮的活动范围，从方才的招数内力来看，应该只有丐帮帮主一人能发出如此千钧之力！

方白的嘴角在流血，但还是没发觉对方在哪儿，暗忖："对方武功太高，想置我于死地易如反掌，如今已是给足了我面子。"回头一看林枫不知在什么时候早已逃走。

最终方白无奈道："今日我认栽了，多谢前辈手下留情。"

万刃门，英雄厅。

梅无赦愤怒地将茶杯打碎，随后又是一掌直击方白胸口！

打得方白倒地不起，口吐鲜血不止。

梅无赦骂道："你可真有主意，如此重要的情报竟然不说，你以死谢罪吧。"方白哀求道："宗主息怒，属下真的不知道有个神秘人会多管闲事，此人武功和我差距甚大，感觉像是丐帮帮主或天山神道，当日除非宗主在场，不然换作其他人都不是他的对手！"

梅无赦没有说话，沉思良久后道："你这条命先留着，火速去洛阳找混元门掌门郝通，让他在洛阳捉拿林枫！"

江湖之隐篇

望星齐聚 正邪之间

今天的望星楼被包场了，这家酒楼是全洛阳最厉害的销金窟，美女美食应有尽有，来的都是富甲一方的商人或武林中有地位的大侠，一顿饭比普通百姓一年的收入还高，是洛阳四大豪楼之一。

包场的人自然不简单，是名震洛阳的混元门掌门郝通，此人自出道以来未有败绩，单凭掌法横行洛阳，外号"横行神"，被列入白道八大高手之一，榜上有名，可谓人生巅峰之时，精通本门的混元功，混元门在他的领导下逐渐成为北方武林中的翘楚，已经到了能和少林争锋的地步。

今日望星楼内来了不少江湖侠客，都是武林中的大人物，半数以上的洛阳武林人士都到齐了！

郝通见人到得差不多了，起身道："各位！今日邀请大家前来是想请江湖朋友帮个忙，前几日南方武林惊变，想必诸位前辈大侠早已听说，万刃门迫于无奈才出此下策，金陵如今局势稳定，相信在万刃门的领导下南方武林会更加昌盛，唉，相比之下北方武林就乱得很，不仅门派多，关系复杂，高手绝不比南方少，我不才还被江湖朋友列入白道八大高手之一，上了白榜，真是惭愧，我真希望北方武林也和南方一样安逸。"随后不少人都举杯、鼓掌，十分认同他的观点。

郝通干了一杯烈酒后，继续道："如今迫于形势，不能让前任神拳门掌门林枫逃走，他如今已在我们洛阳境内，我接到万刃门梅宗主的请求，协助捉拿此人。这不为别的，只为金陵武林的永久安定，因为林枫一旦恢复功力重回江湖，那金陵又将是一场腥风血雨。"

说到这里，一声佛号发出："施主何必要置林大侠于死地呢？他前来洛阳，你我相遇可谓是福。"郝通抱拳道："原来是圆周大师，失敬了，早知您前来我应该出迎，此事非同小可，不杀此人，谁能保证今后此人不回去报仇？"

"那你凭什么那么肯定万刃门就是对的？梅无赦在南方横行多年，武功自然是一等一，但他是黑道，如今通过杀戮获得了武林领袖的头衔……"没等这人说完，郝通打断道："张掌门息怒，我愿以人格担保梅无赦是个顶天立地的大侠，此人早年便与我相识，我有今天这般成就也多亏此人指点，当年我的混元功未能突破最高层，就在掌门之位即将选举时，他出现对我指点一二，使我茅塞顿开，武功大进，当晚我们彻夜长谈，一醉方休，次日他离去时还遇到劫匪抢劫村庄，他不顾一切地解救村民，行侠仗义对他来说太过平常而已。"

台下一片寂静，郝通笑道："说来惭愧，梅无赦的出身是华山派！正派出身，并非黑道枭雄，可现实所迫，使他走入江湖，但他的心始终归于咱们正派。"张掌门起身道："我对此人不甚了解，郝掌门说他如何我也难以分辨，我还有事，恕不奉陪了！"郝通此时心中暗忖："好一个'十字剑'张博，看来你必须死。"

郝通脸上却面带笑容，抱拳将张博送了出去，"张前辈慢走，改日我必登门请教。"

少林圆周大师道："在下也告退了，望郝掌门念在武林一家之故，放林大侠一马。"郝通也十分客气地将他送走。

刚一开始就走了两位重量级人物，已经很不给郝通面子了，可他依然春风满面，喜怒不形于色，热情地招待武林人士。

突然一个声音大喊："看！林枫！"所有人都向发声的方向看去，郝通立刻飞起观察四周！

随后又是一阵大笑："哈哈哈，我开玩笑的，想不到你们这么紧张。"发笑之人穿着十分华贵，长相带有几分女子气，但眉宇间英气逼人，可谓貌比潘安，货真价实的美男子，他是武林四公子之一的龙瑜！外号"逍遥情圣"。

郝通知道今日请来的都是有身份的人，此人更是大有来头，传说武林四公子都是富可敌国，武功也深不可测，行踪神秘，威名不在武林奇侠之下！他家在河东做丝绸生意起家，随后习得一身上乘武功，一次巧合被华山派掌门看上，可惜此人生性顽劣，不爱被规矩所束缚，拒绝加入华山派，不然今后他很可能就是华山派掌门继承人，而且他生性好色，辜负了很多女人，江湖中对他的负面传闻也很多，五年前洛阳出现了采花帮的行迹，他们这些人专门找年轻貌美的姑娘接触，随后一番玩弄就将其抛弃，而眼前的这位逍遥情圣，传说就是肆虐人间的采花帮的副帮主！

郝通上前举起酒杯："龙兄弟真是幽默，哈哈哈，我敬你一杯，兄弟肯定是替我考验大家捉拿林枫的反应能力。"可龙瑜一点也不给他面子，"敬我一杯？你也配，滚一边去！"

这一下让郝通下不了台，郝通忍住道："看来龙兄弟喝多了，来人，送龙公子回去！"话语间已经没有了方才的客套。

谁知龙瑜起身一掌击碎桌子："我看谁敢动林枫一下试试！"这一掌将桌子震碎成许多块，内力之深看得所有人都愣住了，郝通想，"真想不到这个纨绔子弟武功如此之高，与之硬拼我也没有百分百胜算。"

场内的人都陷入沉默，龙瑜一笑，"看来我今日打扰了郝掌门的盛会，在下只能说声抱歉了，改日亲自去混元门谢罪，但我想说的是林枫真的不该死，望各位江湖同道行个方便，放他一马！"

郝通的拳头紧握发出咔咔的声响，他走近道："龙兄如果真和在下过不去，那恐怕今晚你也很难过得去望星楼这道坎了！"

傲视武林　重出江湖

"看来今天要领教混元功了！"龙瑜起身负手而立！

双方剑拔弩张，蓄势待发。

郝通浑身青筋暴起，双掌散发出凌厉之气，霸道非凡，周围人都被这股气势所震慑，不由自主地散开，毕竟是武林白道八大高手之一，江湖中的超一流宗师级高手。

只听一人笑道："呵呵，就这点火候？"此话虽然温柔平淡，但内力十足，打破了寂静。

只见不远处有个丑汉在大口吃饭，食欲极佳的样子，他皮肤黝黑，身材很匀称，穿衣却十分普通，用筷子夹了一口牛肉道："这牛肉做得怎么退步了，难吃！"

郝通气愤道："阁下是谁？我好像在武林中没见过你。"意思是无名鼠辈少说话，把对方当作不懂事的小人物了。

丑黑汉发出阵阵奸笑，"哈哈，我怕说出我是谁把你吓死！"

郝通这次没多说，准备攻击此人，本想以和为贵，不想总有人不断出来挑衅。

他用足十成功力直击丑黑汉！这一招是混元门的绝招，天地翻转！准备杀鸡儆猴！

这是惊动天地的一掌！

接下来的一幕连郝通自己都不敢相信，对方只用一根手指就挡住了他的混元掌！

"大力金刚指！"郝通惊道，"你是少林的人？"

丑黑汉稍微用力，郝通就被击退数步，随后他继续吃饭，"这个面还不错，汤也好喝。"他丝毫没把郝通放在眼里。

郝通感觉此人有种似曾相识的感觉，但一时间无法确认，随后郝通再次飞起从上方双掌齐下！

丑黑汉叹了口气道："不是说了吗？你不是我的对手。"他起身用后背迎接混元掌！

混元掌虽属武林正派绝学，可隶属阴毒派系，被击中者先受内伤，身体从五脏六腑开裂，除非内力比使用者深厚方可无大碍。

郝通的全力一击打在他背后显得十分吃力，对方的背后宛如乌金般坚硬！

"金钟罩？！"郝通知道遇到高人了，刚打算收掌，谁知对方转身就是一掌袭来，正中郝通胸口！

"混元掌？！"郝通被打时惊吼了出来，随后被击出数百米！

最终郝通不知怎的坐在了一个椅子上，没有倒地，面子上还不算太丢人，实际上这椅子也是丑黑汉远距离移动过来的，正是武林失传的绝学——隔空挪移。

丑黑汉道："龙兄，走，这家店不好吃，咱们换一家尝尝。"二人显然是一起来的。

他们走后郝通依然坐着不动，沉默良久后，知道对方并非存心找事，不然自己会更难堪。

身旁的武林人士纷纷说去找林枫了，但实则没几个人敢接这活，谁敢得罪刚才的丑黑汉？

郝通坐在原地想，"他怎么会混元掌？不对呀，到底是谁？难道……"

"不错，他重出江湖了！"身后传出一名老者的声音。

"霍兄！你今日也来了？"这人是青城派掌门霍无极，已年近六旬，他平日深居简出，已隐居青城山十余年，青城派也多年没有参与武林纷争，不知今日他为何出现。

霍无极的剑法当年独步武林，武林白道八大高手之一，武林奇侠之一。

霍无极坐下慢慢道："下山采药，正巧遇到盛会，多年未见兄弟了，过来看看。"郝通起身道："霍兄方才说他是？"

霍无极点了点头，"是的，绝对错不了，此人行事诡秘，性格难以捉摸，但我能感觉到的是，此人要出手了。"屋内陷入了沉默，郝通道："真如霍兄所说，那这事复杂了，我恐怕真的很难完成梅无赦交代的事了。"

霍无极喝了一口酒，"看来近期江湖要有大事发生。"

郝通继续道："霍兄是武林前辈，肯定见过此人，他的身手和梅无赦比如何？"霍无极摇了摇头："这个我无法回答，但从他的名号来看，黑道枭雄梅无赦这次遇到生平劲敌了。"

"'天下第一'，花青云……"郝通默默地说。

英雄本色　怒斥花王

龙瑜二人出去后，两人一前一后进了一处豪宅，这是龙瑜在洛阳的私人府邸。

院内陈设十分奢华，一进门的石像就价值不菲。

进入内房后，丑黑汉一下将自己变了身，相比之下龙瑜在他面前显得是那么一般！

龙瑜喝了口茶，笑道："我就喜欢你易容的习惯，不然你和我出去女人都被你吸引了，整个武林貌似只有你比我英俊。"在外表上能让连貌比潘安的龙瑜都感到逊色的人，天下间恐怕只有他——花青云！

花青云紧闭双眼没有说话，龙瑜道："是不是酒瘾又犯了？"花青云没有理会，依然在冥想中……

此刻花青云脑海里不断回忆着前些天发生的事，论真朋友，龙瑜绝对算！

就在金陵武林被血洗后的第二天清晨，花青云正在大睡中，手里还拿着上好的烈酒。

找最美的姑娘喝最烈的酒，吃天下最上等的食物，做天下最潇洒的人，这就是他的人生。

突然他睁开双眼，感到四周有人在快速接近！

龙瑜大步走来直接推门而进！上来就是一掌直击花青云，可花青云起身轻巧躲开，随后又是一口烈酒，慢慢道："小龙啊，你的武功的确比上次见面时高了很多，可惜你的对手是我。"

谁知龙瑜一下将桌上的好酒好菜打翻！花青云见状知道他不是来开玩笑的，于是坐好道："你是不是喝多了？"龙瑜喊道："我还有心思喝酒？出大事了！"

花青云又喝了一大口："能有什么大事？哈哈，是不是前几天那女的你还没拿下？你可是采花帮的副帮主哇。"龙瑜每个字都狠狠地咬住说："昨晚金陵武林被灭门！被万刃门全歼，除林枫外其余人都已战死！"

"砰"的一声花青云的酒壶掉在了地上，二人沉默不语，良久，龙瑜起身大骂："你的门派没了，以后也不会再有了，看看你这几年都在干什么！成日花天酒地，什么金陵双杰，武林谁认识你？看看林枫，为了门派荣辱奋战到最后一刻，如今天下人只知道'金刀无敌'，没人认识什么'天下第一'！"

花青云依旧没有说话，龙瑜继续道："你我都是武林四公子之一，你的事我有权过问，你别辱没武林四公子的威名！"花青云这次反驳道："你什么时候敢这么跟我说话了，信不信我一招就让你倒下！"

龙瑜上前喊道："来呀，你打死我吧！你要是有真本事就去打万刃门！"花青云淡淡道："当年是金陵武林有眼不识金镶玉，我这么厉害他们却处处为难我，正派之人就是这么可恶，由于我那几年在江湖上认识了不少黑道朋友，他们就不容我！如今死了也活该，弱肉强食，武林的规矩就是强者为王！"

龙瑜气愤道："你说你强，我看看你到底有多强！咱们还没真交过手呢！看招！"随后他双掌齐发，有万夫不当之勇！双掌之力有雷霆万钧之势！

花青云暗忖："这是雷霆神掌！他的看家本领，这小子还跟我玩命了！"花青云身形一转，人向右侧稍稍一瞬，单手拂过龙瑜的双掌，又是一口真气呼出，龙瑜感到自己被一股千钧之力摆弄，不仅没打中对方，自己还差点摔了跟头！

"这是分若掌！长白仙子的绝学你都会了？"龙瑜难以置信地问。"不错，是那位仙子亲自传授给我的，当日长白山雪莲被神偷江洋所偷，正巧被我遇到抓个正着，仙子对我万分感谢，所以就传授我长白派的绝学招数！"

龙瑜怒道："你这招克制我的雷霆神掌，有种正面跟我拼一次！"没等花青云回答，龙瑜又是一掌打来，花青云也双掌硬接，两股强大真力碰撞震得整个楼宇晃动！

双方纷纷后退，龙瑜道："这是昆仑烈掌！厉害。"花青云笑道："哪天把你的绝学也教给我。"

龙瑜叹气道："唉，我认输了，我不是对手，今日我说话的确重了些，但兄弟之间有些话我憋了很久了，你不能因为之前的那些事情再耿耿于怀了，看你的样子，真对不起你的一身好本领！"

花青云道："我也想干一番惊天地的大事，可是用不到我呀！朱别离这个老顽固不理解我，我当年说要广交朋友，可门派故步自封，多次向他提出建议，他不听，还说我让他失望，真是可笑至极！"

侠之大者　毅然决然

龙瑜道:"那现在呢?你师父去世的时候你就不闻不问。如今,也一个人逍遥快活下去,不顾金陵武林的安危?"花青云道:"我,我从来没说过我是什么正派之人!"

"你知道你有多重要吗?论武功这天下间我没发现有比你更高的,论学识你更是一等一的出色,当年就连和江南八大才子比试,你都不落下风,之后江湖中的八大才子又加了一位,你有如此能力为何不……"

说到这里,花青云喊道:"够了!我明白了,你走吧,我还要休息。"龙瑜起身道:"我看你是酒瘾又犯了,真是可惜呀,酒这东西有什么好,看看你现在的样子,我真的……"话没说完只见花青云将屋内所有的酒都打开,随后让店家拿了一个大缸,他一挥手,屋内数十坛酒都倒入了大缸中。

花青云单手举起大缸,将里面的酒一饮而尽!

随后将大缸反扣在地面之上,表示这是最后一杯酒了!

龙瑜见状立刻道:"你今后不再喝酒了?"花青云点了点头,"你走吧,我心里有数。"一句话后龙瑜点头道:"好!兄弟我期盼你重出武林!打他个天昏地暗，杀他个风云惊变！"

花青云独步在街上，心中回忆着自己与金陵武林的种种过往，一个人无论再厉害，如果包容心不强的话，一样被孤立，比如他，其实当年就是一场误会，但因为这个误会逐渐加深了他和门派之间的矛盾。

十年来他心里早已想通，多次想重回金陵武林，可碍于面子，还是没有。

或许当年自己退一步，少点计较，多一些耐心，和师门的关系就缓和了。

龙瑜临走时告知目前只有林枫一人活着，梅无赦在全武林发英雄帖捉拿他，花青云决定前去金陵救人，正巧当晚发现林枫被方白等人暗算，才出手相救，至于不露面是因为还不想明着和万刃门过不去，毕竟黑道上关系复杂，先救人再说，黑道白道都和自己有些瓜葛，这种微妙的关系处理起来必须费点心思。

已经十年没动真功夫的他，是否还能打？这点他也想试试，这几日自己经常回想，尝试找回当年在江湖上的感觉，由于十年来成日花天酒地，似乎已把武学真谛抛到九霄云外，可真的是那样吗？

如今花青云威慑住郝通，林枫暂时安全了。

万刃门内。

梅无赦看着庭院内的梅花，心中暗忖："看来真是他，花青云复出了，此人真要和我作对吗？"转身进入堂内，万刃门所有领袖人物都在，共同商讨对付花青云之计。

方白先道："各位，那晚袭击我的人应该就是他，此人武功太高，我不是他的对手，恐怕除宗主外无人能胜他。"一阵奸笑从侧面传来："哼哼哼，方头领真是会说笑，区区一个退隐江湖的浪子，怎能和宗主相提并论！"

方白见到一个身穿白衣书生打扮的人，他手拿折扇，优哉游哉地发声，他心中想："这人难道是刚加入万刃门的新人物，据说近期宗主亲自招揽了一批武林高人，都是高手中的高手。"

　　书生的眼神突然变得可怕起来："一个十年没摸过剑的人能厉害到哪里去？我看你是多虑了！"方白哈哈笑道："原来是'不白书生'归海朝阳，失敬了！久闻你也退隐多年，以为你告老还乡了，谁知还会出山，敢问你还能出手吗？"

　　归海朝阳在北方一带很有名气，此人白道出身，曾位列白道八大高手之一，随后因与黑道交往过密，被白道武林除名，他打伤同为白道八大高手之一的"豪侠"传虎后，也退隐江湖了，但其威名从未消失。

　　归海朝阳道："要不方兄和我试试？"梅无赦哼了一声，"方白，还嫌不够丢人吗？给我坐下！"然后对归海朝阳道："你认为花青云十年退隐至今实力削弱的话就错了，我可不这么觉得，他这种层级的高手，对武学的理解早已超脱常人，别说十年退隐，就算是三十年五十年，一样不会削弱，或者对武学的理解更进一层，武功反而更加精湛了！这种人最可怕，他的层次绝不是咱们能完全理解的！"

　　另一个女子道："宗主说的没错，花青云乃武林绝世奇才，金陵双杰绝非浪得虚名。"眼前的女子相貌十分可人，一双媚眼随便一眨就能迷倒一片男人，身材极瘦，瓜子脸显得十分娇柔，貌美如花，她也是新加入万刃门的人物，乃黑道上百年来有名的门派双修教传人，就是男女一起练功夫，所以叫双修，此门武学被正派认为是邪门武学，所以百年来被白道唾弃。

　　梅无赦道："各位，花青云的确是个大问题，咱们要多加重视此人，从今日起我万刃门要广招天下英雄，做好防范，必要时刻我要亲自会会这个天下第一的武学大家！"

武道禅宗 竹林之会

这片竹林花青云常来，因为人少且异常安静。

一个人静静地坐在这里思考人生，他重出江湖主意已决，现在该做什么，得好好想想。

他的胸口从昨夜就开始隐隐作痛，决定戒酒后身体时常不适，长期大量饮酒已经成瘾，如今想戒掉必须有超乎常人的意志力，当然这点对他来说不算什么。

坐在地上进入冥想，十年没有动真功夫了，上次大战还是呼延元帅军中告急，自己一人上阵连斩敌方上将四十余人，当天内力差点耗尽，但为边防安定必须出手，在大义面前绝不退缩。

多年来对武功的透彻领悟似乎十年没动手不算什么，是的，武学已经融入自己的血液当中。

"花兄弟决定复出了？"一个老成的声音从天空中发出，花青云睁开眼睛，"不错，神道老前辈也在这里"？

那个声音宛如一团白云，未见其人，道："我算到你会重出江湖，所以过来找你，想送你几句话。"花青云起身抱拳道："前辈请讲。"

忽然一阵狂风刮起，竹叶都被吹得四散开来，那声音道："听好了，你是千百年来少有的武学奇才，你有跟梅无赦一较高下的资本，但此时不可轻举妄动，单凭你一人之力是不行的，必须号召天下群雄方可成事！"

花青云道："前辈说的是，我此刻正在想该如何做，如今南方大部分门派都被梅无赦收拢，作为金陵的领袖，他网罗了南方不少武学名家，如今我单枪匹马去找他报仇恐怕没有胜算。"

那声音道："不错，你的心很细，这是一般人比不了的，梅无赦这个人我多少有些了解，你现在的想法他一定清楚，所以说现在不可轻举妄动！"

"前辈请指点！"

"好，本来我早已退隐，可如今身有绝症，已经没有几天活头了。人的一生真的很短暂，在有限的时间里去做实现自己价值的事该多好，年轻时我就很愚昧，被很多规矩所束缚，所以在武学上的成就远不如你，很多时候放开束缚，会走得更远。你就是个例子，我很佩服。"

"前辈过奖了，我懂了，此事非同小可，不可硬拼，敌方势力太大。"

"好，还有你之所以有近日成就，全凭你介与黑白两道之间，不断学习别人的长处，例如很多运功法门，正派是欠缺的，而黑道上反而运用自如，两者兼修必然效果增倍。呵呵，人老了，话就多了，传给你的'摘叶飞花'估计你也将在我之上了，记得把这门武功发扬光大！"

随后白云散去，竹林再次恢复平静。

花青云喊道："出来吧，阁下一定身怀绝世武功，何不现身相见！"一阵笑声声震竹林："哈哈，花兄的武功竟然到了如此境界。"

一个带着鬼脸的人出现在他前面，身材匀称，通过声音判定此人四十岁上下。

鬼脸人负手而立，有一代宗师之感。

花青云上前道："多年未见，你的气场还是那么强大。"鬼脸人道："比起你花兄我还差得远，如今江湖上无人不知金陵双杰之一的花青云要重出江湖。"

花青云坐在竹林中巨石上："魔教教主亲临洛阳，难道就只是为了来找我畅谈吗？"此人竟然是令武林谈之色变的黑道巨擘魔教教主！

鬼脸人道："路上和刚才那位老者碰上了，他不但没和我起冲突，反而向我请教一些武学理念，看来正派之人也有活明白的。"

"老兄的武功我领教过，怎么，今天咱们是否还要比一场？"

"不敢，我对中土虽然不了解，但久闻金陵双杰是武林中最强的高手，近日我教副教主段地死于金陵双杰之一林枫刀下，我是前来收尸的。"

花青云大笑，"想不到林枫的功夫到了如此境界，竟然能刀劈段地，他的金刚不坏体神功不是已练到第八层了吗，也抵挡不住金刀无敌？"

鬼脸人低头道："段地真是丢人哪，不过我也很吃惊，但打听后得知林枫和你齐名，我就不惊讶了，只是不知道我的金刚不坏体第九层水准能否和'金刀无敌'一拼！"

花青云起身道："你到底想怎样？"鬼脸人二话没说，直接就向花青云打出一拳，这一拳看似简单，实则含有魔教神功金刚不坏体第九层的奥义，花青云感到有万朵巨浪袭来！

二人正面对了一下！

花青云大吼一声追击一拳，鬼脸人也正面还击，双方硬碰硬打了三下后各退三步。

鬼脸人鼓掌道："花兄的功夫似乎更胜当年了，想不到我苦练神功到第九层，依然不是你的对手。"花青云大笑，"的确，你的火候比当年要强太多了，但也别谦虚，我也是勉强抵挡而已。"

鬼脸人的身影逐渐模糊起来，"我魔教人才辈出，段地自有应得，本来就是奇袭战，还败了，怪他学艺不精，看在花兄的面子上这事就此作罢。今日前来一是试探你的功夫如何，二是送你几句话，江湖的路还长，不可意气用事。梅无赦曾与我交过手，此人武功智慧都是武林中的上乘，而且势力极大，你要从长计议。对于中土武林之事我一个外人也不好过多插手，望花兄好自为之！"

面寻易筋　少林泰斗

树上蝉鸣不断，微风吹过少林寺的牌匾。

嵩山少林，达摩院。

圆周大师和几位少林宗师级人物并排而站，全寺上下所有人都在此集合。

方丈上前道了一声佛号："诸位，我少林今日召开紧急大会，是因为一件大事，方才青城派霍无极大师找过我，告知当年横行武林的花青云即将复出，此人的可怕之处我在此不便多说，不知各位对此事有何看法。"

一位驼背老僧道："方丈师兄想必对此人甚是顾忌，我认为不可不防，此人虽是正派出身，但早已脱离神拳门，如今是敌是友尚未可知，所以我觉得诸位应该多加重视此人。"

有一位大师站了出来，此人是达摩院首座，身兼少林诸多种绝技，看似十分枯瘦，实际上内力深厚。他慢慢道："圆达师弟所言甚是，花青云当年的确十分猖狂，我少林曾被他闹得天翻地覆。唉，当日怪我学艺不精，未能擒住此人，还被此人单手击败，说来惭愧。"

圆周大师道："两位师兄不必多虑，我倒是认为花施主如今浪子回头，早晚会成为武林中正派大侠，他重出江湖是为了铲除万刀门，对咱们正派绝无危害。"

方丈听后点头："这位花施主老衲也有过一面之缘，只是没与之交手。都说此人通晓百家武学，外号'天下第一'，任何武功到了他手里都能发挥得淋漓尽致，甚至青出于蓝而胜于蓝，真是千年难遇的奇才……"

"不好了，花青云来了！"一个小和尚打断了他们的谈话，所有长老都紧张起来，毕竟当年花青云为了私人恩怨闯少林，还单手击败了达摩院首座，正巧当日方丈在闭门潜修，未能与之一战，但足以让少林颜面丢尽。

方丈道："该来的总会来的，请花施主进来。"

大堂内走进一位身穿白衣，皮肤白皙，相貌英俊的男人。

近看之下此人的相貌更是一等一的俊秀，甚至相比武林中的美貌女子都不逊色，一点也不像三十五岁的人。

达摩院首座看到花青云后刚想说话，方丈上前双手合十："花施主能光临寒寺真是让少林蓬荜生辉，不知今日前来有何指点？"花青云抱拳道："方丈，各位前辈，花某不才，今日来少林是向各位致歉的，十年前我一时冲动，大闹少林，今日拜谢方丈和各位前辈不与我计较之恩。"

此话一出大家都深感震惊，当年不可一世的武林黑白道公认的第一高手如今前来自我反思，这葫芦里卖的什么药？

方丈还礼道："施主过谦了，是我们学艺不精，十年前你只不过是前来切磋武功。"这么一说相互都有面子。

花青云道："方丈您过奖了，我怎能和少林神僧相提并论。"一旁的达摩院首座圆博大师道："花兄十年未见，如今看起来武功更是精进了。"

花青云连忙上前道："首座见笑了，当年我无知与您过招，若不是您不忍伤我，我岂能全身而退。"圆博大师道："施主身兼百家武学，而我只是学会少林七十二绝技的一半，火候也远不如你，今后在武学上还要多请教你。"

随后几人畅谈武学，聊得十分畅快！

　　圆周大师道：“当日在望星楼花施主一招击退白道八大高手之一的郝通，为解救林枫大侠的事迹早已传遍武林，如今洛阳城没人敢动林大侠一根汗毛。”花青云正色道：“诸位大师，既然圆周大师说到了点上，那我也单刀直入，今日前来一是向十年前的事致歉，二是请求少林救林枫一命！”

　　方丈没有表情地问：“如何救？”花青云道：“还请方丈传授林枫少林绝学《易筋经》，如今他浑身筋脉尽断，也活不过一年了，还请方丈您医治。我神拳门虽然号称有天下武学秘籍，但《易筋经》这类秘传武功真的没有。”

　　方丈沉默了一会儿：“《易筋经》乃少林长老级以上人员才能习得，而且对内功的要求极多，林施主至今内力全失，恐怕无法习得。”花青云暗忖：“道理的确是这样，但要是想教肯定有办法，看来少林也和天下正派一样，自我封闭。”

　　花青云道：“好，那我就不久留了，打扰各位大师了。”

浪子回头　天下第一

谁知方丈叫住他："花大侠留步！"花青云问："前辈还有何见教？"

"少林百年来的规矩不能破，传授者必须是少林中人，如果林大侠愿意皈依我佛，那这事我能答应，此外《易筋经》能医治筋脉尽断一说只是传闻，老衲也未曾试过。"

"哈哈，有方丈这个说法我舒服多了，哪里都有规矩，我明白，但归于你们少林后血海深仇自然也不能报了。"

"那是自然。"方丈道。"我再想其他办法吧，还多谢方丈一片真心。"花青云手中的剑鞘中镶的宝石闪闪发光，方丈一眼就认出此剑。

方丈连忙道："花大侠！老衲还有几句话想问个清楚。"花青云道："请讲。"

"施主是否想重出武林，并且为正义而战？如果是的话，我可以代表北方武林帮你宣告天下！"

"这……"花青云不知该如何回答。

圆周大师连忙道："花大侠绝对是站在正派一方，这个我可以保证！"花青云上前道："圆周大师太看得起在下了，在下的确要重出江湖，为了安慰金陵武林一事。可如今势单力薄，必须号召武林群雄才行，但我早已脱离正派，所以不便少林宣告吧。"

圆周大师道："施主真是糊涂一时，所谓此一时彼一时，只要你肯回头，想必除掉万刃门不是难事。"花青云心想："正派之人行事我太了解，真的不适合我，今日宣告必然对我有好处，但我今后的行为恐怕受到约束，别管那么多了，还是先答应吧。"

花青云道："还请少林为我发声，花某复出，今后定为武林出力！"

方丈道："当年呼延元帅大战在即，花施主毛遂自荐，在边关大杀四方，可谓惊天地泣鬼神，武功之高老衲早想领教，不知施主可否赐教？"

少林方丈亲自请教，这是以武会友，花青云必然不能不给面子。

两个人一前一后，方丈道："施主手中的宝剑想必是凌云堡的秘宝'纯镜'剑吧？"只听剑与剑鞘摩擦声划过天空，花青云准备出手了。

凌云堡是武林三大禁地之一，位置在哪儿谁也不知道，据说是一个可以移动的地方，它既不是白道也不是黑道。

这是点到为止的比试，二人自然不会下死手。

方丈的身份十分神秘，武林中见过他出手的没有几人，他很少参与江湖之事，据说他的武功是少林百年来罕见的高手。

少林方丈的威名不在魔教教主之下。

一掌稳落在花青云胸口，花青云用剑挡住，随后一个转身发出数百道剑光刺向方丈！

这招吓得在场所有人都呆了，漫天花雨剑！

这是百年前失传的绝学，流传当时魔教横行武林，所有正派人士均都被魔教高手击败，有一名剑客用自己的绝学漫天花雨剑抵挡魔教众高手，最终击退魔教！

而他的剑法也失传多年，按照原来的描述，花青云用出的应该是漫天花雨剑的绝招"血雨"！这是剑术巅峰的招数。

方丈不慌不忙，原地不动，双手画圆，从容抵挡"血雨"！

两人对了数百招后，花青云先收剑，从容站立。

方丈双手合十，深吸一口气："今日花大侠令老衲大开眼界，想不到时隔近百年武林又见漫天花雨剑，如今邪盛正衰，能有像花大侠这种绝世高手，正派有望了！"

花青云收剑，佩服道："方丈大师过奖了，想不到您能抵挡我的漫天花雨剑，可见您的《易筋经》早已练到极致！"方丈道："今日的比试输的是我，我年已八旬，学武一生，参悟《易筋经》虽到极致，但方才花大侠没用全力，不然的话我将被血雨撕裂。"

花青云道："晚辈也是近期参悟透这套剑法的。"

从此金陵双杰"天下第一"花青云重出江湖的消息广为流传，少林寺内浪子回头，"漫天花雨"战方丈的武林佳话也随之传开。

漫天花雨　剑霸天下

　　花青云自得到《漫天花雨秘籍》后一直潜心苦练，这套剑法算整个剑术领域中最难修炼的，难怪千百年来没有几人练成，没有深厚的内功和超绝的天赋是不可能练成，一般的高手就算得到此秘籍也学不会。

　　但花青云不同，不仅将漫天花雨完全学透，还参悟了新的东西。

　　漫天花雨剑法的最高心法练成后他总感觉还能继续提升，如果再提升的话那将真正的无敌于天下。

　　剑法的招数由于太特殊，和一般的武学剑法完全不同，就因为他的法门特殊且千变万化，如果在其中再加入新的东西，那这套剑法的威力恐怕能摧毁天地万物！

　　决定重出江湖后花青云不断练功，不但十年前的感觉找了回来，还改良了漫天花雨剑法，他把自己所学的各门派绝招都融入漫天花雨剑法当中，例如少林剑法和绝招血雨结合，那将是刚柔相济的一剑！速度也比原来的漫天花雨快很多，因为每一剑都包含了一个门派的绝招加在剑气之内！

　　灵感一来，花青云一夜未眠，清晨终于掌握了自己独创的新漫天花雨！

今后论剑术，他将是第一中的第一！

林晚醒来时已是午后，这些日子她一直没睡好，不知怎的，感觉自己早已喜欢上花青云了，虽然他的印象在自己心里不好，总觉得此人好色，不是正派人士，但自己的性命也是他救的。

门外花青云来了："晚儿，我能进来吗？"林晚刚起，连忙道："那个，不，不太方便，你稍等。"随后马上坐到梳妆台上打扮，她自己也很疑惑，怎么现在见他会如此紧张。

花青云虽一夜未睡，但精神依旧饱满，坐下后道："晚儿，你兄长也被我所救，现在就是在考虑如何治好他的内伤。"林晚道："那就好。怎么说呢，还是很感谢你！可我，可我觉得你不是坏人，怎么从小很多武林人士提起你，都说你的坏话。"

"哈哈哈，记住，要相信自己的判断，任何人说的有时候只是参考。"

"花大哥，你为什么当年要横行武林，还成立什么采花帮，那是黑道，是反派。"

"呵呵，长大了你就明白了，每个人对生活的追求不同，想法也不一样。总之我没做过坏事，这点我可以保证。"

"那就好。哎，我哥哥在哪儿？"

"唉，我和他的隔阂也不小，过几天让你们见面，现在还不太平，等我平了梅无赦之后，你们就能重回家园了。"花青云看着手中剑道。

花青云今日心情很是复杂，林晚和他得有十年未见了，这女子长得美，自己虽然久经情场，但对她的感觉真的很特别，有时候脑子里都是她。

没等林晚再说话，花青云突然做了个安静的手势，他及时贴住墙壁听到隔壁的谈话，内容是："消息很可靠，千真万确，隔壁就是林枫的妹妹林晚，只要你们抓住她，那花青云和林枫就会就范。"

"那就行。哼，我看你这个天下第一能厉害到什么时候！到时我人质在手，看看他还敢不敢和我作对！"

　　说话之人一个是花青云很信任的店家张小二，还有一个是混元门掌门郝通，想不到张小二竟然背叛自己了，真是可恶！

　　花青云知道此刻危急万分，继续听郝通道："小二，那我现在就去隔壁抓人，你的赏钱我一点也不会少的！"张小二道："您快去吧，一般花青云下午会来这里秘密探望。"

　　房门被郝通推开，一道剑光直接刺入他的右臂！

　　这一幕太快了，郝通根本想不到这世上竟然有如此快的剑，猛然间他感到自己胸口剧痛！这是中了混元掌后内伤才有的感觉！

　　花青云从容收剑，"郝通，你这个狗贼，不配当白道八大高手，竟然想对林晚下手，真是无耻之极！"郝通难以置信道："你，你的剑气怎么带着混元心法，怎么回事？"

　　花青云冷冷地说："这是我的新武功，正好今日拿你开刀，让武林知道什么是天下第一剑！"

如临大敌　高中之高

　　郝通此时的表情是难以置信的："你，你厉害，今天算我栽了。"花青云一怒之下想杀了他，可是心中此刻顾虑甚多，想："少林寺刚宣布我重出武林的消息，我现在要是杀了他，那等于给少林寺找麻烦，郝通毕竟是白道八大高手之一，背景威望都是有的。可我不杀他，此人今后必成后患。"

　　郝通道："哼，你敢杀我吗？你刚重出武林，你不要前程了吗？你的口碑在武林中可不是很好，就算少林给你撑腰，可你杀了我的后果你想过吗？"

　　一旁的林晚劝道："花大哥，你别杀他，他说得对，现在不是时候，你刚出江湖，不可杀气太重，这样会让武林中人误会，今后如何号令天下群雄！"

　　郝通见花青云愣住了，哈哈大笑："花兄，你其实就是固执，不如这样，万刃门那边我来协调，你们化干戈为玉帛，如若不弃……"话没说完花青云的剑闪电般刺在了他的三处大穴之上！

　　痛得郝通直叫："啊，啊！你干什么？"花青云一笑，拔出宝剑，"这样不杀你，但也足够了，你的右臂我要了！"一只胳臂掉落在地，鲜血从郝通的肩膀处喷出。

花青云道："滚吧，你这种小人就是武林败类。今日我不杀你是看在混元门前任掌门的面子上！"郝通强忍疼痛，起身道："我敢保证，你活不到明天！"随后捂着肩膀一瘸一拐地走了。

花青云没有理会他，然后一剑指向张小二："好一个狗奴才，出卖我的下场你应该知道！"吓得张小二连忙跪地求饶："花大侠饶命，饶命啊！我是个老百姓，需要养家糊口，家里人还等着我吃饭呢！郝通开的价格太高，我没禁得住诱惑。"

花青云叹气道："平日里我对你如何？"张小二叩了三个头，"您对小人恩重如山，我不是人，求您饶了我吧。"花青云默默道："我不怪你，你走吧。"

张小二起身道："既然大侠不杀我，那我的命就是您的，我劝您快走吧，稍后郝通叫来救兵，那就不好办了！"花青云仰天长笑，"救兵？就洛阳武林这些人物能奈我何！"

张小二认真地说："他刚才临走时说的话，并非虚假，因为他这几日策划对付您，已经发了白榜英雄帖，昨日白道八大高手来了四个！除'长林狂生'柳志泽和'深海龙王'金文浩没来，其他四人都已到郝通府上了！"

这消息令花青云立刻动容。所谓白道八大高手都是武林中的一代宗师，其中武功最差的就是郝通，因为此人是临时顶替的，去年武当派高手"紫虚卜人"王修杰退出武林后，也在白道八大高手中除名，郝通才利用人脉关系顶了上去，从此声名大振。

其他六位的武功都高得离奇，花青云当年和八大高手之一的青城派霍无极交过手，两人打了百招都不分胜负，可见对方的实力之强。

白道七大高手分别是"长林狂生"柳志泽，"午时凶神"魏子轩，"深海龙王"金文浩，"紫电神剑"霍无极，"狂刀"天灭，"霸王枪"卢鸿涛，还有"横行神"郝通。

以上七位均是成名已久的白道领袖，花青云除了霍无极外，对其他人的武功也不甚了解，只知郝通是个不入流的角色，可其他人真不是！

说到这里，花青云果断道："晚儿快和我走，即刻离开洛阳！"张小二道："花大侠当机立断，对方实力太过强大，不可力拼！"

花青云暗忖："当年我横行武林的时候多数在南方和海外，而白道上所谓八大高手都在北方，他们是高手中的高手，听呼延元帅说过，可惜我没和他们交过手。"

"花青云还在吗？"一个爽朗的声音从楼下传来，带着冰冷和强烈的杀气！

花青云跟林晚道："跟紧我，咱们恐怕没那么容易走了。"张小二问道："难道他们的人那么快就来了？"

花青云拔出宝剑，"都来了！"

剑雨力拼　胜负生死

林晚和张小二都傻了，闻名北方武林的顶尖高手都到齐了！

花青云打开房门，只见八大高手中的四位都到了。

"狂刀"天灭道："久闻花兄精通天下武学，今日让我先领教高招！"此人年纪四十上下，传闻学的是邪门刀法，随后受高人指点，把邪功转为正派武功，之后刀法不断提升，有北方第一刀之称！

花青云抱拳道："原来是天灭前辈，您的威名我早有耳闻。"天灭冷冷道："无须客气，你我稍后要有一场大战，生死未知，还望到时你不要留情。"

花青云道："不知各位前辈是想单独指点还是？"霍无极站出来道："十年未见花大侠，想不到你变了一个人似的，少林为你出头看来是有道理的。当年老夫与大侠的比试至今令我彻夜难眠，当时若非大侠手下留情，今日霍某恐怕就在地底下待着了。"这话很给花青云面子。

天灭道："我等和你过招自然是一对一，不然如何？"

花青云暗忖："白道八大高手威名是何等之大，在武林中的名声和金陵双杰不分伯仲，分别代表南北方的武学巅峰，今日如果一起上围攻我的话成何体统？"

天灭拔刀道："来吧！"这把刀是武林三大名刀之一"炎霸"。

花青云深吸一口气，突然出手，空中顿时出现百道剑光，这速度宛如闪电，实在太快，打得天灭连忙闪躲，身上顿时被剑雨划出血迹！

一招就伤了天灭，这种实力谁听了谁不害怕！

天灭轻敌了，而且花青云丝毫没有手下留情！

花青云不断发出剑雨，这招是漫天花雨中的绝招"散花"，而且融入了少林正宗绝学金刚掌心法，使得散花柔中带刚，所向披靡。

天灭被这招制住难以招架，花青云大吼一声，一道剑光直刺天灭喉咙！

天灭拼命发出绝招接住了这一剑，刀剑的碰撞之声响彻天空，两个人正面对了一下后各自退步，天灭却笑道："哈哈哈，好，刚才我输了，你的剑法高于我的刀法，今天我不打了，技不如人。"随后一闪身离去。

花青云暗忖："此人真是个英雄人物，最后时刻我留了后手他能感觉到，不过此人刀法的确很可怕，如果我没创出新漫天花雨剑法，和此人对决胜算不大！"

白道八大高手，果然名不虚传！

一旁的霍无极上前道："方才花兄的武功似乎比十年前又精进了，而且剑法似乎不是漫天花雨，带着一股少林之气，这是……"花青云得意道："诸位，今日我尊重你们，先礼后兵，无奈之下和天前辈比试，如若各位助纣为虐不让步的话，那我只能大开杀戒，用你们试试我的新剑法！"

突然两道人影一左一右站在花青云两侧，分别是"霸王枪"卢鸿涛和"午夜凶神"魏子轩！

这二人的威名更胜天灭，卢振涛曾一人独挑河北所有黑道高手，以一人之力突围，江湖人称楚霸王再世，"午夜凶神"魏子轩使得一对重锤，力大无穷，有武林力王之称，江湖中的诸多高手未能接住此人一锤！

他们没有多说，直接攻击，花青云明白，他们如果今日单打独斗都败了，那将是对他们威名以及利益的损害!

见天灭不是自己的对手,他们才同时出手,真是可笑可悲!

魏子轩长得就很像凶神,十分健壮,双锤同时砸下!花青云哼了一声一剑硬接双锤,这一剑是漫天花雨中的招数"挥朵",其中包含了武当派的以柔克刚之力!

俗话说一力降十会,这一锤的力气太大,长剑挡住后感到全身受震。花青云幸亏内力深厚没有大碍,终于明白为何武林中没有几人能接住这一锤了。

与此同时霸王枪直接逼来!花青云接住双锤后,侧身巧妙躲过一枪,然后回身一剑直击卢鸿涛胸口,这一剑凝聚了点苍派的狠辣,而且没有手下留情,因为对方想杀他,他不能再退了!

卢鸿涛用枪体勉强挡住这一剑后身子差点没站稳,花青云没来得及继续出招,又和魏子轩打斗起来……

血雨大开　威慑洛阳

局势顿时紧张起来，武林多年来没有人能一人独战这两位高手。

花青云大吼一声，宝剑发出千百道光芒，剑气宛如暴雨般袭击对方两人。卢鸿涛的长枪大肆展开，从容地找出空隙杀入剑雨内部，而另一侧的魏子轩被"血雨"打得连连败退，这次的血雨比上次对抗方丈时候还强，可谓绝招中的绝招，加入了少林七十二绝技中的多元精髓！

只听咚的一声，魏子轩的双锤被血雨剑气击落在地！他本人瞬间被血雨撕裂，惨不忍睹！

而一旁的卢鸿涛丝毫没有退缩，抓住机会一枪直逼花青云胸口！

突然卢鸿涛背后感到一阵刺痛，是漫天花雨剑！不知怎的，背后突然回旋着无穷剑气，带着一股阴柔之力，是太极！

原来花青云一对二硬拼没有把握，所以先把两个人分开，故意留个破绽而已，随后在发出"血雨"的瞬间同时发出含有太极真力的"妙雨"围绕在自己身侧以防万一，剑气早已围绕在四周，就等卢鸿涛上钩！这种级别的招数有史以来没人用过。

回身一枪挡住了妙雨，空中发出剑与枪的碰撞之声，不愧为霸王枪！

随后更是无数剑雨和霸王枪的硬拼！

只见卢鸿涛落地后后退几步，看着花青云不语。

花青云从容站立，道："卢前辈要是再想较量，花某会更加用心！"暗示对方知难而退，再打下去你的下场和魏子轩一样！

霍无极喊道："两位停手，且听我一言。此事因梅无赦而起，本来就是他和金陵武林的恩怨，花兄复出武林未必是坏事，郝通凭什么总认为他有问题，今天这一战真是不该。哎，这样打下去恩怨会越结越深，卢兄请三思！"

卢鸿涛道："花大侠，今日我二人合力战你已为武林所不齿，我也没脸再打下去，今日我认输，你的事我卢某没有能力管，告辞了！"花青云连忙道："卢前辈枪法通神，方才关键时刻您没有硬拼，不然后果未知。"

霍无极抱拳道："好说花兄，我等今日甘拜下风，改日再讨教漫天花雨，我就不必出手了！"

众人离去。随后花青云回到房间，坐下先喝了几口茶，平息下内力。想，"不愧为白道八大高手，今天是见识了真高手，刚才用力过猛，不得不拼命，自己的身体也受了内伤。"

林晚已经准备好行李，二人决定即刻出发往北方走。

花青云道："林枫目前已经投奔君子门掌门师弟那里，暂时是安全的，如今白道高手也都被我镇住，我要将你先送到山东那边，那里有我的地盘，随后再来找林枫。"

之后两人顺利离开，洛阳的武林顿时传开金陵双杰之一"天下第一"花青云大战白道八大高手的事迹，这一战更加奠定了花青云今后在武林中称霸的基础。

魏子轩的死给武林各派敲了警钟，如果敢再挑战花青云，下场可能比他还惨。

武林对花青云是又敬又怕，此人更被传说成大魔头级的人物。

为了低调出行，林晚和他坐在一个马车上，顺小路离开。

深夜时分，林晚靠在花青云肩膀上睡着了，今日她看到了太多奇迹。眼前这个男人甚至比他哥哥林枫还高大，芳心早已暗许，只是不知这位浪子是否有意。

林枫在这里已是数天了，身体的内力没有恢复，躲着等死的感觉很不好。

今早江湖中传遍了花青云大战白道八大高手之事，他得知后更是热血沸腾，心中赞道："师兄啊，你可真给金陵武林出了一口恶气！如今我才明白，很多事都是利益，某些名门正派高手并非原先在自己眼中的那般正义凛然，比如这次郝通等人，和梅无赦早有勾结，要不是花青云多次相救，自己早已死无全尸。"

房门开了，此人正是吕方的师叔，他果断收下林枫数日。

"贤侄，这几日住得如何？"

"住得很好，师叔您坐。"

"唉，我也老了，武功也不行，但你，我保定了，为了咱们金陵武林，也得冒死一试。"

"师叔您的恩情我定会报答……"没等林枫说完话，师婶叫师叔出去，在门外小声地说林枫什么时候离开一类的话，生怕给他们家引来麻烦。

林枫此刻才知道人情冷暖，这分明是师叔安排的，就是暗示自己快走，别给他们惹麻烦。也正常，毕竟人家收留自己多日，总这样下去也不是长久之计。

刀冷情深篇

仰天长叹　隐者指路

当日林枫辞别师叔，一人准备离开洛阳。今后去哪里自己也不知道，或许这就是命运的莫测。

一人独自走在街上，买了一壶老酒，他平日滴酒不沾，但今日实在苦闷，时不时地仰天长叹，慢慢走出洛阳城。

"施主，我等你多时了。"不远处站着一位穿着朴素的老人。"前辈是?"林枫毕竟曾是超一流高手，一下就看出此人身怀绝技。

布衣老人道："施主留步，看施主身体虚弱，应该是受了严重内伤。"林枫暗忖："此人必定精通医术，竟然能看出我的内伤。不对，难道是梅无赦派来杀我的人? 也不可能，杀我不会这么费劲，直接杀就完了。"

林枫道："前辈说的是，在下的内伤恐怕天下无人能医，而且我清楚自己的身体状况，应该活不过今年。"说完叹了一口气。

"年轻人为何叹息如斯! 大丈夫生在天地之间，死亦何惧!"老人突然严肃训斥道。

"不瞒前辈，唉，我不是怕死，只是心有不甘哪!"林枫欲言又止。"哈哈，不怕死就别唉声叹气，武林中人更要活得通透！"老人走近道。

"不瞒前辈了，我曾是武林中叱咤风云的人物！可如今和一个废人没什么两样，哪能不叹气！"林枫双拳握紧道。"你糊涂！自古成大事者哪个不是历经磨难后才能成事，你这点事算什么！从哪里摔倒就从哪里爬起来，不断在逆境中挣扎才是真英雄！"老人指着他的鼻子说道。

"前辈的话我记住了，可我的内伤无法医治，该如何是好？"

"我这不是来了吗？把手伸出来！"没等林枫反应，手就被老人抓住，老人仔细感觉后，慢慢道，"很奇怪，你的筋脉全都断了，为何还能不死？啊，你肯定是在筋脉尽断之时突遇阴寒才能保命，但如今内力全无，对吧？"

林枫立刻点头，"前辈说的全对！"突然他对自己的身体有了希望，因为今日遇到了一位神医。

老者摸了摸白胡子，"难哪，真难，就算我把少林《易筋经》传授给你也没用，因为你的筋脉全断且内力全失，如今我只能帮你疏通筋络，保你性命。"随后迅速发出数十掌，林枫感到浑身十分舒畅，片刻之后觉得自己的身体和正常人没两样，就是内力还没恢复。

老者道："林大侠，刚才老夫破例用《易筋经》给你疗伤，已经触犯了武林规矩，今日之事你不可跟第三人提起！"林枫想，"什么！刚才的霸道武功是《易筋经》？所说掌握《易筋经》的武林中人极少。"

林枫连拜老者三次，"前辈相救林某无以回报，还请前辈告知尊姓大名！"老者哈哈大笑："不必了！我说了，坏规矩的事只有你我知道，其他的你就更没必要知道了。朱别离能有这么一个好徒弟真是让人羡慕，你走吧，切记在没有恢复武功前远离江湖，梅无赦不会放过你的。"

林枫道："天下之大，何处有我容身之地？哪里都有万刃门的爪牙。"老者道："往北走，越北边越安全。那边，梅无赦是没有势力的。"

"多谢前辈，晚辈大难不死今后定会为武林出力。我的内力还有无希望恢复还请前辈指点！"

"这个，目前据我所知是可能的，但谁也没试过，传说魔教流派众多，他们的心法十分古怪，并非正派人士所能比较的，上乘的魔教心法或许能让你恢复内力吧。"

"魔教！那些黑道邪派我岂能结交?"

"万事不绝对，魔教活动在中原之外，对他们的事我也了解很少，所以你往北方走可以寻找他们的踪迹，毕竟魔教已经十几年没有在中原活动了。"

"他们的副教主段地被我斩杀，我已经和他们结下了深仇大恨，就算找到了又能如何?"林枫淡淡地说。"看来你对魔教现在的局势不太了解，他们流派众多，中原对他们统称魔教，实则分为多派，势力最大的自然就是你说的段地他们一伙强人。但近日魔教出事了，教内突然出现一股隐藏势力，不断吞噬人员，而且武功心法另辟蹊径。据说他们教主都已经到了中原，不知他想干什么，总之局势很复杂。"

林枫抱拳道："多谢恩公指点。"老者身后突然刮起一阵风，之后他慢慢地消失在落叶中。"未来的路还长，林大侠要记住老夫今日的话……"

寻遇桃源　暂忍退林

此时林枫突然恢复了斗志，希望之火重新燃了起来。

一路北上，见到酒家就去大吃大喝，这些日子他心里难受，得有半个月没怎么好好吃饭了，如今他胃口大开，一天下来吃了五顿饭。

数日后，他每天都大碗吃肉大量喝酒，身体逐渐恢复了最佳状态，现在就是没有内力，但刀法是有的，一般的山贼还是可以应付，傍晚时分，已经到了太原府。

今日很奇怪，有个中年男子好像一直跟着他，他走到哪里这人就跟到哪里，目前打算走出太原府，一直北上寻找魔教。

林枫暗忖："这里应该没有梅无赦的势力，暂时是安全的。这人步伐轻盈，十分健壮，手指一看就是练家子，看似有意隐藏武功，但怎么能瞒得过我？"

奇怪的是林枫每次吃多少饭，他就跟着要一样的，并且都能吃了。

此时屋内就他们两个人，林枫感觉此人并无恶意，回身问道："兄台不知是否有事找在下？"蓝衣中年人很有礼貌地说："没有的，只是看兄台气宇轩昂，正巧我也去太原府，所以赶巧一路和兄台一起。"

这个理由十分勉强，林枫和小二道："再给这位兄台来上三大坛子好酒和五斤牛肉，算在我的账上。"蓝衣人默默点了点头，眼神中对林枫很认可。

最后蓝衣人起身坐到林枫对面，"林大侠，相信我没看错吧。"林枫诧异道："您是？"

蓝衣人摆了摆手，"明人不说暗话，这里虽然到了太原府，但时间久了你还会暴露，梅无赦不会放过你的，所以我认为你可以去一处隐蔽之地。"

林枫道："前辈前来相助，敢问高姓大名。"蓝衣人没有理会，继续道："日后咱们定会见面的，总之目前我有个想法，不知林大侠能否听从？"

林枫当然相信此人，自己武功没有恢复，想害死自己没有那么麻烦，应该不是敌人。

"前辈请说。"

蓝衣人道："你在南方武林，对北方的江湖不了解。北方的局势更加复杂，武林中有三大禁地和两大秘境以及各类隐秘门派，我劝你去两大秘境之一的桃花源。"林枫问："桃花源？！"

"不错，那里很隐秘，谁也找不到你，你也可以琢磨如何恢复内力。"

"那就在附近吗？"

蓝衣人摇头道："桃花源非常神秘，似乎在移动。当年有位武林人士误入此地，然后出来后又找了大批人前往，却怎么也找不到了，那人之后也莫名其妙地暴死。之后大家认为此事甚为古怪，武夷山的各路河套都找不到当时的入口，随后有人在黄山附近又发现了桃花源，但不知怎么回事，第二次再进时一样没了入口。"

林枫道："武林中新奇之事本就不少，自然无法解释的现象也存在。"

蓝衣人小声道："眼下有个绝佳机遇，你可能进入桃花源。"林枫道："我去，到了那里我可以暂避锋芒。"

"我有个可靠的朋友，精通道术，他的法术已经到了通天地步，曾研究过寻找桃花源，现已退隐江湖，但曾教过我奇门遁甲之术，我经过多番研究，可以运用寻找桃花源入口，现察觉到桃花源的入口并非一个，甚至是无穷个，今日便是进入的时机，因为入口不一定每天都有，可能几年或几十年打开一次！"

"那真是绝佳机遇，我相信您，还请前辈相助！林某感激万分。"林枫抱拳道。"林大侠不愧为金陵双杰之一，武林奇侠之首，我喜欢你的豪爽之气。但记住，一旦进入后，想出来的方法我就帮不了你了，据说那里宛如仙境，当然我也是听说，但也可能是人间地狱！你做好心理准备。"

"我明白，武林秘境是江湖中传闻最为神秘的地方，连朝廷都找不到，我若能进入已是奇迹，以后的造化全靠个人。"

"走，随我找入口！"

二人连夜到了太原府后面的山中，这里云雾缭绕，宛如天神的宫殿。

今天雾气格外浓重。

蓝衣人道："林大侠靠后，稍后这河水被我劈开一道裂痕，大侠尽管往深处走便是，应该就是桃花源入口。"林枫果断答应："好的前辈。"

只见蓝衣人双目猛然间大张，双手做出掌力发出之态，四周空气都被他的真气震得多处乱动！

落叶不规则地朝八方飞舞，连地面都有些颤动！

这是何等内力!? 此人必定是武林中超一流的高手，不知是何方神圣！

蓝衣人双掌齐发，一股真气猛击大河中央，一道裂痕劈开，里面闪烁着彩色光芒，林枫丝毫没犹豫，跳入河中："前辈我去了，大恩不言谢！他日有缘你我再见……"

桃花源记 凡已入水

　　天空中一片蔚蓝，这片桃花林十分茂密，林枫似乎真的到达桃花源。

　　不知蓝衣人是哪位前辈，林枫心中对此感激万分。

　　这里果然是人间仙境，桃花的香味四处都有。林枫闭上双眼，感受着远离江湖的滋味。

　　前方有个小镇，林枫进入后发现大家十分和睦，远没有江湖的味道。不远处有个人叫住了自己，问道："你是什么人？"林枫知道自己暴露了，于是和这个人做了一番解释，并保证今后出去也不会将此地泄露半句！

　　结果大家纷纷表示理解，有个妇人最后又叫住了他："这位兄台，我可否请你喝杯茶？"林枫发觉此地之人都很热心，便答应了。

　　妇人说："我们世世代代都在这里自给自足，这里的人都是从前朝躲避战乱来的，但对此地的神秘我们均不了解，你能来全都是缘分。"林枫道："大娘说的是，不知大娘是否有意找在下？"

　　妇人默默地看着林枫，"我看你不简单，虽说刚才你说躲避仇家及恢复内力才来的此处，但你绝对不是一般的武林中人。"林枫暗忖："毕竟刚来，万一有人知道我呢，还是别多说的好。"

林枫喝了口茶，"大娘太看得起在下了，一般的武林人士而已。"妇人道："哈哈，姑且信你，不过你越有本事越好，谁让我喜欢你呢？"

一时间林枫没太听懂，妇人继续道："这里是远离纷争的地方，人口极少，没人管制，更没有朝廷，人们成亲都是这里面的。我有个女儿，年纪已经不小了，想引荐给兄弟认识。"

"大娘，啊，不是，您这是？"

"别多说了，我一番真心，你不会连见我女儿面都不见吧？"妇人说话十分到位，林枫的确不能拒见。

"行，我答应了！"

"哈哈，那太好了，依我说你就别走了，今后就在这里和我们生活吧。"

"这个万万不可，我的血海深仇必须报！"

"行行，先休息一段时间，等你的内力恢复了再说。"

"唉，我的内功如何恢复我也不知道。"林枫叹气道。"这里虽然没有朝廷，但整个桃源归一人管，他就是我们的神，此人身份极为神秘，如果他愿意相助，你的内功有望恢复。"妇人说。

林枫想："两大秘境乃武林中最为神秘的地方，其中的秘密无人知晓，连朝廷动用武林高手调查均无功而返，而且传闻此地有位武功极高的人，此人武功得高到什么程度？"

林枫起身道："多谢大娘指点！你我萍水相逢，却对我如此关心，林某在此感激不尽！"大娘笑道："稍后会有人给你盖房子，你就好好在此住下。明日我来找你，安排你和我女儿一见。"

林枫送走大娘时，她最后转身欲言又止地说了句莫名其妙的话："你刚来，还是多注意吧。"

晚间林枫不断琢磨这句话的含义，这位大娘并非胡言乱语，这里是桃花源，怎么还要多注意，而且就住着一百多人，没有什么威胁可言，出口暂时是没有，四周都是河水，据说他们想出去也不行，因为四周都是奇门遁甲，是完全走不出去的。

林枫突然感觉到不对劲，暗忖："问题应该就出在这桃花源的主人身上！此人必定是个谜团一般的人物，中原武林也没人提及过此人，只知道两大秘境很神秘，但无人深入了解，我有幸进来，可得深入探索下到底是怎么回事。"

门外有人敲门。

林枫问："何人？"门外发出一名男子的声音，语气十分和蔼："'金刀无敌'林大侠光临此地，我是特来欢迎的。"

林枫想："今天我没暴露真名，他怎么知道我是谁？"心中泛起一股不祥预感。

林枫知道躲不过，便打开门。微风吹面，一股浓郁的桃花气味扑鼻而来，门外站着一位十分儒雅的公子。此人十分英俊，胖瘦匀称，身高八尺，眉宇间带着一股英雄气，五官端正，从气质上一看就是富贵出身。

林枫见此人面目和善，道："兄台夜访在下，有何事？"那人面带微笑地说："当然是一睹林大侠的风采！看看近期一人一刀力拼万刃门的武林大侠是何等人物！"

初见佳人　章台杨柳

林枫让此人进入后，发现他步伐轻盈，行动仿佛飘在空中一般，可见此人轻功了得。

"在下颜不换，是这桃花源的主人，今日连夜赶来就是向林大侠讨教刀法的！"林枫迟疑了一会儿说："这个不可，在下身体不适，受了内伤，武功连一成也没有了。"

颜不换哈哈大笑道："林兄的事迹我怎能不知，你我今夜不动手，只是口说拆招，看看谁的反应快！"这种方式的确很奇特，随后两人谈起了武学中招数。林枫也把自己刀术中的精髓部分讲了一些，颜不换听后十分严肃，似乎在思考着什么。

一个时辰后，二人敞开心胸畅所欲言，林枫也对此人少了些戒备。

颜不换的身份甚是神秘，想不到今日竟然坐在自己面前畅谈武学，此人的修为深不可测，通过刚才的谈话能感觉到他对软兵器甚是了解，林枫想。

颜不换起身道："唉，这么晚了我该走了，林兄的刀法应该在这天下间能排前三！今后必定是一代宗师，内伤方面让我回去想想有无医治之法，他日再来此地请教。"言谈举止十分典雅，话语间带着常人没有的素养，这就是颜不换。

次日林枫去喝早茶，昨日的妇人又来了，"林大侠，我女儿答应见你了，哈哈，今晚你们在后面的酒楼见，你可得好好……"随后不停地和林枫说女儿很好一类的话。

林枫感觉很多事都是命中注定的，自己前来桃花源，遇到这位女子应该就是缘分，的确应该好好把握这份情缘，或许自己真的就不再出去了，像颜不换那样，远离尘世，在这桃花源里有什么不好的。

晚间，酒楼雅间。

林枫见到她的时候眼睛都没眨一下，因为真的很美。

身材十分清瘦，瓜子脸，眼神中带着些许迷离，似乎有心事，这是一种令男人难以捉摸的美。

女子慢慢地坐下，很有礼貌地说："是林大侠吧？"林枫这才缓过神来："小姐请坐，林某点了几个招牌菜，不知小姐是否喜欢？"

"呵呵，我吃什么都可以。"

"那就好。啊，我是第一次被安排相亲，可能有不周到的地方，还请小姐别见怪。"

"大侠过谦了，听我娘说您是闻名江湖的武林名宿，能和您认识是我的荣幸。"

"唉，说来惭愧，如今我内力尽失，还什么大侠。"

"公子何须叹气，我感觉你定能恢复内功，重出武林。对了，我叫莫若雪，公子今后叫我若雪就好。"

林枫连忙起身夹菜，"若雪快吃，菜都凉了，借你吉言，我定会恢复功力。"

两人随后聊了很多，林枫发现她懂得很多，可谓博闻强识，而且她竟然是这里的教书师傅。

桃花源地方虽然小，但也总有小孩需要学习，她自小读了很多书，当然书籍都是从外界弄来的，这里和外界的事物都由颜不换一人完成疏通，他时常出入两界之间。

说到这里林枫暗忖："颜不换竟然在她小时候就在这里，江湖中传闻两大秘境已近百年，这个颜不换难道活了上百岁？可他的容颜似乎还和年轻人一样！真是细思恐极，此人定有谜团，而且听她说颜不换的真身很少有人见到，多数人还认为他是个老者呢。"

晚间两人散步在桃花源中，夜间的花香分外诱人，两只手不由自主地握在了一起。林枫觉得她就是自己命中注定的人，他们很平淡地在一起了，或许这就是百姓岁月中的甜蜜吧。

莫若雪邀请他三日后来家中做客。

回去后林枫思考了很多，这个颜不换给他一种说不出的感觉，这个桃花源似乎也不简单，这里肯定有事！

随即进入冥想，他总感觉自从被《易筋经》简单医治后内力有点恢复了，但总是发挥不出来，突然有个想法在他脑海里闪现："自古以来就没有几人筋脉尽断过，这种事情本来就极为少见。传闻筋脉尽断后就内力全失，随后死亡，可自己突遇冷水，受寒气的影响保住一命，这本来就是亘古未有的事情。随后身体十分不适，但被《易筋经》救治后，感觉自己的筋脉似乎通了，就是内力用不出来，这种现象没人研究过的。这两天感到体内十分畅快，似乎内力要回来了！对，毕竟自己这种状况没人懂，只有自己明白，难道我将是筋脉尽断后重新恢复内力的第一人？"

起死回生　情缘之恩

一早醒来林枫感到身体十分舒畅，一切都在往好的方向发展。

莫若雪和他约好去见父母，今日他精神饱满，做好了准备。

进入家中只见一位瘦弱的老者双眼凝视着他，他便是若雪的父亲。

若雪父亲道："真是一表人才，不错!"莫若雪在一旁低着头不好意思地微笑着，林枫感到这是个很温馨的家庭，自己能和他们一起，真是缘分。长年在金陵，如今家都没了，现在林枫又找回了家的感觉。

这种感觉或许对一般人来说不算什么，可对于到过鬼门关的林枫来讲有如重获新生。

四人一起畅谈，若雪父亲上下打量林枫，"你根骨奇特，一定是武林高手。来，跟我讲讲你的事。"林枫今日高兴，把他们当成了家人，于是让对方保密的情况下把自己的事都说了。

若雪父亲举杯道："敬你一杯，金刀无敌早晚会重出武林。但你要答应我一个事，今后你不仅为你自己活着，还有若雪，知道吗?"林枫道："知道，我和若雪要是在一起了，万事都会考虑她。"

"好，年轻人，若雪能嫁给你，那是她的福分。"

若雪母亲道："你看你是不是喝多了，上来想这么着急把女儿嫁出去！"林枫立刻道："能和她在一起，那该多好，伯父伯母的真情林某心如明镜，定会好好珍惜。"

莫若雪拉起林枫道："你跟我来！"两人去了外面，林枫看着她双眼，抱在一起感受着双方的温度。

林枫明白若雪年纪到了，不成家是不行的，再者她对自己的好感很强烈，不然怎么如此着急，越是这样自己就越得珍惜她。

莫若雪拉住林枫的胳臂说有东西给他，两人入了地下室。这里藏了很多杂物，若雪翻出了一个小盒子，打开后是一堆树叶。

莫若雪道："我去烧水，把这些树叶煮了，你喝了之后看看内力能否恢复！"林枫一看就看出这些树叶不简单，应该是某种名贵的药材，问道："这些是？"

"这是我家里一直就有的宝贝！父亲说这是武林中的顶级秘药，可医治千百种疑难杂症，好像叫什么……"

"难道这是万泉叶？"

"对的！你知道？"

林枫激动地拿起一片，"这种东西世间少有，是传说中的药材，武林中没有几人能找到，你们家是怎么找到的？"莫若雪道："我从小家里就有，好像是父亲带回来的。啊，对了你可别出去瞎说，父亲和你一样，是后来来的桃源，这个似乎颜不换不知道。"

此时林枫感到她父亲不简单，而且从刚才的近距离交谈中，发现他父亲绝非一般百姓，手中的印记一看就是练家子，能拥有这些珍贵药材，可见他父亲必定是武林中的传奇人物。

林枫道："既然都是一家人，我觉得颜不换这人很复杂，桃源中的人来往他一定知道。"莫若雪道："我开始熬药了，你别胡思乱想了！"

　　片刻之后一股扑鼻而来的香气散发在全屋之中，林枫闻到味道后感到浑身血脉偾张，他直接将药汤一饮而尽！

　　喝完后莫若雪兴奋地望着他，"怎么样？感觉自己的内力恢复了没有！"林枫闭上双眼，他感到自己的血液在快速流淌，随后大叫一声，内力从筋脉各处重新流出！！！

　　之前断裂的筋脉全都合上了！

　　他攥紧拳头，感到内力不断上涨！直到恢复至七成！

　　之后就不涨了，不知为何。

　　林枫心中已十分满足了，恢复了七成功力，已经是奇迹了，报仇有望！

　　林枫跪下谢道："多谢若雪，请受林某一拜！"莫若雪立刻将其扶起："你是个大侠，怎么还拜我，哈哈，你恢复了就好，不过这件事你可千万别和我父母说，不然他们会和我急的。"

　　林枫感动地说："想不到你对我这么好！"

午夜之会　刀感重回

　　林枫道："我的内力已经恢复七成，一般高手都不是我的对手，但距离我的全盛之时还有距离，不知为何最后的三成内力不恢复了。"

　　莫若雪道："我懂点岐黄之术，大胆猜测下，你的筋脉由于长时间断裂，内力刚开始恢复肯定身体各方面不适应，你需要在实战中运动，发动你的每一个神经元，激发你的潜力，那样内力会继续回升的！"

　　林枫道："你说得太对了！我也是这么想的，现在我感到浑身都是力气，没有丝毫不适，看来就慢慢来吧。"

　　夜晚林枫彻夜难眠，心中想："想不到我林枫真的有重生之日，这一路还得多谢那些帮我的贵人，等我恢复十成武功后，定要杀回金陵！唉，若雪该怎么办，这里是桃源，他们生活于此，可谓与世隔绝，他们会和我一起出去吗？再说该怎么出去？颜不换能让我走吗？这人到底是何方神圣？桃源这里是不是隐藏着很多不为人知的秘密……"一系列的问题在林枫脑海里闪现。

　　突然窗外飞来一张纸条落在了林枫胸口，能把这张纸远距离扔到他胸口的，内力真的不一般！

林枫连忙看到："今夜午时，桃源西侧石林见。"林枫想："好哇，看来我心中的那些疑惑要逐渐揭开了。难道是颜不换?!"

林枫的刀在当日落水时丢了，但他还有绝学千步神拳，对付一般的高手绰绰有余，当然不可大意，毕竟连对方是谁都不知道，还是小心为妙。

午夜，桃花源石林。

月黑风高，今夜格外冷，林枫一路走过，浑身打着寒噤，脚步放得很慢，仔细聆听四周动静。

只见前方站着一位黑衣人，手握一把丈八蛇矛插在了地上，他单手叉腰，有着大将之风。

黑衣人回身道："你还真敢来，不怕我杀了你吗?"林枫抱拳道："刚才也怕，但来了就不怕了，前辈的气度并非恶徒，反而像武林豪侠。"

黑衣人皱了皱眉，"当年你师父和我有过一面之缘，我们在一次武林冲突中相识，我和他过了招。毕竟没有血海深仇，我们都留了一手，双方以平手结束，多年后我很后悔，得知比武较劲不可有忍让之心，不然你到死也不知道到底谁厉害！如今徒弟青出于蓝而胜于蓝，我想讨教几招!"

林枫抱拳道："想不到在此遇到家师故人，林某在此拜见前辈。"黑衣人大笑，"我这里带了刀，来吧，让我看看你的刀法如何?"

林枫刚一接刀，对方的丈八蛇矛就如同毒蛇般刺向自己。

林枫凭借感觉抵挡了一下，感到对方之力十分厚实，一看就非同小可。

这么多天没用武功了，外加内力刚恢复，林枫感到动起武来身体略有不适，他勉强支持，正面发出一刀闪光，黑衣人双手握矛挡住了林枫这一刀。

两人一前一后打了三十招后，林枫体力不支，喘着粗气继续应付，黑衣人道："呵呵，你的刀法看来不过如此，看枪!"随后黑衣人跃起，在空中发出数十道枪光，林枫此时在死角之处避无可避，只能硬挡！

林枫在关键时刻感到体内有一股气流在涌动！是内力再次回升了！

八成！不错，刚才一动自己的内力又恢复了一个阶段！

刚才的疲惫也随之消失。林枫双手握紧钢刀，大吼一声，发出金刀中的绝学！

树林里叮当几声闷响后，黑衣人被金刀击退，林枫闭上双眼深呼吸了一口，似乎找回了武林中人的感觉。

黑衣人把蛇矛插在地上，点头道："不错，真不错！刚才的枪法招数是我这几年新创的，自问武林中没有几人能挡得住，可被你轻易化解，可见你的武功在我之上！"

林枫抱拳道："前辈真是我的救星，不瞒前辈，我的内力之前没有完全恢复，如今你我一战后已经恢复至八九成，也让我的体能得到了恢复，多谢前辈！"

黑衣人仰天大笑，"还什么前辈，今天刚见过面，就忘了"？随后黑衣人摘下蒙面，竟然是莫若雪的父亲！

夜探颜府　冒死知恩

黑衣人道："我的身份你暂时不要向他人提及，今天就是想试试你的武功，其实我早就知道若雪把万泉叶给你了，哈哈！"林枫道："若雪和您都是我的再生父母。"

"今晚找你还是有事相商。"若雪父亲道。

"伯父请说，你我都是一家人。"

"这桃花源内有古怪，而且在几个月前就开始了，莫名其妙地有人失踪！十天前我的救命恩人也失踪了，这事我暗中查了十天还是没结果！"若雪父亲小声道。"什么！失踪？这里可是桃花源，武林秘境，谁能从这里拐人？"林枫惊讶地问。

两人对视了一下，心中似乎有了答案——颜不换！

若雪父亲道："颜不换此人深不可测，他的真实身份谁也不知道，而且此人年龄应该比我还大，不知修炼的什么邪门功夫能永葆青春，最值得怀疑的就是他，因为能把人搞失踪，在这里只有他有这个本事。"

林枫道："此人的确嫌疑最大，而且他的武功似乎很高，当晚他来找过我，

还和我口头切磋了武功。"

"此人行事出人意表，性格十分古怪，我看咱们有必要研究一下这个事了。"

"我也有此意，身为武林中人必须对百姓的安危负责，虽然这里是桃源，但也是你我的家。"

"在这里空想是没用的，敢不敢跟我夜探颜府！"若雪父亲严肃地问。"敢！如今我的功力已恢复至八九成，放眼当今天下能打赢我的没有几人，虽然金刀丢了，但这把钢刀也可以！"林枫此时又恢复了当时的万丈豪情！

二人蒙好面，一身夜行衣，一前一后潜入颜府。这里十分庞大，但走着走着就迷了路，若雪父亲做了个停止的手势，"不好！这是上古传下来的奇门遁甲！你我都中招了！"

林枫问："我也感觉到了，而设这个阵的人就是颜不换，咱们的行踪是否也暴露了？"

若雪父亲用丈八蛇矛划破自己的胳臂，闭上眼道："我原来对此有简单的研究，刚才的方法应该有效，你我暂时未暴露，但想走出去恐怕很难，先进屋内躲避吧。"

二人找到一间书房潜入，由于他们都是武林中一等一的高手，步伐十分轻盈，所以府内无人察觉。

书房内十分复杂，上面摆放着很多东西，若雪父亲惊叹道："不好了，颜不换真的是杀人凶手！"随后两个人看了桌子上的笔记，上面写着那些失踪人的信息，并且做了杀死的标记！桌面上还有些奇怪的文字，似乎不是中土文字。

林枫低声道："看来咱们到他的书房了。"若雪父亲没有说话，悄悄地伸手摸了书柜，似乎在找什么东西，果然下面有个机关，轻轻一动书柜就开了，后面竟然有暗道！

若雪父亲道："我先进去一探究竟，你在这里等候！"林枫马上道："一起去！"

"不行，这里有什么咱们还不清楚，而且这是我的事，我得救出我的恩人，记住，如果一个时辰后我不回来，就说明我出事了，你千万别管我，带着若雪和她母亲离开这里。"随后给林枫一张纸，上面写着如何打开桃源大门的奇门遁甲方法。

林枫坚持道："要死一起死！前辈不可丢下我！"若雪父亲怒道："混账！你忘了你还有若雪吗？我都这个岁数了，死了无所谓，你不听我的话别怪我和你急！"

说完若雪父亲准备进入，林枫问道："还没问过前辈在武林是何出身？"若雪父亲笑道："以后你会知道的，这把丈八蛇矛就是答案，好久没这么热血沸腾了。"

只见若雪父亲消失在暗道中，林枫望着窗外月色，感到人生总是那么变幻莫测……

江湖惊变　武林秘事

若雪父亲一路潜入，这里很是黑暗，暗道四周长满了奇怪植物，甚是可怖。

而此时他的心情十分激动，毕竟二十多年，没有过这种江湖感觉了。

一人一枪单刀直入暗道深处，果然不远处有人。

若雪父亲独自藏在侧壁阴暗之处，他屏住呼吸聆听动静。

黑暗的灯光下站着四人，为首的一人就是颜不换！

其他三人有两人戴着面具，一人的模样长得十分可怕，整个脸和魔鬼怪兽没有区别。

怪脸人手握青龙偃月刀，若雪父亲一看便知，此人竟然是退隐武林十几年的大人物，江湖人称"大刀纵横"的关不敌！他应该和自己是一个年龄段的，在山东一带十分出名，黑白道都不敢惹的狠角色，号称偃月刀的功力可超越关公！

颜不换微笑着道："三位，如今武林人才辈出，江湖会再次掀起动荡，首先是南方武林的万刃门，梅无赦果然是当代枭雄，如今他的势力已经威震南方。而北方武林就更为复杂，水道的血海帮发展迅速，传说帮主钟逆，已经习得传说中的武功，附近帮派无不俯首屈服，洞庭湖上的水盗均被此人收服！还有少林寺中似乎有见不得人的秘密，那一日我夜入少林发现了内院之中竟然有奇门遁甲！这事要是传出去恐怕武林都会动荡，身为泰山北斗之派有什么见不得人的事情吗？不巧的是没等我破解此法，方丈等人就走了过来，我神功初成且当日还有要事在身，就没与之周旋，武当派更有意思了，产生了内乱，如今分为两派，一派是保守的，另一派是创新，创新派中传闻出现了一位武学奇才，他们之间定会火拼。现在白道上少林武当两大派都有事，真是风云多变！"

颜不换似乎对武林的局势十分了解，喝了一口酒后，继续道："武林除两大秘境外，北方还有三大禁地和四大邪教，以及众多新生门派，他们也都蓄势待发，局势越是复杂，那些强人就越坐不住！"

关不敌冷笑一声："源主多虑了，这些事我关某还不放在眼里！"其他两位蒙面人沉默不语。颜不换大笑："再说说黑榜一事！如今武林传出了黑榜十大高手一说，你关不敌就在其中！"

若雪父亲心中暗忖："不妙！武林的局势太复杂，近期肯定有大事发生。"

关不敌得意地点了点头："老夫刚一出山，就被列入黑榜十大高手，这个身份配得上我！"颜不换也点头道："关兄和梅无赦都是刚进入黑榜的高手，你们是一个层级的不过分。"

关不敌道："黑榜高手多数我不认识，梅无赦倒是够资格和我齐名，其他人源主是否有所了解。"颜不换神秘地一笑，"有几位我也不甚了解，例如血海帮的帮主钟逆，此人武功传说已天下无人能敌，哪天我还真想会会此人。"

一旁的蒙面人道："时间到了，源主该用餐了！"随后他拿出了带着血色的肉，若雪父亲看了之后心中大震，这是人肉！

关不敌哼了一声，"王大善人的肉肯定好吃，源主吃了之后定会神功大进！"

一个晴天霹雳直击若雪父亲，他的恩人就是王大善人！

当年他身负重伤，进入桃源时候已经奄奄一息，要不是王大善人及时救了自己，那性命可真的不保了！

想不到王大善人竟然成了颜不换的盘中餐！此人表面造福一方，实则是个真恶魔！

眼见颜不换一口一口地吃着肉，用纸巾轻轻擦了一下嘴角的鲜血，行为举止十分优雅，看得若雪父亲感到作呕！

若雪父亲想："此地不宜久留！对方实力太过强大，先回去和林枫一起从长计议！"谁知他刚要走，一个温柔的笑声发出："您这就走了，不多听一会儿了吗？"发声之人竟然是颜不换！

若雪父亲知道已经暴露，于是现身，手握丈八蛇矛，喊道："想不到你竟然如此之恶！"颜不换哈哈大笑，嘴里的血都流了出来，"这肉好新鲜，你们说他的肉会不会更好吃？"

关不敌对若雪父亲道："阁下是？"颜不换的衣服被他的奇怪内功吹起，宛如神仙一般，他凌空飞起，手里拿着一杯酒道："这位是边防军总帅呼延寿亭手下第四号大将，曾带领边防军出生入死，和呼延寿亭在绝龙岭一起拼死突围的将才，'矛神'莫怀意！"

血色桃花　杀机四起

站在中央的莫怀意点头道："想不到你早就知道我了。"颜不换嘿嘿一笑，姿态十分高雅地说："这桃源里的任何一件事我都清楚，当年你身受重伤，是王大善人救了你，如今他死了，是不是想杀我报仇。哈哈，你有这个本事吗？"随后做出了让其他三人别动的手势，看来他想一人对战莫怀意。

莫怀意怒道："你这个妖人，今日就让你尝尝丈八蛇矛的厉害！"颜不换道："莫兄莫急，且听我一言，你不是我的对手，况且还有关兄等三人在，打起来你必死无疑。不如加入我的阵营，你可是边防军一流猛将，呼延寿亭手下六大将可谓闻名天下，你若助我，今后武林早晚是咱们的！"

这一番话令莫怀意陷入了沉默，他心中暗忖："不如先和他聊聊，看看他到底有什么企图？"于是说："你到底想干什么，和你一起只能荼毒武林吧？"

颜不换哈哈大笑："莫兄真是正义凛然，不过何为正义？胜者为王，只有胜了，才是'正义'！因为到时候你就有话语权，你想怎么说就怎么说！至于如何取胜，用什么手段，我不管！"

莫怀意道："想不到你是这种人，桃源的人估计知道你这样，肯定寒了心。

唉，这世上哪有什么世外桃源。"颜不换坐在桌子旁喝了口酒："我很理解老兄退隐的胸襟，当年绝龙岭一役你伤透了心，对朝廷很是失望，所以连夜离开了军营，到了这里后想度过余生。你晚年得子，生活过得也不错，可你为何多管闲事呢？"

莫怀意道："可能是武林中人始终是武林中人。"颜不换大笑，"好一个武林中人，今日就拿你试试我的新武功！"

话音刚落只见颜不换的衣袖飞起，莫怀意知道这袖子里的劲力十分强大，于是用丈八蛇矛直接硬挡。几招过后二人前后拆招，不知怎的，丈八蛇矛始终无法刺透这袖子，十招过后莫怀意感到此人武功深不可测，似乎没有用全力和自己对打。

莫怀意惊讶道："这是？先天真气！"想不到颜不换已经到了这种境界，武林中的"气"分为很多种，例如林枫的刀气，花青云的剑气，这些气都是绝顶高手才有的。气自然也有高低之分，强弱之别，可先天真气是最难修炼的一种，没有几人掌握，所谓先天是靠大自然之力发出的，不全都是自己的内力，火候够硬的先天真气将是古今无敌！

颜不换的身法时快时慢，从容微笑地面对莫怀意，二人直接对了一掌，前后分开之时莫怀意忍不住吐了一口血！

莫怀意连忙稳住身形，干咳道："想不到你的武功如此厉害，不过你别得意，杀了我也没用，你的事早晚会暴露！"颜不换手中多了一把刀，"这把刀是三大绝世神刀之一的'凝冰'，稍后我会亲自用它处理林枫。哈哈，你别以为他能奈我何，我倒想和他会会刀法！"

"那咱们就试试！"一个洪亮的声音传遍整个洞窟，不远处一个高大身影出现。

林枫手握钢刀一跃而下，怒道："颜不换，我以为你是个化外高人，谁知你竟然修炼邪功，以食人为辅助，可你为何吃桃源里的人，出去的话岂不是更加隐蔽？"

颜不换上下打量着林枫，赞道："真是一表人才，不愧为'金刀无敌'，怪不得梅无赦都无法胜你。可惜你的金刀已经没了，这把钢刀怎能胜过我手里的神刀凝冰呢？"林枫道："你还没回答我的问题呢？"

颜不换抚摸着凝冰叹气道："好吧，我就全告诉你们，反正你们也别想活着离开这里，让你们也做个明白鬼吧。我的武功顶级阶段需要鲜血和人肉来提升，当然不是一般的人肉，需要桃花之气的人，所以必须选择是桃源之内的人。于是我当年就四处寻找，可惜真的找不到，直到我发现武林秘境桃花源，那时的桃源主人不是我，随后我杀了桃源原来的主人，隐居在此练功。桃花源的主人本来就没几人认识，所以换了我后怀疑的人也不多。"

莫怀意问："那这是很久以前的事了吧？二十年前我来时这里就是你管理。"颜不换眼神中闪出了杀机，"你们知道得太多了，反正也和死人无异，告诉你们吧，我已经活了一百三十年！还有，林枫你是个人才，我一早就想把你招为己用，你的内力恢复是早晚的事，本想给你找一些药物辅助，谁知你竟然恢复得这么快！"

千步厮杀　高手对决

　　林枫和莫怀意明白了，这人武功如此之高已经超出了常人，拥有一百多年的修为，想不到武林中竟然出此人物！

　　莫怀意用内力传音林枫道："稍后看我眼色行事，我想办法出去！"

　　颜不换第一次露出了凶相："受死吧！没有我的命令，你们三人都别上，我让他们看看颜某的实力！"刀光一闪直逼二人，这次换作林枫上前，他已经恢复九成功力，自信可以与之一拼。两个人正面对招，颜不换和林枫的身法都很快，刀之间划出了星星火光，令昏暗的洞窟有了点点光明。

　　林枫知道不可恋战，对方还有三名绝世高手，先一口气解决了颜不换再说！

　　"你能接住这一刀吗？"林枫双手握刀横劈颜不换，这一招是他的绝招，也是毁天灭地的一招！

　　两刀相击！颜不换竟然把林枫的刀给砍断了！

　　刀气也伤了林枫，与此同时，一把长矛从后方刺入颜不换的后心。

　　莫怀意在一旁找时机，刚才二人全力对战，在刚才那一招后他全力发出一枪偷袭。

可不知为何长矛就是刺不透颜不换的身体，没等莫怀意收招，颜不换一刀挥砍，直逼莫怀意脖颈处！

"看招！"林枫猛然间大吼，发出了千步神拳！此时他的内力已经恢复十成！在此激战下，内功已全部恢复，刚才自己的钢刀被砍断那是因为兵器的问题，他此时发出浑身内功打出千步神拳，这一拳太快了，没等颜不换砍掉莫怀意的头颅，一拳就打到他的后脑！

莫怀意打了个滚向一旁倒去，颜不换中招后迟钝了一下，随后一掌直击林枫胸口，林枫被打得吐了一口血直接喷到了他的面门之上！

三人原地不动，似乎都受了伤。

林枫刚才挨了一刀一掌，他捂住胸口道："你会魔教金刚不坏体神功？"颜不换闭上双眼道："不是，这是魔教五大神功之一的'魔网金罩'，比中原的金钟罩强上数倍，随时有真气护体。"

莫怀意道："你是魔教的人？"颜不换嘴角再次露出了微笑，满脸是血的他再也没了之前的优雅，"不错，魔教如今已经是我的掌控范围。"林枫暗忖："此人竟然掌控了魔教，难道教主都被他控制了？"

颜不换道："好了，让我送你们上路吧。"突然洞窟中发生了震动！

颜不换惊讶道："莫怀意你竟然知道这里的玄机？"莫怀意一把长矛插入了一处石头上，这不是一般的位置，正是此地奇门遁甲的玄机。随后他又将另一处地面刺穿，竟然有水柱喷出！

林枫道："这样的话咱们都会被淹死！"莫怀意道："桃源中本来就是个自然奇异之地，奇门遁甲很多，他这里有几处可以利用逃脱的。看那里，随我跳下去！"两人前后迅速往他们身后的水中跳入！

颜不换大喊："都给我上，别让他们逃了！"可惜就差一点，还是让他们消失在水流之中！

关不敌等三人想继续追赶，谁知颜不换又做了个停止的手势，"去他们家!"随后三人连忙出去追赶。

颜不换沉默不语,良久后,自言自语:"金刀无敌,不愧为武林一霸,此人有一股拼劲,再打下去后果不好说,想不到近几年中原竟然出了这么一位高手。"

当林枫和莫怀意醒来时,发现已经被水冲到了岸边,莫怀意急忙道:"快走,回去带着若雪离开这里!"

当日四人简单收拾行李准备离去时,不料门外传来关不敌的声音:"想走没那么容易!出来受死!"此时林枫道:"你们三人快走,伯父开启奇门遁甲,我断后!"

莫怀意知道此时如若二人一起抗敌就没人管妻女二人,果断答应。

莫怀意在后院溪水中开启了奇门遁甲,似乎他早有布置,这后院就是个阵法,作为离开桃源之用。

林枫按了下莫怀意的肩膀,稳重地说:"你们先走,放心,我一定会去中原找你们!"随后一股十分霸道的内功传到了莫怀意周身的每一个角落!莫怀意心想:"看来他的内功不仅完全恢复了,还更胜以往,真是越战越勇!"

刀歌血战　神拳霸威

　　莫怀意严肃道："入口还能持续一炷香的时间，咱们中原见！"莫若雪一直在哭，变故太大，一个女孩实在受不了。她回身紧紧地抱住林枫，林枫断然道："我一定会回去娶你！等我！"

　　三人刚走，一把青龙偃月刀将房屋砍断！这一刀真是神威之力！

　　黑榜高手是近期江湖中传来的，梅无赦也在其中，可见关不敌和他是一个级别的，真是个强敌！

　　林枫知道对手十分强大，他身后还跟着刚才在洞窟里的那两个蒙面人，他们也准备随时出手。

　　"杀！"一声大吼惊天动地，狂风四起，四周的物件都被他的内功震飞！鸟儿都惊得飞起，乌云都裂开了缝隙！刀气从身体四周发出！

　　关不敌惊讶道："刀气！"林枫二话没说上前应战，上来就用出生平绝学对阵，这一刀凝聚刀气中的精华，关不敌早知林枫得玩命，所以也用出全力正面给出一击！

　　两刀相碰后，关不敌的偃月刀竟然被打得差点脱手！而林枫杀红了眼，丝毫没有退缩！

又是两道刀光发出，关不敌躲过了一刀，随后的一刀砍在了他的右腿上！

关不敌一只手抓住刀身，林枫一时间无法挣脱，而关不敌的另一只手拿着偃月刀准备将他斩首！

林枫赌了一把，双手松开钢刀，大喊一声——

"千步神拳！"

关不敌正中其招，这一口气发出了巨大内力，林枫毫不退缩地出拳，有着无敌之势！

"咣当"两声，手握的兵器都掉落在地，关不敌被千步神拳打得浑身是伤，而林枫也后退数十步，大喘气起来。刚才耗费内功太多，一时间有点站不稳。

身后的两名黑衣人准备出手，两人一前一后，均手握匕首，他们不以真面目示人显然有隐情。

林枫空手对敌二人，发现他们的身法极快，不在自己之下，武功之高超出了他的想象。五十招过后，二人配合打得林枫已经负伤！

林枫拿起身后的木棍，当作金刀使用，如今他已经到了刀法通神的境界，什么物件在手里都是最好的刀！

他在危急时刻爆发出惊人的实力，碾压了黑榜十大高手之一的关不敌，还拼命对战这两个顶级高手。此时他闭上双眼，感受着人刀合一的境界！

眨眼间一名黑衣人的匕首不知怎的被林枫打掉，随后木棍直接插入其腹部，一击将其毙命。可与此同时，另一名黑衣人不留空隙地给林枫后背一击！

林枫是何等人物！早就发觉会有这招，他在用木棍插入对方身体时，身形就已经转为倒地之势，这把匕首直接插入了被林枫杀死的黑衣人喉咙里！

林枫瞬间爬起，这一招太突然，另一名黑衣人也没想到林枫如此厉害，使自己杀死了同伴。没等他反应过来，颜不换在远处喊道："小心！"可惜太晚了！

林枫一招千步神拳直击对方肋骨，无数拳影直击此人！

只听骨头碎裂的声音不断发出，这名黑衣人的蒙面处渗出了鲜血，随后倒地。

林枫也坐在了地上喘气，这一战他力拼三名绝世高手，感觉自己的内功不仅恢复还更胜以往，换作过去遇到此等高手恐怕无法战到如此地步。

一阵鼓掌声从屋顶传来："哈哈哈，好！好！好！"颜不换竟然开怀大笑，春光满面地道。

林枫怒道："哼，乘人之危。"颜不换的笑顿时没了，"林兄你太可怕了，经脉逆行后不但没死，还恢复了内功，九死一生后内功如今又是更上一层楼，看来这就是筋脉逆行后复活的好处吧，真是千古未见。哈哈，看来我就更不能留你了！"随后做出双掌齐发之势。

林枫勉强起身准备接招，谁知一道黑影闪过，直逼颜不换，两人四掌相击后，颜不换落地做出了不解之色。而这位黑衣人面带鬼脸，看不出面具下表情，他负手而立，头都没回给林枫做了一个走的手势。

林枫起身抱拳道："多谢前辈相救！"随后跳入了溪水之中！

凌云岁月篇

洪泽源泉　声色犬马

　　洪泽湖边，晚风丝丝吹过，夕阳的余晖中带着一丝不甘与微凉，这种场景和诸葛晓遥此时的心情一样，很不甘！

　　诸葛晓遥是个婀娜多姿的美人，正是芳华年纪，自幼品学兼优，如今朝廷有个留洋活动，不少学士都报名参与了，大家都想去海外看看。自明朝击败蒙古铁骑后，作为新朝的年轻人更想自强起来，多学一些东西，出去看看大世界。

　　晚间她回到家中，这里是位于洪泽湖旁的小木屋，家虽不大，但很温馨。父亲给她煮了一大碗龙须面，里面加了不少肉，可她就是开心不起来。

　　父女落座后吃了起来，父亲似乎看出女儿有心事，问道："怎么，有什么心事和我说吗？"诸葛晓遥小嘴一噘，"哼！爹，你哪里都好，就是没银子呀！我想去海外看看，文学院今日告知我们有个留洋的机会，可惜咱们的家里条件不行啊，一次需要一千两白银呢！"话说完后父亲陷入了沉默。

　　诸葛晓遥今天也喝了几口酒，"爹，没事的，我不去就行了，谁让我投胎没投好，没能生在一个富裕的家庭里。看看我的那些学博，他们多数出身显赫,有些人进了学士院都没有本事,全凭关系,我靠自己就算进了,以后的发展也未必能强过他们,因为人家有根基,有背景啊,我没有!唉!"

父亲听完这些话后,沉默许久,说:"我明白,懂的。"诸葛晓遥道:"这没事,以后还会有机会的,我不是怪您,只是我觉得我活明白了。自古以来培养一个富人都需要几代人的努力,我会拼的,为了后人能乘凉。"

见父亲不语,诸葛晓遥继续道:"您这一辈子也不容易,我知道您为了我付出也不少了。"这话一出父亲握紧拳头:"别说了,我都明白的,是爹对不起你。"

诸葛晓遥道:"如今的天下十分繁华,这里面都是人情和关系,公平从来没有绝对,只有相对!想幸福必须一家人一起奋斗,单靠我自己太难了,因为人家一大家子人一起和我对抗……"

父亲打断道:"我都懂,你太小看你爹了,其实爹有很多事都没和你说过,总把你当个孩子。如今你大了,早已亭亭玉立,你和你母亲长得太像了,爹知道自己一辈子什么都没干成,近几年因故友去世,颓废度日,今后我会有所改变的。"

诸葛晓遥道:"我也不傻,爹你教过我的武功心法我都熟记,在学士院里我的武功是最高的。我们那里有懂武功的人,总问我武功和谁学的,说这是上乘心法,一般人根本不会的,爹你原来是不是很厉害?还有你为什么总是沉默不说话,是不是有过伤心事?"

父亲突然起身说:"爹答应你,给你凑齐这留洋的银子。"诸葛晓遥愣住了,"可是只有三天了,咱们没时间了,还有爹你还没回答我的问题呢。"

父女之间感情很好,聊起天来就和朋友一样,完全没有长辈和孩子的感觉。

父亲严肃道:"呵呵,放心,爹拼了也得给你凑够了这钱!"诸葛晓遥问道:"先说爹你为什么会上乘心法,年轻时候你是不是武林高手?"

父亲看着窗外的余晖,似乎和自己的岁月一样,不知光芒足不足以耀眼,可今日他明白了，自己不是一个人，还有家人，需要拼，需要为了共同的幸福去努力。

诸葛晓遥道："您别总喝酒了，您也多出去走走，感觉您是个与世隔绝的人，一个朋友也没有。前几年望渊帮多次邀请你去做他们的头领，可惜你不去，不然咱们的日子也不会过得这么差。"

父亲立刻喝了一大坛子酒，随后将酒坛砸在了地上，看着女儿的眼睛道："爹都明白，以后改，重新开始，咱们好好的，今后不喝酒了!"这番话让诸葛晓遥感到父亲真的变了，而且很伟大。

诸葛晓遥问："那您就给我讲讲心中的难言之隐呗。"

父亲道："好! 你爹我不是废物，在前朝时就是武状元!"

彻夜长谈　往昔如歌

点了烛光，父亲又做了一大桌子好菜。诸葛晓遥道："别做这么多好吃的，吃不了。"父亲道："三日后你就要出海了，我高兴啊，女儿有出息了。"

诸葛晓遥道："爹，我……"父亲道："放心，这点好吃的不算什么，等你留洋回来，爹肯定比现在富裕百倍，我相信自己能做到。"

"您说说我的那些困惑吧。"

"好！爹的真名叫诸葛书辰，隐姓埋名于此是因为当年的一场战役。"

诸葛晓遥知道父亲原来是军队出身，但具体的就不知道了。

诸葛书辰慢慢道："我自幼习武，那时候还是元朝，兵荒马乱。明教崛起后汉人才稍微有了一点尊严，因为明教的势力逐渐壮大，在前朝最后一次武林盛会中，我以汉人的身份夺取了武状元，这也令前朝官员们十分震惊，他们本以为我是明教中人混进来的，可我真的不是。随后便邀请我加入军中。可我是汉人，怎能向着蒙古人打汉人？于是我拒绝了邀请，随后改朝换代，边防军中有个呼延寿亭的人和我偶遇在洪泽湖畔，那日是我那位去世的故友和他发生激斗，两人均是当世绝顶高手，打得难解难分，我路过本想相助我的那位故人，可发现呼延寿亭身穿铠甲似是军中之人，于是便把他们劝开。其实当日只是个误会，呼延寿亭来此招兵买马，可我的那位故友不同意，因为呼延寿亭收编了不少他的手下。"

诸葛书辰说着说着就咳嗽起来，喝了口水继续道："年纪大了，说话说多了都不舒服，唉，当日其实就是个误会，不打不相识，我们三人大喝了一顿，可谓英雄之间惺惺相惜。得知呼延寿亭乃边防军一把手，亲自来民间招人，为保卫我国边防安宁，我主动随他参军，我的那位去世的故友，其实很不想让我去，因为那时候我们两个在武林中闯出了一片天，立刻要成立帮派了，我这一走不知何时能回。他不是别人，正是当今水道六大帮派之一望渊帮的前任帮主'三眼真君'狄洛！"

诸葛晓遥跟听说书似的，很是入迷，想不到父亲如此伟大。诸葛书辰道："随后望渊帮在他的带领下横行洪泽湖一带，霸占了江苏西北一带的地盘，能和其他五大水道帮派分庭抗礼。可惜了，我也想和他一起叱咤风云，但我参军也不后悔，我与呼延寿亭在边防作战数十年，立下了汗马功劳，随后晚年得子。可就在你出生那年，军中出了一件大事。"

诸葛书辰说到这里，喝了一大口水，长叹道："我们那次与元军旧部对战，打得十分惨烈，对方是前朝残余的蒙古精锐部队，可谓集合了所有最能打的蒙古铁骑，他们知道自己走投无路，天下大局已定，所以就打算和我们拼死一战。那日在绝龙岭，我们的主帅本来是呼延寿亭，可朝廷派了一个太监前来挂帅，那太监叫严岁，是当今的太监总管，应该是有小人从中作梗，认为这几年边防军呼延寿亭的功劳太大，想平分功劳。我等鞠躬尽瘁，没有计较太多，当日的计划是由严岁率领大军潜伏在后方，我们只带两百名士兵攻入敌方内部，随后再杀出来，这个时候元军大部分人都会追杀我们，由呼延寿亭和我们将其引出，最后严岁再带领数万大军包围敌军，来个里应外合。"

诸葛晓遥打断道："谁知当今小人当道，你们死活也等不来援军，最终杀得伤兵损将，几乎全军覆没！"诸葛书辰点头道："不错，女儿你真的长大了，

能看透一些人情世故，我当年要是能看透就好了。唉！随后我们二百人只剩下几人杀了出来，谁都没想到我们能活着杀出来，严岁竟然向朝廷报告说我们没听指挥，立功心急，擅自出兵，误了最佳战机！朝廷也给我们降了罪，但是很轻的罪，基本不算是处罚，可这口气我们真的咽不下，我们明白这几年的确功劳太大，朝廷也不傻，当今形势不稳定，也怕我们壮大了会造反，所以在名声上也对我们有所打压，最终我心灰意懒，离开了军队，准备和你母亲回到这里隐居，不料由于气候不适，你母亲染上了重病不幸去世，那一年对我的打击太大了，所以就退隐江湖了！"

说到这里诸葛晓遥对父亲有了新的认识，想不到他竟然这么厉害。

饭饱之后，已快天亮，诸葛晓遥睡下之后，诸葛书辰进入了自己的房间，拿出了尘封已久的兵器"月夜双戟"，用磨刀石将它重新打磨，朝阳照在了双戟之上闪出耀眼的光芒。虽然年近六十，但心中的武林梦再次唤醒了他，诸葛书辰复活了，或许从此刻起他真正辉煌的时刻才刚刚开始，新的江湖历程在等他……

状元之才　铁血神行

神行镖局，乃洪泽湖第一镖局，镖师各个武功高强，多重要的镖放在了他们这里也是安全的，因为武林中几乎没人敢动他们的镖。

可今日不同，有个十分重要的镖需要押，是王府礼金！

一大早朝廷派人让神行镖局押送，有时候请江湖上的镖局押送会比朝廷的队伍更加安全。

镖局的总镖头师阳纵横水道多年，多年来结交了不少绿林朋友，在道上没几个人不给面子，而且此人武功不俗，一把长刀霸道非凡，多年来在镖行里混得风生水起，如今是洪泽湖镖行第一把交椅！

不巧的是朝廷的镖来得太突然，一早通知，当晚就得走，直去太湖。可今天的镖师基本都被安排出去了，整个镖局没剩下几人。

朝廷官员再三嘱咐，王府礼金极为重要，丢了可是要掉脑袋的。作为总镖头的师阳自然不会以任何理由拒绝押送，因为这是个大买卖，另外如果回绝了就是不给朝廷面子，最后会被武林耻笑，误以为他怕了。

现在镖局中的镖师算上师阳在内共有三人，另外两个人都是年轻人，一个是少林俗家弟子，另一个来自峨眉派，据说因为武功不行，被峨眉逐出师门，随后通过关系来到了神行镖局做工。

师阳这次不得不亲自出马，多年来花天酒地，他的身体早已没了当年雄风。临阵磨枪，真的能行吗？

况且朝廷多次强调望渊帮可能劫镖！因为在上个月朝廷官员多次收到望渊帮的挑衅，内容是王府礼金必须上交，不然让你们都葬身洪泽！

此事非同小可！望渊帮是六大水道帮派之一，帮内高手如云，霸占洪泽湖一带，是武林禁地，易守难攻，朝廷多次出兵未能剿灭，是十分棘手的一个黑帮。

尤其是帮内有四大高手，这四名好手是近几年在江湖中刚闯出名头，个个干劲十足，传说每个人都有万夫不当之勇！

于是师阳想了一个办法，及时在全洪泽湖招纳武林人士，以免望渊帮劫镖！

自望渊帮的前任帮主去世后，神行镖局就和他们断了往来，毕竟小帮主上任后提拔了不少新人，不少旧部因综合关系都被"处理"了，之前能说上话的人也都不在望渊帮当权了，师阳也没有自信让如今的望渊帮给自己面子。

洪泽酒楼门口处，集聚了一批武林人士，比武即将开始前，师阳上台道："各位，我镖局今日急需高手押镖，好处自然少不了各位的，我要选出几位靠得住的好手与我今晚一同押镖。"

随后两个人一组纷纷开战，洪泽的武林高手还是不少的，比赛进行了一段时间后，到了决赛，两个人上台准备开打，师阳打断道："两位壮士停手，今日我打算就选两个人，你们不用比试了，都已入选！"

一个人大声道："多谢总镖头给此机会，我马海涛定会效犬马之劳！"马海涛的名声在洪泽早已家喻户晓，此人自小在点苍派习武，出身正派，一身硬气功霸道非凡，曾击败武林名家。

另一人呵呵一笑，"今日没能和马兄一决高下真是遗憾，马兄应该多感谢总镖头的安排，不然你就要出丑了！"说话之人是近几年在武林中令人谈之色变的"无影拳"周文超，此人为人奸诈，拳法更是出神入化，号称一般人根本接不住他三拳！

两人顿时进入了剑拔弩张之势，一个声音在台下响起："哼，两个小儿的功夫才刚刚入门而已，为何如此猖狂！"大家的目光都转向了那位说话之人，此人不是别人，正是诸葛书辰！

诸葛书辰手握双戟，一身红色紧身衣，胸前穿着当年边防军的铠甲，双目直逼那两人，有着猛虎下山之感。

师阳皱了皱眉，"您是？"诸葛书辰大声道："听好了，我乃前朝武状元。边防军第一猛将，诸葛书辰！"

随后就是一阵沉默，然后就是一阵阵大笑，"哈哈哈，前朝武状元？都什么岁数了，回家吧，怎么还没告老还乡，小心点，别被打死了……"

诸葛书辰没有理会台下之声，深吸一口气，不知怎的就飞到了台上，身法极快，宛如闪电！

顿时所有人都严肃了起来，师阳抱拳道："前辈的威名我早有耳闻！不知前辈前来参与，晚辈深感荣幸，可前辈似乎早已退隐……"

诸葛书辰没有理会师阳，用手指了指马周二人，淡淡地说道："你们一起上吧。"

老将之风　威震洪泽

马周二人自然不能退缩，马海涛抱拳道："前辈的威名我自小听过，今日能领教高招是晚辈的荣幸。"而周文超骂道："你算什么东西！今日老子让你死在无影拳之下！"

他们毕竟年轻，对诸葛书辰的事迹所知甚少，不知能和蒙古铁骑血战不败的老将有多可怕！

周文超大步上前发出无影拳，此拳法速度极快，无数高手都败在他这招之下！

谁知一声骨头碎裂的声音响起，刹那间周文超倒在地上捂着右手惨叫起来！

这一幕发生得太快了，谁都没看清无影拳，但更没看清诸葛书辰的铁拳！两人对拳之时实在太快了。

师阳看得一时愣住了，诸葛书辰看着倒在地上的周文超道："拳法不错，就是火候没到位，承让。"随后将其右手接骨，周文超满头虚汗，慢慢爬起道："前辈武功远高于我，我服了！"

台下一阵掌声，马洪涛及时抱拳道："在下服了，周兄被您一招击败，我也不抱有幻想了，还望今后前辈多指点一二！"

师阳上前鞠躬道："恭喜前辈获得本场比试的冠军，今晚你我一起行动，护送镖银到太湖。"

四人回到镖局，带领镖局中剩余众人开始了太湖之行。

当天诸葛书辰的名号就在武林传开，此人的传说很多，被传的也是五花八门，师阳此时心里的顾虑早已烟消云散，因为有当年横行沙场的大将助阵，何愁望渊帮？

一路上周文超似乎沉稳了很多，知道了人外有人的道理，时不时地向诸葛书辰请教拳法。他们觉得诸葛书辰就是个百科全书，什么样的武功都懂得一二，而且听他讲当年边防军的铁血故事，都觉得津津有味。

这一行十分畅快，平静得似乎有些不正常，马海涛道："各位，咱们如此顺利说明那些绿林强人知道了诸葛大侠押镖，不然你我兄弟难免有一场血战。"周文超附和道："可不嘛，这几日诸葛前辈的威名早已在洪泽湖一带传开，望渊帮不可能不知道。"

师阳却陷入了沉默，他慢慢道："这是最后一段路了，大家不可大意，传闻望渊帮对此镖非得不可，咱们丝毫不能懈怠，四大高手如果不来那咱们就好说。"

周文超大声道："什么望渊帮四大高手，我看就是狗屁！出来和你周大爷过几招！"谁知不远处传来一个声音："区区周文超不要放肆！安东如在此劫镖！"此话一出除诸葛书辰外其他人都进入了紧张状态！

"天外流星"安东如乃望渊帮四大高手之一！

此人一手流星锤使得得心应手，且在帮内威望极高。

两侧树林中闪出了大队人马将镖师们重重包围！

目测前方只有安东如一人，师阳上前抱拳道："安少侠的威名在下早已如雷贯耳，还望今日少侠行个方便，改日师某必去望渊帮亲自面谢！"安东如摇了摇头，"当今贪官横行，你等竟然押送王府礼金，为武林所不齿，还请上交王府礼金，不然你们吃不了兜着走！"

周文超大骂："我呸！你找死说一声，各位都别上，让我和他一对一！"此时师阳站了出来："你等不是他的对手，还让我亲自领教安少侠的神功绝技！"

安东如拿起流星锤道："那就恕我对师总镖头不敬了。"话语刚落流星锤如巨蟒般袭来，四周树叶都被他的内功震起，马海涛暗忖："看来望渊帮四大高手甚是了得！"

多年来师阳未动武功，荣华富贵令他整日养尊处优，手中钢刀早已生锈，可如今大敌当前，自己必须拼命。

钢刀直击流星锤，两人对了二十招后安东如明显占了上风。师阳突然大吼一声，起身一刀竖劈，刀光一闪，这一刀十分巧妙，先是躲过了流星锤的直击，然后就是迎头一刀。不料安东如灵活异常，用流星锤的锁链将钢刀缠绕，随即夺刀，正面就是一脚踢飞师阳！

安东如大喊："劫镖！"

马洪涛和周文超齐上出招，谁知一个身影挡在了他们面前，大声道："你们保住王府礼金，要寸步不离！"

一阵惨叫连连发出，诸葛书辰在一瞬间空手击败了数十名望渊帮人员，安东如皱了皱眉，正面发出一锤，诸葛书辰先是躲过一招，随后移动到他身后抓住其肩膀，安东如反身挣脱，诸葛书辰也跟着反身回旋，随后两人对了一掌！

打得安东如后退百步差点摔倒！

这一幕彻底镇住了劫镖的帮众，马洪涛大喊："跟他们拼了，咱们有诸葛大侠在，不怕！"局势瞬间逆转，安东如见状不妙，喊道："撤！"

父女情长　远赴西洋

今日神行镖局门口车水马龙，一道横幅高挂在镖局的牌匾之上！内容是："诸葛大侠重出武林，铁血老将护镖头功！"

武林中迅速传出了诸葛书辰的种种事迹，都说望渊帮四大高手不是其对手，此人武功超绝等。

今晚诸葛书辰回家，按照和女儿的约定，银子赚回来了，诸葛晓遥百感交集，明日就随船远赴海外，下次见到父亲不知道是什么时候了。

晚饭时父女再次陷入了沉默，诸葛晓遥拿起剑道："爹，我给您来一段剑法吧，这是我配合您的心法自创的！"随后起身舞起剑来，诸葛书辰看后叹道："想不到你真是个练武奇才，要不你我是一家呢。"

"爹，如今你的威名传遍江苏一带，身为女儿怎能扯后腿，以后去了海外，我会把咱们的武功发扬光大。"

"好！我看没问题。"

"哈哈哈，来，今晚咱们父女多喝几杯，人生就是这样，别离只在瞬息之间。"

当晚两人没说太多，一切都在心里，父亲的强大让女儿感到自豪，在今后的岁月中诸葛晓遥决心苦练武功，今后做一个像父亲一样的武林高手。

随后诸葛晓遥抱住了父亲，眼泪不停地流，这是她第一次离家，真的有些不舍。

早上海风吹过，父亲连夜给她讲了很多江湖常识，使其出门在外多有防范，又给了她家传心法。

当诸葛晓遥踏上船的时候，诸葛书辰大笑："去吧，世界很大，要多研究我的心法，让西洋国家见识一下咱们中土的武功！"

望渊帮，聚义厅内。

一位英俊硬朗的男人坐在中央，旁边站着一位谋士打扮的书生，下面帮众云集，望渊帮不愧为水道六大帮派之一，人数众多，帮内的商业发展也极为昌盛，私盐和酒的买卖更是洪泽第一。

在当地有成千上万家商铺都是望渊帮的，今年望渊帮打算继续做大事，立志发展成水道第一大帮。

帮主狄青今日似乎有心事，军师于湖鸣早已看出，长年和帮主并肩作战，这位小帮主哪里都好，就是藏不住心事，毕竟太年轻，才二十五岁。

开会中各分舵交代了商业上的事宜后，于湖鸣小声道："帮主，关于劫镖一事你看？"狄青摆了摆手，"此事你我稍后说。"

群人散去后，殿内就留着帮主和四大高手中的两位，还有十八名帮内铁骑，号称"望渊十八骑"，能和隋唐的燕云十八骑媲美。

这些都是望渊帮的最高层。自从老帮主"三眼真君"狄洛去世后，小帮主狄青继承帮主之位，他得了父亲真传，一把三尖两刃刀统领帮内。随后他又提拔了望渊帮四大高手，十八铁骑也是他亲自找高人训练的，原来老帮主的旧部多数都被他"处理"了，毕竟是权力的问题，面对功高盖主的旧部，新帮主不得不紧张些。所谓的处理就是让那些旧部调到一些不重要的岗位或十分偏远的地方任职。

随后多数旧部都感到心寒，便告老还乡。

狄青起身踱步，负手而立，对军师于湖鸣道："湖鸣啊，关于劫镖一事你有何看法？"于湖鸣道："恕我直言，不是我方实力弱，而是咱们轻敌了。我专门研究了诸葛书辰这个人，他竟然和老帮主是生死之交，武功超群，绝不在你我之下。"

狄青皱眉道："哦？他的武功真的那么好吗？都这把年纪了，还出来惹事！"一旁的安东如道："的确，此人武功高于我，而且和我交手之时令我感到十分紧张。此人招数凶猛，压迫感十足，内力极为深厚。"

狄青道："你二人乃帮内四大高手，平时的血性都去哪儿了？"

"呵呵，区区诸葛书辰不算什么，那天我没去，不然让他人头落地！"一个声音从空中传来，随后一阵风吹进了厅堂之内，此人一身白衣，相貌堂堂，双臂肌肉暴起，步伐平稳，想必武功已步入一流之列，一把宝剑挂在腰间，面色中露出了少于常人的自信，他就是望渊帮四大高手之首，令狐行！

血气方刚　招纳贤德

令狐行大步走入厅堂之内，这位年轻人虽然没有上黑榜，但全帮上下无人不觉得他进入黑榜是早晚的事，一把快剑难遇敌手，是望渊帮第一高手，武功令帮主狄青都赞叹不已。

狄青见他来了，上前道："令狐兄弟，上次是咱们轻敌了，不然你和安东如一同前往，诸葛书辰就未必能赢。"令狐行眉毛一挑，说："那是自然，东如的武功火候还不够进入宗师级，我还真想会会这等人物。"

安东如道："如今武林中都在传望渊帮被神行镖局压制，咱们劫镖失败，怎能咽下这口气，这事我看不能就这么算了！"令狐行点头，"不错，兄弟们这些年哪里吃过败仗，这事必须找他们算账！"

安东如道："那就先擒王，找诸葛书辰！"令狐行道："不知帮主意下如何？"

而此时的狄青沉默良久，军师于湖鸣先道："帮主是否觉得此人可为我帮所用？"此话一出令狐行和安东如的脸色不太好看。

狄青点了下头，又摇了一下头，"这个，的确有此想法，但我得亲自看看此人。"令狐行拔剑道:"这是万万不可的!他已经得罪了咱们,咱们却想招纳他,传出去会被武林耻笑的!会以为咱们怕了他!"

于湖鸣打断道:"你的格局似乎有点小了,咱们帮要发展,就必须考虑长远,如今局势非常复杂,今后很可能有几场硬仗要打,你我都是年轻人,真比起老江湖,现在帮内没有。"

说到这里狄青的脸色不好看了,"那于兄的意思是我把那些旧部都赶走是错了?"于湖鸣没有回避这个问题,"既然帮主话说到这个份儿上,我就直说了,今天在场的都是出生入死的兄弟,当今水道关系复杂,血海帮的钟逆习得神功后已被列入黑榜,此人野心极大,而帮主却收了她的女儿为妾,那个女儿据我调查,真的不是亲生的,不知道是从哪里找出来迷惑你的……"

"够了!大胆于湖鸣!你胆敢以下犯上,看来你想当帮主了对吗?"此话一出于湖鸣停顿了一下,但他咬了咬牙,继续道:"帮主!醒醒吧,现在都什么时候了,我帮最要紧的是强大起来,而不是对付诸葛书辰,为了一点小事大动干戈真的不必,何不化干戈为玉帛呢!"

安东如点头道:"我赞同于兄的说法,帮主息怒,方才他也是为本帮着想,是一片赤诚,还望宽恕。"狄青一掌将桌子击碎,"好啊,看来在你们眼里我就是个昏庸之辈。于湖鸣我告诉你,从现在开始,你再说璐璐半句坏话,休怪我和你翻脸!"

令狐行说道:"各位别伤和气,现在还没对外呢,自己人就打起来了。兄弟们听我一言,现在局势的确复杂,这次我出去听说血海帮钟逆已经暗中招纳很多高手,实力已经不在咱们帮之下,可对方固然强大,但还不至于让外人帮忙,那个诸葛书辰是否浪得虚名,等我会会他再说。"

望渊十八骑中闪出了一个人,此人名叫南宫秋落,乃十八铁骑之首,武功不在四大高手之下,但由于长年完成隐秘任务,江湖中对他所知甚少,也是帮主的亲信之一。

南宫秋落道:"我认为军师所言有理,据我所知其他几大帮都想做私盐生意，企图对我帮商业方面不利，而且太湖帮成天训练士兵，船头的方向就是咱们洪泽湖，恐怕他们即将动手了。"

一番话后，狄青没有再多说，摆了摆手道："好，都下去吧，容我好好想想。"

夜月微凉，伴随着幽静的荷花散发的花香，狄青独自坐在亭子内饮酒，一个十分窈窕的身影出现在他面前坐到了他腿上。她的娇容在月色的衬托下显得格外动人，她是一看就能让天下男人都动心的大美女，几日内就有洪泽湖第一美女之称，这就是血海帮帮主钟逆的女儿钟璐璐。

自从她与狄青相遇后，两人的感情迅速升温，没几天就被狄青带到帮内做了妾，还把正房给气走了。

这些日子狄青每当帮务缠身的时候，她都会第一时间出现，而狄青早已离不开她了，俗话说英雄难过美人关，就是这样的。

狄青紧紧抱住她，"璐璐，谢谢你这些日子一直陪我，真的，没有你的话我真的不知道如何面对这些压力。"钟璐璐微笑着吻了狄青一下，"帮主是天下间最英明神武的人，无论遇到任何困难都会扛过去的。"

狄青道："如今水道其他五大帮派发展迅速，尤其是你父亲的血海帮，多亏了你，我们两帮关系非常好，而近期江湖传闻太湖帮似乎要对我帮动手，因为多年来我们垄断了水道上私盐的生意，太湖帮多次和我帮在这件事上发生争执。"

钟璐璐慢慢地吻着狄青道："太湖帮不算什么，咱们帮内有四大高手，俱可媲美黑榜高手，何惧他太湖帮……"

深夜遇袭　望渊之情

今日是望渊帮老帮主狄洛的忌日，帮内上下都以最高礼仪祭祀。

狄青昨夜难以入睡，脑海里不断想起父亲生前说的一句话，内容是："他要是在的话，恐怕望渊帮将无人能敌，可惜了，我的兄弟。"这里所指的人就是诸葛书辰。

临终时狄洛多次跟狄青提及诸葛书辰一事，让他及时招纳此人，有他在望渊帮将更加昌盛，得此一人胜过千军万马，望渊帮可保二十年稳定。

在前几个月狄青得知诸葛书辰隐居洪泽湖畔，所以多次叫人去请，谁知对方竟然给回绝了，这令他感到很没面子。此事没有和四大高手等心腹提过，毕竟帮内关系复杂。

目前来看大家都能接受诸葛书辰，可此人的实力究竟如何，自己要亲自领教下。

空中惊雷一响，乌云密布，一场大雨即将来临，狄青想独自再待一会儿，命所有人都退去。

一个人的感觉就是好，成天帮中事务狄青早已厌烦，他把伞扔到了地上，仰面朝天，无数密密麻麻的细雨打在了他的脸上。

身后突然出现一人，这令狄青感到十分困惑，因为此人竟然能在无声息之间接近自己，可见武功不在自己之下！

一人身穿雨行衣，面部特意被衣服遮住了。

见他接近自己，狄青感到不妙，来者不善！

狄青回身道："你是何人？为何出现于此？"那人没有说话，不断接近中，突然他露出了面容，顿时吓住了狄青，只见他的脸一半是男人一半是女人！面带着微笑，看了令人作呕。

顿时狄青想起了一个人，传说是双修教的高手，由于双修教武功必须男女一起修炼，可这个人对女人不感兴趣，喜欢独自修炼，最终他独创了一套心法，并且独闯江湖，他的脸也变成了阴阳两半，他是一个人，也是两个人。

这人便是黑榜十大高手之一的"炎锁阴阳"千沧雨！一手阴阳之气可化作火焰，烈性程度可灼烧一切。

狄青做出了战斗姿态，道："你想干什么？"千沧雨发出了女子声音："想不到狄帮主如此英俊，看得我都难以下手了。"

"你想杀我？"

"对呀，嘻嘻，受死吧！"这次是阴阳合声，他双手发出火气，在大雨里这种火气丝毫没有削弱。

狄青由于祭祀，没有带兵器，他临时防住火气，可是对方毕竟是黑榜高手，一招后他被震得坐下，鲜血从口中吐出，狄青起身大喊一声："看招！"他发出家传掌法，连击三次打向千沧雨。

千沧雨的男声发声道："啊，好强劲的掌力，可惜了！"他闭着双眼化解了这三掌，背后冒起一股强大火气直逼狄青，狄青感到如果正面被击中将是九死一生。

突然一个黑衣人站在了狄青面前，双掌齐发挡住了火气！

黑衣人上前就是一拳，千沧雨也发出一掌，二人正面对了一招后纷纷后退。

黑衣人紧跟其后发出一掌，千沧雨刚站稳后又接了一掌，二人拼斗起内力。

四周狂风翻滚，狄青见两人短时间不分伯仲，随即准备从后方给千沧雨致命一击，不料被对方察觉，千沧雨迅即收掌转身离去。

狄青向黑衣人抱拳道："如果我没猜错的话，前辈就是诸葛书辰。"黑衣人摘了蒙面，"呵呵，不错，今日前来就是看看你父亲，由于前些日子和望渊帮有些误会，本没打算露脸。"

狄青敬佩地说："想不到前辈武功之高能和黑榜高手一较高下，晚辈佩服！"

人情世态　一触即发

"不再考虑一下吗?"

"想好了,多谢你的器重。"

神行镖局下,所有镖师和总镖头师阳送诸葛书辰出门,师阳十分舍不得他离开,可诸葛书辰已经下了决心加入望渊帮。

"诸葛大侠留步,如若您愿意留下,我愿把神行镖局第一把交椅让给你!"师阳跟上道。

由于上次诸葛书辰护送王府礼金之事威震武林,不少江湖人都加入神行镖局,如今镖局内高手云集,有着前所未有的红火,师阳是真心留住此人,有他在镖局至少十年内在镖行无对手。

诸葛书辰转身抱拳道:"各位兄弟,你们看得起我这个老人是我的福分,还望诸位今后在江湖中多多照应。"随后头也没回地离去。

今日望渊帮帮主狄青大摆宴席,因为闻名武林的老将诸葛书辰加入望渊帮,这件事在江湖中迅速传开,水道上从此又多了一位大人物。

酒席中狄青多次向诸葛书辰敬酒,其他帮内头头也都纷纷附和,只有令狐行等几位帮内高手不太认可诸葛书辰。

一天下来，狄青不知喝了多少酒，他心中又想起父亲临终前的话："得此一人帮内方可稳定二十年，天下间最可怕的兵器莫过于他的月夜双戟。"

夜间钟璐璐抱住昏睡的狄青温声道："帮主，你讨厌，今天一直就顾着喝酒没有把人家放在心上，难道那个死老头就那么重要吗？"

狄青道："休要胡说，他是我父亲的至交好友，为了我他才加入望渊帮的，如今水道关系复杂，多一分力量是对咱们今后的发展起到了决胜作用。"

钟璐璐却起身哭道："哼，你根本就不在意人家的感受，这个不要脸的色老头，今天多次非礼我！"狄青起身问："你怎能胡说！"

"人家没有胡说，这种事你以为我会骗你吗？"

"那，那此人真的有些没规矩，要是真的，我这就去找他！"气得狄青拿起兵器准备去找诸葛书辰问罪。

钟璐璐跪下拉着他，哭着道："求你别去，为了我不值，他好色，以后我躲着他不就完了，别因为我破坏了你们之间的关系。"

狄青怒道："好一个诸葛书辰，想不到此人竟然如此无耻，为了大局我暂且忍下，今后再有事落在我手里，别怪我不顾及叔侄情分！"

随后二人一番云雨，钟璐璐贴着她的耳朵道："三日后我爹要来看我，他还亲自带了两千精兵，为保望渊帮边防安定。"狄青道："那多谢岳父大人了，这怎么能行，不合适呀！"

"没有什么不合适的，他老人家就是惦记我，希望咱们两帮成一家，哈哈，当然，以后的主人肯定是你，他老人家的血海帮今后也是你的。"

随后狄青感动，却对诸葛书辰有了很深的芥蒂。

次日开会，诸葛书辰被封为望渊帮右护法，而四大高手的令狐行被封为左护法，二人为一人之下万人之上的角色。

令狐行站出来道："帮主，不知诸葛大侠武功如何，我想在此讨教几招！"眼下上万帮众都在，狄青也没想到令狐行会说此话语，于是说："当然可以，但不是现在，改日吧。"

令狐行却咄咄逼人："我看就今日吧，诸葛大侠怎么说也是和我在帮内齐名，我真心想了解他有何过人之处。"诸葛书辰笑道："令狐兄弟年轻有为，不如你我改日再切磋。"

谁知令狐行上前道："难道你怕了？"军师于湖鸣及时制止道："令狐兄休对前辈无理！"

狄青起身道："令狐兄，今后有的是机会，明日薛文轩就回来了，还是大事为重。"薛文轩乃帮内四大高手之一，实力仅次于令狐行，武功帮内排行第二。

诸葛书辰暗忖："奇怪，有种很不好的感觉。"久经沙场的他今日不知怎的，总觉得危机就在周围……

蛇蝎心肠　不白之冤

诸葛书辰一人游走在望渊帮的湖边，已是深夜，前几日刺杀一事狄青嘱咐他不要说出来，帮内肯定有奸细，要好好调查一下。

他的任务就是留意帮内异动之人，仔细琢磨感觉帮主夫人有问题，毕竟他是血海帮钟逆的女儿。

钟逆此人为人豪气，心狠手辣，可谓一代枭雄。

诸葛书辰与他早在二十年前就打过照面，他的武功不在自己之下，如今据说练成独门神功，足以独步武林，被列为黑榜十大高手之一。

血海帮毕竟是望渊帮的竞争对手，所以女儿钟璐璐用美人计迷惑帮主是有可能的。

想来想去，发现河岸边出现一只小船，闪烁着昏暗的灯光，现已是后半夜，为何此地会有船只？这里十分偏僻，诸葛书辰就喜欢独自来这种无人的地方思考问题。

他悄无声息地接近船只，把耳朵放在地上，能隐约听到三百米处船内对话。

里面有四个人，三男一女，女子道："这件事你们办得很不错，如今望渊帮的地图在我手里了，随后父亲得到此图，方可荡平洪泽湖！"其中一名黑衣男子道："这里易守难攻，必须得到这张地图才行，不然钟帮主再神勇也不好攻破这里的防守。"

另外一位秃头的老者低声道："此事非同小可，今晚我就要离去，还请小姐兑现之前的事。"女子笑道："不愧为少林第三号高手，做事如此谨慎，放心，银票少不了，稍后派人送你。"

诸葛书辰此时心中大震，"难道这个和尚是少林第三大高手'伏魔掌'圆池大师？"此人侠名在武林中可谓无人不知，由于长年负责江湖中的事，所以不在少林寺，据说他的伏魔掌已经修炼到最高境界，就连方丈都不敢正面接掌。

屋内第三位男子说道："呵呵，武当的事望小姐可别忘了！"女子对这位男子态度甚是尊重："您的事我一定办。"

武当派男子道："那就好，掌门之位本来就是我的，哼。"

诸葛书辰暗忖："传闻武当派的掌门近期发生变化，内部打得不可开交，其中有三股势力，听声音此人应该是三股势力之一的保守派李强胜！其他两股势力的首脑都是年轻人。"

最后女子道："好，稍后两位就上路！"

此话一出诸葛书辰明白这女子就是钟璐璐，她果然有问题。本想起身，可又想听听他们还想干什么。

刚才第一个说话的男子道："夫人，我对你真的很忠心，为了你，我不惜出卖望渊帮，还望夫人今后得了望渊帮，多多提拔我！"钟璐璐发出银铃般的笑声："呵呵，没问题，你也是个人才，身为望渊十八骑中的三把手，实力可列入一流高手之林，今后绝不会亏待你的。"

"今晚一个都别想走！"黑暗中出现了一个身形，吓得钟璐璐等人连忙后退。

"原来是诸葛大侠，您是不是都听到了？"钟璐璐竟然不慌不忙地问，另外三人也都准备出手，他们身份显赫，绝不能因为此事身败名裂！

"不错，你这个妖妇，快把地图交出来！"诸葛书辰严肃地道。

"哎哟，你说什么呀，哪来的地图，我看是你想谋反！"想不到钟璐璐竟然如此说话。

"哼，别逼我动手！"诸葛书辰冷冷地道。

钟璐璐看了看外面道："爹，快来救我！"诸葛书辰一听以为钟逆来了，眼前就有三位绝世高手，再加一个钟逆可真的不好对付啊，稍微回头之际就感到一股杀气袭来，钟璐璐一把匕首直刺他胸口，其他三人中的那位为他偷地图的人也出手了，少林武当暂时没动，而诸葛书辰迅速拔出单戟御敌。

钟璐璐发出千百种身法变幻，匕首宛如蝴蝶飞舞般刺出，诸葛书辰暗忖："此人武功之高不在安东如之下！"

三人过了三十招后诸葛书辰熟悉了对方招数，原来那个不明身份的男人就是望渊帮十八骑之一，记得帮内开会的时候见过此人，随后诸葛书辰一个飞跃抓住了她的右臂，匕首也掉落在地。

另外单戟砸中那男子头部，使其一击毙命！

就在此时钟璐璐大喊："来人哪！救我！"应该是她的亲信在远处听她的信号。

此外少林武当两位高手同时出手！

钟璐璐顿时被诸葛书辰用独门心法点穴，随后诸葛书辰单戟发出一阵狂风，瞬间击退两人！

诸葛书辰笑道："她刚才叫人了，呵呵，马上望渊帮的人都来了，你们现在本帮之事正好一并处理！"谁知少林高手圆池大师运足功力发出绝技伏魔掌攻向诸葛书辰！

武当派的李强胜拔剑发出绝招太极剑紧随其后！

此二人实力均可以进入白道八大高手之列，并且具有黑榜实力！

诸葛书辰丝毫不惧，单戟运足内力，一招风刃发出，横向将两人的气力封死！

三人陷入内功的僵持当中，突然门外传来马蹄之声！

圆池和李强胜知道一时间杀不了诸葛书辰，及时收招撤离。

钟璐璐难以挣脱诸葛书辰，却笑道："你完了，稍后帮主会亲自收拾你这个老淫贼。"诸葛书辰挥手抽了她一个嘴巴，"混账东西，想不到你如此无耻，前几日刺杀帮主之事也是你安排的吧。"

她没回复诸葛书辰的话，随即转身单手将衣服脱至赤裸，这下诸葛书辰下意识地松开了她，毕竟是帮主夫人，他多少还是有点顾忌的。

可这一瞬间钟璐璐吹了一声口哨，一直飞鹰直接将地图抓起，这是血海帮的飞鹰信使，看来她早有预谋，信使都准备好了。

诸葛书辰立即起身一击直奔飞鹰，可钟璐璐竟然挡在了他面前，铁戟差一点就将她砍成两半，诸葛书辰知道不能杀她，不然事情就说不清了，及时收住了招数，可信使早已飞出。

突然外面一个声音大喊："夫人莫慌！狄青在此。"钟璐璐听到狄青来了，哭道："帮主救我，诸葛书辰想强暴我！"

原来钟璐璐早在附近安排了心腹，万一出事了，她只要喊叫，就会有人为她找救兵！

诸葛书辰此时尽量平稳心情，毕竟是老一辈人物，岂能受如此侮辱。

外面的狄青怒道："好一个诸葛书辰，给我出来……"

单戟对敌　心寒断义

　　诸葛书辰暗忖："糟了，现在有理恐怕也说不清，得稳住了。"只见诸葛书辰平稳地走了出来。狄青在远处狠狠地瞪着他，指着他说道："我把你当叔叔，待你不薄，可你为何多次对我夫人有所企图？羞辱于我。"

　　没等诸葛书辰说话，钟璐璐在船内喊道："他不止一次想强暴我了，我一直忍着没说，今日既然事情出了，还请帮主为我做主！"狄青走向诸葛书辰，怒道："一个男人最不能容忍的事就是这个，要说你我之间的矛盾我还可以为了帮内大局忍一忍，可……"

　　没等狄青说完，军师于湖鸣打断道："帮主别冲动，以大局为重，此事还得从长计议！"狄青转身道："你懂什么?！这都欺负到我头顶上了！"

　　其实于湖鸣早就发觉钟璐璐不是善类，她是钟逆的人，自然会对本帮不利，不知她有多厉害的手段让帮主那么入迷，这样下去望渊帮会出大事的。

　　诸葛书辰抱拳道："帮主请听我一言，事情是这样的……"没等他说完，狄青骂道："休要争辩，你一把年纪了，竟然如此无耻！"

　　此时狄青脑海里想："昨日就有不少帮内人物和我说诸葛书辰如何厉害，

如今他刚刚加入，就有不少人物被他的魅力折服，再往后发展下去，那我的地位恐怕会受到动摇，威信何在？！而且他如今还想欺负璐璐，我今天不活剐了他都天理难容！"

他被愤怒冲昏了头脑，下令道："所有人都给我上！"随后大队人马杀向诸葛书辰。

诸葛书辰空手对敌，几个照面就把前面几十人都打倒，随后一股强大的剑气袭来，是令狐行！

诸葛书辰回身一闪，不料对方剑气太猛，划伤了他的胳膊，这种路子的剑法他还是生平第一次见，实在太刚硬了。

随后令狐行又发出第二剑，诸葛书辰拔出背上的一戟，横向一抬挡住了利剑，两人前后过了三招，诸葛书辰忽然飞起落在船上，狄青和安东如也飞起，两人一前一后夹击诸葛书辰。

令狐行在后方也跟了上来，三人同时出手，而诸葛书辰瞬间一跃，同时单戟挑开了三人的兵器！这招看似简单，实则包含了刚，柔，忍三个境界！

狄青继续出招，他的三尖两刃刀早已得狄洛真传，实力不在四大高手之下，他发出绝招追击诸葛书辰，诸葛书辰一下抓住了三尖两刃刀，单戟的钝面打向他的手臂，顿时三尖两刃刀落地，而令狐行借此机会又发出猛烈剑招，诸葛书辰闷声一闪，这把剑差点刺入狄青身上。

三人刚缓过神来，发现诸葛书辰早已抓住钟璐璐，道："你们别动，不然我就杀了她。"狄青怒道："你敢！"

诸葛书辰用力捏钟璐璐的肩膀，"你看我敢不敢！"骨头碎裂的声音响起，钟露露的肩胛骨被他捏裂。

狄青见爱人受伤，急忙道："你，你想怎样？"诸葛书辰严肃道："你不配做帮主，眼下大敌当前，水道局势复杂，你们这些乌合之众不知对外，反而被这个妖妇玩得团团转，我诸葛书辰英明一世，竟毁在你等之手，真是耻辱！"

话说到这份儿上，狄青道："诸葛书辰，你我情分已断，有本事放了我夫人，你我来个一对一单打！"诸葛书辰摇了摇头，没有理会，抓住钟璐璐飞向后方黑暗之处。

忌于钟璐璐，狄青没有继续追赶，安排道："封锁帮内所有出口，三十人分为一组，四处追查。记住，千万别伤到夫人，发现行踪后及时向我汇报。"

几人不知怎的，总觉此事有些不妥，但也说不出哪里不合适。

于湖鸣长叹了一口气，没有说话转身离去，安东如向狄青道："帮主，其实军师说得没错，如今大敌当前，据说太湖帮一直对我帮蠢蠢欲动……"

狄青摆了摆手，"哈哈，你的意思是少了一个诸葛书辰你我都得去见阎王？"

安东如道："不是这个意思，就是觉得此事处理得太过草率，你我还都年轻，是不是应该听军师的话从长计议？"狄青看着自己手里的三尖两刃刀道："不用，谁敢来犯，看看我的兵器答不答应，刚才此地狭窄，我没发挥好，不然诸葛书辰早已被我等大卸八块！"

话刚说完，岸边有个人漂了过来，远看像尸体，令狐行的面色大变，喊道："是薛文轩！"

龙卷阎罗 双戟擎天

钟璐璐骨折后，疼痛难忍，被绑在了一个偏僻的树林内。

诸葛书辰闭目养神，思考着："当年自己被黑道数十名高手围攻，猛虎不敌群狼，危急时刻一把三尖两刃刀杀入其中，那人一身正气，也曾是抗元英雄，这就是狄洛，两人并肩作战，杀出重围，如果当日没有狄洛的相助，自己可能无法全身而退。"如今加入望渊帮也是看在老帮主狄洛的面子上，可谁能想到事情闹到如此地步，江湖情谊难道比纸还薄吗？

钟璐璐笑道："哈哈哈，告诉你一个秘密吧，你离死不远了。"诸葛书辰没有表情地看着她，"你想说什么？"

"呵呵，我的确是我爹派来搞垮望渊帮的，三日后我爹带上千精兵驻扎此地，傻傻的狄青还开门迎接呢，到时整个望渊帮就是我们的了，血海帮从此吞并望渊帮，成为水道第一帮。"

"哼，这样啊，还有其他事情吗？都说出来吧，反正我也不是望渊帮的人了。"

"太湖帮其实早已暗中和血海帮、北方的天下教联手，准备左右夹击望渊帮，今后两帮平分你们的私盐生意。诸葛书辰，我看你是个识时务的人，快过来松绑，他日我爹得了望渊帮，我可以为你说句好话。不然你将死在我爹手里！"

北方武林新崛起的天下教竟然也和他们合伙了，看来真是来势凶猛！

诸葛书辰听后仰天大笑："哈哈哈，久闻钟逆的武功独步天下，已练成一种无人能敌的神功，号称水道第一高手，也被列入黑榜之中，我可能是退隐太久，真想好好活动下，跟他一决高下！"

黑暗中一个声音发出："诸葛兄，你我二十余载未见，想不到你依旧意气风发，不愧为边防军第一号人物！"钟璐璐听到这个声音后立刻喊道："爹！快救我。"

想不到钟逆竟然来了！

茂密的黑森林下走出了一名身穿华贵服装的老人，虽然长得很是沧桑，但精气神十足，太阳穴鼓起，看起来十分饱满，身材也较为消瘦，他负手而立，和诸葛书辰对视良久。

钟逆抱拳道："诸葛兄，这些日子我与你神交已久，想不到以这种形式与你会面，本来打算三日后夺帅的时候与你较量，不巧的是今晚我心急，想先潜入打探一番，小女给我的地图很好用，潜进来太容易了。"

想不到水道上人人惧怕的钟逆，竟然说起话来十分和蔼，如果不认识他的话，真会以为这是个大善人。

诸葛书辰平静地说："见到钟兄我心中有种说不出的快感，唉，好久没跟真正的高手一决雌雄了。"钟逆连忙道："诸葛兄且听我一言，如今我血海帮正是用人之际，望渊帮估计待你不会比我好，毕竟这些小辈根本不懂你，而我不同，今日你答应的话，副帮主的位置就是你的！"

诸葛书辰拔出了双戟，"多谢厚爱，如果想让我加入的话，帮主就给我做吧。"钟逆也摆出了战斗姿态，"呵呵，你我兄弟二十年未见，竟然上来就要动手，还请先放了小女！"

诸葛书辰也很给面子，单戟一挥，一股飓风刮起，钟璐璐就飞到了钟逆身旁，钟逆再次抱拳，"兄弟在此谢过，小女虽不是亲生，但有如亲生一般。"

诸葛书辰道："反正你们一样都得留下！"话音刚落天空中下起了大雨，钟逆看看这雷阵雨，没有说话。

诸葛书辰正面猛攻，双戟齐发！

四周的景物都被双戟所震慑，树木均被一股劲力压迫，顿时狂风大作，钟逆双手做出了一个奇怪动作，这应该是他的新功夫，瞬间身后出现了一个铠甲人！

铠甲人是扶桑武士打扮，手握武士刀，和钟逆左右夹击诸葛书辰，诸葛书辰从容应对，双戟发出阵阵风行之声！

钟逆叹道："龙卷阎罗！"这是诸葛书辰的绝招之一，能毁灭天地的一招，当年无数元军都死在这招之下，而且尸体都被毁得粉碎！

一股龙卷风从诸葛书辰身边发出，逐渐扩散，钟璐璐被这股力量吹远，钟逆的手势又变了，地面中又出现了一个稻草人，加上钟逆"三人"将诸葛书辰围住！

铠甲人和稻草人左右封住龙卷风，钟逆拿出腰间的双龙刺，以拼杀之态冲向诸葛书辰……

力拼黑榜　铁血年华

双龙刺本来就是钟逆的成名绝学，在没有练成新功夫前单凭这把兵器就能纵横水道，如今他的怪异武功大成，击败了水道上无数高手，血海帮周边的帮派无不俯首称臣。

诸葛书辰大吼一声，双戟反向回旋，数千道旋风不规则地向四面八方杀来！

稻草人被飓风瞬间吹得灰飞烟灭，随后铠甲人被单戟戳穿，诸葛书辰用力一拽，铠甲人也被打散，与此同时钟逆早已冲到了他面前，双龙刺直逼诸葛书辰喉咙。

千钧一发时刻，诸葛书辰将单戟扔出，直奔钟逆面门，这是拼命的招数，也是巧劲，因为双龙刺和匕首差不多，都是短距离武器，它们惧怕远程攻击，而诸葛书辰看穿了这点，外加他早已人戟合一，熟练地掌控手中的武器。

钟逆是何等人物，瞬间停住脚步用兵器抵挡飞来铁戟，不料诸葛书辰的另一只铁戟正面砸向他，由于钟逆身法刚刚停顿，不好发力，而诸葛书辰拼尽全力双手握戟拼杀而来，这是全力一击！

钟逆被这一击打飞，双龙刺其中的一个也被打落在地！

诸葛书辰深吸一口气，暗忖："我的兵器克制双龙刺，这一招也不算全胜。"钟逆落地后又退了数十步，最终扶住大树才没倒下。

胜负已分，钟逆摆了摆手道："诸葛兄的武功如此之高，在下今日佩服，我输了。"钟璐璐跑来道："爹你没输，你的纸人还没出场呢，三大神方中纸人是最厉害的！"此话一出诸葛书辰暗忖："明白了，所谓三大神方就是铠甲人、稻草人、纸人，其中纸人最为厉害，可刚才突然下了雷阵雨，纸人不能使用！"

钟逆却很高兴，抱拳道："输了就是输了，男人要输得起，能和真高手对决是我生平一大快事。"诸葛书辰放下铁戟，抱拳道："钟兄过谦了，如若纸人出场，那胜负还是未知数。"

钟逆如今已被铁戟震出了内伤，也不能对望渊帮实行攻占计划了，于是抱拳道："望渊帮有诸葛兄这等人才，恐怕二十年内无人能敌！小弟先行告退，改日再来请教灭元英雄的高招！"

随后带着钟璐璐离去，诸葛书辰点了点头，想："钟逆不愧为一方枭雄，拿得起放得下，能屈能伸，不愧为水道第一高手，不过黑榜高手都如此强劲吗？二十年没踏入江湖了，不知现在的武林是什么样子。"

望渊帮，青龙堂。

望渊帮四大高手代号分别为朱雀、青龙、白虎、玄武。

而薛文轩的代号就是青龙，位列四大高手，排名第二，武功仅次于令狐行的真高手。

可如今他被大家发现时已经遍体鳞伤，浑身都是血，伤口被湖水浸泡得有些腐烂，能活下来已是奇迹。

大家的脸色都不好，狄青心中想："究竟是谁干的？何人武功如此之高？"于湖鸣道："各位，一定是太湖帮做的，薛文轩驻守本帮边关，距离太湖帮最近，江湖传闻他们早想对我们动手了，没想到如此突然。"

安东如见薛文轩醒了，马上问："兄弟，是谁干的？"薛文轩的脸色十分难看，带有恐惧感："我，我们错了帮主，多年来称霸帮内，不常与武林走动，不知道外面的高手有多可怕。唉，那日我驻守防线，发现有敌船靠近，是太湖帮的旗帜，上面也就一百人左右，但个个都是精兵，他们直接攻打我们，我方有六百余人，可，可除我之外无一生还！"

话说到这里大家的面色都变了，令狐行道："说，谁把你打成这样的，我去会会他！"薛文轩喝了一口水，眼角中带着诸多血丝，慢慢道："那一百人里有个带队的，是太湖帮五大天王之一的'人熊'杨航，此人刀法极为厉害，咱们六百人半数左右都被他杀了，最终就剩下我一人独战。他和我正面过招，打了一百招后我逐渐陷入劣势，而且也受了多处伤，而他却笑着和我对打，我自知不敌，跳入湖中逃脱……"

狄青道："应该是咱们的兵待久了，自我爹死后，咱们的确没打过硬仗，外加很多士兵都是后招的，没有参加过大战，所以败了不丢人。等我带精兵回击，让人熊看看我的三尖两刃刀！"

薛文轩却道："帮主，恕我直言，此人武功不在你我之下，咱们其实没和真正的江湖高手过过招！"

火燃万里　绝死绝命

狄青的神色似乎有些紧张，问道："你想说什么？"薛文轩慢慢坐起，"帮主，我们太轻敌了。之前老帮主在的时候其他五大帮派不敢来犯，如今你上任后，他们逐渐摸透了咱们的实力，所以敢来侵犯。那人熊还说明日他们就进攻洪泽湖！"

的确，老帮主狄洛武功头脑都是一等一的，他在的时候水道上其他老大不敢动望渊帮，可如今已去世多年，而原来的旧部也都被小帮主狄青给"处理"了，外加一些老将感到心寒，自动离去的也不少，帮内如今九成都是新兵，说白了都是没动过真刀的人，四大高手虽然武艺高强，每个人都是忠心耿耿，武功也算顶尖高手，但毕竟都是二十出头的年轻人，比起老帮主那一辈的人各方面还是差一些。

于湖鸣大声道："明日就要血战了，各位，不能怕，咱们和他们拼了！"此时没有其他办法，只能鼓舞士气。

令狐行严肃地道："诸位，太湖帮的五大天王就交给你们了，明日我等拼死相抗，而太湖帮的帮主就交给我吧！"狄青抓住令狐行的肩膀道："兄弟，你是望渊帮第一高手，明日你若能击败此人，那咱们就胜利一半！"

太湖帮的帮主是和狄洛一辈的高人，名叫东方风正，传闻他这二十年深居简出，为人低调，修炼他的独门神功"灭源六绝"。此等神功是利用先天真气，吸收自然界中的六种元素，然后为自己所用，这六种元素分别是风、雷、火、雨、电、土，传闻这是百年前一位化外隐士传下来的武功，其威力无穷，可独霸天下，他一生没有败绩，被列入黑榜十大高手，外号"只手遮天"。

黑榜十大高手他们之间几乎都没有动过手，因为分别位列不同省份，例如梅无赦也在其中，和其他高手没有正面对决过。

今晚望渊帮的所有人都陷入了沉默，因为从薛文轩口中得知对方兵强马壮。我方人数虽然多一些，可人家都是精兵，以一当十，我军毕竟第一次上战场，这可是你死我活的事。平日里威风惯了，可如今动真的，心里多少有些胆怯。

一名小头目跪下道："帮主，不如咱们降了吧！连薛大哥都对付不了五大天王，他们都是身经百战的高手，那东方风正来了的话我们岂不是更被动？"狄青看着三尖两刃刀没有说话，令狐行拔剑指着这位小头目道："想投降的，现在就去，不然稍后我就开始杀人了！"

军师于湖鸣上前道："兄弟们，咱们是顶天立地的男人，望渊帮的名誉不能毁于你我之手。想走的可以，但不要投降，今晚可以走，我会发放你们一些钱财，不枉你我兄弟一场。今后如果我们都死了，望各位兄弟出去多说我们几句好话！"

说完他忍不住落泪，狄青的眼角也红了，令狐行沉默不语看着手中之剑，安东如和薛文轩都纷纷低头，望渊十八骑各自握紧兵器，心中都不是滋味。十八人中排名第三的人也被后补，这个阵容就是死了谁就会挑选其他人补上。

结果走了一部分人，狄青也没有怪他们，反而抱拳相送，因为他心里清楚，自己这几年做了很多蠢事。这关键时刻如果这位叔叔在的话，或许还能抵挡一下。

于湖鸣低声道："边防军第一号人物有多强你们可能还不知道，那日他根本没和他们真打，不然你们三个还能站在这里吗？"他喝了口酒，气愤地继续道："如今正是用人之际，钟璐璐这个红颜祸水把诸葛大侠赶走了，我等面临如此大敌，该如何是好？"

安东如道："不知如果诸葛大侠在的话，能否抵挡太湖帮高手。"

雨后放晴，一阵彩虹划过天空，诸葛书辰独步在山林之中。他回想着边防军中出生入死的过往，各位兄弟现在还好吗？自从军队解散后大家都各奔东西了，不少流血成仁的大将投入了平凡之中，但大家都不会忘记当年一同厮杀奋战的场景，这是军旅之人都有的情怀。

一股烈火顿时燃遍整个森林！诸葛书辰顿时从刚才的回忆中苏醒！

浓浓烈火中隐现出一人，此人是黑榜高手"炎锁阴阳"千沧雨！

诸葛书辰拿起双戟大笑道："哈哈哈，今日有幸对决两位绝世高手真乃生平一大快事。"千沧雨此时阴阳声音同时发声："诸葛书辰，你我也该分个胜负了，不过今天来的不是我一人，还有位高手找你！"随后火焰中走出两人，另一位是武当派李强胜！

诸葛书辰赞叹道："世上果然有'真火'。你的境界已经超越了古今一切使用火气之人，达到了火和身体同步的程度。这种武功只在书中记载过，看来今日我可能要葬身火海了。"

千沧雨冷冷地道："你还算有眼光，你说你好好地退隐多好，非要出来混，如今的江湖岂是你这老兵能对付的？"诸葛书辰用铁戟指着他道："那就让你看下我这个老兵行不行！"

千沧雨示意李强胜先别出手，他要和诸葛书辰来一场公平决斗，毕竟是黑榜高手，代表武林黑道最高实力，出手还是很讲究的。

两人进入正面对决之时，猛然间一股大火燃遍整个黑森林，漆黑的午夜顿时变成了炼狱。

　　诸葛书辰感到浑身炽热，千沧雨的火气化作了真火，附着在他的身躯之上，一个魔王模样的火人瞬间扑向自己……

拼死相抗　万丈豪情

今夜望渊帮所有人都没睡，因为实在睡不着，明日即将决一死战。狄青等人都闭目养神，如今留下来的人是原来的半数，和明日前来挑战的太湖帮比起人数上也不占优势了，明日或许真的九死一生。

一早狄青披上了当年父亲的红色披风，握手三尖两刃刀，站在瞭望台上，喊道："诸位，今日我等如果能度过此劫，往后我必深刻反思平日的错误。如若战死，还请兄弟们黄泉路上和我做个伴。"

将士们共饮一碗酒后，前方有人来报："不好了！太湖帮的人都来了！"于湖鸣拿起望远镜一看，心中被这阵势吓住了，前方有上百艘敌船，为首的是帮主东方风正的船，他身后站着五大天王，外加各类精兵强将。

狄青亲自挂帅，带领大家去岸口迎战。

血色瞬间弥漫了整个洪泽湖，岸口决战开始后的一个时辰，望渊帮手下损伤大半，而对方只有轻微少许人伤亡。

顿时人数上被对方压住了，实力也相差甚远，五大天王之一的人熊杨航一刀直逼望渊帮阵营，狄青此时怒道："拿命来！"

杨航嘴角一笑，竖着一刀直接抗住了三尖两刃刀，狄青毫不示弱，脚下一用力，身子直接冲了过去，不顾自己的破绽，三尖两刃刀直刺杨航喉咙！

杨航见状连忙后退，可想不到狄青的武功还真不低，由于对方太猛了，自己难以闪避，现在是进退两难之地。危急时刻五大天王之一的"野道人"空虚子临时接住了狄青这一招，用衣袖化解了杨航的生命之危。随后狄青以一敌二，打得不分上下！

其他三大天王分别对决安东如等高手，望渊十八骑勉强抵抗大军，毕竟现在人数上已经占劣势，只能以死相拼。

令狐行大吼一声一剑刺入五大天王之一的"巫魔"霍德右肩上，而霍德的剑也刺入了他的手臂。令狐行丝毫没有退缩之意，继续向前发力，霍德被刺得越来越深，他惊叹道："剑法够硬！"

两个诡异的身影挡在了令狐行前方，是五大天王的其他两个人，"画鬼"林笑笑和"燕怒"温玲玲，虽是两名女子，可个个武功一流，称霸水道多年，方才分别重伤了于湖鸣和安东如！

令狐行见状拔出了长剑，鲜血溅到了他的白衣上，回身发出绝招威震八方！霍德三人分别闪躲，林笑笑叹道："好俊的剑法！不过可惜，你见不到明天的日出了！"她反手发出袖中剑，这种暗器霸道非凡，出其不意，一下击中了令狐行的后背，而温玲玲更是狠辣，双爪扣住令狐行的头准备将其击杀！

十八铁骑已被大军围住，虽然拼死斯杀能稍微抵挡一会儿，可东方风正加入战局后，对方气势更加旺盛，打得望渊帮已经不成样子了。

狄青和于湖鸣拼死加入战局，化解了令狐行的为难，但也身中对方数招，血染洪泽湖，狄青大喊："撤到湖旁英雄厅内。"

于湖鸣明白了他的意思，先行撤军，湖旁有暗器等埋伏，可以击杀对方。

这招还真是奏效了，敌军不断追赶，等到了一定人数，狄青命所有暗哨全部攻击，瞬间敌军损失了一千多人！

英雄厅内，望渊帮残部全都到达，如今只剩下了八百余人，个个都身负重伤，东方风正等人杀了进来，刚才的暗哨只能剿灭部分敌军，敌军如今剩下两千多人。

森林深处，火光逐渐退去，诸葛书辰的衣服被方才的烈火燃尽，上身肌肉暴起，千沧雨站在原地不动，眼神中带了一丝平淡。

诸葛书辰双戟压在他的胸前，千沧雨叹气道："我败了，想不到你如此勇猛，连真火也不是你的对手，不愧为我大明抗元第一猛将！"

诸葛书辰道："在下一股蛮劲猛攻，全力一击勉强获胜，实属侥幸。千兄的真火火候如果再强上那么一点，恐怕我早已化为灰烬了！"千沧雨闭上双眼道："成王败寇，诸葛兄请便，如今我已是败军之将。"

谁知诸葛书辰放下了铁戟，"兄台似乎也是有故事的人，如今武林中会真火的只有你一人，杀了你岂不可惜。"千沧雨听后哈哈大笑，"诸葛兄不愧为人中之龙，格局之大超出常人。好！但我不欠别人，告诉你吧，太湖帮如今正在进攻望渊帮，他们的精锐倾巢出动，东方风正多次拉拢我，让我前来对付你。本来不想加入这复杂的阵势，毕竟我不算水道之人，可由于对你诸葛书辰的好奇，我就打算出手和你比试一番，因为当年蒙古有位大将巴图罗是我的徒弟，他得我真传，但在战场上被你所杀。"

诸葛书辰抱拳道："原来那位将军是千先生的弟子，可惜你我立场不同。"千沧雨道："的确，人生中两难之事太多了，例如你我兄弟如果早日相见，说不定能成为知己。"现在他的嗓音是正常的男子声音。

千沧雨说完便消失在火海当中，由于刚才火焰范围太广，李强胜早已退出千米以外，如今他看火海消失，出现在一旁道："出手吧，想不到黑榜高手不过如此！"

诸葛书辰叹气道："阁下太高估自己了吧，恕我直言，你的实力未必能胜过千沧雨！"李强胜拔剑怒道："你一把年纪了，也该入土了，哈哈，现在正是杀你的好时机。是不是感到内力快耗尽了，千沧雨杀不了你，那就让我补刀吧！"

可没等李强胜说完话，一刀风刃就将他的肚子划开！

只见诸葛书辰双戟紧握，做出了收起兵器的姿势，回身看着倒在血泊中的李强胜，"你距离黑榜级别还有距离，而且攻我弱势，乘人之危，真给武当丢人！"

李强胜吐了一口血道："你，你好强，好快……"在他死之前又断断续续地说："那个，这里面有阴谋，你，你快去帮狄青他们，因，因为东方风正来了，只，只有你能挡住他，还，还有的是我们这几股势力之上还有朝廷，东方风正早就和朝廷联络好，拿下你们后朝廷也会发兵占领此地，但如果太湖帮败了，朝廷自然不会发兵了……"

枭雄无泪　明月入怀

望渊帮英雄厅内。

狄青等人已身负重伤，但大家都没有屈服，眼神中透露出拼死一战的决心。

太湖帮众人将其围住，人群自然地让开了一段路，有位老者从里面走了出来，此人正是帮主东方风正。

狄青也站了出来，用兵器指着他道："你敢与我单打独斗吗？"东方风正笑道："哈哈，年轻人很有魄力。这样，我给你们个机会，立刻放下兵器投降，加入太湖帮，不然都得死。"

狄青怒道："少废话，来吧！"突然令狐行冲到了前面，他道："让我来对付东方风正！"

东方风正点了点头，"好！年纪轻轻都这么有骨气，望渊帮有你们这几个人物也不算辱没其声望。"令狐行拔剑怒道："今日我就领教一下灭源六绝！"

东方风正的右手瞬间化作惊雷，正面打向令狐行，这一招特别快，蕴含着先天真气，无数雷光在他右臂上发散。而令狐行早有准备，他知道对方的可怕，于是决定速战速决，深吸一口气，将全身功力都凝聚在这一剑之上，使出绝招威震八方！

东方风正的手掌和令狐行的长剑相撞，无数闪电顿时发散在厅堂之内。这是两人硬碰硬的一招，只见令狐行向后退了五步，随后坐在了地上口吐鲜血，而东方风正负手而立，一招之下，胜负已分！

这一幕镇住了狄青等人，谁也没想到令狐行一招就败了。

东方风正今日身穿一派宗师样式的衣服，虽然不再年轻，但言谈举止和年轻人无异，或许是他修炼灭源六绝的缘故，举手投足间都露出年轻的状态，微笑道："兄弟的剑法真是刚猛，可谓另辟蹊径，在武林中能算上一号，可惜缺少某种东西，不然你提升的境界不可小视！"

此时令狐行坐在地上，嘴角流出了鲜血，向诸位帮内兄弟道："对不起帮主，我没能胜他，稍后望各位多加小心，但也不能屈服，别让江湖人看不起咱们。"谁都没想到多年来大家认为实力能上黑榜的令狐行，竟然被真正的黑榜高手一招击败。

于湖鸣和安东如纷纷站了出来，准备左右夹击东方风正，谁知五大天王中的野道人空虚子和人熊杨航挡住了他们的攻击，二打二过了五十招后于安二人均落败。

倒在地上半死状态的于湖鸣不服气地说："如果我们早点知道问题所在，事情不至于闹到今天这个地步。"空虚子哈哈大笑，"对付你们不必帮主出手，刚才你等连我的五十招都走不过，不知狄帮主能在我手里走几招呢？"

空虚子继续道："你们这些人不投降也可以，每人叫我一声爷，我也能做主放了你们一条生路，哈哈。"随后太湖帮众更是发出阵阵刺耳的笑声，而望渊帮众人都感到十分羞辱。

空虚子是五大天王之首，武功最高的一个，此人在帮内可谓一人之下万人之上的角色。

狄青心中此时都是泪，早知今天何必当初呢！

可狄青依然屹立不倒，手握三尖两刃刀准备杀向空虚子。二人正面打了三十招后，不料狄青越战越勇，空虚子的金锤被三尖两刃刀挑飞，但狄青也因玩起命来用力过猛差点摔倒，空虚子一时间不知如何应对，不料狄青有一股拼命之力再次发出，三尖两刃刀直接刺伤了对方的胳膊，而空虚子也双掌齐发，打得狄青口吐鲜血。

想不到狄青到了这个地步还如此拼命，真是有狄洛当年风范，而且武功不俗。

场面顿时进入了最紧张的时刻，望渊帮几乎所有头领都不能再战，狄青依然准备继续战斗，其他人也都想和太湖帮拼了，一场最后的决战即将开始。

在此关键时刻，一个洪亮的声音从后方发出："空虚子，我和你打，让你三招之内见阎王！"这个声音一出，望渊帮内所有人仿佛重获新生，因为诸葛书辰来了！

东方风正的脸色大变，想不到千沧雨都没能击败他，可见他武功之高！

一位老者手握双戟从后方进入殿堂，他的眼神带着一种说不出的期望，和望渊帮的兄弟们对视良久后，他走到了狄青面前。二人对视后，狄青的眼角流出了泪水，二人一个字也没说，用力地握了一下手！

诸葛书辰此时眼睛也湿润了，"不必多说，你们的作为我都看在眼里，今日望渊帮在我就在，望渊帮亡我就亡！"

洪泽之望　不坠凌云

空虚子骂道："什么时候轮到你这个老东西出场了，看我……"没等他话说完，诸葛书辰瞬间移到了他的面前，单戟挑飞他的兵器，然后单手扇了他两个嘴巴子。打得空虚子自己都蒙了。

东方风正立刻道："不得对诸葛大侠无礼！"他马上走到了诸葛书辰面前。

双方进入最终决战阶段，诸葛书辰对东方风正道："东方兄，久闻你武功卓绝，今日我冒死领教，还望兄台多指点！"东方风正也很客气地说："诸葛兄真乃神人也，连千沧雨都无法胜你，看来今日小弟遇到敌手了！"

此话一出在场的所有人都惊住了，黑榜十大高手各个武功极高，诸葛书辰竟然能和千沧雨对敌，这令望渊帮众人对诸葛书辰又有了新的认识，大家士气顿时提升，狄青等人对这位叔叔更加敬佩了。

诸葛书辰抱拳道："今日你我双方死伤惨重，我有个提议，不如你我二人决胜负。如若我输了，望渊帮从此就是你的，但恳请放过这些孩子。我如果侥幸赢得一招半式，还望兄台高抬贵手！"

东方风正果断答应，毕竟刚才他们的伤亡也不少，而且如果不答应，恐怕对他的威望有所影响，别人会认为他不是诸葛书辰的对手。

双方正面对视，从容面对即将到来的厮杀，这也是超一流高手应该有的境界。

诸葛书辰暗忖："此人武功身份神秘，传闻身体能发出六种自然之气，这应该是由先天真气所推动的，并非真的自然界产物，但威力也不可小视，和千沧雨的真火有些相似，我要以全力对付此人。"

东方风正直接一招雷劈，手掌中发出嘶嘶雷电之声，之后又连续发出七八道闪电招式，这与刚才千沧雨的招数不同，威力更加强上数倍！

狄青等人知道东方风正的厉害，如今再次见到了这招雷电手，大家心情十分紧张。谁知诸葛书辰双戟正面接住了这一掌，然后将东方风正整个人挑起，随后双戟擎天！

东方风正的眼神中露出了惊讶之色，双戟即将刺入他的体内，这一招双戟暴击可谓行云流水，行家一看就知威力无穷！

东方风正落下时身形忽然飞走，是风！不知哪里来的狂风将其吹走，诸葛书辰的双戟扑了个空，然后两人正面过了三十招。诸葛书辰越战越勇，他已经和东方风正的火焰拳、土泥腿、风刃刀分别过招，不落下风。

东方风正笑道："兄弟武功之高，已超出了我的想象，看来我得拿出真本领了！"随后他的身上散发出雷、火、风、土四种自然的气息！诸葛书辰想："这难道是四元合一？"

东方风正被风吹起，正色道："诸葛兄，你的兵我会好好照顾，不过黄泉路上你会孤独的！"霎时间屋内被这四元包围，厅堂内的柱子和其他景物都被雷火风土这四种元素摧毁，原来东方风正能同时发出六元中的四元！

这种威力的招数连诸葛书辰都没见过，就算是千军万马，恐怕也难以抵挡此招！

诸葛书辰闭上双眼，感受着自己的武学修为，接下来这招将是自己的绝学，龙卷阎罗！

双戟大开，转身回旋，龙卷风从自己身体四周散发，发出无数撕裂大地的气息，给人一种天下无敌的感觉。

万千自然气和锋利的龙卷风对在了一起！

无数帮众都被他们的对击反弹伤到了，二人近距离对打后同时停手。

东方风正喘着气，胸口裂开一道血痕！鲜血从他的身体里喷出，他抱拳道："今日的比试我输了，诸葛兄的神功令我佩服！"诸葛书辰站在原地，收回双戟，从容地道："那就按照咱们约定的来，其实你我的武功在伯仲之间，再打下去胜的未必是我。"

东方风正上前再次抱拳，"诸葛兄是我最佩服的武林人士，我敢来犯是因为猜测你已经放下武功二十年，再让你打估计已不复当年之勇。可我没想到的是兄弟对武学的理解已经超出了常人，达到了古今未有的境界。"

诸葛书辰笑了笑，连忙对东方风正道："且慢，刚才你我兄弟定下的君子协议，我说了不算，还没请问我们帮主是否同意。"随后转身问狄青："还请帮主做出决定！"

这次诸葛书辰真的把狄青当作帮主，也很给他面子。狄青的泪水再次流了出来，应声道："就依护法之意！"此时全帮上下大声欢呼，胜利的曙光照在了英雄厅内，当然就算再次硬拼，此时全帮上下气势有如长虹贯日，何惧太湖帮众多精兵强将！

从此望渊帮团结一心，横行武林，水道上再无敌手！

在接下来的日子里，望渊帮在武林中的威名可谓一步登天，生意和势力都在不断扩张，很多高手前来投奔，成了水道帮派之首。狄青等首领更是奋起练武，不再像过去那般沉沦，诸葛书辰的名声再次威震武林，被列入黑榜高手之中，随后黑榜有十一大高手，而诸葛书辰排在其首！因为他一日内连胜三名黑榜高手，如此惊天动地的事迹早已传为武林佳话。

今朝折桂篇

金榜题名　怀才不遇

吴问天走入一处幽静之地，这里是他经常来的地方，因为很安静，四周无人。

"状元，别来无恙！"一位十分干练的年轻人出现在他身后，吴问天回身道："兄弟，你我自从学院别离后得有几年没见了？"

年轻人上前抱住吴问天道："自从上次我进京学习后，如今已有三年没和兄弟相见了，今日你我痛饮一番！"

吴问天大笑道："哈哈，你的事迹我也有所耳闻，如今武林中谁人不识望渊帮，以后水道上有事提你的名字就能威震四方。"年轻人负手而立，"高抬我了，狄青自认不算真英雄，当日那场厮杀要不是诸葛叔叔不计前嫌出手相助，今天咱们就见不了了。"随后狄青把当日和太湖帮死斗的情景跟吴问天详细说了。

吴问天听后拍手叫好："真是精彩！可惜我不是武林中人，真想和你一起闯江湖，成为武林中一等一的人物。"狄青道："你可以的，论天赋你不比我差，可惜没有名师指点，外加你是文科出身，如今又是状元了，今后前途无量，没必要在江湖上混。"

"你连我得状元的事都听说了？"

"可不是吗，一到京城就知道了，真心为你高兴。我狄青也有状元朋友了。"

吴问天突然出手攻击狄青，一掌直击狄青面门！

这招实在太突然，狄青双手护住头部，身体向后倾斜，一个照面就差点摔倒，最终吴问天及时收回掌法，笑着说："哈哈，怎么样，这招在你们武林中算不算一流招数？"

狄青大笑道："兄弟掌力惊人，速度更是快中之快，我都差点被你一掌击倒，这招是哪里学的？"谁知吴问天仰天说道："这招是我自创的！因为我认为自己学武天赋极高，可惜难遇名师，自幼学文，家里也没有让我往武林的方向发展，可我心中有武林，随后独创了一套掌法，谁知竟然能横行一时，一人独挑金陵多家门派，昨日还击败了一家掌门呢！我认为他们的功夫华而不实，真的远不如我自创的掌法。这套掌法是我集合了之前所学的武功精要所合成的。"

狄青听后真心佩服："兄弟真是万年难遇的武学奇才，刚才那招叫什么？"吴问天自信地说："这招叫无敌灭邪掌，杀尽天下奸邪！"

两人随后进入酒家，包房内痛饮了三十坛子烈酒，吴问天酒后叹气道："兄弟，我想和你一起闯江湖，我真的厌倦了现在的差事。我是状元又如何，在金陵这块地方还不是靠关系才能混得好，我家里现在没有过硬的关系，只能靠我自己在官场上混，可这有多难你知道吗？我乃状元之才，可至今未得到重用！"

狄青握住他的手道："好！望渊帮的位置我会给你安排好的，兄弟想什么来就什么时候来！"吴问天认真地道："一言为定！"

忽然一个人进入包间，是望渊帮的随从，他向狄青秘密地说了几句话。顿时狄青起身抱拳道："我有帮内要事，不能陪兄弟了，等我办完事咱们还在这里集合。"

两个人的话刚说到重点，狄青却要离去，吴问天起身道："那咱们明日还在这里集合？"狄青点头道："可以，我估计晚上能赶回来，就去南城的观洋楼一趟。"

随后吴问天独自一人在包房内喝酒，小二突然进来道："兄弟，今日的酒你就不用买单了，请把这包房让出来，我这里有位重要的客人要来。"吴问天听后笑道："什么?! 重要的客人，难道在这里谁能比我更重要？我来你们这里不是第一次了，你们就这么对待回头客的？"

小二低头道："来的人小店惹不起，今日的酒钱就算在门店的账上，还望兄弟给个面子。"吴问天问："那你得告诉我这人是谁？"

小二胆怯道："不能说的，这是上面吩咐的，总之是位特别重要的客人。"吴问天道："行，但你让他亲自进来和我说。"

小二为难道："您这不是为难小人吗？"没等他们再说话，门外进来一位老者，此人衣着得体，面部轮廓分明，年轻时定是个美男子，一身灰衣朴实却不失高雅，他上前抱拳道："是老朽，还望这位公子赏个面子，稍后您的酒钱都算在我的账上。"

吴问天见来者如此客气，起身抱拳道："您请，我立即走，酒钱我照付。"灰衣老者上下打量吴问天点头道："兄台真是天生骨骼惊奇，是个练武的好苗子。"

吴问天就喜欢别人夸赞他，兴奋地说："是吧，我看您也不是一般人，那您看我适合什么武功？"

忘年之交　武学奇才

灰衣老者走近后，摸了摸胡须道："兄弟应该练内家拳，你的气力应该超乎常人，内力苦心修炼的话，在武林中能列入宗师之流。"

吴问天点头道："我也想有机会的话精进武学，您有所不知，我自创了一套掌法，这门武功方可独步武林。"灰衣老者十分期待地问："可否给我展示一下？"

吴问天二话没说，正面直击门口位置，一掌下去靠掌风就把门打开了！

老者惊讶地看了下木门，发现门框都已碎裂！

吴问天深吸一口气，做出运功之态，老者露出了欣赏的神情："公子的掌法天下罕见，这门独创功夫可谓武林一绝，可否再将其他招数都施展一下，我看能否帮你改进一下。"

随后吴问天将他自创的掌法一一展示，老者在旁思考良久后，果断道："公子如若信得过我，就将心法这么改，然后把你发明的这十八掌合成一掌，即可纵横武林！"

吴问天听后十分兴奋，"前辈看来是化外高人，能瞬间懂得我的掌法，的确，我也想把这十八掌合为一掌，但始终没琢磨透，还望前辈指点。"老者随后和他仔细研究了无敌灭邪掌，最终研究出一套心法，吴问天起身深吸一口气，随后发出这无敌一掌，门口四周的景物均被掌风震裂！

店小二吓得急忙上来，老者做个没事的手势，小二低头恭敬地退去。

吴问天观察到这一个细节，坐下问："前辈想必身份极为显赫，能在这里贵为上宾的，都不是简单人物。"老者喝了一口酒，看着吴问天微笑道："你我算是有缘，今天你点醒了我！"

"前辈此话怎讲？"

"人生就是如此，很多事你不去做永远也不知道能否成功。你的自创掌法极为霸道，能靠自己创出武功的人很不简单，可你做到了，近日我也有烦心事，可看到你的励志之事，我的困境又能算什么？来，干杯！"

两人随后大口喝酒吃肉，天文地理聊了一个遍，老者道："我发现你是文武双全哪。"吴问天吃了一口牛肉哈哈笑道："我乃文科状元，论学识在金陵无人能比的。"

老者起身严肃地道："你我真是有缘，今日能见到有如此才华之人真乃我之荣幸。"吴问天起身抱拳道："前辈乃我的贵人，我的十八掌如今合为一掌，我足以成为武林中一流高手，还是您的成全，还没过问高姓大名！"

老者抱拳道："姓名他日必告，如今形势复杂，恕老朽极难告知。"吴问天道："行，那我今后去哪里找您？"

老者抚摸着胡须，道："三日后你我金陵青云楼见，据说那里的醋鱼很不错，我做东，今日要不是遇到兄弟，我还真的有些泄气了，我这个年纪的人难免有些懈怠。"吴问天也没多问："那就三日后青云楼见！"

吴问天先行离去，老者独自坐在屋内感叹道："长江后浪推前浪，武林真是人才辈出哇。"

门口有人敲门道："宗主，是不是该走了？"灰衣老者道："走！我倒要看看京城武林都是何等人物！"

门口之人继续道："您如今是黑榜高手，谅他们也不敢怎样？"灰衣老者淡淡道："人外有人哪，但今日谁敢造次，我就让他们好好认识下我手中之剑！"随后从行李中拿出了一把血色宝剑，此剑正是嗜血刀，此人便是横行金陵武林的万刀门宗主梅无赦！

狄青一路赶到观洋楼，今天他前来金陵是受丐帮邀约，这几年望渊帮因为贩卖私盐一事和诸多水道帮派起了冲突，丐帮此次前来的目的是调解此事，狄青也奔着武林一家的想法，同意邀约。

今天来的望渊帮首脑人物以狄青为首，令狐行和薛文轩紧随其后，军师于湖鸣早在楼上等候，诸葛书辰去年就独自遨游海外，至今未归。

狄青等人刚到楼下，就看到阵势极为庞大，对方不知来了多少人！

进入观洋楼后，军师于湖鸣坐在丐帮新任帮主王志穹身旁，丐帮四大长老都到了，外加数百名丐帮帮众。

于湖鸣的眼神中带着些许疑虑，和狄青对视后二人心照不宣。

狄青身后的令狐行手握长剑，有霸王项羽之态，众人的目光均被此人吸引。

王志穹见狄青到了，起身抱拳道："望渊帮帮主真是一表人才，气度非凡，小弟在此恭候多时了！"狄青抱拳道："久闻丐帮乃天下第一帮，今日一睹其风采真乃我等荣幸。"

随后双方进入了雅间，可一进入狄青就感到很不对劲……

金陵群魔　望渊之难

进入雅间后，狄青等人感到此事大有不妙，因为里面坐着诸多武林高人，个个都不是等闲之辈。

丐帮帮主王志穹客气地请道："狄帮主和诸位英豪请上座！"随后自己坐到了门口位置。从座次上就不对，王志穹作为本次矛盾的调解者，本该上座。

令狐行等人也都感到十分不对劲，于湖鸣抱拳道："诸位前辈，今日请晚辈等来此有何事尽管吩咐，我等能办的肯定办，实在办不了的，还请各位前辈高人体谅我等苦衷！"

这话说得厉害，上来就开门见山，于湖鸣又向狄青等人使了一个眼色，大家心中都懂，稍后可能还有其他事。

王志穹起身道："诸位，既然你等如此诚意前来，那我就代表大家直说了，在说正事之前，我还想跟大家介绍下这四位朋友。"随后目光转向桌上其他四位武林高手。

第一位身形肥胖，大肚子宛如钟鼓般，笑起来小眼一眯，看着真不像黑道中人。王志穹先敬了他一杯酒："这位是南派气功大师何有之大侠，不知他的侠名望渊帮的各位是否听过?"狄青心中暗忖:"此人竟然是何有之?!据说他和少林方丈比试过武功,还多次杀害正派武林同道,无数高手都败在他的气功之下,此人刀枪不入,气功无人能破。"

第二位是个女子,长得十分妖艳,但已是半老徐娘,眼神中带着浓厚的毒辣之感,她便是令武林闻风丧胆的"毒娘子"萧千愁。年轻时乃正派出身,可之后因感情纠葛进入星宿派,随之成了星宿派副掌门,武功可谓一飞冲天,浑身都是毒功,一不小心就会被她在瞬息之间弄死。王志穹和她碰杯的时候都有点忌惮,"萧掌门的威名名震星宿海,近日给我面子,来到中原小住几日,也久仰望渊帮的事迹,所以前来一睹其风采。"

第三位手握铁塔,此人来头不小,曾因为黑榜高手中没将其列入,于是在江湖中胡乱杀人,十年前与黑榜高手关不敌对战不落下风,能和黑榜高手叫板,可见此人武功之高,外号"托塔天王"曹冰,手中铁塔有万人敌之力,武林能接住他一招的人没有几个,王志穹给他敬酒时比前两位还加恭敬:"这位是咱们的老前辈,来此赴宴就是想看看狄帮主。"这话似乎话里有话。

第四位是一名近百岁的老者,此人头发均白,王志穹大声介绍道:"诸位,最后的这位高人想必老一辈都认识,就是'铁剑先生'胡大侠!"此人名头极大,他手中的佩剑传说是长白山上的千年神石所打造,一把铁剑在五十年前就横扫江湖,已经成为传说中的人物。

狄青起身举杯道:"今日狄某能见到真豪杰,真乃我的荣幸,今后还望诸位多加指点!"随后干了一杯。

王志穹却道:"狄帮主谦虚了,今后咱们都是一家人了,还什么指点不指点的,私盐的生意你就做你的,我们和其他水道帮派也不会继续干涉了。"这话说得令狄青等人没太听懂。

于湖鸣道:"王帮主刚才不是说来调解我们与太湖帮的纠纷吗?言归正传吧。"王志穹皱了皱眉,心想这个军师的确不好对付,正色道:"正如刚才王某所说,如今都是一家人,各位不要再计较过去的事。直说吧,我等如今都归附于一处，今后黑道武林是一家，如今水道六大帮派除贵帮之外都已归顺，还望狄帮主三思！"

此话一出令狄青等人极为惊讶，近半年来水道上十分平淡，本以为武林和平了一段时间，难道是出事了？其他五大帮派分别是太湖帮、血海帮、万湖帮、洞庭帮、浅海帮。

王志穹再次严肃地说："诸位看来是还要考虑，不知要想到什么时候，我可以等，但在座的诸位前辈恐怕等不了！"突然有一人站了出来，是丐帮的副帮主"闪电剑"郭雷超，此人剑法乃丐帮中数一数二的，身居副帮主职位，也是新上任的。

郭雷超拔剑道："久闻狄帮主使得一手无敌的三尖两刃刀，今日特此请教！"一个白影挡在了他们中间，是令狐行！

令狐行轻蔑地一笑，拔剑道："对付你还不用帮主出手！看招！"一道白光闪过，郭雷超连拔剑的机会都没有，胸口就被令狐行一剑刺中！

这一幕令所有人都惊呆了，狄青等人却不奇怪，这几年他们苦练武功，为了一雪前耻，发誓今后不再花天酒地，如今正是他们见真招的时候！

壮烈惨烈　冒死突围

谁都没看清令狐行出剑，一个照面就刺伤了郭雷超这种一等高手，狄青同一时间一掌将桌子击碎，大喊一声："跟他们拼了！"

王志穹等人真的没想到对方有如此气势，宛如长虹贯日！

对方人数极多，四百多人迅速将这四人围住，而狄青等人丝毫不惧，拼死杀出一条血路。

这里对狄青来说是地利，对久居江边狄青等人来讲是好事，因为观洋楼下面就是湖水，还是个大湖。

四人瞬间大开杀戒，数百名丐帮子弟被他们杀得血肉横飞，鲜血从观洋楼内流了出来。

王志穹在一旁观战，他想找机会给予狄青致命一击，所谓先擒王，只要狄青败了，其他三个人好说。

郭雷超自知不敌令狐行，就和萧千愁一起合击他。

另一旁狄青和于湖鸣都要杀到门口了，这气势古今少有，如今他们早已团结一致，暗下苦功，个个都是大将之才。

临近门口之时，狄青和于湖鸣分别被手握铁塔的曹冰和铁剑胡大先生拦住，最后薛文轩在后方独战帮众。

无数惨叫声从屋内传来，狄青独对曹冰的铁塔，二人正面打了五十多招，忽然狄青眼睛一瞪，三尖两刃刀直刺对方胸口，曹冰立刻用铁塔护住，咚的一声，铁塔和三尖两刃刀全部掉落在地，两人又正面对了一掌，竟然打得不分上下！

于湖鸣手中折扇乃钢筋所制，内藏暗器，他与胡大先生交战三十招后连连败退，正当他即将倒地之时，一旁的王志穹喊道："先生小心暗器！"可惜他说得有点晚，于湖鸣的折扇中发出五把飞刀！

胡大先生毕竟是老了，勉强避开了四把，最后一把插入了他的右臂，使得铁剑掉落。

薛文轩的长刀横扫千军，杀得丐帮帮众魂飞魄散，但自己身上也多处受伤，毕竟猛虎不敌群狼。

郭雷超再次被令狐行击退，萧千愁抓住机会发出毒掌，可令狐行立即用剑气化解了毒招，还差点伤到了萧千愁！

何有之见郭雷超和萧千愁都拿不下令狐行，就一跃而起使出气功中最毒的招数从背后突袭令狐行，薛文轩恰巧看到这一幕，他手握长刀也跟了过去，正好挡住了这一招，但他的长刀被气功震碎，刀片不慎飞入了他的腹部，何有之被惊住了，想不到望渊帮的后辈武功如此之高，竟然正面挡住了他的绝招。

忽听一声惨叫，郭雷超的右臂被令狐行砍断！

萧千愁也吓得飞向后方，令狐行以一敌二！一招威震八方取胜，不愧为望渊帮第一高手！

而薛文轩此时被何有之抓了起来，重拳直击他的腹部，刀刃也被震得越来越深。

薛文轩口吐鲜血，双掌发力直击何有之的面门，可对方是气功王，如何打击也没有效果。

对付气功的人得找气门，他的气门在哪儿永远是个秘密，谁也不知道。

就这样薛文轩被何有之抓着活活打死了！

当令狐行击退萧郭二人后，知道薛文轩快不行了的时候已经晚了，薛文轩被打成了一个血人，临死前大喊："望渊帮个个都是热血男儿，兄弟一定要杀出去！为我报仇！"随后他双手抱住何有之的腰部，任凭何有之如何拍打，都不松手！

见薛文轩死了，狄青等人怒火中烧！

狄青大吼一声，这是撕心裂肺的愤怒！他双掌发出家传绝学，都是不要命的招数，打得曹冰身受重伤！

于湖鸣喊道："不要意气用事！快走！"令狐行犹豫了一下，如今门口已经被杀了出来，三人准备跳入湖中逃脱，毕竟对方人数太多，这么打下去肯定对我方不利，可兄弟之死，令狐行决不能这么走了，他怒吼一声发出绝招威震八方直接刺入何有之的喉咙，这一剑太快了，何有之惊讶道："够硬够快！"

可这一剑也没能伤到何有之，气功王的护体神功江湖无人能破，何有之也是实力仅次于黑榜高手的人物。

在这关键时刻狄青和于湖鸣准备跳湖，可门口一阵黑风袭来！

王志穹喊道："前辈您来了！"来者乃黑榜高手之一！"黑煞金环"展求败，此人长居大漠，十年未踏入中原，一身怪异功夫肆虐武林，手中的凌风双环更是无人可破。

何有之大笑："想不到对付这几个小子连黑榜高手都上了！"此话一出狄青等人倍感压力，这可是和诸葛书辰一个级别的高手！

但明知对方强大，也不能怕，狄青怒道："望渊帮乃水道第一大帮，何惧你等奸邪！杀！"

扬名立万 义字当头

展求败没有正眼看他们，手中发出凌风双环，瞬间将狄青等三人击倒，这双环速度和力量太过可怕。

关键时刻，丐帮帮主王志穹，运足气力，准备发出丐帮嫡传绝技神龙绝掌了结了狄青，他飞速挥掌，不料一个声音震天，响遍整个观洋楼！

除展求败外，其他人均被这个内力所震慑，来者定是武林一流高手！

只见门外吴问天双拳紧握，喊道："兄弟莫怕，吴问天来也！"狄青此时也从地上爬了起来，重新握紧三尖两刃刀，向吴问天喊道："兄弟来得好！你我今日就杀他个片甲不留！"

吴问天瞬间移动到了狄青身边，王志穹心想："此人是谁，轻功如此之妙。"

吴问天道："你们这些人以多欺少，看看我今天怎么收拾你们，这里谁最能打？"王志穹二话没说直接一掌直击吴问天，狄青想挡下这一掌，谁知吴问天先他出掌，他用出了无敌灭邪掌的终极一掌，也就是梅无赦刚才帮他合并的一掌！

王志穹和吴问天正面硬碰了一掌，震得观洋楼都晃动起来！

两人纷纷退了三步，王志穹原地不动，鲜血从他的口中瞬间喷出！

这一幕惊呆了在场所有人，丐帮帮主乃是武林超一流之列，和少林方丈是一个宗师级别的，谁知竟然一招落败！

吴问天却哈哈大笑，"想不到丐帮帮主如此不堪一击，还有谁？"这一幕顿时镇住了在场所有人。

突然狄青喊道："兄弟快跳下去！"于湖鸣等人抓住这瞬间机会已经跃入湖中，与此同时，只有展求败反应过来，发出凌风双环，又是这招！双环宛如鬼魂般隔空击向狄青等人，吴问天不懂水性，这点狄青也不清楚。

吴问天没有跳，反而隔空发出无敌灭邪掌，竟然封住了凌风双环！

展求败看了看湖水，狄青等三人早已潜入深水之中，回头瞪了下站在原地的吴问天。

吴问天扶手而立，指着他们说："我告诉你们，给我原地站住别动，别怪我再施展绝招取你们狗命！"刚才他的表现实在太过惊人，谁都不知他的水有多深，都不敢贸然出手。

王志穹坐在地上，慢慢地说："你，你是谁！"吴问天拍了拍胸口，"我的名字你们都给我听好了，我叫吴问天，乃武林中最有潜力的高手，当今文科状元！"

展求败笑道："人才呀，竟然能击中我的双环。"随后对大家道："你们都别出手，此人让展某一人对付！"一旁的何有之道："对付此子不用展兄出马，我就行了！"

吴问天感到对方看不起自己，怒道："你们两个一起上吧！"这话一出在场的人再次陷入了惊讶之态……

何有之哈哈大笑："真是不怕死，你的掌力虽然霸道非凡，但未必能伤到我。"不料吴问天也哈哈大笑，"可我知道你的气门在哪儿！"

这话从别人口中说出恐怕没人信，但从吴问天口中说出，倒是有一定的可信度，毕竟此人武功卓绝，而且不是武林中人，大家对他所知甚少。

何有之心里多少有些顾忌，展求败道："这位吴兄弟为何与我等作对，你可知道其中的利害关系？"吴问天心想："现在能拖多久就拖多久，为了给狄青争取时间，他们估计现在早已逃出生天了。"

王志穹道："丐帮的兄弟，给我封锁金陵各处要道，千万别让狄青逃了！"吴问天怒道："看来刚才那一掌没打死你！"

不料吴问天心口剧痛难忍，这是突然有的感觉，其实刚才和王志穹对掌后就感到一阵剧痛传遍全身，两人拼命一击，自然反震力不可小视。他强忍着剧痛，装作没事，可现在这股难受的感觉实在忍不住了，自己浑身血脉都要崩裂……

灭源六绝　六元合一

　　展求败似乎看出了端倪，"吴兄是否感到身体不适？为何脸色如此难看？"何有之笑道："估计是琢磨如何逃跑呢，哈哈。"

　　吴问天骂道："你们算什么东西，看我无敌灭邪掌将你们全都打死！为武林除害，为官府分忧。"的确，眼前的这几位都是黑道上巨擘级人物，身上都有命案，但由于武功太高，朝廷暂时也拿不住他们。

　　展求败突然想出招时，窗外惊雷四起！一道闪电竟然劈了进来！

　　展求败闪身躲过闪电后，发现一道人影抓住了吴问天，随后地上全都是火！不少帮众无法进攻，那人影顿时消失了。

　　吴问天由于刚才用力过猛，又是第一次用合并掌法，心中血液翻涌，开始不断吐血，神志也渐渐陷入模糊。

　　醒来时发现自己在山上，眼前坐着一位瘦小的老者，此人年纪近百岁，见他醒了，点了点头，露出温和的笑容，"不错，不错，真是合适呀。"吴问天疑惑道："什么合适？刚才是前辈救了我？"

　　老者摇了摇头，做出了难解的表情，"可惜了，可惜呀，这么多年才找到如此人物，不过也来得及。"吴问天是何等人物，猜出了老者的意图："您是不是想传授我武功？刚才门外发出惊雷，这是什么武功啊，好厉害，宛如神仙降临一般！"

老者起身，拍了下吴问天的肩膀，"你很聪明，情商也很高，当今武林有你这种人才真是可喜可贺。不错，我一直在找我的传人，可惜总是遇不到，如今你我有缘。"

吴问天疑惑道："您的武功到底有多厉害？很多人都学不会吗？"老者叹了口气，"我是个隐士，也有传人，他就是太湖帮的帮主东方风正，可，可他在上个月死了！"

东方风正的名字吴问天知道，是黑榜高手之一，谁人不知黑榜。

吴问天果断道："我懂了，您发出的惊雷就是东方风正的武功，灭源六绝！"老者道："是的，我徒弟之死的消息其实没有被传开，因为有股强大的黑恶势力打算慢慢吞并武林。"

吴问天问："那为何您知道了？"老者道："因为我和东方风正会在每年的八月十五会见，我们的约定是只要人没死，就来见，可我都在这里等了一个多月，人还是没到，于是我暗中去了太湖帮打探，发现太湖帮的帮主已经换了！无奈之下我抓了一名头目询问，才得知水道如今除了望渊帮外都被一个人给控制了，此人便是颜不换！我不是武林中人，对此人也不了解，听说他行踪诡秘，武功极高，击败了东方风正后夺取了太湖帮，而我徒儿被打入湖中，生死未卜。"说到这里眼泪不停地流了下来。

吴问天劝道："生死有命，前辈不能太伤心。在黑道上就是这样，尔虞我诈，你死我活。"老者道："我生平有两大遗憾，第一大遗憾就是收了东方风正这个不孝徒弟，他违背了我的意愿，在黑道上打天下，如今落下这个下场，第二大遗憾就是我的功夫至今无人能传承。"

说到这里吴问天道："您别太伤心，东方前辈学会了您的武功，不也成为水道一霸了吗？还上了黑榜，您也算有传人了。"可老者严肃道："这正是我找你来的原因，给我听好了，真正的灭源六绝根本不是东方风正那样，而是千古以来第一神功，首先得找个极具武学天赋之人，且可能具备先天真气的人，才能达到六元合一的至高境界，那真的是无敌于天下！"

吴问天大概懂了，道："明白，六元合一是一种境界，您老达到了吧。"老者看着吴问天道："我也是个庸才，只达到了五元合一，而东方风正只是四元合一，'合一'的意思就是能一瞬间发出六元中的几元。"

当年东方风正大战诸葛书辰只是集合四元，最终败在了龙卷阎罗之下。

吴问天起身道："难道前辈认为我具有六元合一的潜质？"老者双手拍在他的肩膀上，"不错，我相信自己的眼光，你是万年难遇的奇才，刚才你们的厮杀我在远处都看到了，你能自创出什么无敌掌。"

吴问天打断道："无敌灭邪掌。"老者笑道："真是天才，这掌法就是合并而成的，威力倍增，原理和六元合一一样，我看后才知道你是个人才，因为这种合并掌法不是谁都能用的，外加你运用自如，可见武学天赋之高。"

吴问天道："是的，本来这些都是自己发明的。"老者正色道："你现在是否感到心中血液翻涌，难受得很，呵呵，这是你已经开始唤醒先天真气了。"

神缘绝世　脱胎换骨

"先天真气?!"吴问天疑惑道,"给我听好了!你自创的合掌已经将你体内的武学潜质苏醒。因为那一掌使你的血脉全部贯通,能做到这点的人几乎没有,我也不能,但你的内力不算太深,发出合掌是很耗费内功的,内功练得深厚的话需要多修炼至少十年,才能觉醒先天真气和熟练掌握合掌,可今天不同,我教你灭源六绝,使你提前觉醒先天真气。"

没等吴问天继续说话,老者发动闪电招数将他电麻!浑身瞬间无法动弹,老者双掌直击他的后背,吴问天暗忖:"怎么回事?!我的身体像爆炸了一样,这是什么感觉?好冷啊,啊,又好热!不对,是雷,啊,烧死我了!"一阵痛苦后,老者坐在原地低着头,似乎已经死了!

吴问天起身感觉浑身都是力气,刚才血液翻涌感觉也没了,从来没这么舒畅过。

老者突然说话了,可第一句话就让吴问天惊呆了。

"是叫吴问天吧,给我听好了,现在我已经死了,这声音是我提早用内功运作出来的,一直藏在我体内,等你获得神功后才会说出来,你现在要静下心，听我说完再走。"

吴问天立刻认真听，老者的腹部发出声音："我近期得了绝症，活不过几日了，也到年纪了，我的名字你还不知道吧，我是司马和，老一辈的人都知道我，但我早已隐居六十年了，呵呵，言归正传，灭源六绝的传授最快方式不是学习，而是师父以生命作为代价传给徒弟，这样的效果最佳，东方风正是自己修炼的，但这需要时间，咱们等不了了，如今武林局势是邪盛正衰，我真希望再活五百年为武林出力，可惜人的时间都是有限的，望你今后习得我的绝学后为武林做贡献，铲除奸邪。首先是太湖帮，东方风正现在等于是你师兄，你火速前往寻找他的下落。另外颜不换这个人我之前听过，他的武功应该在我之上，是个大魔头，有百年内力，以你现在的实力不可与其硬拼，要沉稳下来，抓住时机出手，顺势而为。最后我想告诉你的，是你我真的很有缘，因为我近期在调查颜不换的事，早就盯上了丐帮，发现他们与望渊帮死斗的时候你出现了，我一下就看出你是万里挑一的奇才，你我之间可见有缘，而且灭源六绝本来就是神之力，你发明的掌法可以和灭源六绝融合，也是千古佳作，其效果我也不清楚，总之在苦修之下定能和黑榜高手一较高下。灭源六绝是自然的东西，你可以无限发挥，这终将是天下无敌的武功，但现在是初期，你还得耐下心来慢慢来，你的性格豪爽，智慧又高，可你的缺点就是太过急躁，要是你把这个毛病改了，你就真的完美了，我只是牺牲自己把武功和内力传授给你，你按照我衣服里的口诀发力，就能使用灭源六绝了，内力方面得慢慢融入，咱们体质必须适应了灭源六绝和先天真气后才能完全吸收我的内力！好了，我该走了，你多保重！"

吴问天听后跪下磕了三个头，用心埋葬了这位老者。吴问天知道如果今日没遇到司马和，自己都无法控制新的掌法，如今掌握了先天真气和灭源六绝，还能和我的灭邪无敌掌合并，这样威力会更加强大，以后我的武功，就叫神缘掌吧！

此等绝世神功横空出世，想必定能击垮一切奸邪。

吴问天得意地想了半天，最终拜别司马和后踏入江湖。

昨日发生的事情已经传遍武林，吴问天得知狄青等人的威名已在金陵传开，江湖相传凌驾于黑榜之上有个化外高人，他就是颜不换，此人精通百家武学，已经收纳了无数黑道帮派，水道六大帮派只有望渊帮最为强大，而收服五大帮后准备对望渊帮动手，近期附近的黑道都已俯首称臣，只有望渊帮敢正面反抗，狄青领导人物年轻有为，以少胜多，拼死突围，四大高手之一的薛文轩宁死不屈等事迹都已家喻户晓！

如今望渊帮乃武林水道公认的第一大帮，声名远播天下。

还有人说能击败颜不换的人只有望渊帮的诸葛书辰，此人乃黑榜第一高手。

黑榜高手如今有"龙卷阎罗"诸葛书辰，"落梅剑神"梅无赦，"天下第一"花青云，"大刀纵横"关不敌，"炎锁阴阳"千沧雨，"霸海屠龙"钟逆，"黑煞金环"展求败，"鬼神莫测"蓝孤月，"独行客"乱离，"追魂独行"君当歌，最后就是下落不明的"六绝神王"东方风正。

此时吴问天有个大胆想法，自己得快速进入黑榜之列！

朝廷招安　暂避锋芒

"宗主，您这几日劳顿过度，依我看还是推托几日再进城吧。"方白在梅无赦身后道。

"无妨，我倒要看看京城的高手有多厉害！"梅无赦大步走向京城。

归海朝阳道："宗主，他们点名邀您一人前往，其中必定有诈，我和您一同前去。"此人是新加入万刃门的大人物，曾被列为白道八大高手之一，但由于和黑道交往过密，被武林白道除名，退隐后再现江湖。

梅无赦摇了摇头，"要是带人去，那就会被小看的，我自己去即可，你们留在客栈等候，本次朝廷招安之事，有很多京城的高手不服气，认为万刃门只是金陵的黑道，视我如草莽之辈，日后我当了官他们也不会把我放在眼里，现在正是机会，让他们看看我等是什么人！"

方白劝道："宗主，我看，我看咱们不必理会招安了，回去吧，兄弟们独霸一方挺好的。"梅无赦摆了摆手，"招安之事也是朝廷和咱们和谈的一种方式，具体怎么做我心中有数，目前武林局势复杂，传说颜不换复出了，大部分帮派都被其收服，咱们如今依靠朝廷，他轻易不敢动咱们，此人的势力现在大于我等。”

归海朝阳点头道：“不错，宗主英明，目前的局势对我等极为不利，我们毕竟在金陵武林算第一，但颜不换已经暗中网罗了南北势力，外加魔教据说都已被他掌控！此人野心极大。”

梅无赦走到门口，“记住，任何时候都不能自乱阵脚，黄令后天到，完事了咱们一同回去。”

梅无赦的两个徒弟上官剑和黄令的身体都已康复，这两名弟子得他真传，武功早已步入宗师级别。

诸葛书辰近期游山玩水，日子过得格外舒畅。

他已六十多了，女儿在西洋学习还未归来，心中除了她，已无牵挂。

漫步在小河边，看着平民百姓的生活，心里似乎有点羡慕。是啊，一生刀光剑影的人，真的想过上几天平凡的生活，就如现在这样。

今天他打算回去了，外出一年了，心里还真有点想狄青等人。这些年轻人真的很有潜力，自上次事件后，就不断苦练武功，经过自己的多番指点，足以独当一面，步入武林顶尖高手之列。

一路走回去，已经到了太湖帮地界。

狄青在他心里就和自己的儿子一样，看到了狄青，就跟看到狄洛一样。

“船家，这艘船我要了。”诸葛书辰正准备从衣服拿银子，谁知船家摇头道：“不行啊，别说我这小船，你看，连同这一排的船，都被太湖帮买走了。”

“什么?！谁买的？太湖帮如此豪横吗？呵呵，买主是谁，我找他。”诸葛书辰笑道。“万万不可，太湖帮的帮主千金娶亲，招募各路英雄开英雄大会，这些船都是面子，他们现在还缺呢，给您是不可能的。”船家说。

“哈哈，有意思，东方风正还有个女儿吗？”诸葛书辰道。“您误会了，看来您不是本地人，如今的太湖帮早已变了，东方帮……啊不，东方风正估计已经死了，帮主已被取代，我们都听新帮主任天行的!”

　　诸葛书辰心中似乎了有了底，直接将银子强塞给船家，飞跃上船后拿起竹竿，一下就把小船推出几十米，大喊道："告诉太湖帮主，就说望渊帮诸葛书辰要的船！"

　　诸葛书辰一路划船，发现前方有个巨大的帆船，上面的旗帜是太湖帮。

　　船舱中站着一位女子，她与诸葛书辰隔江相望，而诸葛书辰也和她对视了一眼，此女极为美貌，简直是人间尤物，连诸葛书辰这等人物都不禁动心。

　　船上有人喊道："快看，这不是咱们帮买的船吗？"帮众纷纷拔出兵器，窗内女子却道："无妨，让他走。"

真剑真招　腾远之约

梅无赦大步走入厅堂之内，嗜血刃握在手中，按照朝廷邀请，让他一人进入京城内部的滕远阁。

此去京城凶多吉少，因为这很可能是朝廷的陷阱，想将他这个黑道头目击杀。

可不去又不行，毕竟万刃门需要更大的靠山来避开颜不换势力。

梅无赦进入阁内后，发现屋内有二十余人！个个都是身怀绝技的高手，身穿服装华贵，一看就是京城富贵子弟。的确，在朝廷下做事，自然要比地方懂得生活。

一位官员上前抱拳，此人就是本次招安的负责人，名叫陈亭。

陈亭道："梅宗主真是准时呀，里面请！"随后两人就座。

陈亭起身介绍道："这位是京城首富柯大富豪，也是我们明教的兄弟。"柯大富豪很客气地抱拳。

陈亭继续介绍道："这位是咱们明教中数一数二的高手，外号'火麒麟'，不知宗主是否听过。"梅无赦马上抱拳道："武隆夏大侠的威名我早已如雷贯耳!"此人的确很有实力，他是朱元璋座下少有的猛将，明教四大法王之一，曾多次击退元军，还将逃亡的元军追杀到边境之外，并把其首领作为俘虏，为百姓出了百年来心中的恶气。

由于此人多年追随皇上，武林视为正道，所以没有将其列入黑榜，但估计实力足以位列其中。

武隆夏礼貌地回了一礼没多说。

随后陈亭刚要一一介绍，不料其中有位年轻人笑道："不必介绍了，我乃点苍派第一高手'凤王剑'雄达，听说梅宗主的剑法通神，今日我来此就是想会会你，看看你是不是像传闻中那样的厉害。"

梅无赦没有正眼看他，不做理会，结果雄达身旁的一对男女同时道："雄兄真是不礼貌哇，人家毕竟是城外之人，代表着金陵武林呢，怎能如此怠慢。"其中的女子起身施了一礼："小女乃金陵双刀之一白月月，这位是我的夫君，也是金陵双刀之一，他叫邱明。"本来看似很有礼貌，谁知邱明起身道："哈哈，梅宗主，我还以为你是什么三头六臂呢，原来是一个骨瘦如柴的老人，我看您还是告老还乡吧，稍后我做东，请您尝尝城内的好菜。"

一顿低俗的嘲讽之下，全场人都发出阵阵笑声。的确，京城的武林人士看不起地方的武林人士，就跟在京做官看不起地方官员一样，他们本次前来就是不服梅无赦，凭什么他能做官，万刃门虽然取代了神拳门，但他们没把这事放在眼里。

这些人都是金陵城内一等一的高手，在这里没人敢惹，不仅家世背景显赫，手底下有真功夫，传闻他们都是武林中白道八大高手的候选人。

梅无赦的目光一样没有理会他们的冷嘲热讽，他最在意的人就是明教高手武隆夏。

"都闭嘴!"此人话一出，那三人都已安静了，目光都转向了后方，只见墙角坐着一人，年纪已过半百，眼神中带着寒光，手握太极剑，他便是原武当派高手许灵子，由于总做一些有辱师门之事，所以被武当逐出，但武功还是很强的，曾被列入武当候选掌门之列。

许灵子上前走近梅无赦，笑道："哈哈，我早在十年前就想会会你，近期听说你夺了神拳门，剑法号称天下无人能敌，就连金刀无敌都不是你的对手，呵呵，看来金陵武林的实力也不怎么样。"

陈亭急忙道："诸位，别这样，给我个面子！"可他们根本不理陈亭，雄达也起身走向梅无赦，他见梅无赦根本不理会他们，心中大怒，这分明是没把自己这一路人放在眼里！

他们平日里养尊处优，根本没把黑榜高手放在眼内。

雄达边走边拔出了凤王剑，此剑乃当今珍宝，由千年古铁打造，剑锋布满了美丽花纹。

陈亭刚想继续说话，但场面已不是他能控制的，本来朝廷的意思就是给梅无赦一个下马威，招安后使其老实点安稳些罢了，谁知变成了决斗。

可不知怎的，雄达的剑被一种力量给夺了过去，后来看到梅无赦手中拿着筷子夹住了凤王剑，听到他淡淡地说："凤王剑真是当今珍宝，可惜给错了人！这些甜品倒是不错，太可惜了。"这一幕雄达等人都看傻了，只见梅无赦放下凤王剑，用筷子夹甜品吃起来，视旁人为无物！

单刀赴会　剑凝京城

雄达气不过，正面出拳直击梅无赦头部，可这一拳打空了，梅无赦瞬间移动到他身边，一下点中了他腿上三处大穴，雄达马上单膝跪地，梅无赦道："小辈不必多礼。"

突然一股阴柔之力从身后袭来，梅无赦眼神大变，回身反手拿起嗜血刀抵挡，但没有拔剑。

武当大师许灵子发出太极功，这种程度已经可以傲视群雄，四周的景物和人都被这股阴柔之力所震动，不料梅无赦剑未出鞘，挡了一下后，许灵子原地不动，一股鲜血从嘴角流出！

梅无赦坐下喝了一口茶，"兄台的剑法的确很精妙，可谓至阴至寒，但你心中无剑，求胜心过切，反被剑气吞噬。"

两把钢刀劈向梅无赦，是白月月和邱明夫妇，二人刀法早已合二为一，看起来毫无破绽，只见梅无赦一脚跺地，四周剑气纵横，无形中挡住了双刀。

梅无赦在刹那间夺了二人的刀，返回座位道："我只听过金陵双杰，什么双刀，凤王剑还真不了解。"

随后屋内其余十几人一同起身杀向梅无赦，只有柯大富豪和武隆夏没有离开座位。

一道血色红光横向直劈屋内，瞬间所有物品在一条线上被梅无赦一剑砍断，其他人都被这一招打得连连败退！

梅无赦收剑默默地道："嗜血刃出鞘理应伤人，各位如若再咄咄逼人，别怪梅某剑下无情！"

四周的人都安静了，陈亭鼓掌道："梅宗主好剑法呀，让我大开眼界了，这几位年轻人没恶意，他们就是仰慕您已久，所以……"没等陈亭说完，梅无赦摆了摆手，"今日不是约谈的时候，咱们改日。"随后负手离开了滕远阁。

吴问天一路大吃大喝，他现在急需补充体力，自从脱胎换骨后，自己的酒量和食欲都是倍增，内力在身体里翻滚。

他打算即刻前往太湖，乘快船寻找师兄东方风正。

一路抵达太湖帮，这里风景优美，湖水极为平静。

前方有个烤肉馆，吴问天进去叫了一整只烤肥羊，小二问："您吃一只羊行吗？"吴问天摆了摆手，"快去弄，应该能吃完吧。"

不一会儿桌旁坐了一位长得很丑的人，此人面目狰狞，皮肤黝黑，简直就是个丑黑汉。

吴问天感觉此人不一般，见他身上的佩剑也不是凡品，突然有个人走到了丑黑汉身旁，将他桌子上筷子筒里的筷子拿走，丑黑汉瞪了那人一眼，回身向小二道："来，给我换个筷子筒。"

的确，刚才那人没说一声就去别人桌子上拿筷子，这种行为就是不对的，小二道："抱歉客官，我们这里的筷子就这些了，今天可人多，还不够用呢。"

刚才拿筷子的人喊道："你什么意思？"丑黑汉笑道："我还没问你呢，真不懂规矩！"谁知屋内几乎所有人都站了起来！原来他们都是太湖帮的人，可丑黑汉丝毫不在乎。

吴问天大声道："这事就是你们不对，没经过对方同意就去别的桌子拿筷子，这可是个人教养问题，得改改。"丑黑汉此时看了看吴问天，点头示意。

太湖帮的帮众拔刀走近他们时，没等吴问天出手，从丑黑汉身后发出数十道剑气，根本看不清丑黑汉拔剑，对方之人裤子都被剑气挑开。

最终对方扬言让他们等着，应该是去找人了。

丑黑汉让店家把吴问天的账记在自己身上，还请吴问天过来坐。

"兄弟高姓大名？"丑黑汉问道。"吴问天，我刚出江湖，来此有要事。"吴问天说起话来还真像个武林中人。

丑黑汉小声道："在下花青云，今日得见兄台，真是畅快，现在武林中萍水相逢敢管闲事的英雄可不多了。"吴问天惊讶道："你是黑榜高手'天下第一'花青云？"

太湖之会　初试六绝

花青云笑道："是不是觉得我很丑哇？呵呵，我在外面就这样，易容的，早已厌倦了江湖，不想让别人认出来。"吴问天佩服道："兄弟的境界已经到了常人无法达到的高度。"

"看兄弟必定身怀绝世武功，面色上就能凸显出一股霸道之气。"

"还行吧，那个，稍后你可要答应我，太湖帮的人要是叫人来了，你可别再先出手了，我要亲自收拾他们。"

"没问题，如若兄弟不敌，我在后方随时支援，有我在，整个太湖没人能伤你分毫！"

"谁这么大的口气！过来受死！"来者是太湖帮的副帮主徐铄，此人一双铁腿横扫太湖，也是新提拔上来的高手，而原来的五大天王自东方风正落水后，都归附与新帮主任天行管理。

吴问天上前道："是我！你是不是想打一场？"吴问天此时就想出名，找机会上黑榜呢。

太湖帮众几十人一拥而上，吴问天用自己生平学到的武功对敌，配合灭源六绝，发出了神缘掌，瞬息之间击垮数十名帮众！

吴问天由于刚刚觉醒先天真气，所以使用起来有些吃力，但基本招数都掌握了，这十八掌中蕴含了风，雷，雨，火，土，电，这里的电和雷还是有区别的，雷是可以直接运用先天真气发出，电指的是配合天气情况发出。

看得连花青云都惊呆了！

徐铄见此人武功奇特，不确定其来历，但在场看热闹的这么多，跑了也不合适，关键时刻，吴问天准备尝试给他来个六元合一掌！

不远处一个动听地声音响起："徐帮主，今日我不想看到不愉快的事发生，还请这两位好汉一同进来赴宴吧。"徐铄这回找了个台阶下，对花吴二人道："你们两个，咱们不打不相识，今日我太湖帮举办帮主千金出嫁盛典，你等也来凑个热闹吧。"

花青云果断答应："好，多谢贵帮邀请。"回头向吴问天道："走吧，见好就收，江湖上就得这样，毕竟是人家的地盘。"

吴问天也懂这个道理，可他真的没打够。

二人进入后，被安排在最后一排，很没面子，吴问天问管家："你过来，为什么给我们安排在此？"

管家笑道："这位公子好面生啊，一看就不常在太湖行走，今日坐在前面的都是这一带的大人物，公子还是委屈点坐在这里吧。"

吴问天哼了一声没说话，盛典即将开始，他旁边又坐了一人，是一位老者，他背着一个沉重的包袱，似乎里面是兵器，眼神中一直在看着前方。

今日的主持者是四大邪教之一孤星教的副教主浅陌，此人今年三十岁，相貌堂堂，仪表不凡，看似真不像邪教中人，一身金袍，威风凛凛。

太湖帮的帮主任天行，其实出自双修教，妻子乃双修教中人，女儿今日招亲，摆下擂台，来了很多当地有头有脸的人，都是名门望族，这些年轻的公子个个对帮主千金志在必得。

浅陌举杯道："今日我太湖的英豪聚集于此，我先干一杯，平复一下我激动的心情。"随后道，"稍后是比武招亲，各位切记，千万别出杀招，都是一家人。"

吴问天想参与招亲，可又想了想，再想出名，也不能胡乱来，万一得了第一，自己又不想娶人家女儿怎么办？万一长得像一头土猪呢。

浅陌道："那咱们的比武招亲这就开始！"台下突然有一人骂道："我还以为是何等盛会呢，原来来了一帮废物。"

目光都转移到台下之人，没等大家反应过来，他身后发出一团风气，瞬间击杀了五名来比武的高手！

这还了得，来招亲的都是太湖富豪，如今儿子在此丧命，太湖帮的麻烦今后可大了。

吴问天小声对花青云道："兄台，我想出手收拾这人，你先在这里坐着！"花青云似乎很认可他的想法，但阻止道："你不出手我也得出手，但此人身怀绝世武功，绝不是普通一流高手能比的，兄弟还是稍坐，静观其变！"

吴问天走近细看，这是一位年轻人，长得还算英俊，他手握一把方天画戟，目光直逼太湖帮头面人物。

浅陌似乎明白了此人来头，"兄弟今日可真的太不给太湖帮面子，魔天寨今日跋扈过头了！"魔天寨这名字一出，在场的所有人都被镇住了，武林三大禁地之一魔天寨，可谓神鬼共惧，由于此地处于中原之外，其中的高手都没有被列入中原黑榜高手之内。

武林三大禁地分别是天外剑阁、魔天寨、凌云堡。

年轻人手握方天画戟，轻视地看了看浅陌，"你等孤星教不配与三大禁地齐名，今日我来这里就是捣乱的。"

原来太湖帮主夫妇出自双修教，而魔天寨与双修教有着长达三十年的深仇，任天行夫妇是双修教中顶尖角色，女儿喜事自然少不了魔天寨出现。

急中生智　双戟再现

且说狄青等人上岸后一路施展轻功飞奔，对方是黑榜级的人物，所以现在不是死斗的时候。

薛文轩的死令三人心中悲痛不已，兄弟如今死得如此惨烈，这个仇一定得报！

三人藏到山脚下歇息，狄青的面色十分难看，"二位，咱们一定要活着回去。"于湖鸣道："这里是他们的地盘，而且江湖如今似乎被一股庞大的势力所控制，小道消息说有个叫颜不换的人物，他这几年控制黑道武林，连金陵武林第一人梅无赦都有些忌惮此人！"

狄青道："我也有个感觉，对方势力极大，不然怎么可能连黑榜高手展求败都听命于他呢。"令狐行道："咱们必须回去，四周退路都被封死，咱们和他们拼了吧。"

于湖鸣道："万万不可冲动，不然薛文轩就白死了。"令狐行激动道："那该怎么办？咱们就在这里躲着等死吗？"

狄青闭上双眼道："这里也不安全，稍后追兵就到。"于湖鸣吹了一声口哨，一只飞鹰迅速飞了过来！

令狐行惊讶道："这个，是你的信使？"狄青也不解，"咱们帮内的信使没有这类鹰，你是如何弄得？"

于湖鸣笑道："咱们帮的信使多为鸽子，而这正是我帮传递信息差的一点，我暗中托人从血海帮找了这种鹰，能传送很远的地点，而且速度极快，我早就感觉能用到，幸亏把它也带上了。"

上次钟璐璐带走地图就是靠的这种鹰。

于是大家决定用它传递信息，让望渊帮大军来救！

安东如正在帮内，但是信使过去得三日，所以这三日内不能出事。

狄青此时道："不对，这里是丐帮的势力范围内，他们有截获信使的本领，估计也会猜到我等会发出信使，鹰飞不了多久就会被截住！"可此时于湖鸣已经把信使放走了！

于湖鸣低声对两人道："你过来，我告诉你们……"三人随后纷纷点头。

太湖宴会。

场面已经陷入混乱，三名太湖帮好手上前夹击这位魔天寨之人，此人名叫林抱鹤，乃魔天寨三英之一，一手方天画戟堪比吕布，至今未有败绩，除魔天寨寨主外，他谁都不服！

围攻他的三人分别是太湖帮一流好手，但也都在一瞬之间被干掉！

空虚子和其他高手也及时赶到，他们如今都已屈从于颜不换。

可面对如此场面林抱鹤依然不惧！魔天寨的人物真是了得，魔天寨是三大禁地最为猖狂的一派，久居关外，根本不把中原的高手放在眼内，包括黑榜高手和颜不换！

太湖帮帮主任天行脱下了外套，一股很浑厚之声传遍全场："诸位莫慌，让我亲自收拾此子！"帮主亲自出手，是十分少见的，林抱鹤用方天画戟指着他骂道："你这个老贼，早就该出手了，你还混到了太湖帮主，真是有辱水道声名！"

一个人飞到空中，手握长矛，道："对付此人帮主不必出手，今日是大喜的日子，让我来会会此人！"林抱鹤看了之后笑道："真想不到你给人家当狗当得真到位。"说这话的正是浅陌，他是四大邪教孤星教的副教主，武功自然是宗师级别。

不远处吴问天看得着急，自己想出手，但觉得双方都是反派，不知道该打谁！

而他身旁的老者突然起身！从包袱里拿出了两把铁戟！

花青云的眼神瞬间变了，对吴问天道："你快退回来！"

只见老者握紧月夜双戟，眼神看了下台上的帮主夫人，大步走了过去。

正当浅陌和林抱鹤要动手之际，老者走近林抱鹤大笑道："看来魔天寨的武功不过如此，你用内力逼出来的风力漏洞百出！"此话一出全场的目光投向了老者，林抱鹤上前舞动方天画戟道："又来一个不怕死的……"可他的话还没说完，四周刮起了龙卷飓风！

老者双手挥动兵器，风刃瞬间将林抱鹤打得惨叫连连！

林抱鹤自知不敌，连掉落的方天画戟都没来得及捡起就逃了。

老者也收住了招数，没有置对方于死地，回身消失在人群之中。

众人被这神一般的实力惊住了，所有人都进入了沉默，花青云的嘴角露出了一丝微笑，太湖帮主任天行自言自语道："此人究竟是谁？武功如此之高，我昔日识得此人吗？"帮主夫人望着老者离去的背影，起身淡淡道："武林中黑榜高手近几年增加一人，外号'龙卷阎罗'，他就是诸葛书辰，是位列黑道武林第一的传说……"

龙卷之风　黎明之望

　　诸葛书辰一人划船优哉游哉地看着太湖风光，突然他停下了小船，道："出来吧。"岸旁隐现一位美女，她看着诸葛书辰不语。诸葛书辰问道："夫人为何追了出来？是不是帮内又出事了？"

　　原来此女就是帮主夫人，她出自双修教，容颜这几十年没有老化，至今还跟二十岁时一般。

　　帮主夫人一跃而起，轻功了得，直接飞到小船之上，她看着诸葛书辰的眼睛道："诸葛兄，你我如今是第三次见面了。"原来第一次坐在大船上看他的人就是帮主夫人。

　　诸葛书辰叹道："夫人谈吐气质真的不像是双修教之人，和传闻中不同。"夫人笑道："哪里，双修教之流在诸葛大侠面前就是过家家。"

　　二人对视良久后，似乎心里都想说些什么，而帮主夫人先开口："事关重大，想必有一件事您还不知道，所以贱妾冒死前来相告！"诸葛书辰立刻严肃起来："望相告。"

　　"望渊帮的几位头领在金陵城内被丐帮联合其他武林黑道高手夹击，如今他们危在旦夕，而黑道上诸多高手正在寻找他们，这几人如果靠自己活着离开金陵是不可能的，还请诸葛大侠火速前往金陵救援，他们此时应该在南方的湖畔附近。"

"大恩不言谢！"

"如今武林局势复杂，我等也是无奈之举，也接到了去金陵击杀狄青等人的指示，其他四大水道帮派都会派人去的，现在水道被一个叫颜不换的控制，他的势力可谓武林第一，魔爪不断伸向各大派，就连正派都感到了危机，诸葛大侠定要小心，因为除掉望渊帮是大事，这次可能颜不换亲自出手！"

望渊帮如今是水道第一帮，颜不换先慢慢收拾了其他五大帮派，最后望渊帮就不难办了，另外狄青等人前几日杀出重围，连黑榜高手都拦不住，事已至此，要是再让他们活着回去，那颜不换的面子可丢大了，所以很可能他在前往金陵中……

信使遨游在空中，突然被一阵怪异的声音干扰，瞬间掉落在地！

一人捡起了信使，连忙大步走向宫殿之内。

丐帮帮主王志穹接到了手下截获的信使，心中十分惊喜，念给其他人听，内容是请安东如带领大军来救，地点是金陵城外小听岸口，三日后我等便在此地等候。

厅堂内除了王志穹，还两名黑榜高手！

一位就是"黑煞金环"展求败，而另一位是"独行客"乱离。

乱离和展求败私交甚好，展求败加入颜不换势力后，乱离也主动加入，此人的武功自然不用多说，横行江湖数十年没有对手，独行大盗出身，在西北一带可谓天下无敌，近期被颜不换安排到金陵除掉狄青等人，颜不换因对付白道，实在抽不开身。

乱离长得十分丑陋，头发跟几十年没洗过一样，身材瘦小，手握短剑，他嘿嘿一笑："王帮主不必过早兴奋，这是个计中之计！"王志穹刚要安排手下行动抓人，谁知被对方泼了冷水。

只听乱离道："这里是丐帮地界，而且丐帮截获信使的实力可谓武林一绝，他们再笨也会考虑其中的，而且这信使飞的方向也不对，这是明摆着让你们抓个正着！"

王志穹反应过来后道："原来如此，调虎离山，还是乱先生高明！"展求败道："我等四下搜索其他地方，定要将其击杀！"

小听湖畔。

三人藏匿在树林中，狄青道："军师就是军师，目前咱们附近没有一个追兵了。"令狐行也赞道："不错，他们定会截下信使，然后猜出咱们是在诈他们，所以不会来这里，可他们万万想不到的是我等偏偏就来了！这才是计中之计！"

狄青道："现在咱们立刻下水，快速游出这里，短时间应该不会有人来！"几人刚一露头，不料一个声音响起："哈哈，几位真是大将之才，想不到如此机敏！"此人正是黑榜高手乱离！

血染小听　望渊枭杰

吴问天离开晚宴后，打算尽快回到金陵，因为还得在青云楼跟梅无赦见面呢。

这个年轻人这几日武功进步神速，如今他干劲十足，打算为武林正道做一些事情，师兄东方风正没找到，以后再说吧。

吴问天对花青云道："兄台，我还有要事在身，改日你我再聚，不知今后咱们如何联络？"花青云笑道："眼下我也有急事，准备去趟山东，你我有缘定会再见。还有，你的武功我不是很确定，猜测应该是灭源六绝吧？"

"好眼力，我如今是灭源六绝的正宗传人。"

"兄弟的前途不可估量，改日定会请教。"花青云似乎也有急事，连忙前往山东。

临行时吴问天从花青云口中得知金陵有一股强大的黑势力准备对望渊帮不利，这也是近几日江湖上流传的。

小听湖畔。

狄青等三人慢慢从藏匿之处走了出来，三人亮出兵器，准备应战！

乱离发出古怪的笑声，"哈哈哈，我这人天生多疑，不想遗漏任何一个点，所以独自前来查看下，想不到各位果然在，你们真是自不量力，不知道黑榜高手和你们的差距吗？"令狐行骂道："黑榜又如何？不试试怎么知道。"

乱离拿出短剑，眼神中闪着寒光，"那受死吧！"他的身形宛如一道闪电，飞入三人中央，三人也发出各自绝招猛攻！

乱离不愧为黑榜高手，轻松地面对这三人，狄青喊道："跟他拼了！"

于湖鸣折扇瞬间发出了所有兵器！令狐行也发出绝招威震八方！狄青武功三尖两刃刀发出这几年苦练出的新绝招！

三人瞬间爆发，使出了看家本领！

没想到打得乱离难以应付，虽然他的短剑已经到了至高境界，但这三位年轻人的火候远比他想象得厉害，一打三还真有些吃力！

四人打了百招后依然难分高下！忽然一阵黑风刮过，一双金环凌空飞出，一击即中于湖鸣后心！

于湖鸣立刻倒地吐血，原来展求败赶到！

乱离笑道："你怎么才来，这三个小子比你们描述得厉害太多了！"展求败负手而立，站在狄青后方，断其后路，他淡淡道："这几人留不得，要是连他们都拿不下，传出去太有损我们的威名了。"

于湖鸣口中的鲜血不断喷出，"帮，帮主，对不起，以，以后不能再为你效力了，你们两个人可得杀出去……"随后闭上了双眼。

血染残阳，于湖鸣也倒下了，望渊帮四大高手如今两位已牺牲。

狄青和令狐行见状急忙过去，可乱离继续发起进攻，这回是一对二，展求败坐在湖畔边看着乱离如何收拾他们。

狄青的眼神中带着血丝，令狐行如今也不打算活着回去，两人和乱离展开了拼死之战。

三人又打了两百招！看得展求败眉头紧皱，想不到狄青和令狐行如此强悍，能和黑榜高手一分高下！

王志穹此时也带着大军赶到，将狄青等人包围，而且来者不全是丐帮中人，还有水道帮派中的浅海帮帮主言澜，万湖帮的帮主西门冷！此二人都是和东方风正一辈的，武功均属宗师级水准，他们加入了颜不换势力。

再加上丐帮帮主王志穹和数百名丐帮帮众，局势对狄青十分不利！

"以多欺少，真是不知羞耻！"声音响喝行云，宛如震天之力！

天空中猛然间下起了大雨，闪电在乌云间横行。

只见吴问天乘坐快艇及时赶到，他双拳紧握，向狄青喊道："兄弟莫慌，吴问天在此！"狄青再次看到了他，心中顿时热血沸腾，手中的三尖两刃刀一转，竟然将乱离的剑气逼退，回头喊道："好！你我今日就杀个天昏地暗。"

王志穹大笑道："凭你一人想救他们走，就算阎王老子来了也没用，都得留下！"

"那可未必！留下的应该是你们！"

这个声音一出，狄青和令狐行一下子又恢复了斗志！因为此人一来，相信天地间无人能敌！

不远处有个小船快速行驶而来，船上的人手握双戟，眼神中杀气腾腾，此人正是诸葛书辰……

惊天之电　戟荡群魔

四人站在了一起，诸葛书辰看了看躺在地上的于湖鸣，难抑心中的愤怒，对展求败等人道："我早就把他们当作自己的孩子，这一路我在想，如果你们敢伤他们，我就让你们全死！"

这几句话可不是玩笑，连展求败和乱离的脸上都露出了紧张的表情，毕竟对方可是黑榜第一高手！

突然一人飞入中央，此人轻功极佳，正是浅海帮的帮主言澜，他抱拳道："久闻诸葛大侠的威名，今日一见果然名不虚传。"

谁知诸葛书辰骂道："你算什么东西？还不配跟我说话！"这句话是真的没给对方面子，展求败随即抱拳道："诸葛大侠，你我真是有缘，同为黑榜高手平日里难得一见。"

没等诸葛书辰回话，吴问天骂道："你也在呀，稍后你我单打独斗，让你尝尝我的厉害！"展求败听后气得脸色很难看，王志穹却道："今日我看咱们双方就此罢手，今后再作计较如何？"

诸葛书辰怒道："今天谁都走不了！"乱离和展求败两人接近诸葛书辰准

备两面夹击，可诸葛书辰大笑道："好！我看不如你们两个一起上，我一人对付！"

身后突然又冒出一人，就是刚才被诸葛书辰骂的言澜，此人武功是仅次于黑榜水准，三人准备起了围攻之势！

诸葛书辰手握双戟，准备发出绝招，平淡地说："你们三个一起上吧！"然后对狄青等人道："你们只管对付其他人，这三人让我一人来！"

这句话一出，全场都震惊了，自古以来还没有人能对付两名黑榜高手，黑榜高手的实力都是相差不多的，而且均是武林中的一代宗师，可如今诸葛书辰要打两个，还加一个实力仅次于黑榜的言澜！

三人很有自信地开始进攻，同时施展出自己的绝技，展求败的金环配合着黑风直击诸葛书辰面门，乱离的剑气瞬间变为无数道光芒洒在天空之中，言澜施展成名绝技海气，这是由内力推动出来的，除黑榜高手外应该无人能接！

可三人的攻击似乎对诸葛书辰无效！

只见诸葛书辰身后被一股飓风环绕！展求败惊叹一声："不好！"

随之一股强大无比的龙卷风从诸葛书辰身边发出，他的双戟反向挥舞，风力之强更胜以往！

突然展求败的金环被风力击落在地！乱离的无数剑气也被龙卷风化为无物！如今的诸葛书辰已经到了前所未有的境界。

一声惨叫传来，言澜的胸口被龙卷风撕裂！当场毙命！

乱离和展求败抓住这个空隙左右攻向诸葛书辰，毕竟是黑榜高手，出手时机把握得很准。

可龙卷风再次扩大，无数风刃向二人袭来，展求败瞬间吐血，他虽然有真气护体，可是想不到诸葛书辰的武功竟然到了如此境界！

乱离的身形化作雄鹰，侧身在空中旋转起来，一剑直逼诸葛书辰面门，诸葛书辰双戟挡住这一击，二人一前一后拼斗起内力，而展求败此时借机从背后直击诸葛书辰。

乱离的短剑被龙卷风震得碎裂，诸葛书辰大吼一声，乱离一下子被双戟砍成八段！

展求败见状吓得魂飞魄散，立刻停住脚步，撤身逃窜！

在场的人均被诸葛书辰的绝世武功镇住了，想不到两名黑榜都无法胜他，王志穹大喊道："都撤！"

吴问天见他们想跑，自己还没表现呢，于是喊道："看招！"只见空中电闪雷鸣，乌云中一道惊雷直接飞到了吴问天的右臂之上，这就是六绝中最特殊的一绝，电，和雷不同的是必须借助自然天气发出，例如今天大雨，惊雷四起之时。

这招直逼逃跑的展求败，他逃得再快也抵不过闪电之速！

展求败见吴问天袭来，他双掌齐发，和吴问天正面对击！

随后吴问天倒在地上大喘气，想不到这招发出后内力损耗如此之大。

一把三尖两刃刀从展求败的背后刺入！浑身是血的狄青也及时赶到给予致命一击。

而展求败站在原地不动，眼睛都不眨了，大雨将他的身体淋湿，一只小鸟落在了他的头上，如今他是真的求败了……

叱咤风云篇

正气凛然 身陷危难

龙瑜一路奔跑，他知道对方势力极大，山东又不是自己的地盘，所以走为上策。

经过刚才的一番厮杀如今身体早已透支，眼下最重要的就是要逃出生天。

他坐在河边稍作歇息，肚子上的伤口逐渐扩大，鲜血不断流。

他暗忖道："山东金枪果然名不虚传，想不到这个早已退隐的门派实力竟然如此之强。"

由于刚才用力过猛，痛得他浑身冒汗，他单手给自己做了简单包扎，但另一只手里的剑始终没有放下，因为这里依然是对方的势力范围，不能松懈。

再逃三十里就能出了山东省，那样就好办了。

龙瑜暗忖："花青云哪，你可快来救我，以我现在的伤势估计走不出山东了，我的信你可要看，通敌叛国之事决不能容忍，如今我大明才刚刚开始，岂能容此等奸邪作祟。"

黑暗中一个声音传来："不愧为武林四公子之一，武功真是出众，竟然能单枪匹马杀出来，我等真是万分敬佩。"龙瑜怒道："我只要再杀出一次，就能离开此地了，你到时就等着朝廷出兵剿灭吧！"

那声音再次发出："哼，你觉得我来了你还能离开吗？"龙瑜呵斥道："通敌卖国的鼠辈！给我滚出来，有种和我一对一！"

顿时河道两侧的树林中现出数百名武林人士，他们的灯笼上写着"神"字，人人手握长枪，个个虎背熊腰，一看就是实力强劲不容小觑。

黑暗中隐约出现一位老者和一位蒙面人。

老者淡淡地说："龙公子虽然是京师的红人，可惜了，这么年轻就要见阎王。"龙瑜骂道："神耀！你个狗贼，朝廷待你不薄，平日里你鱼肉百姓也就算了，可为何还要通敌？"

老者负手而立，冷冷地看着他："小辈，你懂什么，当今皇帝把好处都给了当年的明教中人，我等却只能喝口汤，可当年抗元我也有功，说真的，明教那些人物，论武功和贡献谁是我的对手？但朱元璋就知道自己人，把我这个外人给忘了！"

一旁的蒙面人道："神兄不必和他废话，咱们的事都已被他知晓，此人定然不能活着离开这里。"龙瑜怒道："武当派掌门竟然与这些人同流合污，身为武林中的泰山北斗，真是不知羞耻！"

蒙面人摘下了面具，露出了一副和蔼的面孔，他对神耀道："此等小辈还不配让您老出手，我一人就能收拾他。"话音刚落，四道人影飞到龙瑜背后。

龙瑜起身单剑对敌，临死前他知道这个秘密不会因此而埋没，因为他最信任的人已经知晓此事……

花青云这几日跑废了九匹好马，急忙赶去山东，收到了龙瑜的信，内容是：山东省有个已经退隐的门派金枪门，如今通敌卖国，其中还有武当派在内，自己无意中发觉此事后，如今凶险万分，急忙逃离中，请兄弟火速来边境接应，国家兴亡，如若你来晚一步，还请替我将此事告知朝廷，龙瑜亲笔。

花青云一路飞奔到山东境内，可始终没有看到龙瑜，在约定的地点等了一天，于是他决定去金枪门附近打探情况。

可没有什么消息，已经好几日没有进食了，于是到了一家酒家坐下，包间内好酒好菜上着，花青云几日里劳顿不堪，戒酒后自己的饭量大增，吃饱后他感到不对劲，隔壁包房的人脚步很轻，似乎刻意不让别人听到声响。

他闭上双眼，用内力洞察隔壁的动静，那人似乎在小心摆放着一件东西。

小二敲开了隔壁房门，对方低声道："我在这里住一晚，千万别让任何人知道我在这里。"花青云感到此人必有古怪，于是飞身而起，跃到房梁之上，查看后竟然发现屋内之人正抚摸着一把宝剑，而这把剑就是龙瑜的！

雷霆之怒　一查到底

　　花青云忍不住了，直接飞入其中，吓得那人连忙起身，花青云怒道："这把剑你从哪里弄来的？"那人连忙道："是我在山下捡的，我一看是好剑，而且是绝世珍宝，所以就准备把它拿到镇里的当铺卖了。"

　　谁知没等花青云说话，那人原本面带胆怯的脸突然变了！

　　他拔出宝剑突然刺向花青云！

　　花青云没有表情地看着他，两根手指夹住了剑，那人被这一幕惊呆了，吓得弃剑而逃，可花青云又怎能让他逃了，一掌隔空取物将门房紧闭，那人正巧跑到门口撞到了门上。

　　花青云拿起宝剑架在了他的肩膀上："你到底是谁？剑法不错，应该是泰山剑派的吧？"那人这下连忙求饶："少侠饶命，想不到你的武功如此之高，我是泰山派的，可我也是身不由己。"

　　花青云不想跟他废话，一剑刺入他的肩膀内，痛得他惨叫起来："我说，我什么都说，这把剑是金枪门的掌门神耀老爷子送给我们泰山派掌门的礼物。"

　　花青云问道："那这把剑的主人在哪儿？"那人道："死了。"

"什么！死了？"

"对，他好像得罪了金枪门，所以当晚发生了一场恶斗，在山东大家都知道金枪门的势力之大贯穿北七省！谁和其较劲的后果就是死。"

"你确定那人死了？"花青云尽量压住怒火问道。"确定啊，他的武功可高了。开始的打斗是在青楼里，那人据说是京师的大人物，很有钱的，当晚找了青楼中最有名的歌姬陪酒，可谁知那晚金枪门的神老爷子大寿，也想找那位名妓。按照顺序本应该是那位京师来的公子先得，可强龙不压地头蛇，青楼的掌柜不敢惹金枪门，就私下里把名妓柳柳让给了神老爷子，可那位公子知道后不干哪，就去找其理论，最终就打了起来。我就知道这么多了，之后的事你要细问，就去青楼问柳柳姑娘吧。"

华音青楼，宝藏阁。

这日这里来了一位大客人，他是贾方，乃当地首富之子，每次他来这里消费都是最高的，柳柳更是第一时间去陪他，因为他不仅有钱，还有势，金枪门的大当家神挚是他的结拜兄弟，两人自幼一起长大，有了这层关系，在山东不论黑白道都让着他，无人敢惹，最主要的是他自幼拜在五岳剑派学习剑法，五岳剑派的武功他都懂，得了真传，五个掌门都是他的师父，也有白道背景。

一次金枪门出现了刺客，那天是神耀金盆洗手之日，武林同道都来喝彩，仇人选择在这个时候刺杀神耀，结果贾方一人秒杀了刺客！从此侠名威震山东，最令人忌惮的还有一点，也是最重要的一点，他的爷爷是长白山派的前任掌门"不死亡灵"贾无！那人就是一个传说，如今已百年不死，在北方武林中的地位等同于武林神话一般。

柳柳真的很美，美得难以用语言来形容，花青云看到她第一眼时就是这个感觉。

花青云一怒之下，闯进了雅间，龙瑜的死已经让他顾不了那么多了，他随时都可能爆发。

贾方哪里受过这种刺激，来者竟然敢在自己消遣的时候闯入，他怒道：

"你是谁？干什么?!"花青云没正眼看他一下，直接拉起柳柳："你跟我走。"

由于花青云平日里行走江湖都习惯易容成"丑黑汉"的形象，他的相貌一时间吓到了柳柳，柳柳急忙求救。

贾方急了，他的手下同时出刀砍向花青云，谁知花青云单掌一挥，十几把钢刀都被打弯了！

贾方拔剑道："大力金刚掌！你是少林寺的人？"花青云还是没有看他，侧身道："我找她，和你没关系。"

贾方这下面子很挂不住，"你是不是找死？知道我是谁吗……"没等他说完话，花青云的剑就直接放在了他的喉咙部位！

贾方真的不知道这把剑什么时候过来的，实在太快，他说道："你，你有种别搞偷袭，咱们来个一对一较量！"花青云笑道："你也配和我一对一？"

神枪往事　山东一霸

花青云收回了剑没做理会，拿起了一根筷子，对他道："我给你个机会，一个回合，来吧。"贾方什么时候受过如此屈辱！对方竟然拿筷子和自己比试！

贾方出剑，使出五岳剑派中华山派的绝招攻向花青云！

可震惊全场的事发生了，花青云单凭一根筷子就挑开了他的利剑，随后一掌将贾方从三楼雅间打飞出去！

贾方一下被打到了街边，十分难看，此刻他真的很愤怒，口吐鲜血骂道："有种你给我等着！"随后起身离去，这时陆陆续续来了很多围观的人，想不到有人敢惹贾方，还能打败他？

屋内花青云边吃饭边道："柳柳姑娘是吧，我没有恶意，你坐下。"刚才的一幕幕把柳柳给吓呆了，她慢慢地坐下，对方是什么人她不清楚，但能确定的是，他很厉害。

柳柳哆嗦着说："这位大侠，不知我哪里得罪您了，我先给您赔不是了，我就是个小女子，求您别为难我。"花青云道："我就问你一件事，有一晚这里发生了恶斗，有个从京师来的公子和金枪门展开厮杀，这事的起因是什么？"

　　花青云心中明白，武林中的很多是非曲直必须暗访才能问清楚，要是单听金枪门的话肯定是不可信的，因为活着的人才有话语权。

　　如果这事就是金枪门不对，那花青云就算面临山东省所有黑道也无所畏惧！

　　柳柳听后道："这位大侠，我把我知道的告诉你，但求你别说是我说的。"花青云点了点头示意她讲。

　　柳柳喝了一坛酒后，讲道："龙瑜大侠对我不薄，那晚我父亲重病，需要一大笔银子，公子直接给了我，还说给父亲看病要紧，让我连夜回去。谁知金枪门当晚来这里办寿宴，他们掌门叫我过去陪酒，我是身不由己，只能顺从。随后龙公子好像在门口听到了他们说话，然后就打了起来。"

　　花青云打断道："他们的谈话你都知道吗？"柳柳摇头道："他们喝酒的时候我在陪同，可是不一会儿我就被叫走了，说他们要说正事，让我去隔壁回避。"

　　花青云道："那金枪门的事，你知道多少就跟我说多少！"柳柳点了点头。"他们肯定是有些不可告人的事，让龙公子知道了，随后他们就开打了，最终龙公子在树林中被杀。唉，金枪门其实就是山东黑道的首脑门派，而且他们黑白通吃，朝中有人。神老爷子今年已近八十岁了，是当年和皇上一起打天下的，曾助明教一起抗元，当年元朝武林中五大高手护送他们的皇族连夜逃出塞外，皇上就安排神老爷子和明教高手连夜追杀，最终斩获了他们的首脑，元朝五大高手也从此销声匿迹，可见他的武功早已通天，从此他和皇上就有了关系，随后他的金枪门风生水起，虽然属于黑道，但没人敢把他真正地列入黑道帮派，在这里的地位能和五岳剑派相提并论。"

　　花青云道："能追杀元朝五大高手，可见此人武功十分了得。"柳柳道："对呀，近几年武林中有黑榜高手一说，其实他的实力足以进入黑榜，可由于他和皇上的特殊关系，所以武林中没人敢把他加入其中。他算是黑道中的白道吧。"

花青云起身抱拳道："多谢柳柳姑娘！你真是个有情有义的女子。"重义气的青楼中人还是有的。

此时掌柜的来了，他胖胖的，小眼睛一眨地道："这位客官还是快逃吧，快离开山东，你惹了贾方，这事可算大了。"

花青云大笑道："就算他们不找我，我也得找他们！"掌柜道："不行，兄弟听我一言，贾方在此地就是黑恶势力，连官府都让他三分，他弄死一个人就跟捏死一只蚂蚁一样，平日里霸道惯了，横行无忌，但他们的势力通天，无人能敌，和他们作对的人现在都已经见了阎王。"

柳柳也劝道："公子快逃吧，虽然我们不认识，但我能感受到你和龙公子一样都是武林中一等一的人物。这里不是金陵，在北方还是他们的天下。"

话没说完楼下一个震耳欲聋的声音响起："里面的人出来，华山派曲不直在此！"

剑出华山　柳叶对敌

俗话说剑出华山，剑法出众的门派就数华山派，而五岳剑派以华山派为首，梅无赦就曾是华山派出身。

花青云自上次重出江湖后本在南方集结了一批能和梅无赦对抗的武林人士，可颜不换的门派突然出现，吞并了黑道多个帮派，梅无赦也被招安了，现今背后是朝廷，金陵之仇只能从长计议。

如今龙瑜遇难，花青云什么也顾不得了，必须报仇雪恨！

当年要不是龙瑜一番话刺激到花青云，他怎能重新握剑，重出江湖，领悟出新漫天花雨剑法，成为一代武学宗师。

屋内掌柜的低声道："想不到曲不直来了，兄弟从后门走吧，我这里真的不想再出事了！"没等掌柜的说完话，贾方也在门外喊道："柳柳，你这个下贱女人，勾搭其他男人让老子难堪，今天老子也不会放过你的！"

柳柳吓得浑身发抖，"掌柜的，我该怎么办哪？"掌柜的摇了摇头，"真是恶霸呀，唉！"

花青云道："山东武林如今就是邪盛正衰吗？"掌柜的道："可不是吗，自从金枪门崛起后，神耀的家族就在武林中称王称霸，由于神耀本身就是黑道出身，做事偏激狠辣，不久就称霸了北方黑道，可谓山东第一恶。随后白道上不少武林豪侠均被其害死，连五岳剑派也对其有些忌惮，他还有五个儿子，都已得他真传，他们平日里的生意都是见不得人的。"

谁知花青云哈哈大笑："有趣！"随后步伐轻盈，刹那间飞了出去！

花青云一身青衣，站在楼顶负手而立，冷漠地看着那些人，说："谁是曲不直？"人群中走出一人，此人五十岁上下，体态微胖，天庭饱满，面目和善的样子。

曲不直没有表情地问道："是你一招击败了我徒弟？"没等花青云回话，贾方立刻说："师叔，就是他！"

曲不直皱眉道："兄弟似乎不常在武林中走动吧？"花青云道："久闻华山派'狂剑'曲不直，今日一见好生失望，你的剑道境界虽然很高，但心境修为不行。"

曲不直乃华山派第二高手，仅在掌门人之下，剑法在天下间难遇敌手，称霸北方多年，早年在五岳剑派比武中痛下杀手击毙同门，因争夺掌门之位此人十分凶残，"狂剑"的名字也因此而得，最终五岳剑派决定将此人逐出师门，因为他心术不正。

曲不直怪笑道："哈哈哈，你怎么知道我的修为不好，难道你更在我之上？"花青云飞身而下，随手抓了一根柳条道："所谓剑道的至高境界是无限的，狂剑虽霸道，但终究有破绽。"

曲不直怒道："无名鼠辈，竟然敢在此胡言乱语，看我一剑刺穿你的心脏！"而花青云没有拔剑，单手用柳条挡住了狂剑！

曲不直被一股无形之力牵动着身体，两人随后又打了五十招。花青云保持微笑，而曲不直越战越累，花青云呵斥道："倒下！"他手中柳条一抽，打在了曲不直的剑身上，瞬间将其打倒在地！

曲不直连打了好几个滚，十分狼狈。

花青云大笑，"狂剑不过如此！我说得不错吧。你太急于求胜了，力道过猛，而太极正是你的克星。"贾方连忙扶起曲不直："师叔，看来他不是少林的人，是武当派的！"

曲不直自知不敌，起身道："你有种，有本事别走！"花青云道："不走哇，等你继续叫救兵，我倒要领教一下！"

掌柜的突然道："曲大侠，你不是他的对手，见好就收吧，何必咄咄逼人呢？他刚才要是想伤你，早就拔剑了！"这些话说得还真对，想不到连掌柜的都看出来了。

四周围观的百姓也都听着呢，竟然有人能用柳条击败华山派狂剑，真是武林一绝呀。

花青云道："今日我本想查探一事，可想不到你们这些人如此无理，简直是给武林丢人。"一旁的贾方道："师叔你看，我猜得没错吧，他可能是龙瑜的同党，不能让他活着回去！"

此话一出曲不直严肃道："你是否和龙瑜认识？"花青云道："如今事情已查明，金枪门荼毒武林多年，现在通敌卖国，此事非同小可！"

贾方道："你给我等着！"

侠气冲天　重情重义

　　花青云坐在屋内大快朵颐，叫了一桌上等饭菜，掌柜的见他吃得差不多了，道："您要了这一桌饭菜，我看吃得差不多了吧，快走吧，已经出尽风头了。"柳柳在一旁给他夹菜："这位公子，我劝你快逃吧，虽然你很厉害，但如果金枪门的高人来了，估计你也不是对手。"

　　花青云吃了一口肘子肉，点头道："红焖肘子做得不错，醋鱼就差点意思啦，火候不够。"掌柜的此时坐下看着花青云，眼神中带着一丝镇定："大侠既然想吃好的醋鱼，我亲自下厨！"

　　柳柳忙道："怎么还要吃呀，那什么时候走？"花青云笑道："此等奸邪祸害北方武林，我要灭灭他们的威风。当然我知道如今回去报告朝廷他们通敌卖国之事，朝廷未必会信，因为没有证据，而且他们官官相护，龙瑜的仇也报不了，所以我得亲自来。"

　　"好！真乃英雄也！"门外有个老人叫道，花青云等人的脸色立刻变了，门外此时怎么会有人，谁都没发觉到？！

　　花青云一掌仙鹤展翅将门房打开，看到门外是一名老妇人在扫地。掌柜的起身道："公子莫怪，这人是上个月刚来这里做杂工的，此人脑子似乎有点问题，听到了什么喜欢胡乱插话。"

花青云走近看了看老妇人，老妇人傻傻地笑着看着他，二人对视了良久，随后掌柜的命令道："还不快走！打扰了我的贵宾用餐看我怎么收拾你！"老妇人吓得连扫把都掉了，临走时嘴里念叨："今天是见到真英雄了……"

掌柜的举起一杯酒道："公子，还没请问高姓大名？"花青云平日行走江湖都是易容成丑黑汉，隐姓埋名，游戏江湖，本不想吐露，可今日在此结识了掌柜的和柳柳，感觉他们都是有情有义的人，于是道："两位，我想先问一个问题，掌柜的为何此时不催我走了，还要亲自给我做菜，难道不怕稍后金枪门再次找上门来？"

掌柜的挺起胸膛，"不怕！大不了一死，我平日虽然没什么大本事，但打个架还是可以的，金枪门横行霸道惯了，我心里早就想反抗了，他们在我这里消费从来都是不买单，唉！"

柳柳也道："对呀，这些人来欺负完我们这些姐妹后，就赊账。唉，当地一霸，谁敢惹。"

突然楼下传来了一片呐喊声："楼上的大侠还在吗？"花青云问："何人？"

楼下的人道："我们是这里的商人，有事想和少侠讲！"

掌柜的笑道："应该是附近的商户，他们都饱受金枪门摧残，今日应该是听说了您击败曲不直和贾方的英雄事迹，前来一睹风采的！"

随后下楼，那些商户纷纷准备了不同的礼物给花青云，大家表示十分敬佩他的侠义行为，还劝他赶快逃，贾方已经联系长白山派的不死老人贾无，那个老怪物已经退隐武林三十余年，但孙子出事他不会坐视不管的。

曲不直也不是简单人物，在华山派比武时心狠手辣，杀害同门，这种罪过按照规定就是一命换一命，可他的背景复杂，他其实是金枪门掌门神耀的私生子！被花青云教训后他直奔金枪门，想必金枪门会发动大队人马来袭！

花青云听后点了点头，"明白了，在这里他们就是土皇帝。"

人群中突然冒出一人，急忙找到了柳柳，柳柳认出他来，他是邻居王姨，见她如此急迫，想必是出了大事。

王姨抓住柳柳的胳臂说："姑娘啊，出大事了，你，你父亲刚才被贾方的手下给打死了！"这话一出柳柳瞬间昏倒在地上，掌柜的听后十分气愤。

花青云骂道："贾方真不是东西！拿柳柳的家人撒气，还是人吗？"掌柜的道："这位公子，虽然到现在我还不知道你是谁，但我感觉你身怀绝世武功，绝不是一般的高手。留得青山在不怕没柴烧，他们来势凶猛，还请回避片刻，咱们从长计议。"

话音刚落，一阵厮喊声传来，是金枪门大队人马前后将他们包围了……

侠肝义胆　独挑高绝

金枪门这次来了三十余人，每个人都是练家子，均是一流高手。

毕竟连曲不直都胜不了的人他们肯定会重视。

为首的有三人，是金枪门大当家神掣，二当家神圣，三当家神英！

花青云上前拔剑，"想不到金枪门的高人这就到了。"神掣走近道："想必这位就是伤我门人的兄台，敢问高姓大名？"

花青云见他年过六十，一身白衣，谈吐气质均属上等，不愧为金枪门的大当家，见他手握金枪，似乎有着必胜的把握。

一时间花青云没有回答，三当家神英骂道："你算什么东西！我大哥问你话呢！"此人性格火暴，一言不合就想取人性命，金枪门就数他最狂妄。

花青云淡淡道："今日能领教神枪绝技，真乃我的荣幸。"二当家神圣道："你已经犯下了天大的错误，如今就算跪地求饶我们也不会饶了你。看在你也是武林中人的分儿上先报个名，看看能否跟我们攀上关系，没准能免你一死！"

"哈哈哈！"花青云顿时大笑不止，气得在场的三十余名武林高手脸色大变，想不到此人如此轻视金枪门。

一旁的百姓低着头不敢说话，只有掌柜也随之笑了起来。

三当家神英走近花青云，怒道："鼠辈，看枪！"花青云直接飞起，在空中发出一道剑光！

大当家及时喊道："三弟小心！"可他的话怎能赶上花青云的漫天花雨快呢！

一声惨叫响起，花青云一剑刺入他的腹部，神英手中的金枪顿时掉落在地，一招就败下阵来！

看得全场都震惊了，花青云一笑道："金枪果然名不虚传，刚才一招要不是我拼尽全力，还真拿不下你！"

二当家飞身跃起，喊道："老三退下，让我会会此人！"花青云心中暗忖："此人竟然继续上阵，可见武功远胜老三！"

神英捂着肚子慢慢走开，临走时对神圣道："二哥小心，此人武功了得！"

神圣抱拳道："这位兄弟，你到底是谁？"花青云摆了摆手，"你还不配知道我是谁。"

神圣感到忍无可忍，他们什么时候受过如此挑衅。"你小子别自以为是，你能胜过老三未必能赢我，不如你我换个地方，到城北河边一战如何？"

花青云心想："他们估计是怕再出丑，而这里都是百姓围观，我非要在这里教训他们。"于是道："不行啊，咱们就在这里解决吧。"

谁知神圣却说："你这人怎么不懂规矩，在这里打的话再有伤亡对当地官员也不好，咱们别给人家添麻烦。"花青云却道："我不去，你们就是怕我在这里打死你们，所以想给我引到偏僻之地，然后群体围攻我，最后传出去就说还是单打独斗，对吧？"

这话一出，气得神圣满脸通红，"不知好歹的东西，看枪！"一把金枪宛如神龙般袭来，花青云发出剑招招架，这次感到压力倍增，神圣的金枪实力要胜过神英数倍！

二人过了二十招后，花青云回身一剑将金枪挑开，而神英借机来了一招回马枪，花青云勉强躲开，但衣服被这一枪刺穿！

随后神圣感到背后被一股剑气刺伤，瞬间数十道剑光刮破他的身体！

大当家神掣发觉不对劲，顾不了单打独斗的江湖规矩了，起身加入战圈，这下替神圣解围了，他的武功比神圣还要厉害！

花青云以一敌二，不落下风，看得百姓们暗暗叫好。

三人打了一百招后，花青云依然从容出招，神掣道："你到底是哪个门派的？武功如此之杂！还学得这么精深？"一旁的神圣满头大汗，背后的伤口不断流血，刚才要不是大哥救场，估计现在自己就去见阎王了。

飞龙在天　血洒乾坤

神掣自小学习各门派武功，天下武功都略知一二，他的金枪更是得到了神耀真传，武功足以列入黑榜之中，但由于身份特殊，武林中人把他们当作白道，不敢将其列入黑榜高手。

花青云笑道："金枪不过如此！"随后起身再次发出剑光，这次是上百道！

上来就将神圣击败，他的身体瞬间被剑光砍成无数段！死得十分惨烈。

"血雨！"花青云喊道，神掣勉强抵挡，也被血雨打得连连败退。

猛然间其余的高手见二当家惨死当场，纷纷围攻花青云。

场面一下变成了围殴，可他们无法接近花青云，均被漫天花雨牵制！

神掣双手握枪，拼命冲向花青云，这一招是不要命的招数，他的胸口已被血雨刺伤，可他依然前进，花青云一剑直刺他的腿部，而他的长枪也跟着刺到花青云的面部。

在千钧一发之际，花青云另一只手拿住了金枪！是丐帮嫡传绝技神龙绝掌之中的擒龙手！

同时三把兵器从背后攻向花青云，花青云是何许人也，早就察觉到了。他连忙收剑，后退三步，可躲开了两人，最终一人的铜锤砸在了花青云后心！

花青云也不示弱，回身照他的头就是一掌！瞬间将此人击毙。

之后花青云大吼一声使出漫天花雨中的绝招——暴雨！打得其余二十多人不敢近身，神掣捂住腿伤准备继续追击，可花青云也从正面冲了过去，朝他的喉咙上就是一剑，这一剑太快，神掣身体险险躲过，可耳朵被削了下来。

这一幕吓得其他人一时不敢动手了，花青云又是一招华山派剑招，杀了三个人。

突然一把飞刀刺入了花青云的胸口，看来这里面还有善用飞刀之人，而且火候十分精到，他拔出飞刀将飞刀发了出去杀死一人，起身宛如一字长龙，斩杀了身侧两个人。那两个人中其中一人临死前道："这是点苍派的'游龙灭'！你，你是怎么会的……"

最终众人被花青云一人镇住了，没人敢向前，花青云起身飞入丛林之中……

一处豪华的宅院，这里养着各类花草，香味扑鼻，院内坐着一位白发女子正在赏花，门外却传来一阵脚步声，女子感到来者不善，单手一挥，院子里的花瓣均变为利器飞向门口处！

来者手握宝剑轻松抵挡了这几百片花瓣。女子见状，表情顿时兴奋起来："你怎么来了？"来者不是别人，正是花青云。

花青云急忙道："快让我进屋，里面说！"女子忙道："不行，我爹在里面呢。"

屋内传出了浑厚内功之声："让他进来，你的朋友就是我的朋友。"花青云抱拳道："多谢前辈！"

进入屋内后，他坐下运功，虚汗出了不少，女子问道："究竟是谁能伤到你，到底和谁打起来了？"花青云平稳地说："金枪门。"

白发女子的脸色大变，"你怎么和金枪门起冲突了？"内屋中走出一位老者，他抢先道："肯定是金枪门做事令人不可容忍。"

白发女子道："爹，您回去吧，武林的事早就和您没关系了！"谁知老者怒道："谁说的！只要金枪门在一天，我和他们的仇一天就没完！"

江湖旧梦　生死相靠

　　花青云问："伯父和金枪门有仇？"老者的眼神中带着血丝："不错，还没问过少侠姓名？"

　　白发女子道："爹，他就是我经常跟你提起的花青云，外号天下第一，如今被列入黑榜之流，前几年来过咱家。"

　　老者看着花青云道："可惜了，就是相貌平庸些，不过没事，男人看的是本事。"随后女子哈哈大笑："他这是易容了。"随后一盆水洗过后，一个绝世美男子出现在老者面前，老者惊赞道："真乃貌比潘安。"

　　女子道："你先说说怎么受的伤。"花青云把这几日的经过说了一遍，听得女子和老者拍案叫绝。

　　老者起身道："好，好，好！"连说三声好，女子也兴奋地跳起来，"真是给我们出了一口恶气，想不到金枪门也有今天！"

　　花青云道："我现在受了内伤，刚才与我打斗的三十人都是一等一的高手，想不到金枪门下高手云集，金枪门真乃龙潭虎穴。"

　　女子道："可不嘛，全山东的极品高手半数以上都投靠了金枪门。你今日一人独战全山东的超绝高手，真是武林佳话，而且神掣的实力也属黑榜级别，可见你的剑法已经达到了武林巅峰。"

花青云摆了摆手："呵呵，高抬我了，小蝶呀，对不起，来这里给你添麻烦了。"小蝶道："哪里，咱们是兄弟呀，当年在金陵我被城西八恶围攻，要不是你出手相救我哪里有今天，江湖人岂能忘恩负义，我和我爹都不怕麻烦的。再说金枪门和我家有血海深仇，就算你不出手，我也早晚找他们拼命去。"

老者道："事情是这样的，我的妻子就是死在了神耀手里！在小蝶出生不久，我与她母亲一起回娘家，半路遇到了神耀，那时他已经是山东黑道第一人了，不料他的二儿子神圣看上了我妻子，连夜尾随到我们住宿之地，趁我不在时企图侮辱她，令他想不到的是我妻子武功高绝，两人厮打起来，竟然难分胜负，可最终神耀这个老东西出手将我妻子击杀，因为他儿子的举动太丢人了，传出去会有损他们的威名，当我得知此事后，安葬了妻子，当晚就想找神耀拼命，可金枪门人多势大，我一人之力真的不是对手，于是我打算找一些江湖朋友助拳，但那些武林朋友听说对方是金枪门，没人敢和我去！"

老者喝了口酒，继续道："没等我再找人呢，神耀的手下找到了我，准备把我也杀了，并且我找人对付他的消息也传到了他的耳朵里，真是人心难测呀！当夜我被数十名高手围攻，生死存亡之际，一个黑衣人杀入其中，将我解救，此人武功深不可测，说来惭愧，至今我还不知道恩公姓名。"

说到这里小蝶也掉了眼泪，花青云起身道："伯父放心，您的事就是我的事。我和小蝶也是故交，我决不能袖手旁观，何况我和金枪门的事还没完呢！"

小蝶擦了擦眼泪："可这里是山东啊，没人会帮咱们的，你的朋友都在南方，咱们三人正面对决金枪门的胜算不大。"

花青云道："别急，此事还要从长计议，眼下咱们在暗处，他们在明处，所以要稳住，能再找几个一流高手就好了。"

老者道："唉，这世道就是这样，平日里称兄道弟的朋友很多，真到了危难时刻，肯仗义出手的没有几人。"花青云道："我相信好人还是有的，例如青楼里的掌柜和柳柳，他们都是有情义的真英雄，不惧金枪门。"

"哈哈，花兄真是高抬我了，我只不过是个掌柜的，做点小生意而已。"门外之人正是掌柜。

花青云起身道："兄弟来了。"掌柜大步进入，有股常人难以抗拒的大侠之气。"我想了半天，先到这里看看有没有你，谁知你还真的来了。"掌柜说。

花青云道："兄弟的姓名至今我还没问呢。"掌柜的笑道："你不是也没告诉我名号吗？原来你真是花青云哪，天下第一的武林神话真是名不虚传！"

剑隐复出　断刃神班

掌柜抱拳道："在下当年也是武林中叱咤风云的人物，如今已过二十年，真是恍如隔世。"老者道："掌柜你我的交情也算十年了，想不到你竟然是武林中人。"

掌柜道："啊，难道连'嵩山高人'易阳风前辈都没看出来我的身份吗？"老者立刻动容："你，你怎么知道我是易阳风？老朽和女儿在此隐居，从未踏入江湖半步，以等待时机报仇雪恨。"

小蝶道："我早就感觉掌柜是个高人了。"掌柜起身深吸一口气随后吐出，突然他的大肚子逐渐消失了！身材变得魁梧起来，他得意道："在下便是'天王敌'全正！"

这位在二十年前可是山东武林的一号角色，早在金枪门崛起前，他就是武林中宗师级高手，实力按照现在的比较方法来看足以和黑榜高手一较高下！

花青云惊讶道："全前辈，我早年就听过你的侠名，想不到在这里遇到了。"全正道："说来惭愧，当年我本有退隐之心，后来金枪门大范围扩张势力，我也有些力不从心与其对抗，随后退隐江湖，过起了安稳日子，但自从看到了花大侠后，我明白了只要活一天就得为武林出一份力！百姓需要我们这样的人。"

易阳风道："当年全兄弟一人独战凶邪门八十八名高手的神话已经流芳千古，何必谦虚，我还不是一样不敢找神耀拼命，苟延残喘于此。"

全正大笑："咱们还没说正事呢，知道我是怎么了解你是易阳风的吗？"易阳风道："愿闻其详。"

全正严肃道："金枪门中全是恶贯满盈之徒，只有一人是正派的，他就是神耀的小儿子神谦，外号'谦意隐侠'！此人平日里做派和金枪门完全不同，看不惯父亲神耀的种种行径，多次和父亲以及家里人发生争执，闹得不可开交，据说还离家出走一段时间，只能暗中做一些行侠仗义的好事，例如你上次被神耀等十几名高手围攻，临死之际有一名黑衣人杀入包围中将你救出，那黑衣人就是神谦！随后你隐居在此他都知道，但这个事他就和我一人说了，还让我随时过来照顾你！定期给你家送些银子，这都是他安排我做的！"

全正和神谦乃过命交情，二人自幼相识，全正后期退隐一事只告诉了神谦等少数的真朋友。

神谦和家里的几个哥哥也不和，所以很少在家，总在江湖中走动，北方武林中提起"谦意隐侠"都是好的口碑，由于他武功太高，传闻不在他父亲神耀之下，他的四个哥哥拿他没办法，不然早就把他杀了！

易阳风叹气道："说来惭愧，真是老糊涂，神家看来还有个真大侠，要不是全兄指点，我还不知道恩公是谁。"全正喝了一口酒对花青云道："花大侠武功卓绝，在我等之上，今后我任凭差遣，咱们兄弟齐心，和称霸山东武林二十余年的金枪门拼个高下！"

花青云问："柳柳怎么样了？"全正道："是这样的，金枪门的神耀至今不在山东，他前几日带着神谦去参加河北'飞天鞭王'楚元霸儿子的婚宴。你走之后神家的人立刻撤离金枪门，在二当家神圣被你击杀后，吓得他们这些人魂飞魄散，自知单打独斗都不是你的对手，害怕自己落单，于是他们一起跑到了北城四当家神星的私人府邸躲避，现在等待老爷子回来对付你呢！"

花青云听后哈哈大笑，"想不到这些人如此胆小。"全正道："这些人欺负人习惯了，突然冒出一个狠角色他们也害怕，大当家神掣的耳朵被削了，在家躺着养病呢，三当家神英被你一剑刺入腹部，至今昏迷不醒，哈哈，如今你的威名已经传遍山东了！所向无敌的神家班被你打得人仰马翻！死的死伤的伤，这些可都是山东武林一等一的高手哇，可他们至今还不确定你是谁呢。"

花青云问："那柳柳呢？我连累了她，唉。"全正道："真对不起，我没看好柳柳，你走后她偷偷去找贾方了，给我留下了一封信，内容是她想嫁给贾方，条件是让对方放过你！其实贾方发那么大火是有原因的，因为他是真心想娶柳柳。可你突然出现，把他的事情给搅和了。"

花青云立刻起身道："我现在就去救她，她真傻！"全正道："既然我来了，这事也有我一份，走！"

小蝶道："我也去！"易阳风道："也该是重出江湖的时候了……"

万丈豪情　武歌岁月

四人决定和金枪门展开较量，花青云认为应该乘胜追击，不能给他们喘息的余地，因为他们势力大，可以调兵遣将，如果现在继续打，敌方士气正弱，我方肯定有利，能再胜金枪门一次的话恐怕实力的天秤会向正派倾斜！那时候敢来支援金枪门的人恐怕不多了！

四人做好计划，现在没时间再号召其他江湖朋友了，必须行动，前往金枪门四当家的府邸解救柳柳。贾方也在里面，现在他自己的家都不敢待了，害怕花青云找去。

先由全正前往府邸打探消息，看看神耀回来了没有。如果神耀和神谦回来了，硬拼的话恐怕是个僵局。

其余三人在附近住下，四人做了简单易容，以免被金枪门的耳目发现。

可三人住下后过了一天，全正还是没有回来，花青云有些坐不住了，小蝶道："肯定出事了。"

易阳风拿起长剑说："让我去看看吧，你们在这里等着。"可令他们心里不安的是易阳风前辈也一直没回来。

当晚花青云辗转反侧，听到隔壁房的小蝶也是睡不着，两个人心中都放不下两位前辈。

花青云找了小蝶，告知她别着急，自己准备前去打探。

正当要走的时候，门口有人敲门："花大侠在吗？我是全正的朋友。"花青云此时很放心，因为他信得过全正，就算被俘也不会吐露我们的住处。

开门后发现一个身材瘦小的中年人，四十多岁，衣着简单，但很干净，精气神极佳，可见是个内功高手。

那人抱拳道："如今武林中的黑榜高手我还没见过呢，今日一见花兄真是一表人才，在下是全正的人，他让我告诉你们放心，神耀没有回来，但他潜入府邸后想再出来就很费劲，因为那里的守备越来越严，所以迟迟未归，可易阳风前辈潜入后被四当家神星暗算，现在情况紧急，必须救人！"

三人立刻起程前往府邸。

到了门口，一个人影突然出现，是全正！

全正道："三位到了，现在柳柳和易前辈都被抓了，必须火速救人，我和我的这位兄弟打头阵，在门口和他们决斗，你们二人隐匿在树林中，趁府内无人时潜入救人！"

全正和他的朋友到了门口大骂："金枪门真乃缩头乌龟，有种出来决斗！"随后大门打开，大当家神掣和四当家神星带着二十多名高手杀了出来。

这阵势瞬间引来了一大批围观百姓，就算有大事，当地的官府轻易也不敢管金枪门的事，因为他们未必管得了。

全正如今身材瘦了，他们认不出来这是谁，神掣问道："你是何人？"没等全正回话，他的朋友说道："想知道我大哥是谁，你还不配！"

神掣怒道："你们算什么东西！知道这是什么地方吗？"全正的兄弟道："知道哇，不就是前几日被打得落花流水的神家班府邸吗？"

神掣手握长枪道："我看你是找死！"那人摆了摆手："且慢动手，你这人真没意思，一言不合就想打人，就你这样还当金枪门大当家呢，丢人。"

四当家神星道："你们到底是谁？"那人得意地道："既然你诚心诚意地问了，老子今天高兴，就告诉你们我等的侠名吧。"

神掣冷冷道："快说，说完就送你们见阎王。"那人此时运足内功，声音响彻天空："我乃'天涯来客'墨气！"

这个名号一出令在场的神家班中人不禁动容，此人乃二十年前山东武林中顶尖人物，和"天王敌"全正齐名，成为北方武林的逍遥双侠！

二人已经消失武林二十余年，想不到如今再次重出江湖。

破天破神　扬名万里

神掣和神星两人对视后，神星道："大哥，让我先拿下这两人！"墨气哈哈大笑，"你能杀我一人再吹牛吧。"

墨气大喊一声："取我兵器来！"不远处有八名大汉抬着一件兵器慢慢而来，兵器外裹着布，墨气把布打开，拿起兵器，这个兵器太过大气了，是凤翅镏金镋！

墨气双手挥舞着兵器道："此乃宇文成都的兵器，如今到了我的手里真是大材小用，收拾你们这些武林败类！"全正惊讶道："你竟然把这个搞来了？"

墨气道："是呀，花了三百万两白银买的，之后我又找铁匠重新打造了一番。"他的兵器本是镋类，但一直没有趁手的神兵利器，如今凤翅镏金镋在手，宛如宇文成都再世般神勇！

墨气直接出招，神星大步向前挥舞着金枪，两人正面开战。

打了三十招后，墨气笑道："金枪漏洞百出，看来二十年前我就应该出手灭了你们！"随后一招横扫千军将神星手中的金枪打落在地！

神星想不到嫡传的金枪竟然敌不过此人，神掣见状喊道："都给我上！"

随后二十余名武林高手开始了围殴。

突然三名高手被瞬间秒杀，一股强大的气力从正面袭来，是全正！

他手握巨斧，回身又是一招，第四名高手也被砍死，这气贯长虹的招数吓得对方乱了阵脚。

神掣飞出，金枪正面扛上了巨斧，全正道："三十招之内让你见阎王！"正在他们说话之际，花青云发觉四周有一丝不对劲！有一股真气若隐若现，似乎刻意隐藏自己的内力，连草木鸟儿的气息都比他强。

花青云低声对小蝶道："你现在趁这个时机去神府救人，要快！"小蝶道："你和我一起去吗？"

花青云闭上双眼："我在这里为他们压阵，感觉四周潜伏着一位绝世高手，此人内功不在我之下！"小蝶听后及时飞入府邸。

门口的战局打得十分激烈，逍遥双侠不愧为山东武林中宗师级高手，两人对战神家班丝毫不落下风，如今已经有十余名高手伤亡！

全墨两人背靠背，全正低声道："兄弟，杀得好，想不到过了二十年你我还有并肩作战之日。"墨气笑道："哈哈，仿佛年轻了二十多年，回到了过去。"

全正道："咱们今日就杀他个片甲不留！"两人左右开攻，神掣和神星等人再次出手，天空中顿时下起了暴雨，电闪雷鸣，应该是苍天开眼，击雷助威！

响雷过后，全正大吼一声，巨斧正面砍在神掣的金枪之上，这次全正拼尽全力，压得神掣跪了下来，死死撑着。

背后的高手看到神掣快不行了，准备从背后偷袭全正，可墨气发出了绝招，凤翅镏金锼和他合为一体，击败了多名高手，敌方的阵脚瞬间乱了，此时墨气暗忖："我的力气剩下不多了，人差不多该救出来了吧。"

只听一声惨叫，神掣的右臂被全正的巨斧砍断！随后墨气也拼尽全力从背后刺穿神掣胸口！

神家的大当家当场惨死，吓得老四神星的金枪不由自主地掉落在地！

与此同时小蝶正好从大门内杀出，他成功解救了柳柳和父亲易阳风，只见易阳风虽然受伤，但剑法独特，嵩山剑法运用得淋漓尽致，又有数名高手被这突如其来的杀招干掉。

临走时小蝶和易阳风前后一剑将被吓破胆的神星双腿砍断！

猛然间一阵狂风袭来，一道人影飞入战圈，一招将全正和墨气的走位打乱，那人一身黑衣蒙面，身法十分可怕，看了下柳柳，伸手就是一掌！

易阳风挡在前面与其正面对了一掌后被击飞，小蝶随后又是一掌也被那人打在地上！

"何方神圣在此助纣为虐！花青云在此！"花青云从树林中及时飞出，他迟迟未露面就等着那个隐藏气息的绝世高手现身……

山外青山　武林本色

　　暴雨突然停了，天空中的乌云却没有散去。

　　黑衣人见花青云袭来，反应极快，正面又发出一掌！而花青云也正面给了一掌。

　　两人各退三步后，黑衣人双掌齐发，花青云运足内功，使出掌法再次与其正面硬拼。

　　两股霸道非凡的内功进行了强有力的碰撞后，四周飞沙走石！

　　黑衣人先行收掌，起身飞走，花青云看了看大家，道："你们救了人快回，咱们老地方集合，我去追上此人。"

　　一片广阔的山地，两边杂草丛生，黑衣人在前花青云再后，二人一口气跑了很远，黑衣人先行停住，花青云也停了下来。

　　四目对视后，黑衣人发出苍老的声音："不愧为'天下第一'这个称号，内功和轻功都是武林中超一流水平，很久没遇到像你这么厉害的角色了。"

　　花青云对黑衣人道："听声音你的年龄应该远大于我，武功修为也不在我之下，还请前辈以真面目示人。"黑衣人摆了摆手，"你要是能胜过我一招半式，我就让你知道我是谁!"

花青云拔剑道："刚才你我只是比试内功和轻功，论起武功你未必是我的对手。"老者也从后背拿出一把匕首，"那咱们就试试!"

花青云看了看匕首，心中似乎对此有数了。

花青云大步流星，发出"血雨"，四周地面均被剑气撕裂，老者的眼神瞬间紧张起来，手中匕首宛如神仙下凡般巧妙挥舞，竟然封住了血雨剑气!

老者一个箭步走近花青云就是一刺，这招看起来简单，实则极为复杂，他掐算的时机和招数尺度十分得当，花青云难以招架，眼看匕首就要刺入喉咙时，花青云使出了峨眉派移形换影的上乘心法，勉强闪避。

随后转身一招"落雨"直击老者后背，老者竟然左手袖口又拿出一把匕首抵挡!

两把匕首瞬间将老者包围，他发出了绝招，四周均是匕首之力，毫无破绽!

花青云被这一招击退后，胸口四处都被匕首刺伤!

老者打算一分胜负，正面追击，没等花青云站稳他又来了。

花青云闭上双眼，感受着新漫天花雨心法，当他睁眼时上千道剑气从他身体发出，手中连续发出各门派的剑法绝招，配合漫天花雨中的血雨、暴雨、泯灭等绝招中爆发出来!

两股真气进行了正面碰撞，不一会儿老者的一把匕首掉落，身体片刻间被利剑刺伤，而花青云却及时收手。

老者从肩膀到腰部被漫天花雨刺伤几十处，鲜血染透了黑衣，花青云看着对方道："前辈，还继续吗?"老者突然哈哈大笑，"好! 真是长江后浪推前浪，好得很!"

花青云抱拳道："在下感觉前辈并非奸邪之徒，敢问您可是长白山派的武林传说'不死老人'贾无老前辈!"对方听后，另一把匕首也扔到了地上，"惭愧呀，我纵横武林一生，今日却吃了一场的败仗，是完败!"

　　花青云走近道："老前辈的伤势如何?"贾无道："死不了,我可耐打了,哈哈哈,你要是我的孙子该多好哇!唉,可惜我却有个不争气的孙子,净给我惹事,贾方真是个不成器的蠢材。"

　　"前辈莫怪,他还年轻,或许是跟着金枪门学坏了,今后您对他多加教导才是。"贾无严肃地抱拳道："花大侠,今日老朽技不如人,要杀要剐还请大侠方便!"

　　贾无还真是个英雄豪杰,胜负认可,不愧为武林传说。

　　花青云连忙抱拳道："老前辈过谦了,晚辈只是侥幸胜了一招半式罢了,今日能见到您老真是我的荣幸。"贾无低下头,"还请花大侠放过我那个不争气的孙子,稍后我就带他回长白山,冒犯之处老朽再次替他表示歉意。"

　　花青云暗忖："贾方派人杀了柳柳父亲,这个仇不能不报,可贾无在这儿如此诚恳地道歉,这事该如何是好?"花青云圆滑地回答："前辈的盛情晚辈知晓,可贾方他杀害了我好友的父亲,您看?"

江湖无奈　神家战书

贾无道："无妨，这小子欠收拾，等我问清楚来龙去脉，定给他点教训吧，我亲手废他一只胳膊！"花青云点头道："那您跟我回去，问问我的朋友柳柳是否同意，不然我们可能还会找贾方算账。这是心里话，还请老前辈海涵。"

花青云相信贾无的信用，把他带入了藏身之地。

进屋后，花青云把刚才的事说了，贾无抱拳道："金枪门的事我不管，在此就想让大家赏我个脸，饶了贾方吧，我知道柳柳姑娘的父亲被他安排人打死了，我决定废他武功并且断其一臂作为代价。"

屋内顿时陷入了寂静，花青云道："柳柳，你看如何？我在这里呢，给你做主，老前辈不是不讲理的人。"几人对视后，柳柳道："是这样的，我在后院被贾方软禁时候，门外你们正在厮杀，正好小蝶姑娘前来相救，不料被贾方发现，他与小蝶打了起来，我趁机逃跑，他分了神，被小蝶刺中他一剑后倒地不起了，至于他的生死，我们的确不知。"

话说完后，贾无面无表情地走了。

当晚五人彻夜长谈，全正道："今日一战真是畅快，如今神家班再也神气不起来了，第二次正面大战咱们又赢了，而且花大侠力挫'不死老人'贾无，这又是武林中的一件大事，贾无的实力绝对属于黑榜之列，甚至更胜，要不是退隐江湖和白道身份，论实力首先被列入黑榜的就是他。"

易阳风道："今天也算报了血海深仇，神家被咱们打得不成样子，真是出了我心中憋了十二年的恶气。"墨气道："不过说真的，咱们也该找神耀一决胜负了，最后一战咱们必胜！"

全正默默道："金枪门的枪法绝没有神家四兄弟那么简单，神耀和神谦的金枪会更加可怕，真正的金枪咱们还没有遇到，所以各位不要大意，最终决战时我们要面对两把真正的金枪！"

墨气道："神谦是个英雄好汉，应该会大义灭亲的，至少不会和神家一起打咱们，我信得过他的为人。"易阳风点头，"此人救过我一命，我也相信他。"

花青云问大家："此人武功究竟有多高？我和他正面对决，谁的胜算多？"全正道："真的不好说，你们两人都是武学宗师。"

墨气道："不如这样，我们明日去找他一趟，看看他什么意思，最好把他从这个事里择开。"花青云点头："这倒是个好办法。"

一早一行人去金枪门附近打探情况，果然神耀等人回来了，老爷子听说这些事后勃然大怒，四个儿子两死两残，这种打击对神耀来说不仅是丧子之痛那么简单，还是一种耻辱！

几日里神耀时刻不离金枪，成天嚷着找出花青云等人，非要杀了这五个人！

神家也是刚知道花青云的，因为在贾无出现时，花青云自己喊出了姓名，神星听后才知道这些人里还有黑榜高手。

房内一片狼藉，神耀亲自写了战书，让儿子神谦找出他们，把信给那五人送去。

酒馆内四处都是找花青云等人的武林人士，他们也说是送战书，如今他们一时间找不到花青云的藏匿地点。

一个中年人，走入酒馆内，神情冷漠，三十岁左右，浓眉大眼，身材魁梧，姿态一看就出自世家，他简单要了一份牛肉和白酒，慢慢地吃了起来，就坐在花青云等人的后方，把手里的长枪放在了旁边。

店小二对那人低声道："神五爷，您今天不来点别的了吗?"此人便是神谦!

神谦低声道："不用了，你忙你的。"全正突然起身走到旁边："兄弟别来无恙。"

神谦见到这个曾经一起长大的老大哥并未兴奋，只是淡淡道："兄弟，今日我有个难办之事，还望你别插手。"

全正正色道："天下间的事都逃不了一个理字，神家多行不义，想必兄弟你比我们更了解。"神谦起身道："咱们换个地方说吧，放心，只有我一人。"

神枪真招　情义两难

几人来到了一处偏僻之地，神谦从衣服拿出了一封信："各位英雄，今日我是来送战书的，父亲想和你们决一死战。"

全正接过战书，递给了花青云。

神谦对花青云道："想必你就是黑榜高手，金陵双杰之一的'天下第一'花青云吧，真是相貌堂堂，根本不是传闻的那般。"花青云道："不错。"

神谦手握金枪，运足气力！

全正上前劝道："不可！你听我一言，此事和你无关，还请你以大局为重。"神谦摇了摇头："我家里都是些什么人我最清楚，但他们再不是人也是我的亲人，这事我不能不管。唉，我现在真是两难！"

墨气道："既然道理你都懂，那为什么还要做呢，我们和你父亲之间的事，肯定得做个了断，不求五爷大义灭亲，但为了武林，还请你置身事外，但你还要打的话，我奉陪！"

神谦抱拳道："墨大侠，就算你雄风不减，恕我说句狂话，你不是我的对手！"墨气没有反驳，因为他了解神谦的实力。

神谦继续道："今日前来送信，我不希望你们和我父亲死拼，所以想让各位知难而退，真正的神枪并不是我兄长们那般，他们的火候根本不如我父亲，所以我想先行讨教，如果你们连我都胜不过，就别去赴约了，我会安排你们离开山东。"

易阳风抱拳道："恩公，十二年前多亏您救我，可今日之事恕我不能妥协。"神谦道："易前辈千万别这么说，那事本来就是我爹不对，我能做的都做了，还望前辈原谅。"

花青云拔剑道："兄弟快人快语，肺腑之言，我们深表谢意，但和金枪门的死斗难免，那就让我领教神大侠的金枪！"

神谦道："如果我败了，那此事我没有实力干涉，也不算不孝。"

两人同时移动身形看着对方，神谦道："得罪了！"

他的神枪直接刺出，空气中袭来数百道金光，花青云也使出漫天花雨抵挡，剑光和金枪交错，美如画卷。

两人什么绝招都用了，竟然不分高下！

小蝶喊道："你出杀招哇，别心软！"神谦听到后对花青云道："兄弟尽管出招，千万别留情，不然稍后我将杀了你！"

一旁的全正道："再这么打下去，必会两败俱伤！"话音刚落，花青云抓住破绽，封住了金枪走势，随后一剑挑开了金枪，一招蕴含少林心法的血雨直击神谦胸口！

神谦胸口鲜血爆出，想不到自己的招数竟然被花青云用少林心法破解，可他咬住牙，单手挥枪，在千钧一发之际向花青云腹部刺来。

花青云大喊了起来，血雨逐渐扩大，金枪最终也没有刺到他，而神谦已经遍体鳞伤坐在地上。

花青云站在原地大喘气，内力消耗过多，力竭地放下了剑。

众人纷纷上前，神谦的血已经流了一地。

全正连忙过去扶他，可神谦不让扶，"我死不了，只是皮外伤，没有伤到内脏。惭愧呀，今日技不如人，我也管不了你们的事了，家我也没脸再回了，还请各位迎战时候告诉我爹，我已经败给了花青云。"

说完起身离去，走得是那么毅然决然。

花青云道："此人武功深不可测，如果神耀的实力在他之上的话，那就不好办了。"全正道："金枪门纵横武林二十余年，全靠神耀的真武学，不过花兄既然也在神谦之上，那和神耀决战还是可以一拼的。"

夕阳西下，和金枪门的决战似乎要到了白热化程度……

情深义长　姿舞阑珊

　　当晚大家都没睡，因为明日就是决战之日，这几人心中多少都有些顾虑，包括花青云，生平难遇敌手的他这几日碰到了贾无和神谦这等绝世高手，此两人实力绝对不低于黑榜之首。

　　神耀到底有多强，只有打了才知道，传闻此人力大无穷，天生神力，一生没有败绩，曾助明教打天下，连明教教主当时都让他三分，可见此人道行之深。

　　明日就是决战的时间，花青云进入冥想，养精蓄锐，打算明日拼死一战，他今年三十五岁，是男人最强盛时期，他反复琢磨自己毕生学习的百家武学和新漫天花雨剑法。

　　"花大哥，睡了吗？"门外小蝶前来。"没有，进来吧。"花青云温柔地说。

　　"大哥，我做了鲜鸡汤，给你补补。喝了吧，明早咱们一起杀他个天昏地暗，为武林除害。"

　　"好！你我也算有缘，有着共同的敌人。"

　　"那你喝着，我不打扰了。"小蝶似乎有些欲言又止，她刚走，柳柳来了。

花青云今日见到她，似乎和上次有所不同，今天她没化妆，素颜也很美，真的是极品仙女。

柳柳主动坐到了花青云身旁，"大哥，我，我想和你说个事。"花青云道："请讲。"

"我和小蝶姑娘，你喜欢谁?"

"这，我还真不好回答，你们各有所长啊!"

"大哥，你别装糊涂，我说的喜欢是那种喜欢。"柳柳的眼中忽然流出了泪水。花青云明白，父亲惨死，自己如今就是他唯一的精神寄托，她对自己有情，这个对于情场老手花青云来说真的不难看出。

花青云果断搂住她，"柳柳，我答应你，如果明日咱们战胜了金枪门，我就娶你为妻!"柳柳听后紧紧地抱住他，"咱们一言为定!"

花青云心想："唉，我对林晚也是一片真心，可对不起晚儿，柳柳她是个可怜人，我不能不要他，她是因为我的事才卷入纷争的，她父亲的死我有直接责任。"要不是我打扰了贾方和柳柳的事，也不至于柳柳父亲被贾方安排人打死。

柳柳突然起身，擦了下眼泪，"大哥，你真的不嫌弃我是青楼女子吗?"花青云直接吻了上去，"当然不，我还是采花大王呢，南方武林中有个采花帮，我就是帮主。"

此时柳柳突然起身，擦了擦眼泪，"我给你跳一段舞吧。"花青云道："好。"

随后柳柳重新化了妆，画得很认真，因为这或许是和花青云最后一次见面了，金枪门神耀的实力有多恐怖，谁都知道。

屋内柳柳宛如仙子般飞舞，花青云看得很是入迷，如果时间就停在这一刻该多好!

深夜，大家应该都睡不着，花青云也不例外，既然睡不着就进入冥想吧，明日的决斗，一定要胜。

　　突然窗缝里出现了一封信！花青云是何许人，直接发觉了，立刻打开窗户，竟然没人！第一时间出房门查看四周，他蹲下聆听四周，一点动静也没有！难道有鬼？

　　于是他迅速返回房间，打开信："天下第一的称号果然非你莫属，几日里你的事迹我都看在眼里，黑榜高手果然名不虚传，但有几句话相告望你牢记：神耀的枪法奇特，其功力更胜神谦，属于传说中的高手，他的可怕和你的百家武学相比胜负我也难料，但要切记，不可与其硬拼，不然你必败无疑。金枪门多行不义，祸害武林，如今有你等义士起身反抗，真是难得之事，比起那些臣服于淫威之下的小人强上千倍。在此我替武林同道谢过各位，望明日决战取胜。无名隐士。"

　　花青云自言自语道："无名隐士……"

枪神之怒　花王宿敌

一早大家都准时起来了，花青云看着手中的宝剑，心中有着必胜把握。花青云坐在车里养精蓄锐，全正和墨气两人一左一右在花青云的马车旁，小蝶和易阳风分别上马，四人加一个花青云，他们能否击败金枪门？

今日金枪门的门口围观了很多人，都是来看热闹的，而官府似乎不敢管这件事，因为神耀放话了，此事他自己处理。

神府内神耀在独自喝酒，他今早喝了五大坛子酒，口中不停地骂着花青云等人。

神星坐着轮椅在门外劝道：“父亲，您别喝了，稍后他们就杀来了。”神耀突然把碗砸到了他的头上，骂道：“没用的东西，你活着有什么用？还不快去死！”

神星由于双腿被小蝶砍断，现在和废人没什么两样，他悲声道：“爹，咱们神家如今只有您了，五弟他至今没有回来，估计凶多吉少。”

神耀骂道：“你个没用的东西，老五的武功我知道，他不会输给任何人，肯定是另有原因才没回家。”

神星道："您少喝点吧，以免稍后发挥不好。"神耀道："哈哈哈，几坛子算什么，对付着几个小猫崽子还用刻意准备？"

神星哭丧道："如今三位长兄都被他们杀害，您不能大意呀！"他心里害怕，如果神耀再败了，那金枪门就真的完了，之前的一切成就都会化为灰烬，他现在是个残疾，后半辈子该怎么活！

神耀怒道："你个没出息的东西，双腿断了就这般嘴脸，告诉你，武林中人只要有一口气在，就能杀敌！"说完他起身舞动金枪，这身子骨完全不像近八十岁的人。

今天神耀聚集了金枪门所有精锐，但之前由于牺牲和伤亡很多，如今他们的人只剩下二十余名，金枪门几日里发出的英雄帖请其他门派助拳的信，竟然没了回应。

神星道："爹，咱们如今在武林的边缘，没人帮咱们了。平日里和咱们称兄道弟的帮派，都惧怕了花青云，真是一些没有信义之辈！"神耀看着金枪道："无妨，这就是江湖，其中的人情冷暖我在五十年前就明白。"

自从上次神府门前大战后，武林中对金枪门的认识似乎不像原来那么无敌了，现在遇到了敌手，江湖人不知该帮谁，很多人选择观望。

神耀带领二十余名高手在门外等候花青云前来，小雨下了起来，空中乌云密布，神耀闭上双眼，等待着决战。

不远处四人和一辆马车来了，围观的百姓都看向他们，这五人真的值得敬仰，无论输赢，这就是真豪杰。

花青云从车内走出，今日他格外精神。

神耀和他对视后，哈哈大笑："我还以为你是什么三头六臂呢，原来是个白面书生，长得真是俊俏，比女人还美，你适合去青楼哇，那些老女人最喜欢你这种人了。"花青云听后丝毫不生气："老前辈说笑了，今日你我决战，胜负还是变数，还请前辈严肃对待。"

神耀走上前去，"什么黑榜高手，我还真不放在眼里，对付你们几个人，我其实不用出手，要是我家老五神谦在此，他一个人就能摆平你们所有人。"

一旁的墨气道："神耀，你的老五已经败给了花大侠！哈哈，你还不知道吧。"神耀露出难以置信的表情，"不可能，老五得我真传，无人能敌，岂能败给你们！"

花青云淡淡地说："他的确输了，而且他让我转告您，如今他没脸回家，也许见不到您最后一面了，还望您多见谅。"神耀一听，怒道："小兔崽子，今日就让你见识下真正的金枪……"说完一把金枪直击花青云，大战一触即发！

大战金枪　天昏地暗

全正大吼一声："跟他们拼了！"神耀那边也纷纷拔刀，两股势力的决战开始了。

花青云打算速战速决，拼尽全力发出漫天花雨中的绝招——血雨，蕴含了华山派正宗内功！

神耀竟然正面接住了血雨，两人对打了十招后花青云手中的剑竟然差点被金枪打落！

全正等四人对战神府二十余名高手，打得难解难分。

神耀笑道："黑榜高手不过如此，看枪！"他回身一招回马枪，这招用足了内功，花青云侧面招架，但也被他击飞数十米！

易阳风见状及时来救花青云，他骂道："老贼，拿命来！"一剑直刺神耀面门，神耀却道："先杀了你！"只见神耀头也没回，金枪翻转一个角度刺出，瞬间击穿易阳风心口！

见父亲惨死，小蝶拼命冲向神耀，一旁的花青云大吼一声："看招！"剑法瞬间大开，发出了暴雨，无数剑光发散在神耀身侧！

可神耀宛如鬼神般手握金枪封住了暴雨剑法，又巧妙地避开了小蝶的致命一剑。

小蝶实在接受不了父亲身亡，她不顾一切地发出剑招，这些都是杀招，不要命的打法，花青云也使出落雨、星雨等招数，神耀这才被打得连连败退。

墨气和全正已经遍体鳞伤，那二十余名高手也有十余人惨死，这场决斗真是惨烈。

全正道："兄弟你去帮助他们击杀神耀，我一人对付他们可以的！"墨气二话没说，使出绝招直逼神耀后心。

神耀此时用金枪原地挥舞，四周狂风大作，瞬间逼退小蝶和花青云，而后方的墨气一招砍到了他的后背，可凤翅镏金锐被神耀抓住，一下把墨气摔倒在地！随后金枪直刺他的喉咙！

此时墨气被这一下砸得浑身疼痛难忍，一时间无法起身。

一道剑光挡住了金枪，是花青云，他再次使出漫天花雨，空中白道剑光刺透了神耀全身！血溅一地！

可神耀回身就是一枪，枪杆击中了花青云的腰间。

花青云一口血喷到了神耀脸上，他没有后退，往他胸口上就是一剑！

突然墨气起身，拿起凤翅镏金锐就是一下重击，直打神耀头部！这是他用尽最后力气发出的一击！

但神耀依然没有倒下，回身一枪刺穿墨气腿部，又是一招横扫将小蝶和花青云逼开！

另一旁的全正有些支撑不住了，他感到打不过！毕竟对方人数多，神耀怒气正盛。

他们提早就在岸边放下了船只，是全正的徒弟掌舵，如果打不过还可以撤退。

墨气重伤后不能再战，易阳风被一枪刺死，小蝶也被打得浑身是血，如今就花青云和神耀死斗，两个人打了二百招，神耀依然不落下风！

花青云已决心死在这里了，为了兄弟龙瑜，为了武林！

全正大喊道："小蝶快扶起墨气往河西走，你们先撤！我和花青云断后！"小蝶立刻扶起墨气，往外围杀去。全正手握兵器宛如吕布般神勇，对方的高手已全部负伤。

河边一艘小船已经靠岸，全正一掌打在小蝶后背，之后墨气和小蝶都上了船，全正最后把所有内力都发了出来，一招结果了三名高手后一跃上船。目前对方除神耀外，其他高手均受了重伤！

上船的时间很紧迫，必须立刻走，可花青云还和神耀缠斗，二人打得不分上下，花青云转身刚要脱身，不料神耀骂道："小子去见阎王吧！"一枪刺入花青云后心！这招实在太快了，花青云实在闪躲不开，剑掉落在地上！

花青云回身把金枪抓住，对全正喊道："你们快走！"全正听后果断开船，以免神耀上船！

花青云双掌齐发打在了神耀后背之上，神耀的金枪再次划伤了花青云的身体，但这次金枪刺入得不深，神耀惊讶道："金钟罩?!"花青云借机全力使出少林派的大力金刚掌、峨眉派的凤凰落叶掌，以及昆仑派的龙虎杀拳等其中的绝招，顿时击中神耀身体不同位置，打得神耀金枪落地，倒在地上。

夜梦传说　武林佳话

　　花青云也有些站不稳，四名高手从背后把他砍伤，他由于内力不足，实在避不开了。

　　神耀再次起身，一拳直击花青云后脑，而花青云也回身发出大力金刚指。

　　他这一指刚好先刺入了神耀眼睛里，勉强避开了神耀一拳！

　　顿时神耀惨叫起来，花青云此时身体腾飞而起，一招朱砂掌打在神耀面门，神耀也给了他胸口一掌重击，最终花青云被打落河中……

　　屋内的火光似乎没有了希望，小蝶抱头痛哭，想不到事情会这样，墨气的腿差点废了，幸亏回来得及时。

　　柳柳也哭得不成样子，她最不想发生的事发生了。

　　全正如今已遍体鳞伤，一人独战斧钺刀叉，身体受了七八处伤，自己的手现在拿东西都费劲，这一战真是太苦了。

　　小蝶哭着道："花大哥会不会死？你们说呀。"全正沉默地道："抱歉，花大侠他，我真的不知道。"

　　在那种情况下谁能保证不死，他们真的没想到神耀如此神勇。

"花青云，你的实力很强，想不到你竟然能力战神耀。"一个声音从花青云的脑海中传来，花青云问道："你是谁？这是哪里？"他发现四周一片漆黑。

对方道："我是无名隐士，给你留信的人，放心这里很安全，没人发现你。"花青云感到四肢无力，身受重伤，慢慢道："难道是前辈救了我？"

无名隐士道："是你自己的意志力救了你。"花青云道："多谢前辈送信指点，可我还是低估了神耀。"

"呵呵，如今武林中金枪门再无威风之日，你们的大名将在武林中传开，这真是一段武林佳话。"

"前辈谬赞了，晚辈想见一见前辈，不知？"

"哈哈，你我早就见过了，在全正的青楼内。"

花青云瞬间动容："难道您就是门外那位杂工？！易容了吧。"无名隐士道："不错，我的脸世上没人见过。"

这回声音是一个男子，之前的明显是易容变声的。

"前辈必定是为化外高人，还请指点！"

"指点不敢，你今后的武学造诣将会超越我。金枪门荼毒武林多年，你们这些侠士敢于正面对敌，真令我欣慰。碍于身份，我早已退出武林，所以不能管世俗之事。"

"前辈您究竟是谁？"没等花青云问完，无名隐士道："好了，先睡一觉吧，这里很安全，醒来时内功就恢复了，其他伤口较为严重的需要调养数月即可。我也该回去了，我本不属于武林，希望今后你为武林正道继续出力，江湖的未来都在你身上，金陵双杰不愧为人中之龙。告知你个消息，颜不换已经统一了武林大部分黑道，正在染指白道武林，这正是你解救武林的时机，我该走了，有缘再见。"

花青云感到一股睡意袭来，这种感觉前所未有，随之就是一段段美梦。

花青云醒来时，发现自己在岸边，距离他们的藏身之所不远，身体的血已经止住，伤口愈合的速度极快。

屋内一个身影进入，全正等三人上前惊讶道："花大侠回来了！"小蝶上去就扑到他怀里哭，父亲的死，给她的打击太大，而柳柳被晾在了一旁。

花青云把自己落水后的事情说了一遍，小蝶问："那到底是谁救了你？"全正和花青云对视一下，花青云道："应该是两大秘境之一夜梦城的城主，这是一位化外高人，他本不插手武林的事了，两大秘境本来就是与江湖隔离的地方，不在世俗之内，他能帮我已经破例了。"

几日后，全正打探到消息，得知金枪门已经在武林中消失！

神耀当日身受重伤，回到家中就得了一场大病，三日后暴死。神谦得知此事后及时回家，安葬了他，并解散了金枪门。从此这个门派彻底从江湖消失了。

贾方被小蝶刺中一剑后没死，最终被贾无带到长白山潜修。

黑榜高手花青云击败金枪门神耀的事迹已经在武林中广为传开，如今黑榜高手中被排在第二名，仅次于第一名的诸葛书辰。

全正和墨气一对豪侠的威名再次传遍山东，他们开设了镖局，起名为逍遥镖行，全山东的镖行生意基本都被他们抢走了，也有不少前来投奔的人。当然镖局的大股东是花青云，没有他，就没有山东武林的未来。

最后金枪门原先的那些生意都被花青云等人夺去，但生意从此变为正规化，得来的大量银子都分给了百姓，可谓造福一方。

一日清晨，一位身穿华贵服装的公子走到了花青云身旁，"真不愧是我兄弟，看来我没看错你。"花青云回头看了看他，面色中带着难以掩盖的惊讶……

鸿门夜宴篇

六绝战气　问天有谁

吴问天自从上次和梅无赦约好在青云楼见后，他三日后准时到了，可梅无赦没到。

已经日落了，青云楼内还没有梅无赦的踪影，吴问天也打算回去了。

吴问天自幼广交朋友，为人仗义，为兄弟两肋插刀，对狄青就是如此。

他喜欢武林，从小就有个大侠梦，这些天他真的融入武林后，才更加确认自己真的是江湖人。

如今他在朝内做个文职，这份差事是家里的关系安排的，十分无趣，所以他突然有了离开朝廷去武林中闯荡的想法。

梅无赦不仅是他的忘年之交，还是他的师长，当日要不是梅无赦指点他掌法，日后他也不可能那么快速领悟灭源六绝。

经过这些日子的激战，吴问天的功力已经到了一个常人无法比拟的高度，灭源六绝在他体内不断融合，自己现在有多厉害他也不知道。

他点了几道菜，心中琢磨梅无赦怎么没来，此等大人物，不会无故失约的，肯定是有事。

"大爷，您慢点，这坛子酒您不能一口气喝了，会出人命的，我这里的酒一碗就够了，再喝……"店小二在劝一位客人少喝酒，那人单手举起一大缸子酒一饮而尽。

吴问天看了，发现此人竟然是何有之！

何有之是几日前企图杀害狄青等人的黑道巨擘，狄青的一名兄弟薛文轩被其活活打死，这人是自己的对头。

吴问天记得他在武林中赫赫有名，实力可媲美黑榜高手，如果自己今日把他给解决了，不仅能为武林除害，还能帮狄青报仇，又能扬名立万，那多好哇！

像何有之这个级别的大魔头，身上都有命案，但由于武功太高，官府中人一时间也拿他不下，黑道上不少人都和他有关系，平日里逍遥惯了。

吴问天起身坐到了他对面，问道："这么巧哇，你可认得我?"何有之呵呵一笑，"你是谁? 哈哈，何某从来不记得无关紧要的角色，啊，对了，你就三日前护着望渊帮的那人吧，哼，今日想不到你还敢送上门来！别以为你能击败王志穹那种人就是我的对手。"

吴问天哈哈大笑："你这个老东西，竟然敢说本大侠无关紧要，今日你敢不敢和我练练?"何有之面无表情地道："可惜了，看你一表人才，好像在朝廷还有差事，你的好日子到头了！"

吴问天知道对方是气功大王，高手中的高手，所以正面打自己没把握，何有之话音刚落，就先出手给他一个奇袭！

一掌雷电掌直击何有之胸口，这招吴问天用足了十成内功！

四周桌凳都被他的雷掌震碎，可何有之被一掌击飞后，没有受伤，笑道："想不到你年纪轻轻竟然有如此掌力。"随后他使出一掌将吴问天打飞。

吴问天倒地后吐了一口血，暗忖："此人武功竟然如此之高，怎么我伤不到他?! 气功难道是无敌的吗? 灭源六绝都无法击破气功吗? 得找气门！"何有之继续上前出拳，吴问天起身与其拆招，二人打了三十招后吴问天再次被击退。

何有之四周的真气猛然间暴增："是该送你上路的时候了！"吴问天双手扔出火焰刀，道："我就不信找不到你的气门！"随后火焰刀从四周发出，分别打在何有之身体各个部位，可惜这些部位都不是气门！

何有之一拳击中吴问天的肚子，打得他把今天吃的饭都吐了出来。

突然一阵狂风来袭，吴问天发出风力将自己转移到门口，勉强起身，何有之急忙追赶，"哪里逃！"他双拳齐发，这种气功拳就算猛虎被击中也受不了。

这次吴问天起身使出土泥腿先将其踢中，但也没能伤到他。正当气功拳要击中吴问天时，何有之被地面滑了一下，身子差点站不稳，吴问天抓住时机发出雷电掌用力将其打倒在地，何有之倒下后惨叫起来。

吴问天心中纳闷儿，"怎么回事！这一掌奏效了？"只见何有之在地上打滚，他捂住屁股连连惨叫，原来在他倒地的时候，屁股被同时掉落在地上的筷子赶巧插了进去……

吴问天心中一笑，原来他的气门在屁股里！

誉满天下　京师赴宴

　　吴问天心想："对了，他的气门在屁股里！看他难受的样子真可笑。"只见倒在地上打滚的何有之疼痛难忍，吴问天将右掌之力凝聚于一点，闭上眼睛感受着无敌灭邪掌的心法，随后融合六绝之力，这是他第一次发出这招，这招的威力有多大他也不知道。

　　一声惨叫传遍大街小巷，何有之被吴问天一掌击中后心，瞬间慢慢地化为血人！

　　吴问天站在原地大喘气，暗忖："好可怕，原来灭源六绝配合我的掌法发出后会如此厉害，可我发出这一掌六元合并后，感觉身体透支了，今后对付强敌时可以用这招，对了，我的掌法配合六绝效果要比什么火焰刀等招数还要狠，真是天作之合！要单独发出一种元素对敌那不费力，其威力也十分强大！"

　　随后官府得知何有之死去，对吴问天很是感谢。

　　回到朝廷文院后，吴问天的上峰对他很是称赞，大家都不知道这些日子吴问天已经判若两人。

　　次日，门外有人找吴问天，他急忙出去，果然是梅不赦来了。

梅无赦到了门口急忙抱拳，"兄弟，老夫失约了，还望赎罪。"吴问天抱拳道："前辈客气了，都有忙的时候。"

随后两人进入内院的一处偏僻之地坐下，梅无赦深吸一口气，似乎受了伤。吴问天问道："前辈是怎么回事？"

梅无赦没有说话，喝了一口茶："兄弟，你觉得我是恶人吗？"吴问天一时间不知该如何回答，慢慢说："前辈对我有恩，岂能是恶人。"

梅无赦听后哈哈大笑，"兄弟真是快人快语，好！我一生中难遇知己，得你一人算不枉此生！"吴问天道："前辈是否出了什么事？"

"唉，实不相瞒，昨日我本想赴约，可惜半路遇到了仇家，此人武功不在我之下，他见到我后怒火中烧，和我在西郊展开了对决。我在朝廷中还有要事，不想多作纠缠，最后中了他一刀，我狼狈地逃了。"

吴问天看了他背上的刀伤后道："这伤口这么深！前辈你应该休息静养才是。"那伤口的深度足以致命，可见对方刀法之高，一般人挨了这下早就命丧黄泉了。

梅无赦道："我不能倒下，还有重要的事，金陵本是我的天下，可有个叫颜不换的化外高人准备吞并我的门派。他的势力极大，手下都是顶尖高手，正好朝廷招安，我就从了，目的是暂避锋芒，不料京师的高手在今晚请我赴宴，可，可我身受重伤，唉！"

梅无赦知道今晚的晚宴肯定有问题，他如今身受重伤，无法施展功力，去了就是送死，可不去又不行，这会让京师武林看扁他。

吴问天道："前辈身受重伤，不去肯定又不行。"梅无赦摇了摇头，"今晚的宴会很重要，我必须得去，而且最好一个人，单刀赴会才有大将之风。这些人换作我正常状态下还能与其一拼，但如今我被仇家砍伤，内功连五成都不到，恐怕难以对付。如果找了我的手下一同前往，就坏了规矩，也会被他们耻笑我怕了！所以，我不能找万刀门的人同去"。

吴问天起身道："前辈，吴某愿一同前往，纵然是刀山火海，我也愿陪同走一趟!"梅无赦看着吴问天,双手拍在他的肩膀上,"好兄弟!你来得正好,人数不多不少,你不是武林中人,也不算坏规矩。但要记住,别逞强,出事了你先走,我断后!"

当晚两人大吃一顿,吴问天把这几日的事都和梅无赦说了,这对忘年之交畅所欲言,谈古论今,梅无赦对眼前的这位年轻人刮目相看,随后指点了六绝与他的掌法合并之妙,吴问天也重新感悟了灭源六绝。

深夜,吴问天被一阵血液翻涌惊醒,他感到浑身都是力气!白天激战后,身体内六绝之力和自身的内功在不断融合,之前师父说的六绝之力会逐渐被自己吸收,他感觉现在差不多了,自己的内功比起昨日增强了好几倍!这难道就是传说中的六元合一,天下无敌之境……

刀山火海 鸿门之宴

京师望鹊楼，这是京师的美食名楼之一，里面都是山珍海味，梅无赦吴问天二人到了楼下，他们相互对视一下，当然两人不是来吃美食的，而是来赴宴。

今日楼内空无一人，可见对方已经包下整个楼，布置了鸿门宴。

雅间内，一张八仙桌上坐着八位人物，这些人吴问天认识两个，是当日合力击杀望渊帮高手的"毒娘子"萧千愁和"铁剑先生"胡老！

他们知道今日的宴会来的都是京师顶尖高手，因为请帖很正式，外加上次梅无赦一人震慑京城高手，对方也搬了救兵，说白了就是对梅无赦不满，他的威名在武林太大，进了朝廷后会压在其他人之上，他们想让梅无赦知难而退。

京城内的高手有好几位，这些人都是梅无赦顾忌的。其中有黑榜高手"鬼神莫测"蓝孤月，他是朱元璋的心腹，围剿元军时他曾立下奇功，但朱元璋心胸开阔，对此人极为信任，他的武功更是诡秘莫测，之所以被列入黑榜，是因为他不常在朝中，也没有官位，喜欢把自己列入江湖中人，和黑道上的朋友多有联系。

"火麒麟"武隆夏，此人和梅无赦前几日见过，曾是教主一人之下的角色，明教四大法王之一。

明教的高手级别第一等自然是教主和副教主，武功都是通神般的强大。明教武学传自波斯，其中不乏神功绝技，但他们自从平了天下后，都主动辞退职务，已有十余年消失在人世间，最终教主之位才给了朱元璋。

第二等是左右护法和四大法王，他们是高手中的高手，可以和黑榜一较高下，比如武隆夏就很难对付。

第三等是三将才，三将才之一的呼延寿亭，由于实力出众，最终被朝廷任命为边防军总帅，他曾和明教右护法有过对决，打得不分伯仲。

第四等就是金木水火土五位怪人，简称明教五怪，他们都身兼奇门绝技，对教主忠心耿耿，但教主和副教主相继离去后，他们也消失在世间，不光他们，四大法王除了武隆夏外，其他三位也离开了朝廷，关于这几人的离去江湖传闻很多，有的人说是对朱元璋不满，有的人说是另有任务等。

第五等就是四旗号主，四人管辖着明教的主力队伍，如今分别在朝廷做官。

最后有一部分高人是独来独往，辅佐明教打江山，但不常在教中，实力参差不齐，厉害的可以和教主媲美，弱的也能在武林中有一席之地，当年的明教可谓藏龙卧虎。

至于左右护法，左护法一直在朝廷中深居简出，据说已不管江湖事，右护法失踪已久，至今下落不明。

外加京师内创立了锦衣卫，这些人都是好手。锦衣卫大统领是新上任的，前任突然夜间暴死，死因至今不明。而新上任的这位统领才华出众，相貌堂堂，年纪不过四十，他叫黑尘，平日里十分低调，但上任后做了很多高调的事，真是低调做人高调做事！武功更是阴毒无比，从未有败绩，来历谁也不知道，据说只有朱元璋对其知晓。锦衣卫组织已经迅速在朝内霸占了武方的重要地位，威胁到蓝孤月的势力。

眼下梅无赦和吴问天落座，对面的八人梅无赦认识三人：第一位是"狼人"时倒，此人是个独行大盗，当年曾和黑榜高手"独行客"乱离合作盗取皇宫秘宝，武功可见了得，练得一手朱砂掌，据说此人的朱砂掌是使用西域的金砂修炼，比中原的朱砂掌要强上数倍！

第二位是"酒叟"司徒蓝，这是个老头，他一身酒气，以醉拳扬名，和前任丐帮帮主是结拜兄弟，酒量更是武林一绝，曾一人上峨眉闹事，打伤了副掌门后全身而退，在峨眉山一带是一号魔头，想不到如此声名狼藉的人如今竟然和朝廷有了关系。

第三位是"万毒先生"尹渊，此人是星宿派掌门人，和副掌门"毒娘子"萧千愁是夫妻，今日萧千愁也来了，上次围剿望渊帮就有她，朝廷有一股势力在控制他们。

吴问天用传声之法告知了梅无赦他认识那两位，二人迅速互通信息，瞬间了解了对方五位高手。

梅无赦最终传音道："兄弟，稍后你我别总传音了，对方都是顶级高手，让他们发觉了不太好，你我见机行事。记住，万一打起来，你先走，我自有脱身之法。"

黑榜之列　舍我其谁

梅无赦抱拳道："各位，在下来此深感荣幸。"八人中为首的三位是他们没见过的，其中一位站在正中央的人，道："梅宗主能来真是给足我等面子，请!"此人衣着华贵，一看就出身不俗，并且位居高位，从脚步中猜测此人可能身怀绝世武功。

今日安排这些高手的人幕后之人很可能就是皇上，因为朝廷也想压一压梅无赦的气焰。

坐下后，梅无赦介绍道："与我同来的这位兄弟叫吴问天，乃当今武林年轻高手中数一数二的人物，望各位今后多多照应!"此话说得真厉害，上来就表明吴问天的实力。这几日吴问天可谓脱胎换骨，武功多次进步，梅无赦也想赌一把，看看这位年轻人能否在今晚创造奇迹。

吴问天连忙抱拳，"诸位前辈，有几位之前和我见过，今晚有缘，望多指点!"这话说得不卑不亢，带着无形的霸气!

刚才为首的富贵人道："介绍下本人，我叫文静，武林中没几个人知道我，无名小辈之流不足挂齿，今日有幸主持这次晚宴，还请各位多赏面子!"此人的确在武林中没有名字，梅无赦认为他肯定有问题，必另有身份。

突然星宿派掌门"万毒先生"尹渊起身，拿起酒杯道："吴兄弟真是英雄出少年，看你年纪不过三十，竟有如此成就，这杯酒以表我对你的敬意！"这位毒王的酒，谁都知道有毒。

吴问天却哈哈大笑，拿起这杯酒，大声道："多谢尹前辈，前几日和贵妇人有所摩擦，今日喝了这杯酒，全当吴某赔不是！"随后将酒一饮而尽！

这一幕惊呆了所有人，连梅无赦都惊住了。

可吴问天坐下闭上双眼，静坐了片刻后，开始大口吃肉，边吃边说："各位怎么不说话了，别看着我，吃呀！"文静见状起身举杯道："想不到吴兄如此豪气干云！在下敬你一杯！"

吴问天心想："刚才的毒酒如此之烈，我拼尽全力才能化解。"毒酒里的有害物质已经被吴问天的灭源六绝的火元素化为乌有！体内有六元，作用很多，这门武功不愧为千古神功，火在体内可以百毒不侵！

一旁的尹渊夫妇起身敬酒，以表这局输了。

"小兄弟真是有意思，不知酒量如何，哈哈，我敬你！""酒叟"司徒蓝起身，拿出了腰间的酒葫芦，里面的是他自酿的酒，此酒传说武林中除他之外无人敢喝，因为太烈，一般人闻一下就醉了。

而司徒蓝就是修炼醉拳的，身体已经适应酒精，所以再烈的酒他也能喝。

吴问天二话没说，将他给的酒一饮而尽！

吴问天此时感到天旋地转，自己刚才已经用足内功抵御，可还是不行，纵然自己内功再深厚，也快站不住了。

他静下心来，闭上双眼，用体内的六元中的水来化解烈酒，果然内力配合水汽，慢慢地出了汗，刚才的难受也随之消去。

"真是好酒！多谢前辈！"吴问天笑道，"厉害！老朽已经十年没见到如此豪爽之辈，你这个朋友我交定了！"没想到司徒蓝竟然对吴问天没有了敌意，反而想与其结交。

"狼人"时倒起身冲吴问天喊道："敢问吴兄弟是否和狄青等人联手击败了黑榜高手'独行客'乱离!"此话一出，在座的都对吴问天刮目相看。想不到此人果然有来头，竟然能击退黑榜高手。

吴问天起身大声喝道："不错! 不单是乱离被我等击退，就连'黑煞金环'展求败也被我击杀! 如今黑榜高手加上已经消失的'只手遮天'东方风正，现空缺两位，我自认为自己的实力足以进入其中!"

这话一出，文静带头鼓掌道："好! 吴兄的豪言壮语真是令我等刮目相看，哈哈哈，就凭你刚才那两杯酒，进入黑榜之列我认可!"这话一出，就代表吴问天的实力真的很可怕。

论剑世间　同心对敌

随后众人便吃了起来，有一段时间没人敢继续挑衅了，单凭梅无赦的一个朋友都如此厉害，他本人还得强到什么地步！

在座的不知道梅无赦受了重伤，他的功力很难发挥到极致，可吴问天今日的表现可谓超常发挥，震慑全场。

文静道："梅宗主的万刃门是金陵武林的领袖，除京师外，还有谁敢与其抗衡，今后都是一家人，在朝廷内还请梅宗主多多照应我等。"梅无赦知道他说的是反话，举杯道："文兄见笑了，我等草莽之辈算什么。"

铁剑先生起身道："梅宗主，老夫早就想会会你的剑法，不知可否赏脸比试一番。"没等梅无赦回答，文静急忙道："这是好事，铁剑先生可是武林中成名已久的高手，梅宗主不会不给面子吧？哈哈，两位都是传说级人物，都站在剑道顶端。"

谁知吴问天刚要起身，梅无赦这次按住了他，传音道："铁剑先生的身份在武林中比我还高，你是小辈，这一局让我来！"猛然间梅无赦的身形消失了！

全场都没看清他的身法，文静嘴角露出了兴奋的笑容。

二人走到了房内中央，铁剑先生拔剑道："这种类似移形换影的身法，真是厉害，出手吧，你是我最渴望一较高下的对手。"梅无赦却将嗜血刀放到了一旁，单手化作剑："胡大先生，请！"

众人想不到面对胡大先生的剑气梅无赦竟然敢徒手，但吴问天明白，梅无赦现在已经无力用剑，徒手能少消耗体力，可以爆发出全部内力，真是拼死一搏！

胡大先生发出一剑！这一剑看得文静等人都起身，因为胡大先生没有留情，他发出了致命一击！眼看梅无赦就要被劈成两半！

二人闪了一下，胡大先生的铁剑极快，可梅无赦的手更快！

没人看清发生了什么，梅无赦坐回桌上继续喝酒，而胡大先生站在原地，手中的铁剑掉落下来，他本人回身道："我输了，想不到你的剑道已经到了无人无我的境界。"

梅无赦道："胡兄不嫌弃的话坐回来听我一言。"胡大先生泄气地回来道："你说吧。"

"刚才我单手将内力聚集，千钧一发之际打伤了你的右臂，这也是一招险棋。你的速度很快，但是身法逊我一筹，如果换作你们长白派'不死老人'贾无的话我就没把握了！"

"唉，我比我师兄贾无稍逊一筹。"

"长白派的绝技是匕首，先生的剑法是出自匕首，境界上再次提升了，我能胜你不是我的功力高过你，而是对剑的理解不同，刚才先生你要是换作其他招式，梅某恐怕此时早已人头落地。"

胡大先生听后心中十分受用，知道对方给足了自己面子。于是抱拳道："改日定向梅宗主再行请教。"说完转身离去，毕竟是武林中辈分极高的人物，脸面对他来讲太重要了。

如今八人中已有四人败了，文静等人心中对他们的实力重新估计，想不到如此棘手！

"哼，今天是遇到真高手了，我突然想起一件事，在昨日气功王何有之被杀，是一名叫吴问天的高手所为，想必就是阁下。"说话之人身穿黑色披风，面部松弛，年纪在四十上下，双手轮廓分明，可见是兵器行家。这话一出，吴问天自豪地道："正是本人，那何有之的气功天下无人能破，可这种三脚猫的功夫在我眼里就是儿戏，哈哈哈！"他的态度十分狂妄，文静等人相互对视后，心中对他很是忌惮。

刚才说话那人，起身问："敢问吴兄一句，你是修炼何等神功?"吴问天立刻道："我的武功乃无敌灭邪掌！是我自创的！"

大显神威　双刀赴会

"什么！无敌掌？"时倒起身道，"论天下掌法我还真没怕过谁，兄弟的掌法怎敢叫无敌？哈哈。"

"这位时前辈，如若您想领教我的绝学，那晚辈随时奉陪！"吴问天起身挺胸道。

时倒瞬间移动到他面前，身法之快和乱离相差无几。

时倒严肃道："稍后比武生死只在一线之间，吴兄还是先把后事向梅宗主说了吧。"谁知吴问天哈哈大笑，"这句话还请时前辈留给自己吧。"

时倒气得直接出掌，他的掌法独步武林，此人的朱砂掌算武林的最高级别，没人敢正面接。

吴问天深吸一口气，正面发出雷电掌，这是融合了六绝之后的无敌灭邪掌，今天第一次实战。

两人正面相抗，吴问天心想："此人果然厉害，内功真是深厚，可掌法不怎样啊！我没觉得朱砂掌哪里特别？"对面的时倒面色狰狞，他有点支持不住了。

原来雷电掌正是朱砂掌的克星！朱砂掌被雷电导流，使得电的威力全无，相反雷电会迅速进入时倒体内，起到了效果加倍的作用！

片刻时倒吐了一口血，而他手掌怎么都收不回来！

吴问天知道自己的雷电掌能吸住对方，这下稳赢了，突然一股劲力从背后袭来！

一掌击中吴问天的背部！

是文静身边的另一人，他的年纪和吴问天相仿，刚才一直没有说话，相貌被帽子遮盖，一直被大家忽略了。

他面部消瘦，眼圈很重，一脸鬼气，从背后出手暗算吴问天！

梅无赦见状怒喝："给我住手！"可一旁的文静却笑道："梅宗主息怒，这位我还没介绍呢，他乃徒月教的掌门公子'万物之敌'冷雨冥！乃四大邪教之一徒月教掌门之子。"

吴问天却喊道："梅前辈不用担心我！这两个小角色我能应付！"此话一出，文静的脸色变得极为难看！

吴问天感到背后被一股强大的劲力吸住！这是吸功大法？

久闻四大邪教之一的徒月教武功最为邪门，以吸功大法扬名武林，无数高手练就一生的内力都被其吸取，最终成为废人，生不如死，徒月教也被武林所不齿。

眼前的这位冷雨冥是徒月教年轻高手排位第一的，平日里目中无人，杀人无数，喜欢暗算偷袭，和他爹不一样的是此人十分歹毒，没有原则。

吴问天看眼前的时倒已经快不行了，心中对他放心，可后方的吸功大法在不断吸收自己的内功，然后自己感受下内力，奇怪的是似乎没有被吸取多少！

他回头看了看冷雨冥，笑道："兄弟，你的功夫不过如此，是不是你也在奇怪没有吸收出来？"冷雨冥怒道："你小子到底是什么人！"

吴问天怒道："背后偷袭，小人之举！奸邪之徒遇到了你吴大侠算你倒霉，看我今日送你见阎王！"随后他用尽力气把自己体内的六绝神元之力使出，这六元在吴问天体内可以，但去了冷雨冥体内，等于是杀了他！

片刻间冷雨冥吐血不断，吴问天大吼一声，浑身发出六元之力！瞬间将时倒和冷雨冥震飞！

时倒慢慢地坐在椅子上，嘴角的血流了出来，当场毙命！

冷雨冥倒在地上打了几个滚，睁着眼睛死去！

这一幕惊呆了所有人，文静慢慢地走近吴问天，"吴兄真是心狠手辣，想不到武林中竟然出了兄弟这么一个高手，你已经算是黑榜高手了！"

踏锋饮血　扬长而去

吴问天暗忖："刚才用力过猛，内力消耗太大，眼下就剩下文静和刚才说话的那位老者了。"

梅无赦起身道："文兄，比武较量本来就有风险的，吴兄弟不是故意杀人，还望文兄帮忙周旋。"文静低下头道："徒月教的公子死了，这让我如何交代？唉，除非吴兄今日也留下点东西。"

吴问天正面袭来，此刻他想把文静也解决了，他们就是欺人太甚，不知深浅之徒！

文静拿起折扇，吴问天一掌土气袭来，二人正面打了十招后不分伯仲，想不到文静竟然能从容接住六绝，身法武功均不在吴问天之下！掌法很是特殊，六绝掌法一时间奈何不了他，可见他内力之深！

他的武功十分优雅，宛如跳舞一般，梅无赦看后心中有数。

一旁的老者道："文兄稍等，此子太过猖狂，让我来了结此人！"文静笑道："那就请鹰前辈出手吧。"

梅无赦一听他姓鹰，就猜得八九不离十了，他乃明教四大法王之一的"鹰爪王"鹰唯清！

吴问天知道明教四大法王的厉害，于是心中做出了决定，眼下能解决一个是一个，先把鹰唯清干掉，最后再和梅无赦一起收拾文静！

鹰唯清四周内力爆发，屋内所有事物均被吹起，一旁的梅无赦道："吴兄弟小心，此人武功深不可测！"

没等梅无赦说完，鹰唯清一掌直逼吴问天面门，而吴问天此时决定一招制敌！

他将打死何有之的那一掌再次用出，现在是六元合一的一掌，足以天下无敌！

两掌相击，文静和梅无赦都被这两股强大劲力震得后退数十步！

随后二人分开，吴问天面带微笑地问："前辈感觉如何？多谢手下留情！"鹰唯清原地不动，突然喷出一口鲜血！

血喷了文静一身！

文静生性洁癖，急忙后退，脱了上衣，样子十分狼狈。梅无赦哈哈大笑："想不到我这位兄弟这么不懂事，人家鹰前辈只是和他切磋，他却认真了。"

鹰唯清慢慢坐下，闭上眼睛运功疗伤，文静愣住了，再回头看吴问天，他竟然坐下继续吃肉喝酒！

吴问天拿起酒杯对梅无赦道："来，咱俩碰一个。今日来此真是受教了，认识了一群真英雄、真高手！"

梅无赦微笑道："兄弟太不给我面子了，这些事本应该我来，你却抢了风头，还不快向文兄请罪。"

他们的话音刚落，门外有人急忙进来，对文静小声说了几句，文静听后面色大变，立刻对吴问天和梅无赦道："两位，今日招待不周，还请见谅，吴兄武功盖世，黑榜之列非你莫属，我会为你在武林中传扬，今日的宴会让我领教什么是真高手，眼下文某有要事在身，还请两位先行离开，改日必再次宴请两位！"

吴问天对星宿派夫妇、鹰唯清、司徒蓝道："诸位前辈，改日再聚，那文兄，今后有机会领教你的高招！"文静等人急忙相送。

梅吴二人从容地走出了望鹊楼，路上没等梅无赦说话，吴问天就闭上双眼，用传音之法道："前辈，别，别回头，别让他看出端倪，我，我快不行了。"

刚才的拼斗，已经损耗了吴问天所有内力，为了压住场面，才表现出十分从容。

梅无赦传音道："兄弟你可得撑住了！"吴问天道："走慢一点，快一点的话我就会吐血。您看下后面有没有人跟来，文静这人十分古怪，先放咱们走或许是他的手段。"

梅无赦用耳目感受身后情况，道："应该没有，放心，就算有人我拼了这条老命也保吴兄周全！"吴问天嘴角已经流出了血，面色惨白，"前辈啊，我今日真的被列入黑榜了吗？"

梅无赦苦笑道："我纵横武林四十年，今日你可让我开眼了，你的实力绝对是黑榜级。别想太多了，今日的事迹定会传遍武林！"

孤剑独行　威震八方

望鹊楼内，文静急忙换了一身干净衣服，心中暗想："想不到梅无赦竟然有这么厉害的朋友，这个吴问天我之前怎么没听过，他不在武林人士的名单里。哎，江湖之大，真是能人辈出。"

一名手下在门外道："源主安排的事请您快点去。"文静闪身到门外，手里拿出了一把长剑，面色凝重，他知道刚才如果吴问天再闹下去，自己也没把握制住他，眼下大敌当前，还是先对付那个人吧。

金陵南城的众虎楼内。

一名身穿华服的美男子上了厅堂，吸引了所有人的目光，他的气质十分优雅，一人进入了雅间。

屋内有名妓等待伺候，那人从容坐下，慢慢地品尝香茶，随后屋内又进来一位老人。

二人面对面坐下，老者先道："文兄找我的事，我也是无可奈何。"华贵服装的人就是文静，他道："您可是当年黑榜中位列第一之人，还不是望渊帮的诸葛书辰把你压了下去，我听说那一战您没能发挥全部功力，如今请您出山率领水道群雄攻打望渊帮，这不是一箭双雕吗？”

老者默默道："诸葛书辰和我没有仇恨，比武较量本来因素就多，输了就是输了，况且我是闲云野鹤一个，隐居于此真的不想过问江湖事。但文兄非要咄咄逼人，别怪钟某人翻脸不认人！"

"哈哈哈，钟前辈的神功为何不能列为黑榜第一？我这是在帮你，那既然钟前辈没有合作的意思，全当我自作多情，但我这关好过，可家师那边就不行了。他老人家的脾气您也知道，当初您决定效忠，如今又来了一个退隐，这怎能让他老人家放心？"

钟逆低声道："颜不换如果对我退隐一事有意见，可以随时找我！"话音刚落，楼下传来了一个声音："敢问星宿派掌门可否在此？！"

刚才随文静一同前来的有星宿派夫妇，他们急忙接到任务，准备去众虎楼对付钟逆，随行的高手很多，都埋伏在周围，今日钟逆可谓插翅难飞！

尹渊及时现身道："这位少侠是？"楼下这位年轻人不是别人，正是望渊帮第一高手令狐行！

令狐行几日前决定自己在江湖中历练一番，自己的剑法还有很大的提升空间，经过几日前的激斗，自己的实力在不断提升，如今他恰巧看到星宿派的萧千愁进入了众虎楼，她是自己的仇人，于是准备前来复仇。可他把事情想简单了，如今众虎楼内高手云集，不是他一人能对付的。

令狐行看着他们夫妇道："望渊帮令狐行，前来讨教！"萧千愁怒道："你胆子也太大了，知道这是什么地方吗？"

令狐行轻蔑一笑，"那日要不是你运气好，我就走一剑送你归西。"尹渊和萧千愁使了一个眼神，萧千愁拔出兵器先行出战，令狐行没有拔剑，只是用剑鞘对敌！

二人打了五十招后，尹渊眉头紧皱，想不到望渊帮的一个晚辈武功竟然如此之高！

突然尹渊喊道："娘子小心！"可这句话说晚了，令狐行突然一剑刺入萧千愁的腹部。

尹渊急忙救场，他发出了千毒掌法，这是星宿派的看家本领，打得令狐行后退不断，可令狐行似乎不惧怕千毒掌法，打着打着过了百招，反而不退则进！千毒掌法的毒素也不能接近令狐行，因为他的剑太刚猛，尹渊没有下毒的机会。

尹渊有些力不从心了，感到此子剑法刚猛异常，有种不怕死的劲头！

令狐行大吼一声，发出绝招威震八方！

一招将尹渊刺伤！鲜血溅到了众虎楼的屏风之上！

"何人在此闹事，凌云堡杜松在此！"

霸海屠龙　杀纸飞扬

凌云堡乃武林三大禁地之一，高手如云，其中杜松乃凌云堡排行第三的高手，一把钢刀用得出神入化。

令狐行直接一剑刺向杜松，两人正面打了三十招，令狐行依然占上风！

四周的人都在看，这下望渊帮的令狐行可算威风了，如今武林中水道都被颜不换收服，只有望渊帮没有屈服，自上次丐帮王志穹带人围剿狄青等人之后，望渊帮的威名在武林中更是一等一，外加诸葛书辰和吴问天等人击杀黑榜高手展求败之事，在武林黑道之首的形象早已稳定。

颜不换的野心很大，望渊帮是他的心腹大患，可目前还有钟逆之流不服，所以打算先慢慢干掉这些人，最后再收拾最强的望渊帮和诸葛书辰。

江湖中传言颜不换的百年武功天下无人能敌，手下收服了很多帮派，还有不少高人相助，只有诸葛书辰能与之一拼。

但谁也想不到的是望渊帮的一名年轻人都这么难对付，令狐行不愧为望渊帮四大高手之首！

二人激斗了一百招后只听"咚"的一声，杜松的钢刀被令狐行一剑震落！

突然一张纸飞到了令狐行面前，是钟逆发出的。

令狐行问道："你也想来吗？那就打。"钟逆却笑道："小子真有种，但你和我打还不配，让诸葛书辰来！"

令狐行用剑指着他道："你是何人？似乎武功不错。"钟逆轻抚胡须说："我乃黑榜高手'霸海屠龙'钟逆，血海帮的前任帮主！"

此人败给诸葛书辰的事令狐行知道，随后血海帮被颜不换收服，这么一个狠角色出场，四周的群众都吓得连忙逃离。

钟逆继续道："小子，你今天已经出尽风头，快点走吧，稍后我还要在这里办事，得有个先来后到，改日我去望渊帮找你喝酒。"这些话给足了令狐行面子，令狐行虽然不明白他到底什么目的，但抱拳道："改日定向前辈请教。"随即转身离去。

文静现在全身心对付钟逆，也没打算把令狐行加上，以免节外生枝。

文静起身把剑，"前辈既然执迷不悟，那就别怪我的天罗地网置你于死地！"刹那间屋内飞满纸张！

钟逆淡淡道："一开始我是没把握打赢颜不换，才假意臣服，也因我有退隐之心，但现在我发现错了，有些事不是躲就能躲得过的。"

钟逆的身体周围全是飞纸，文静心想："这就是三大神方之一的飞纸，传说这招威力无穷，输给诸葛书辰也因为当日下雨，没有用此招数。"

钟逆浑身被纸屑包围，衣服内的纸张飞舞在众虎楼内。

文静上前拔剑直入，不料飞纸化作飞刀，直刺文静胸口！

文静急忙转身躲避，稍有不慎就命丧当场！这飞纸真可怕，比飞刀还快！

钟逆严肃地说："各位都出来吧，我要开始突围了。"

众虎楼内顿时出现四十余名黑衣人，他们每人都经过严格培训，均是武林中一流好手。

钟逆人纸合一瞬间飞到楼下杀了四名黑衣人，可对方人数太多把路堵住了。

霎时间一把青龙偃月刀横空劈下！是黑榜高手"大刀纵横"关不敌！此人被颜不换派来支援文静，看来颜不换对钟逆的估计很到位，没有真高手是留不住他的。

飞纸再次打击关不敌，关不敌武动大刀正面硬扛，随后又有几名黑衣人被飞纸杀死，钟逆身后飞纸化作一根长枪，是纸做的，他舞动起来配合飞纸，令对手防不胜防！

关不敌和黑衣人也拦不住钟逆，他已经杀到门口……

杀 出 重 围　不 辱 威 名

吴问天和梅无赦二人走到了一处偏僻之地，他们现在暂时不想回到住处，以免文静夜袭。

"趴下！"梅无赦果断道，两个人趴下后，发现有两个人飞驰而来，等人走后，梅无赦自言自语道："要出大事了。"

吴问天道："什么事呀？"梅无赦道："我没猜错的话，文静应该是颜不换的徒弟，刚才飞驰而来的两个人均是当年追随颜不换的大魔头，分别是'巧通天'嘉空，'无边苦海'夜狂恶，其中还有一位没出现，是'天堂锁'刘烟冷，这三位是颜不换的死党，被称为"黑魔三绝"，其中刘烟冷最为恐怖，他们因作恶太多，江湖人都忌讳提起，其成名比我还早。"

钟逆终于杀到了门外，可门口又杀出了四名高手！

一个老妇人手握长剑笑道："久闻中原的黑榜高手武功强悍，今日一见不过如此，看剑！"此人乃四大邪教之一落秋教的副教主罗康，四大邪教和三大禁地均不属于中原地界，所以他们的高手都不列入中原黑榜高手之中。

这些人野蛮惯了，生活习惯也和中原之人有所不同，从来不把中原的武林人士放在眼内。

老妇人拔剑一挥，宛如闪电般击中钟逆的纸枪，钟逆被这一招打断，随后飞纸数量暴涨！瞬间万千飞纸刺向副教主罗康。

罗康奋力抵挡之际钟逆已经飞到了她身后，随即三名高手同时出手抵挡，这三位也大有来头，分别是孤星教的副教主浅陌，此人在双修教的大会上出现过，此时也纳入颜不换帐下。第二位是西宁剑派的掌门卓顶天，西宁剑派是朝廷亲自任命的正派，门徒在金陵众多，在西宁是一号门派，想不到卓顶天亲自出手，卓顶天也列入过白道八大高手之一，可由于潜心追求武学精妙，已退出武林十年之久。第三位是令人闻风丧胆的杀手集团血杀堂内排行第九名的"杀棋"苍轩，血杀堂成名武林已久，是武林中最为神秘的门派，其地点在哪儿谁也不知道，雇佣杀手之人会被一种奇特的方式带到血杀堂，堂主的身份更为神秘，无人知晓。血杀堂和两大秘境齐名，其中有四十四名杀手，均是顶尖高手，前十名的杀手几乎都很少出手，今日颜不换竟然请到排行第九的苍轩，如今来看钟逆凶多吉少！

钟逆大喝一声，身后的飞纸宛如巨龙般把自己包围，这是他的绝招，纸龙！

一条巨龙正面直击三位高手，此时关不敌从侧面杀出，一刀插入纸龙内部，他一直在找时机出手。

一道闪光挡住了大刀，是钟逆手里的双龙刺，他的防身兵器。

一声惨叫发出，飞纸吞噬了罗康，她顿时变为一个血人！

钟逆这次发出全身功力，无数飞纸和纸龙在他身旁飞舞，杀敌四方。门口的三位高手也被这气势吓得让开了路！

正当钟逆逃出，他感到背后一阵寒意，是苍轩！不愧为血杀堂高手，关键时刻还要一拼。

钟逆运足内功，将浑身之力运作在一纸之上！瞬间飞纸将苍轩的头颅砍断！

其余的黑衣人都被吓得停住了脚步，文静从楼上飞出，拦住了去路。钟逆心中有了打算，想在这里了结了文静，可突然两名黑影飞出，文静大喊道："两位前辈总算来了！"

钟逆猜出他们是谁，分别是嘉空和夜狂恶，这两人实力绝对是黑榜级别，想不到来得如此及时。

文静运足内功，发出致命一击，他的剑法得了颜不换真传，通晓各路剑法精髓，嘉空和夜狂恶也亮出了兵刃，左右夹击钟逆！

在这九死一生之际，钟逆宛如神仙般飞起，一条纸龙横向挡住了嘉空和夜狂恶的攻击，可纸龙也挡不住他们两人合力一击。

猛然间地上出现了铠甲人和稻草人！它们及时封住嘉空和夜狂恶！

钟逆继续腾空飞起，他身后的飞纸数量暴增，宛如龙卷风一般刺向文静！杀了文静就等于斩断了颜不换的一只手，此等事迹定会传为武林佳话。

文静惊讶道："想不到你的先天真气竟然到了如此地步。"钟逆此时决心一拼，把所有内力都运作在飞纸上，纸张的数量庞大到文静想象不到，他的剑拼命招架。

钟逆这种不要命的打法第一次令出山以来屡战屡胜的文静感到恐惧……

猛剑相助　后起之秀

钟逆凝聚全身之力准备击杀文静，而文静此时也做出了拼命准备。

他的剑在空中化作圆状，巧妙地化解了无数飞纸，钟逆的龙卷风正面袭来，文静凝住心神，稳住剑路竟然封住了这火烈之势！

二人在空中较劲，钟逆依然占着上风，文静被打得已从空中落地，但没有倒下，立即进入防御之态。

钟逆暗忖："此子武功竟然如此之高！"突然有个女子声音传来，是钟逆的女儿钟璐璐！

途中钟璐璐一人独战数十名黑衣人，被打得浑身是血，钟逆心想，她不应该在这里，怎么回事！

钟璐璐转身喊道："爹快走，不要管我！"钟逆怎能不管，他马上飞到了钟璐璐身边，一招飞纸击退了黑衣人，可令他没想到的是一把长剑从背后刺入他的后心！

血一点一点地从钟逆的身上流出，钟逆右手握住了剑刃，回身一看，这人不是钟璐璐！

"钟璐璐"用手一摸脸，竟然变成了星宿派萧千愁！

萧千愁被安排化装成钟璐璐模样，就位暗算钟逆。

钟逆愤怒之际，回身发出千百张飞纸，一招将萧千愁打成重伤，此刻他真的不能再打了，必须逃！

飞纸重新形成纸龙，从侧面突围，众高手纷纷拦截，钟逆不顾一切地向南方逃去，身上中了数招。

一条黑暗的小巷，钟逆实在跑不动了，感觉后方暂时没有追兵。

钟逆低声道："何人在此，为何不现身相见！"暗黑中闪现一人，正是令狐行。

令狐行问："你似乎受了伤，还想找你比试一番呢！"钟逆苦笑道："你可真有大将之风，可惜今日不行，我身受重伤，必须找地方疗养几个月。"

令狐行听了钟逆大概的解释，明白后有强敌追赶，他果断道："我愿同前辈一起走，咱们北上，出了金陵就安全了。"钟逆诧异道："你为何帮我？"

令狐行低声道："对方以多欺少，再说前辈明显不是颜不换的人，敌人的敌人就是朋友。"钟逆道："好！咱们走。"

随后两人找了一辆马车，连夜向城外跑去。

突然钟逆和令狐行都感到前方有位绝世高手，于是停下马车，钟逆低声道："我实在不行了，令狐兄出去看看，应该不是颜不换的人，他们在后方。"

令狐行心中暗想："究竟是谁？此人的步伐带着压迫感。"令狐行对钟逆道："前方就快出城了，我出去后一招将马车打跑，有缘咱们今后再见，我自能对敌！"

钟逆抬起流着血的双臂，哆嗦着抱拳道："大恩不言谢，你我兄弟必有重聚之日！"

令狐行闭上双眼，运足内功，已经感觉到对方的方位，随后从马车中迅速杀出！侧身用剑气让马车先走。

令狐行见此人手握钢刀，便一剑刺出。对方竟然能招架得住。

对方相貌堂堂，一身英雄气，武功之高让令狐行难以招架，打了十招后对方做出了停手的意思。

对方问道："你们是何人？为何行踪诡秘，还出手杀我？"令狐行大概明白此人不是敌人，道："兄台的刀法如此精妙，环顾当今武林我真找不到第二人，估计咱们是个误会。"

万夫之勇　义无反顾

　　二人话音刚落，心中都明白对方的意思，对方道："在下林枫，重出江湖是为了报仇，阁下是?"

　　令狐行一听是林枫，立即抱拳："原来是金刀无敌，久仰大名！在下望渊帮令狐行。"林枫点头道："久闻望渊帮有四大高手，今日一见兄台果然有豪侠风范，你的剑法如此刚猛，我生平第一次见。"

　　随后令狐行说了后有颜不换追兵，林枫听后当机立断，"颜不换和我有过激斗，此人不除武林将永无宁日，来得正好，你我一起抵挡！"

　　"哼，你们挡得住吗?"一个浑厚的声音从空中传出，令狐行感到来者定然是绝世高手，只见不远处走出两人，他们就是颜不换手下第一流大将，黑魔三绝中的"巧通天"嘉空和"无边苦海"夜狂恶！

　　令狐行和林枫使了一个眼色，出手对敌！

　　令狐行对上了嘉空，此人嘴角一笑，用手中的巨斧挡住了令狐行的剑，笑道："想不到当今武林还有此等高手，剑法可以，不过可惜了！"另一旁林枫对战夜狂恶，此人使得一手双锤，有李元霸之勇！

二打二，过了半炷香时间，令狐行被巨斧震得口吐鲜血，嘉空得意地道："小子剑法算得上真高手，可惜火候距离我还差一些，受死吧！"随后巨斧直取令狐行首级。

令狐行大喊一声，双手握剑硬扛住了巨斧，单膝跪在了地上，地面都被这股千斤之力压碎，但他就是不放弃，眼神中带着拼命的气势。

正当嘉空想再次发力之时，令狐行抓住时机，用尽力气直刺嘉空面门，嘉空连忙招架，但有点来不及，巨斧勉强挡住这一剑，然后一脚将令狐行踢飞。

嘉空按捺住身体，暗忖道："此子竟然如此顽强，刚才我只要稍微慢一点，就被他一剑刺死！"而令狐行倒地后及时运气调整。

另一侧林枫和夜狂恶打了三百招不分伯仲！

林枫大吼一声，一招横扫有雷霆万钧之势，将夜狂恶双锤震得差点脱手。嘉空见林枫如此强悍，随即加入战斗，对夜狂恶道："先解决了林枫！"

两个人左右夹击，可林枫一对二丝毫不惧，越战越勇，又打了一百招后林枫低身一招下劈，砍伤了夜狂恶的腿，而嘉空借机出手直取林枫首级。

林枫是何许人也，及时用刀身挡住了巨斧，然后一招金刀绝技大打开来，封住了嘉空的巨斧。

"一打二真不算本事！"此人内力极为深厚，林枫听了有种熟悉的感觉。

夜狂恶和嘉空发现对方竟然还有人，于是使了一个眼神，很快离去。

林枫感到此声音似曾相识，对了！那日从桃花源出来时候，有个鬼脸人出手相救，原来是他！

林枫回身道："又是前辈！"果然树上下来一位鬼脸人。

鬼脸人摆了摆手，"什么前辈后辈，我现在就是一个江湖游客。哈哈，此地不宜久留，咱们换个地方再谈"。

太湖断天篇

铁槊孤鸣　隐湖隐现

太湖今天十分平静，水面时不时地泛起细微波澜。

一处隐蔽之地，一个行藏闪烁之人飞入，似乎左顾右看，在顾忌一些事情。

天色已晚，这时已经是深夜，此人一身黑衣蒙面，轻功不太好的他却很认真地在跳跃。

"不愧为正派出身，崆峒派能有你这么一位杰出人才足以留名千古！"黑暗中有个低沉的声音道，听起来似乎令人十分难受，但又说不出哪里难受。

"我想好了，前辈出来的话可得答应你承诺的话。"黑衣人道。

"哈哈哈，那是当然，可我得杀出去再说，穆兄弟可否和我一起走！"黑暗中那个声音道。"我，我就不了，唉，该回崆峒派了。"黑衣人边说边一剑砍断了铁索，原来这是一处隐蔽的小监牢，这里关押着一位老者，他身材瘦弱，头发已经发白，但依然有少许黑发，眼神中带着十足干劲，没等黑衣人反应过来，他就飞出来了！

老者深吸一口气，淡淡道："外面的空气真好哇，十年了，东方风正这个老小子真是可恶，当年比武输给了他一招而已，谁让我死要面子，约定好谁输了就被关起来，直到胜的一方死去才能出来。"

黑衣人道："那我也该走了，前辈的武功似乎能进入黑榜之列，今后颜不换的事情还请前辈多加出手，武林就需要您这种绝世高手。"老者发出连连怪笑："嘿嘿嘿，穆宏远哪，你不愧为正人君子，太认真了。"

原来救他的黑衣人叫穆宏远，此人就是危急时刻护送林枫的那位青年侠士。自那日之后穆宏远身受重伤，随后一路南下，逃到了太湖地界投奔太湖帮，至今伤已养好，梅无赦又被朝廷招安，金陵武林似乎又回到了往日的平静，自己也该回崆峒派了。

可在前天他无意中发现太湖的一处偏僻之地有一人被困，此人就是这位老者。

他叫燕名，乃原太湖帮候选帮主之一，当年和东方风正比武争夺帮主之位输了半招，为了遵守诺言，就被囚禁于此。如今东方风正已经被颜不换击败，至今生死未卜，传说他被打落太湖后尸体早已成为鱼虾腹中之物。

于是他叫住了穆宏远，让他帮助自己出来，穆宏远早就听说太湖武林当年有位杰出人才，叫燕名，此人使得一手枣木槊，在上一辈武林中无人不知无人不晓，但他毕竟是黑道巨擘，且杀人无数，穆宏远不想放他出来，除非他答应出来后一定为武林正道做事。

燕名看着穆宏远继续道："小子，我和你只是说笑呢，答应你的事我会做到的。颜不换这人我很早就听过，此人如今还活着，说明已经练成了类似不死的神功，连东方风正都不是他的对手，可见武林中能胜过此人的没有几人。"

"不错，燕前辈既然出山，可否有兴趣与其一战?"一个极为动听的声音从他们身后传来，燕名的眼神立刻紧张起来，想不到竟然有人能无声息地接近自己，难道自己的武功退步了吗?

只见有位绝世美女出现在他们眼前，相貌堪称绝世，不在貂蝉西施之下!

一身紫衣，皮肤雪白，瓜子脸，体态极瘦，眼神中带着无限圣洁，她的出现使原本风景无双的太湖都黯然失色。

连燕名这种老魔头看了都呆住了，他闭上眼睛思考一番后问："姑娘是谁我已经猜得八九不离十了，想不到隐湖云庄竟然涉足武林之事。"

此门派穆宏远没有听过，燕名看这位姑娘的眼神中带着一丝敬畏，没有任何亵渎。

女子抱拳道："晚辈多少领悟些识人之术，前辈如今已经洗心革面，此番重出武林定会惩恶扬善，为太湖做出重大贡献。"燕名听后哈哈大笑，"能得到隐湖云庄高手的赞许，燕某定会鞠躬尽瘁！"

穆宏远问道："敢问隐湖云庄是什么地方？"燕名打断道："小子快回崆峒，武林邪盛正衰的局面定会所有好转。"

女子的身形逐渐陷入虚无，"前辈请，想出太湖恐怕还要过任天行等人那关，前辈可以易容打扮后悄然离去。"

谁知燕名大笑，"哈哈，多谢姑娘操心，我的枣木槊早就要大展身手了，正好拿任天行这些小人试试我的武功如今如何。"

割袍断义　动荡太湖

太湖的黎明总是那么耀眼，配合着湖面的光泽，显得那么动人。

燕名手握枣木槊，一路飞奔，他先进入帮内食厅之内，大口吃了起来，年庚已六十的他食欲似乎不下年轻人。

有位帮众大喊："你，你是，你是燕名！"此话一出所有人都惊呆了，不一会儿太湖帮的帮主任天行等人就赶到了。

燕名依然大口吃肉，根本没正眼看任天行一下。

任天行抱拳道："大哥，你出来了！"燕名听后哈哈大笑，"任天行啊，你让我怎么说你呢，我出来是你最不想看到的对吧？可我就出来了，你还在这里装什么装！你太让我失望了。"

任天行如今是一帮之主，自东方风正落败后，太湖帮就被颜不换管制，不少忠义之士反抗后都被文静等人击杀，任天行也是帮内骨干，当日他却选择了屈服。

论武功他在太湖帮也算一流，原本就是副帮主，当年东方风正攻打望渊帮时，他负责在帮内留守。

燕名是他的老大哥，可他不能做主把燕名放出，这事还得请示颜不换，可是颜不换一直没有提起此事，似乎不知道燕名被囚禁的事情，所以他也一直没有主动提起。

任天行再次抱拳，"大哥，我也是有苦衷的。"燕名起身大骂："我呸！你个狗奴才，帮内兄弟为了尊严不少都战死沙场，你却做了帮主。我今生最大耻辱就是有你这么一个朋友！"

任天行脸色变得很是难看，"大哥别不知进退，这世道如何不是你能定的，如今你出来了，我必须请大哥回去，不然出了什么事我没法向上面交代。"

燕名拿起枣木槊，看着兵器道："可惜了，我的兵器第一个要杀的人竟然是这个无耻之徒。"任天行知道燕名的可怕，当年东方风正和燕名是帮内两大高手，有他们在太湖帮才成为六大水道帮派之一。

任天行大喊："都给我上！"可身后没几人真上，大家都知道燕名的实力。

突然燕名脱下身上的衣服，单手用筷子把衣服割碎！真气逼人！

燕名怒斥道："今日我与太湖帮再无瓜葛，以往的兄弟之情就此断绝，稍后难免有一场厮杀，各位不用手下留情，因为你们狠不下心杀我，我就狠下心杀光你们！"

随后他手里的枣木槊发出一招，整个厅堂被其震碎，任天行等人急忙后退，惨叫声不断，帮内不少好手都被瞬间击杀……

一个苍老的身影站在湖边道："诸位好自为之，任天行你这个奴才给我听好了，下次见面就是取你狗命之时！"随后他使用枣木槊一招将太湖掀起千层巨浪！

他直接跳入湖内消失了……

一棵大树下，鬼脸人带着令狐行和林枫一路来此。

林枫道："前辈，可否让我见一下您的庐山真面目。"鬼脸人摆了摆手，"没必要，林兄弟乃金陵双杰之一，武林的希望，我救你是应该的。"

而令狐行似乎在琢磨刚才的激斗自己哪里不足，鬼脸人上前道："这位兄弟的剑法很是独特，日后再做提升的话进入黑榜之列不是难事！"

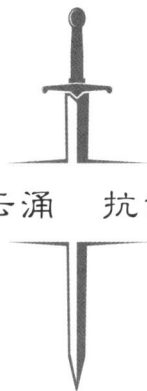

风起云涌　抗敌之态

令狐行听后很是受用："前辈过奖了，但我的目标是超越黑榜，成为天下第一剑客！"鬼脸人鼓掌道："有志气！兄台高姓大名？"

"望渊帮令狐行！"

"好！久闻望渊帮乃水道一帮，帮内有四大手，阁下就是位列其首之人，真乃高手也！"

林枫突然问道："前辈似乎对颜不换的事了如指掌。"鬼脸人道："颜不换乃武林第一恶，此人不除不行，今日我前来其实想和林兄说几句心里话。"

一旁的令狐行粗中有细，急忙道："两位，在下有要事在身，先行告退。"鬼脸人点了点头，似乎对他十分认可："你的剑法想提升还得靠自己，你的剑仍需磨炼，还有江湖传闻颜不换要攻打太湖中的魔天寨，太湖帮是首当其冲，然后颜不换的弟子文静是后续，望渊帮不知要不要插手此事，兄台需尽快联络下。"

令狐行走后，鬼脸人道："我也该走了，今日找你就是为了一件事，你和梅无赦的仇可否暂且放下，因为他也在抵抗颜不换，你们姑且放下私人恩怨如何？"

林枫似乎很是犹豫，没等他回答，鬼脸人低身抱拳道："林兄就当给我个面子，看在我两次救你的分儿上！"林枫最终答应了。

望渊帮聚义厅内。

狄青坐在中央闭上双眼盘点着近期发生的事，于湖鸣在背后道："帮主似乎又有心事了。"

于湖鸣自上次激战并没死，吴问天及时用灭源六绝中的雷给他疏通经络，做到了起死回生的效果，当然前提是于湖鸣还没彻底死了。

狄青道："诸葛大叔上个月又出去了，真是搞不懂他到底怎么想的，眼下颜不换这个大敌在前，为何不出手击败他。"

于湖鸣却意味深长地说："事到如今，有件事我不知该不该说。"

狄青道："直说，你我兄弟有什么不能讲的。"于湖鸣慢慢道："如今武林传闻只有位列黑榜第一的诸葛书辰能击败颜不换，可还有人说颜不换已经练成多种神功，诸葛书辰不是对手，总之望渊帮是颜不换的最大敌人，诸葛大叔离去的目的可能是想锻炼一下我们，因为他早晚会离开我们，今后的望渊帮还得靠咱们自己！"

狄青打断道："那咱们就独自对付颜不换，干掉颜不换！"于湖鸣摇了摇头："如今水道六大帮派只有望渊帮没有被颜不换掌控，他应该是想先除掉其他势力，最后出手对付咱们。自上次金陵大战后，估计他们对你我都很是顾忌，但是以你我目前的实力，完全不是他的对手。"

门外突然有位帮众闯了进来，定是有紧急之事！

帮众道："帮主，有位老者前来求见，他说帮主要是一个时辰之内不见他，定会后悔终身，随后安堂主前去会了会他，可似乎不是此人对手！"

狄青听后拿起兵器，道："走！我去会会此人！"

大门外来者手握枣木槊，安东如拿着流星锤与其打斗，两人打了百招后，安东如急忙叫停："阁下似乎没有恶意，不然我早就被你击败！"

　　来者是太湖帮燕名，燕名笑道："不愧为四大高手之一，武功称得上一流。"狄青见状上前急忙抱拳，"敢问前辈有何贵干，晚辈正是狄青！"

求贤若渴　来者不拒

燕名抱拳道："狄帮主果然是英雄出少年，今日我打听了江湖上的情况，深知望渊帮乃水道第一帮，不惧颜不换的存在，我是真心佩服！"狄青连忙上前还礼，"前辈的身手如此了得，前来帮内不知有何事指点？"

燕名拍了拍肚子："我饿了，狄帮主请我进去咱们边吃边聊。"

众人直接进入厅堂，狄青安排大摆宴席，山珍海味应有尽有。

于湖鸣问道："前辈您是不是太湖帮的燕名大侠？"燕名听后点头，"对呀，你怎么知道我？"

于湖鸣道："晚辈自小在太湖长大，对您的威名还是知道的。"随后向大家介绍了燕名。

狄青是何许人也，他知道燕名肯定无恶意，眼下大敌当前，能结交如此枭雄岂不是对自己有利。

没等狄青说话，燕名沉声道："几位虽然是晚辈，但论英雄气概都不在我之下，我听了几位的经历后敬佩不已，承蒙不弃，燕某愿加入望渊帮，与你们一同行驶水道！"

此话一出，狄青起身双手举杯，"前辈能看得起我等，是望渊帮的福分，我先干了！"随后于湖鸣和安东如对视一下，也一饮而尽。

其实安东如的心理是复杂的，他觉得有这么厉害一个角色的加入，会不会把自己的光芒掩盖，俗话说一山不容二虎。

于湖鸣似乎看透了大家的心思，立刻道："燕前辈相当于我的父亲，今后在帮内还要多指点我们这些小辈。"此话一出，摆明了辈分不同，自然也不会出现一些竞争，况且晚辈让着前辈也是应该的。

酒过三巡，燕名把自己的情况遭遇都和狄青等人说了，大家听的是一个带劲，如今他已经和太湖帮割袍断义，他再也不想回去了，望渊帮今后就是他的家。

燕名为何不夺了太湖帮的帮主之位？

这问题安东如问了，于湖鸣却笑着给他做了解答，太湖帮是真的伤透了燕名的心，自从东方风正败北后，帮内的忠义之士也都被颜不换等人击杀，例如五大天王中的"巫魔"霍德和"野道人"空虚子都被杀害，其他三大天王选择加入颜不换，说白了剩下的都是贪生怕死的奴才，这些人没有一个真豪杰，而燕名就算夺了位置，在那里也没意思，外加十年前比武失败，自己的心早就在太湖死了，如今换个环境最好。

狄青淡淡地说："燕前辈的经历真是令我佩服，可惜诸葛大叔不在，不然他定然能和燕前辈做个知心朋友。"燕名听了诸葛书辰后，哈哈大笑，"能早日见到这位人物最好！"

狄青的父亲狄洛原来是燕名的朋友，再加上望渊帮近几年的事迹打动了燕名，所以他前来加入。

三日后，狄青召开帮内骨干大会，内容就是颜不换攻打魔天寨一事。

"唇亡齿寒，如果魔天寨完了，最后水道上剩下的就是咱们了。"于湖鸣道。"不错，我也认为咱们必须插手此事，不能让颜不换再这么为害武林了。"安东如道。

狄青点了点头，"没错，可惜诸葛叔叔不在，单靠咱们我认为也行，这次跟颜不换来个正面交锋，和魔天寨前后夹击！"

燕名此时像长辈一样说道："几位的思路正确，可惜你们遗漏了一个点，就是颜不换此次攻打魔天寨的真正目的，那就是剿灭咱们！"于湖鸣道："是的，如果咱们不支援太湖，那魔天寨凶多吉少，如果咱们支援，他们有自信把咱们歼灭，对方定然是有十足把握！不然怎么会大张旗鼓地攻打魔天寨，就是怕咱们不知道！"

燕名点头，"而且颜不换的实力你们不可小视，此人手下猛将如云，有几位你们没见过的，武功均可列入当今黑榜之列！"狄青沉思道："早就听说连黑榜高手关不敌都是他的手下，此人定然武功绝世。"

燕名喝了一大口酒道："如今的黑榜高手死了三位，空缺位置不如由我来吧。"于湖鸣笑道："前辈大闹太湖一事定然传开，您的出现，定会被列入黑榜！"

孤剑之猛　大地之颤

令狐行得知望渊帮可能援助魔天寨后，一路飞奔，买了一匹快马前往码头，直奔帮内。

路上他感到十分不对劲，似乎有人在跟着他！

此人武功不在自己之下，于是他停下脚步，问道："何人在此？"

"哼，想不到望渊帮的一个晚辈武功竟如此出众，我是不能让你回去。"树后隐现一位人影，此人正是"无边苦海"夜狂恶！

夜狂恶手握双锤，走近道："你是不是想回望渊帮与大家集合，然后一起攻打太湖！"令狐行道："不错，你等黑恶势力如今在武林中蔓延，我不能不管。"

夜狂恶笑骂道："你一个小小的剑客竟然说出如此大话，方才要不是有人多管闲事，嘉空早就取你首级了。"令狐行却反驳道："那可未必，我只是败了半招而已，拼命的话嘉空未必是我的对手！"

夜狂恶哈哈笑道："可以，真可以，那就让我送你上西天吧。"

随后两人正面出招，三十招后竟然不分伯仲！

令狐行心想："这几日我的剑法似乎又精进了，如今感觉诸葛大叔指点我的话都很对，我的剑法是最刚猛的，如果多遇逆境，成长得会很快，当然风险也大，这几次大战后我感到自己内功有了质的飞跃，和当年败在东方风正手中时完全不是一个层次的！"

五十招后令狐行越战越勇，虽然身上的伤还没好，但是他自己都不知道为什么，似乎时刻都能爆发出惊人之剑。

叮的一声！剑与双锤发出了硬拼之声，两人进入白热化对决，夜狂恶乃黑魔三绝之一，武功可谓黑榜之列，可他万万想不到眼前这个年轻人会如此之强！

夜狂恶回身打算发出绝招了结了令狐行，双锤挥舞宛如一对冥火，大地都被震得颤动！

令狐行感到无比压力，但没有一丝胆怯，使出绝招威震八方！

现在的威震八方和往日大有不同，随着剑术的进步，武功多次得到敌方的认可，这招变得极为可怕！

令狐行知道对方拼尽全力，所以自己也毫无保留地发力！

两股强大之力对上了，良久，令狐行被震飞，靠在树上吐血不止，而夜狂恶站在原地，闷声道："小子有种，你的剑法怎么和上次不一样了，老子现在就送你上路！"

没等他把话说完，一股剑气从地面袭来！

打得夜狂恶连忙后退，双锤差点被击落，原来令狐行还有力气，他突然起身发出凌厉无比的剑气，吓得夜狂恶转身逃离！

原来夜狂恶也是强弩之末，他没想到令狐行这么顽强。

伴随着夜风微凉，令狐行的白衣上全都是血，这场激战虽然没有败，但自己的内功已经被耗尽，现在必须原地休息。

一个时辰后，令狐行睁眼，发觉现在身体很是难受，必须休养一日后再行动，正当他起身打算寻找住所之时，发觉一位女子站在他眼前！

此女一身红衣，相貌娇艳，一看就是邪派出身，她手握长刀，慢慢地接近令狐行。

令狐行却愣在了当场，她不是惧怕，而是对此女有种说不出的感觉，或许是喜欢吧。

女子也很是不解，问道："不跑吗?"令狐行慢慢起身，才明白这人是夜狂恶那边的。

一见钟情 心境无形

女子上前道："不和你废话了，受死吧！"令狐行脑海迅速反应过来，应该是夜狂恶逃跑后发出讯号让附近的同伴来击杀自己，如今自己的武功已经接近黑榜之列，颜不换等人肯定不想让我再活下去！毕竟望渊帮高手如果再次集合，那会比以往还要强上百倍！

女子一刀直逼，令狐行现在只能发出一剑，他闭上双眼，感受着对方的杀气，猛然间睁开双眼，一剑横劈，巧妙地将女公子的短刀震飞！当女子反应过来时已经晚了，一把长剑架在了她的肩膀之上！

"不愧为望渊帮第一年轻高手，好快的剑，我服了，要杀请便！"女子闭上双眼道。

"嘿，我才不杀你呢，你走吧。谁让我，谁让我看你舒服呢。"令狐行都不知道自己为何说出如此的话，平日他为人冷漠，刚正不阿，从来没有思考过女人之事，可现在他真的下不了手杀这位女子。

令狐行转身就走，女子看着他的背影喊道："我是文静手下四煞星之一的红星柔若，你，你这人真奇怪，下次让我再见到你，一定杀了你，你现在不杀我可别后悔！"长年在黑道长大的她，说起话来都是那么狠毒。

但令狐行没做理会，慢慢消失在她的视野中。

山间的一处废弃屋内，令狐行原地打坐中。

他逐渐进入冥想，感受着剑术的上层境界，突然他发现了一个奇怪的现象，自己的心越平和，内力就恢复得越快！

如今他深吸一口气，内功已经恢复了八成，感觉浑身都是力气，再次握紧长剑感受着剑法的精妙。

他记得在诸葛书辰临走的前一晚，深夜特意找过他，对他的剑法进行指点，最后说你的剑法很特殊，想提升只能靠你自己，以后望渊帮的高手就数你和狄青最有希望。

他现在感到心里暖暖的，自己没有辜负诸葛书辰以及各类高手的器重，又经历了刚才两场决斗后，如今内功再次回来，感觉自己对武功的理解也变了，很多时候讲究境界，心境到了更高的层次，武功自然会随之提升！

正当他打算起身往望渊帮方向走时，门外传来数十道身影！

他屏住呼吸，把自己隐匿于无形，这种境界是他原来没有的，恐怕只有黑榜之流才能做到！

门外传来夜狂恶的声音："嘉空啊，你可别小看那小子，他的武功如今不在我之下，所以现在必须击杀此人！"嘉空微笑："我看你被那小子吓坏了，区区一个望渊帮小辈，何须派我和关大侠出马，幸亏大哥没在，如果在的话，你还不得请他也出手，哈哈，到时看他怎么骂你。"

黑魔三绝是颜不换手下一号干将，个个实力强劲，其中最强的一位还未出场。

手下的人道："附近三十里都搜遍了，那小子为何消失了，难道会隐身术不成。"屋内的令狐行透过窗户缝看了看外面，这阵势真是了得！不仅嘉空和夜狂恶来了，还有刚才的红衣女子柔若，另外还有三人穿的衣服分别是黄、蓝、绿，应该是其他三煞星，他们的地位仅次于黑魔三绝，这些人可是二十年前席卷武林的恶魔。

还有万湖帮的西门冷、西宁派的掌门卓顶天，另外有一位没见过的人，最可怕的还跟着一位黑榜高手，关不敌！

关不敌闭上双眼，似乎根本没把追杀令狐行的事放在心上，要不是文静不放心，让他也随之前来他都不会来。

红星柔若的年龄在里面最小，十几岁就出来杀人，她心中不知怎的，处处都想着令狐行，似乎深深地被这位剑客吸引。

蓝星问道："柔若快用金丝鼠闻闻附近有没有令狐行的气味？"

举世闻名　剑皇之境

　　柔若放出了金丝鼠，这下令狐行吓坏了，想不到又要开打了，可金丝鼠没有任何反应，柔若道："他不在附近。"

　　正当所有人准备离去之时，嘉空奸笑几声，"柔若姑娘看来是想背叛我们了！"柔若的脸色顿时变了，"前辈为何如此说？"

　　嘉空道："你骗得过别人，却骗不了我，那小子一定就在附近！我与他交战过，他的气息我能感觉出来，因为我的独门神功与你们不同，天下间恐怕就数我最为敏感。"

　　一旁的蓝星没等红星柔若回复，就一招暗算点中了她的穴道，问道："你到底有没有通敌？"柔若的脸色十分难看，她默不作声，嘉空继续道："哼，看来女人就是靠不住，我看她被那个剑客给迷住了，不出几日就去望渊帮投奔他了！"

　　那位令狐行不认识的人说道："附近有个木屋，我估计此人就在里面，说不定还在偷看呢。"此话一出手下之人立刻把木屋围了起来！

　　嘉空点头道："铁笛先生不必着急，此人武功卓绝，能潜伏在我等附近不被发觉可见已达到黑榜之列的境界，得逼此人先出手，依我看就先杀了柔若吧，哈哈！"说话声音故意抬高，生怕令狐行听不到！

屋内的令狐行刚从平静的境界中走出，心中的怒火和怜惜交集，这种复杂的情感生平第一次在心中走过，他发觉剑似乎在向他说："跟他们拼了！"

蓝星拿出匕首，其他两位煞星也将柔若围住，三角之势让令狐行无法救人！

除关不敌和嘉空外，其他人都进入了备战状态，只听一个爽朗的声音响起："我令狐行能让各位如此重视也算不枉此生了！看剑！"

一股刚猛无比的剑气从木屋中射出，关不敌的眼睛突然睁开，那眼神想表达的意思是难以置信！

一声惨叫发出，蓝星被一剑砍成两段！令狐行不断发出剑气，其他两位煞星均被剑气所伤，三名高手瞬间被令狐行击败！

令狐行拉住了柔若的手，另一手握剑御敌，似乎还是那么的游刃有余，就算黑榜中善用短剑的"独行客"乱离也未必能做到！

柔若稳稳地抱住令狐行的腰，脸颊贴在令狐行的肩膀上，感受着他的体温。

夜狂恶起身出手，这次令狐行从容接住了双锤，随后其他人将其围住！

令狐行大喊一声："看招！"威震八方顿时发出，这次的刚猛之气比起以往都强，无数道剑光从他身上散发，瞬间把对方的阵型打散，封住了无数杀气，夜狂恶被这招打得腹部受伤，西宁派卓顶天和铁笛先生等人也被这股霸道非凡的剑招打得不知所措！

这是令狐行的全力一击，也是绝招！

随后关不敌和嘉空加入战阵，这下子变成多位黑道武林名宿围攻一位年轻人的局面！

铁笛先生当年是黑榜高手蓝孤月的手下败将，但武功仅次于蓝孤月，绝不是一般角色，他是被文静亲自请下山的，想不到第一战就面对令狐行这级别的强敌，是黑榜级别！

令狐行全力发出一掌将柔若震飞，喊道："一旁看着！"随后他全身心面对这些魔头。

剑气与其他兵器展开了纵横，令狐行此时此刻才知道自己的武功已经达到了诸葛书辰所说的境界，他老人家要是看到这一幕该多好！望渊帮第一年轻高手的威名自己没有辱没！

拼死杀出　心系一处

　　令狐行知道现在是关键时刻，必须发挥自己全部实力才有杀出重围的机会，何况还有柔若要一起走！

　　关不敌的大刀横扫而来，令狐行纵身发出剑气挡住，随后嘉空的巨斧袭来，差一点就砍中他的右肩，而令狐行借此危急时刻，一下剑气击中嘉空的胸口，这次巧了，嘉空刚好运气，被这一击击中后连连败退运气。

　　此时令狐行知道不能打持久战，不然早晚被杀，他刚想再出招时，却发现关不敌的大刀再次挥出，而夜狂恶在他身侧双锤直击，两人出手夹击的方位十分恰当，纵然你是绝世高手也未必能抵挡！

　　外加四周的黑衣人纷纷出手，令狐行等同于一把孤剑，可顿时无数剑气再次暴起！是绝招威震八方！

　　十几名黑衣人瞬间被剑气击杀，夜狂恶和关不敌身上受了不同程度的剑伤，这剑法实在太霸道，速度更是快中之快，令狐行同时也挨了关不敌一刀和夜狂恶一锤！

　　一旁的柔若已经明确了立场，决心脱离颜不换，她从侧面杀了进来，令狐行也用尽最后力气和她一同冲了出去了，中途他们身中数招，已经遍体鳞伤！

两人随即杀出后，关不敌淡淡道："想不到武林中竟然有如此高手。"夜狂恶吐了一口血："此人绝不能活，追！"

夜间，一处景色阴暗的河流旁，颜不换正在散步，他右手拿着酒杯，对着月光道："好酒，可惜呀，懂我的人太少了。"随后向河畔旁走去。

岸边坐着一人正在钓鱼，颜不换慢慢地出现在他身后，而他却不回头看其一眼，道："源主看来是着急了。"颜不换喝了一口酒，"是呀，长江后浪推前浪，我们真的老了。"

"放心，几个晚辈而已，等我一会儿，鱼钓好了我立即动身。"

"刘老师出马，此事定然能成。"

"源主高抬我了，其实我的兄弟们都极强，可此次对手也十分棘手，所以几次大战咱们都败了，不过现在局势不同了。"

颜不换露出期待的神情，"刘老师出山的话，纵然十个令狐行也让他有来无回！"

那人慢慢地摘了帽子，露出了极为英俊的面容，他比文静还貌美，这种形象似乎更像女人，颜不换见状惊讶道："刘老师看来已经练成'天阴锁合'！"

那人没做理会，一只手将鱼钓了上来说："好了，源主静候佳音便是，眼下攻打魔天寨为重，不能让望渊帮的骨干再强大，令狐行与狄青等人会合后定能使武林颠覆！"

令狐行和柔若一路飞奔，途中令狐行道："慢点，我撑不住了，咱们找个地方稍作歇息。"柔若看了看四周，发现不远处有火光，于是道："这里是荒郊野岭，没有休息之所，但我看到几十里外有火光，定是有人，不如咱们找个人家暂且避一避。"

令狐行凝聚内力，目力顿时倍增，发现前方的确有火光，但他似乎心中有种说不出的感觉,这火光看着不简单!

两个人没得选择,只能过去。

且说吴问天和梅无赦二人一路走回了文院,可吴问天捂住肚子吐血不止。

梅无赦立即给他把脉,以他多年的江湖经验可以断定,吴问天身受重伤,内功耗尽,离死不远了……

枭雄之义　楼外有楼

梅无赦立即将其扶起，不顾一切地把自己所有内力输给他，边疗伤边道："兄弟撑住了，可别死呀，你的内功只要一回来，将是无敌之人，黑榜之列还等着你呢！"

梅无赦纵横江湖一生，经历了太多尔虞我诈，如今他能结交吴问天这种真豪侠，心里可谓百感交集，此次鸿门宴，要不是有他相助，自己还不知是生是死。

梅无赦心想："他的内功不在我之下，我必须将全部内力用出才能让他起死回生，想不到这小子的进境已经到这般，真是后生可畏。"

一个时辰后，吴问天仿佛睡了一觉般，起身大笑："舒服，如今我又回来了！"他感到自己已经恢复十成功力，心中的六元和自己贴得更近了，经过今天的事情，他发觉自己和师父所说的六元合一已经很接近了，但总感觉还差一点，如果再能突破一层，那就好了。自己现在无法真正地控制六元，外加师父传输的内功没有完全和自己融合，但提升自己的方法他基本懂了，就是从大战中领悟六元合一的境界。

转身看到梅无赦面无血色地倒在了地上，吴问天马上扶起他，问："前辈您怎么了？"他一摸梅无赦发现身上有血迹，于是一看才知是背后的刀伤裂开所导致。原来梅无赦为吴问天输入内功疗伤时被其体内的六元真力所牵制，他自己也不能收手，直到吴问天恢复为止。

他急忙扶起梅无赦，准备去文院找人医治，一路狂奔回到文院。

路上他发觉身后有人！

此人十分可怕，武功似乎和以往遇到过的人都不同，那种强大是吴问天未遇到过的！

到了门口，正巧今日看门的人和吴问天很熟，吴问天道："兄弟快把我这位朋友送到文院医治，我还有要事在身！"说完吴问天站在原地不动。

已是深夜，夜色伴随着安静，吴问天原地站了良久，一个温柔的声音传了出来："呵呵，真是沉得住气呀，难怪文静等人拿你不下呢。"

吴问天听此人声音和人妖没区别，骂道："何方妖物，快出来与你吴大爷大战三百回合，不男不女的东西！"一阵狂笑传来："哈哈哈哈，兄弟快人快语，刘某佩服！"

恍然间黑暗中隐现一人，此人身法奇特，吴问天根本没有看清此人身法，但杀气早已察觉。

那人一身粉衣，身材比吴问天还好，面容娇嫩，看起来只有二十出头的样子，步伐轻盈宛如女子。他上下打量吴问天道："果然是一表人才，不过可惜了，你见不到明天的日出了。"

吴问天大笑："我还以为什么凶神恶煞呢，原来是个人妖，真够恶心的。"那人没有生气，微笑道："兄台的武功似乎很是奇怪，传闻你有先天真气，真是了得。"

吴问天不想和他多说，知道对方定是文静派来的，身体全力运作内功，真气不断发出，如今他的身体已经完全恢复，六元之力在体内不断翻涌，他有信心出手解决眼前这位怪人。

那人瞬间闪到了他面前，吴问天根本没反应过来，那人直接就是一掌发出，吴问天急忙还击，用出雷电掌！

两掌相击吴问天被打飞数十丈！

而那人负手而立，点了点头道："不错，能接住我一掌没死的年轻人已经十年没遇到了！"

吴问天刚才和其全力对了一掌后，感到体内的七经八脉都被打碎！浑身处于无法正常运功的境地……

生平强敌　涸辙之鲋

吴问天被击退后，感觉自己根本不是对手！

那人急忙飞身，根本不给吴问天喘气的机会，两人正面打了十招后，他一脚将吴问天踢出数十丈，吴问天撞到了巨树上。

吴问天倒地吐血不止，暗忖："此人究竟是哪里来的怪物，内功竟然在我之上！"那人边出手边道："兄台好功夫，灭源六绝，想不到东方风正有了传人。呵呵，当年我没机会与其较量，想不到今日遇到了他的后人，受死吧！"

吴问天大喊一声，发出土泥腿横扫，这一击他运足了内功，可没能击中对方，那人一拳打在了他的大腿上，吴问天痛得直叫，一把火焰刀直击那人面门，可那人单手挡住火焰刀，随后两人正面对了一掌，这次吴问天是拼命，丝毫没有保留。

两股真力在不断碰撞，最终吴问天又被其击飞！

这次他被打到了文院门口，这里毕竟是朝廷的地方，吴问天连忙爬起准备往文院中跑，这个敌人太过强大，自己打不过，只能先走为妙。

到了门口，那人竟然挡住了去路，关键时刻，吴问天双手合十，随后展开，一刀火焰成条状在他掌心发出，吴问天大喊："看招!"一条火蛇从他双掌发出，这次的火焰和刚才的火焰刀完全不同。

这条火蛇速度极快!一招伤到了那人肩膀，那人急忙后退，一脚踢碎火蛇的头部，不料吴问天双拳发出雷风!

四周的电成网状散发在那人身旁，那人急忙双掌发出，数百道掌影化解了这雷风!

两人此时打得竟然有进有退，吴问天猛喝一声，右腿一招横扫，这不是刚才的土泥腿，而是一道长达四十米的土月牙!

那人没有闪避，双手接住了土月牙，但他被这招击退了百米之远。

吴问天大口喘气地坐在地上，那人拍了拍衣服，赞叹道："兄弟的境界已经超过东方风正，恭喜呀，哈哈，你应该领悟了传说中的六元合一，并且把六元的绝招再次进化，这应该是六元中的无敌之境吧。"

吴问天也为自己刚才拼命发出的那些绝招感到惊叹，想不到自己的六元之力又上了一层楼!

可现在他的内功已经消耗得差不多，眼下这位怪人一点伤也没受，这该如何是好。

吴问天起身，平静地问："你到底是何人?"那人从衣袖中拿出了手帕，优雅地擦了擦手，慢慢地说："我乃黑魔三绝之首，'阴冥神'刘烟冷!"此人的名号吴问天早就知道，自己虽然不是武林中人，但对武林中的事都很关心，当年朱元璋得了天下，曾安排手下高手蓝孤月和金枪门的神耀等人追杀蒙古皇族，蒙古高手均不是他们的对手，可中途杀出了一位高手救了蒙古皇族，此人和蓝孤月、神耀等人大战多次，传闻他是蒙古人，随后江湖上说他就是黑魔三绝之首，也是如今颜不换手中的极品大将，刘烟冷!

此人练就一身邪功，至阴之力早在十年前就无人能敌，如今已经通了天阴锁合的至高境界，可见武功之高难以言表。

吴问天闭上双眼道："呵呵，你再厉害也是个蒙古人而已，始终是我汉人的手下败将，如今又给颜不换当走狗，真是不知廉耻！"刘烟冷一生没挨过如此谩骂，他没有表情地走来，双手出击，这次的掌法十分阴冷，比之前的杀气重上数十倍！

刘烟冷心中暗忖："此子是灭源六绝的传人，决不能让他活着，不然今后的威胁可大了，你要是能接住我这全力一击，我这辈子就白在武林中混了！"

这股杀气带着一股无比强大的阴柔，吴问天竟然没有出手，他挺胸抬头，正面用身体挨了这一掌！

连刘烟冷都感到十分诧异！此子难道不怕死吗?

随后刘烟冷发觉不妙！一股强大的力量向自己袭来！

响雷之助　暴雨梨花

吴问天用体内的六元之力硬扛了这一掌，之后把自己的所有内功全部集合在右掌之上！

吴问天快速道："尝尝我的无敌灭邪六元合一掌！"这是集合了六元之力的一掌，正面击中在刘烟冷的胸口之上！

刚才吴问天担心这一掌打不中刘烟冷，所以故意来了这招硬碰硬。

六元之力在刘烟冷的胸口爆发，打得他飞了出去，后背正巧撞到了文院的墙壁，把墙壁都撞穿了，墙上留下了一个人形！

吴问天坐在了地上，大口吐血，浑身痉挛，他受的伤自己清楚，这是前所未有的痛！

天空中下起了暴雨，响雷在乌云间游走。

"掌法真够狠的，兄台真是厉害，能伤到我的人天下没有几个！"一个身影重新出现在他面前，是刘烟冷！

只见刘烟冷的粉衣被六元之力打得散乱，大雨把他淋得没有了刚才的优雅，可他依旧微笑地看着吴问天。

吴问天骂道："你是人吗？你个畜生！"刘烟冷慢慢道："你的武功太可怕，对不起了，受死吧！"

"看招！"吴问天突然起身，无数雨点从他身后发出，宛如刺针般凶猛尖锐！

这一招太突然又太快，正面击中刘烟冷，他这回发出了惨叫！

六元之中的电和雨是必须借助自然之力才可发出，配合自己的先天真气，带动自然中的大雨，化作自己无敌的暗器！

吴问天道："这招就叫暴雨梨花！"一招过后刘烟冷被雨针打得吐了血，这雨针仿佛无数尖刺，化作气力侵入刘烟冷的五脏六腑，刚才他已经挨了六元之力的一掌，身体受了重伤，强撑着追杀吴问天，可这下不慎又中了暴雨梨花这种级别的招数，自己已经有些扛不住了！

刘烟冷毕竟是绝世高手，他深知吴问天的实力已经到了黑榜之列，所以必须今天将此人击杀。他再次单掌发出，用出了全力，吴问天感到和刚才一样的阴柔之力袭来，可现在自己已经没了力气，刚才的暴雨梨花已经是死里逃生的一击，现在连站都站不稳。

一声惊雷响起！吴问天嘴角一笑，闪电顿时到了他右臂之上！

闪电的速度是没有人能反应过来的，刘烟冷的掌和吴问天的闪电手对上了！

当时击杀黑榜高手"黑煞金环"展求败时，吴问天就是借助自然之力，发出闪电手杀死对方的，电和雨这两种元素是凌驾于其他元素之上的！

二人再次正面对掌，吴问天已经被对方掌力震得七窍流血，面容十分可怖。

而刘烟冷退了三步后深吸一口气，似乎也很辛苦。

吴问天知道没有胜算了，急忙往文院内部跑，他不知是怎么回事，脚下似乎有股内劲相助，让自己几下就跑到了文院门口，他直接从刚才刘烟冷撞出的人形墙洞进入！

　　当刘烟冷追到洞口时，他不敢进入，不是因为文院乃朝廷重地，像他这类高手，还有不敢去的地方吗？

　　"多谢刘前辈止步。"一个女子声音发出。"难道是隐湖云庄的人吗？"刘烟冷这回发出不满的声音。

　　果然一位女子从后面现身，她就是上次出现在太湖中的神秘女子。

　　"晚辈岑樱，拜见刘前辈。"女子抱拳道。

　　"哼，想不到隐湖云庄也要涉足江湖了，你应该是隐湖云庄二十年来培养出的第一高手吧。"

烈火晴天 剑炎交加

令狐行和柔若一路来到了发出火光的地方，他们一路飞奔已经累得不行了，后有强敌追赶，身体已经多次透支了。

这是一处极其怪异之地，四周均是湖面，可火焰竟然能在湖面上燃烧，不远处有一处房子，四周荒无人烟。

令狐行的第六感发觉此地肯定有大事，于是道："你先在这里待着别动，我去里面看看。"柔若皱了皱眉，"此地不宜久留，我有种不祥的预感。"

令狐行点了下自己的止血大穴，慢慢道："眼下你我只能在这里躲避了，必须休息几个时辰再走。"

到了门口，令狐行发现门没锁，于是慢慢进入，这一幕他惊呆了，里面就是火海！

突然一个火人正面向他袭来！令狐行拔剑抵挡，那火人发出三道火光，令狐行幸亏武功大有进境，不然根本无法抵挡。

火人不是鬼，是个活人，他面目狰狞，似乎并不想伤害令狐行，可他似乎控制不了自己一般！

这种火并不是真的火，应该是从体内真气发动出来的，令狐行暗忖："此人的武功莫非和吴问天的武功一样的是灭源六绝？可看他的面相不是东方风正啊！"

四年前令狐行和东方风正单打的时候一招就败下阵来，从那天起，他就谦虚了很多，他期待有一天能击败东方风正。

此时令狐行集中所剩的内功与这个火人展开了对决，对方出手就是火焰，各类火气，十分强悍，令狐行的身体已经三处被烧着，突然他回身发出绝招威震八方！

火人见状大吼一声，背后隐现一个火魔，四周的景物均被他的火气所烧！

两股真气对在了一起，产生了一股强大的冲击。

令狐行和他同时收招，那人似乎淡定了很多，原地坐下不动，而令狐行及时运气，拼尽气力压住胸口翻涌的血液，再打的话就坚持不住了。

良久后，令狐行道："你到底是谁？怎么上来就攻击人！"那人的表情很是痛苦，分明是无法说话，令狐行是何等人物，一下就看出此人走火入魔。

他俯下身，检查了此人的身体，发现果不其然，他应该是修炼武功时走火入魔所致。

令狐行心中暗忖："这人武功之高应该属于黑榜之列，但他应该不是颜不换的人，会是谁呢？啊，他的招数都是火气，全武林只有一人会此武功，难道这位是名震江湖的黑榜高手'炎锁阴阳'千沧雨？！"

令狐行想起他败给诸葛书辰一事，心中暗自高兴，想不到自己竟然能和真正的黑榜高手打得平分秋色，忍不住笑了起来。

"小，小兄弟，帮，帮我一下，我快不行了，帮我打通三处大穴！"那人慢慢地道。

令狐行听诸葛书辰讲过此人，说他是个枭雄，拿得起放得下，并非奸邪之徒，于是立刻道："前辈请说哪里的穴道？"随后点了他几处大穴，这等同于救了他的命。

那人的脸色马上恢复过来，立即起身抱拳，"多谢兄弟冒死相救，千沧雨今生难忘！"令狐行见此人现在身上的火气都消失了，露出了半面男人脸和半面女人脸，一时间被吓到了。

千沧雨问道："敢问阁下高姓大名？剑法如此刚猛的我还是生平第一次见。"令狐行抱拳道："晚辈望渊帮令狐行，拜见千前辈！"

千沧雨看了看他后，拍了一下掌道："好！望渊帮真是人才辈出！"

真炎真情　火魔燃恶

令狐行得到如此赞扬心中很是受用，道："前辈在此是否修炼武功？"千沧雨的脸色变得有些难看："让你见笑了，我上次败给诸葛书辰后，决心苦练武功，我的火气虽然到了真火的境界，但还是没有达到最高境界，我与东方风正原本就是因为探讨武学才相识的，他的灭源六绝中有火，而我修炼的火气和他的出招路数是一样的，但我们都没有把火修炼到极致，后就到了攻打望渊帮一事。"

令狐行劝道："前辈已经很强了，万事不要勉强。"

"的确，我其实现在已经很接近最高境界了，在此修炼三个月，可就在刚才，我控制不了心中的火气，于是被烈火攻心，走火入魔了，陷入生死两难之境，幸亏贤侄前来我才得以生存，看来咱们有缘。"

二人正在说话之际，柔若急忙进入："不好了！他们追来了！"刚才发生了如此激烈的打斗，关不敌等人肯定能发觉。

令狐行急忙把自己的事向千沧雨说了，千沧雨果断道："你们立刻去里屋躲避，这里由我应付。记住，除非我死了，不然你们都别出来！"

话音刚落，门口就传出了夜狂恶的声音："令狐行！给老子出来！"随后大队人马闯了进来。

对方的人刚才多少受了点剑伤，但都无大碍。

嘉空等人见眼前站着一位双面人，几人对视后，嘉空上前道："如果我没猜错的话，阁下应该是位列黑榜之中的'炎锁阴阳'千沧雨！"

千沧雨点了点头："既然知道这里是我的地盘，你等为何还不退下！"语气十分凌厉。

嘉空哈哈大笑："那你知道我是谁吗？"千沧雨道："我不管你是谁，再不走别怪我烧死你们！"

关不敌手握大刀上前道："同为黑榜高手，外加我的这些兄弟，你觉得你有胜算吗？"千沧雨反驳道："那可真不一定，在我眼里你关不敌就不配上黑榜，出山就给颜不换做了走狗，真是可悲！"

关不敌气得脸色通红，直接出手，一刀砍去，这一刀的气力十足，可丝毫没伤到千沧雨，只见一个火魔在他背后燃起，一双火手防住了大刀！

两股真气碰撞后，关不敌被震了回来！

嘉空和夜狂恶使了一个眼神，左右夹击千沧雨，千沧雨的火气变得更加强大，火魔化作一片火海，在一旁观战的黑衣人有的被烧死有的被烧伤！

嘉空和夜狂恶发动真力将火气打开了一道口子，两人正面进攻，千沧雨双掌与其对抗，不愧为黑榜高手，以一敌二！

千沧雨全身顿时变成了火人！回身一掌，一张五米高的手掌正面向两人袭来！

他们正面不敢与之对敌，及时退了回来。

屋内还有卓顶天和西门冷等人，他们也准备出手，突然嘉空喊道："都住手！"随后向千沧雨道："兄弟的武功我等十分认可，再这么打下去肯定会死人的，但我保证你肯定死！要不这样，你让开，别管令狐行的事，我们日后定会重金谢过!"

　　谁知千沧雨哈哈大笑,阴阳之声响彻全屋,"你把我当作什么人了,告诉你,令狐行的确在这儿,他是我的救命恩人,是多少钱也无法让我出卖的!还有,你们武功单打独斗谁是我的对手?群殴的话我也不惧,死的话我保证,你嘉空肯定得陪葬!"

　　本来陷入了僵局,可嘉空的面色突然兴奋起来:"兄弟此言差矣,围殴的话恐怕你不是对手,我未必会陪葬。"此话一出,门外进来一人,他一身华贵的服装,手握长剑,微笑道:"这位就是千沧雨前辈吧,晚辈文静拜见前辈!"

　　想不到颜不换的徒弟文静竟然来了……

玉女剑气　绝色凛然

　　文静来了，大家纷纷抱拳，嘉空道："少主来得正好，咱们一起解决了这个碍眼之人。"

　　文静道："前辈的火气乃武林一绝，实力也是仅次于神一般的存在，记得三个月前我曾派人找过您，邀请您加入我们的阵营，可您坚决回拒，晚辈再次想对您说声佩服！"

　　千沧雨摆了摆手，"废话少说！想杀令狐行就先杀了我。"

　　嘉空道："现在我们合力上的话，你就死无全尸。"

　　文静道："千前辈再考虑下，真打的话，我们合力可不是你能抵御的。"谁知千沧雨大笑，"可以呀，合力杀我定然容易，但你们的名声也好不了，如果你文静和黑魔三绝都不要尊严了，我的命你们尽管拿去！"

　　文静拔剑道："没我命令谁都不许出手，让我会会何为真火！"

　　文静剑气十分犀利，每一招都是杀招，千沧雨发出火魔对抗，两人正面打了五十招后，屋外传来一个优美的声音："想不到文兄的武功进展如此之快，已经到了巅峰之境！"

文静听到声音后立刻停手，回身道："岑姑娘来得真不是时候！"

屋外飞进来一位女子，她衣服随着微风飘起，和天仙没什么区别。

岑樱走近道："路过此地，看到了这一幕，不得不出手管管。文兄可否给我个面子，放过这些人。"没等文静回话，夜狂恶拿起双锤骂道："你个小娘子，今天别走了，晚上陪陪大爷。"

岑樱闭上双眼，拔出宝剑，无数道剑气攻向夜狂恶，而夜狂恶双锤挡住了剑气。二人拼了一招后，岑樱收回了宝剑，夜狂恶的双锤却掉落在地，只见他浑身虚汗，可见不敌岑樱！

文静见状笑道："岑姑娘真是不给面子，好吧，那我给你个面子，今后还望岑姑娘回到隐湖云庄后替我向你的三位师尊问好！"然后回头对众人道："走！"

他们走后，令狐行和柔若也走了出来，岑樱上前道："千前辈的火气已经到了登峰造极之境，但也别小看了文静，他乃颜不换的大弟子，武功尽得真传。"千沧雨抱拳道："隐湖云庄的名声我早有耳闻，传闻武林中除两大秘境外，还有一处更加隐秘之地，那就是隐湖云庄！传说那里在百年前就已退出了江湖纷争。"

岑樱点头，"不错，隐湖云庄原本已经退出世俗，看来师尊们命我作为代表出山，目的就是观察颜不换势力的动向，关键时刻帮上一把，但有的事也只能点到为止，如果涉世太深，会影响我的修为。"

刚才她的一招剑气足以击败夜狂恶，可见她的实力之强。

千沧雨点头道："你称得上隐湖云庄二十年来培养的第一高手，作为代表你的实力绝对可以，但颜不换势力如此之强，大家必须团结起来才行。"

岑樱道："说来惭愧，颜不换和我们有着一些渊源，此人绝不是你们认识的那么简单，他身怀多种绝世武功，当今武林能与其对敌的没有几人，严格来说也就望渊帮的诸葛书辰有希望与其决一死战。"

令狐行道："听说此人活了上百年。"岑樱道："不错，他的不死神功已经练成，就连长白山派的贾无前辈修炼的不死功也不如他，他是真的能永葆青春，自古以来绝无第二人。"

暗影之刃　望渊之危

令狐行随后一路往望渊帮方向前行，柔若此时对他的爱慕已经达到了极点。

临走时千沧雨对令狐行的剑法做出指点，他道："你的刚猛之力和我的火气心法有些相似，我现在将我的心法精髓告诉你，你可以尝试跟自己的剑法合并，那样你可能成为顶尖高手。"

最终令狐行拜别道："前辈真乃我恩师也，多谢指点，如今我的武功增强真想找人试试。"千沧雨道："你将是未来武林中的新星，行了，走吧，我也该退隐了，想好了。"

一旁的岑樱点了点头："前辈是否到了彻悟的境界了？"千沧雨此时淡淡道："浮云哪，今日经历了生死才知道，上次败给诸葛书辰后我潜心修炼，想日后再行讨教，可现在才明白，强中自有强中手，争一时之勇有何用？"

望渊帮内，狄青今日召开大会，是因为一件事，大事。

帮内探子打听朝廷已经在暗处启动了"暗影组"，这里面的人都是朝廷选拔的特级高手，专门对付望渊帮。锦衣卫的大统领黑尘一直对望渊帮不满，他认为此帮是朝廷的祸患，近几年望渊帮已经是水道第一帮，甚至黑道上数一数二的帮派。

燕名听后大笑，"我看此事没表面这么简单，肯定有人从中作梗。"狄青道："肯定，单凭黑尘一人说，估计没大用，这里定有我帮的死敌。"

安东如和于湖鸣同时道："颜不换！"狄青想了想，"可能是他，此人知道咱们是不会屈服的，所以借助朝廷的手来收拾咱们。我想了一晚黑尘这个人，此人在武林中一直不出名，可见他是新人，如此厉害的角色应该是颜不换的徒弟或者其他关系的人！"

于湖鸣道："肯定是！颜不换一定是用了什么手段，让朝廷出力，来剿灭咱们。"燕名道："估计是朱元璋想借助颜不换的江湖势力来铲除咱们，他们之间相互利用，看来要有恶战了，那支援太湖一事？"

没等他们说完话，有密探来报："洪泽湖一带出现了很多生面孔，而且都是高手！"狄青问："他们有什么异常举动吗？"

密探道："那些人中我看到他们的佩刀，有些是朝廷的！"于湖鸣立刻说道："难道是朝廷的暗影组？难道他们出手这么快？"

燕名道："不怕，有我在，看看他们有多少斤两！"狄青起身道："咱们到现在什么风浪没经历过，这些对手不足为惧！"

的确，望渊帮的英雄们至今什么场面没遇到过，如今敌人来到了家门口，岂能不好好招呼？

钟逆独自飞行在黑夜中，他回到了自己的秘密住所，几日来自己的内伤已经恢复。

钟逆暗忖："想不到文静等人如此厉害，想和他们对决的话必须扩大势力，唉，不知道诸葛书辰是怎么想的。"突然他发觉附近有一股强大的压迫感！

钟逆闭上眼，然后一笑飞出屋子，湖边有位老者乘船，钟逆飞到湖边笑道："真是巧，你可真有雅兴！"老者见到钟逆后拿出了酒壶，道："上来喝一杯！"

钟逆一跃而起，到了船上，轻功之强古今罕见。

钟逆道："想不到黑榜第一高手竟然打扮得如此低调！"老者正是诸葛书辰，他喝了一口酒道："钟兄，你我四年未见，你还是风采依旧，武功似乎更胜当年。"

"哪里，和你诸葛兄比我永远是逊色的，哈哈哈。"

"钟兄似乎心中有事？"

"那我敢问诸葛兄这是去哪儿？"

"呵呵，去支援魔天寨，因为那里有我的老战友！"

"既然诸葛兄出马，那这次颜不换等人休想吞并魔天寨。"

"未必，颜不换的实力我也不知道有多强，传闻不在我之下，据说他手下猛将如云。"

随后钟逆把自己的经历跟诸葛书辰说了……

大战前夕　豪情高涨

　　诸葛书辰听后连连叫好："想不到钟兄的武功这般厉害，如果纸人出手恐怕我也扛不住。"钟逆笑道："我这等小招收拾群丑还凑合，但在诸葛兄面前不值一提。"

　　"那钟兄今后有何打算？"

　　"几年来我积攒了一些隐秘的旧部势力，如今我要重整旗鼓，正式和颜不换展开较量。"

　　"好！此人多行不义，有机会你我可以联手。"

　　钟逆听诸葛书辰说出这话，心中很是赞同："那是，好，咱们后会有期，魔天寨一战我估计没那么简单，兄弟要多加小心！"

　　林枫此时心中对颜不换的做法甚是气愤，因为他的妻子和岳父都在魔天寨，当日从桃花源出来后，妻子一家投奔魔天寨，因为魔天寨寨主和若雪的父亲是好友。

魔天寨多年来在塞外，五年前他们潜入太湖的一处偏僻之地，落脚扎根，建了中原分舵。

魔天寨的确有进入中原的目的，这个分舵十分重要，可以进行与中原的经济往来，他们塞外的东西能从太湖直接运往金陵等繁华地带。

此处是个宝地，太湖帮和颜不换都想占有，索性占为己有。

林枫得知岳父飞鸽传书让他速回魔天寨有事，估计就是武林中传闻的攻打魔天寨一事。

魔天寨的建筑十分独特，简直就是一座水上王国，把山林和水合为一体，林枫第一次来，若雪就在门口等他。

"你想死人家了。"若雪撒娇道。"乖，想我了吧。"林枫抱住若雪抚摸着她的头发。

"父亲让我们先走，因为这里马上会发生一场恶战，传说颜不换的人又想打魔天寨！"

"那我更不能走了，真是冤家路窄，此人必须得死。"

莫怀意在不远处道："你有这份儿心就够了，你必须立刻离开这里，若雪和她母亲今后就靠你照顾了。我不能走，因为寨主能收下我，现在人家有难，我岂能置身事外！"

林枫反驳道："咱们是一家人，有难同当，请您理解！"

说完远处传来一个爽朗的笑声，"怀意，他真不愧是你的好女婿，此人根骨惊奇，中原金陵双杰果然名不虚传！"

一人从水上飞来，类似蜻蜓点水的功夫使得出神入化。

他就是魔天寨的副寨主，人称"塞外魔神"的欧阳洵。

介绍后，欧阳洵抱拳道："两位都是当今武林绝顶高手，承蒙不弃，我等感激不尽。但明天开始就进入凶险之时，颜不换手下文静等人会前来侵犯，几位还是请走！他日再聚。"

没等莫怀意说话，林枫仰天大笑，"我林枫很久没有经历大战了，来者不论有谁，我都让他有来无回！"莫怀意此时看着他默默点头。

欧阳洵道："好！请，那咱们明日共同进退，哈哈！"莫怀意直接道："几位真是豪情万丈，不过我有个好消息没说，让林枫走不代表咱们就不是对方的敌手，因为我请来了当今黑道第一高手助阵，诸葛书辰！"

金刀断桥　扬威山寨

次日，"一把金刀"在吊桥附近埋伏，似乎在等待猎物。

一个时辰过后就是魔天寨的祭祀大典，由于帮主不在分舵，一切事务都由副寨主欧阳洵做主，他们每逢大战，都要来一场祭祀神明的宴会，同时也邀请一些附近的武林同道。

人情冷暖，原来称兄道弟的门派现在没来几个，门外传来信息，说黑魔三绝之一的刘烟冷带领数名高手前来拜山！

拜山的名义打得好，帮派祭祀中也不想有大规模的厮杀，想不到他们来得如此之早。

于是放刘烟冷等人进来，他们一行人除了刘烟冷外，还有当日追杀令狐行的一行人，其中有黑魔三绝中的夜狂恶和嘉空，四大煞星中的黄星、绿星，然后就是万湖帮西门冷和太湖帮主任天行，外加四大邪教之一孤星教的教主"夜杀"古羽！此人武功属于黑榜级别，由于长年不在中原，所以没有被列入其中，颜不换能把他招揽来那真是令人惊讶。

江湖传闻本次颜不换招纳了很多隐士高手，例如塞外藏派的第一高手"天轮法王"扎西多杰都加入了阵营，此人与刘烟冷齐名，在塞外的名声犹如中原武林的诸葛书辰。

一行人来到了吊桥处，刘烟冷先停了下来，暗示大家小心。虽然是拜山，他们不应该设防，但毕竟是敌我对决，所以不能轻举妄动。

几人迅速上桥，俯瞰下面绝壁深湖，掉下去绝对不能生还。

刘烟冷突然喊道："小心！"他急忙飞到了对面落地，可后面的人武功逊色些，都没能及时跳出就被一股强大的刀气砍伤！

吊桥内部发出了无数飞刀和寒星，除刘烟冷外，其他人都被飞刀刺中！

古羽双掌齐发，真气贯穿四周，所有寒星均被他一招化解，但他也耗费了不少真力！

林枫在暗处蓄力已久，这一刀是他毁天灭地的一刀，直接将武功较差的绿星、黄星砍成两半！

除刘烟冷外其他人均受了伤，勉强在吊桥断裂前上崖。他们刚站稳，就见一个人宛如武神般单刀杀了出来！

"金刀无敌在此！尔等受死吧！"林枫怒道。

自从上次林枫武功恢复，外加内功的增长，如今他的实力比之前更为强大！

刘烟冷上前正面就是 指，这一招和金刀正面对上了，两人纷纷后退，其他人围着林枫就开始了围攻，可由于受了伤，几人的功力发挥肯定不行，林枫对付他们很是从容。

三道刀气横空直击众人，夜狂恶和嘉空由于受了重伤，古羽闪身躲避，但面对这天下第一刀也有点没站稳，西门冷和任天行更是没有还手的机会，吐血倒地，只有刘烟冷从容封住了刀势！

最终二人打了十招后，刘烟冷反手拍了一下金刀，林枫后退十步后潜入树林消失了。

刘烟冷狠狠地说："想不到金刀无敌竟然来此，还杀了黄绿两位煞星，我一定杀了你!"

林枫一人竟然阻断了拜山,欧阳洵得知此事后连说了三声好!

祭祀开始了,欧阳洵低声对林枫道:"贤侄的武功真是厉害,连刘烟冷你都能抵挡,此人武功可谓除颜不换外,无人能敌,传闻诸葛书辰和他打的话也就五五平手。"

林枫道:"此人的确可怕,不满寨主,我已经受了内伤!"欧阳洵脸色没变:"毕竟他是塞外的超一流高手,稍后再有激战,贤侄就别出手了,由我抵挡。唉,眼下魔天寨的主力都不在,寨主在塞外闭关修炼,三英四杰七位高手都在关外镇守,太湖分舵出事只有我一人扛着,诸葛书辰,希望你早点到!"

林枫问道:"颜不换手下的确还有高手,刚才和我对打的人妖算一个,还有一位是黑榜高手关不敌,此人武功稍逊我一筹,还有其他人吗?"

欧阳洵道:"据我所知,他们已经对分舵志在必得,还请来了几位绝世高人,其中有'阎王刃'步狂、'灵刀'南宫泉在内!听说落秋教的教主也来了!"

情魔情敌　真火心法

且说令狐行和柔若一路飞奔，逃出生天的感觉真是好。

路上柔若的脸色始终不好，似乎心中有事，两人找了一家客栈稍作歇息。

小二上了一桌好菜，令狐行大吃一顿，这几日休息得也不错，内功也全部恢复，晚间他躺在床上，琢磨着千沧雨传授他的真火心法。

这套心法很复杂，武功没到黑榜级别是根本无法入门的，而且还需要超人的天赋，令狐行觉得自己勉强够。

千沧雨认为这心法和他的刚猛剑法有相似之处，合并之后会有意想不到的效果。首先令狐行必须领悟真火的要领。

自上次诸葛书辰和千沧雨对决时候讲过，武林中能掌握真火的人只有千沧雨一人，可见真火的修炼是特别困难的，就连东方风正都没能把自己的火元提升为真火！

令狐行夜间独自修炼，他觉得自己是可以的，但总是差那么一点没能突破。记得千沧雨说过，想领悟真火心法必须要在特殊的情况下，具体如何得自己在特定条件下感悟，真火毕竟是自古以来极为少见的。

柔若晚间和令狐行行了男女之事，她的身体太完美了，令狐行很是满意。

夜里柔若似乎还是心事重重，她靠在令狐行的肩膀上说："我总是感觉不舒服，哎，下午时候我好像看到了一个人。"令狐行问："什么人？"

"他，他是颜不换手下的隐藏高手，属于天竺武林年轻人中第一高手，颜不换在塞外吸收了不少高人，这人就是最可怕的一位。"

"嗯，他发现你了？"

"应该是吧，我，唉，我怎么和你说呢。"

此时令狐行极为敏感，他发觉柔若肯定和那人有事！或许是男女之事。

于是令狐行追问道："你难道和他有过什么？"柔若的眼泪慢慢流下，"你那么介意吗？"

"当然介意！"

"我，我对不起你，但我的身子以后肯定就是你一个人的！"柔若哭着说。

"好吧，唉，你我就是之前没有缘分。"令狐行此时心中的苦楚恐怕只有男人能理解。

柔若这种风尘女子，难免会和男人有染，这就是江湖。

令狐行深夜未眠，他脑子里总琢磨这柔若和那人的种种事情。而柔若也没有睡，她哭着道："你是不是很嫌弃我！"

"没，没有，不过有点，唉，过去的事就让它过去吧。"

"其实，我刚才的话还没说完呢。"

"那你说。"

柔若先是看了看四周，然后低声道："这人叫丘空月，号外'天竺刀神'，是个非常有魅力又可怕的角色，有时候连颜不换都让他三分。他一人通晓天竺的所有武学，在天竺和其他两位宗师被称为天竺三宗匠，宛如神一般的存在。"

令狐行此时听着柔若介绍，心中的怒火已经燃起。柔若继续道："他今日在附近发现我，估计会来找咱们的麻烦，这人追求女人有个癖好，就是玩腻了就扔，但他拥有过的女人要是被别人占有了，他发现后一定会大开杀戒。"

令狐行道："这算什么东西?"柔若抚摸着她柔顺的长发道："估计他现在是负责追杀咱们,但奇怪的是你我都快到望渊帮了,为何他才出现? 啊,难道他加入了暗影组?!"随后柔若把暗影组的事和令狐行说了。

他们话没说完,发现门外有人!

令狐行感到此人步伐矫健,一看就是绝世高手,起身道："你在这里等着,我去会会门外之人。"

狭路相逢　大战刀神

令狐行到了门口处，立即施展轻功追查，跑到了客栈的屋顶上，发觉对方速度极快，他用内功洞察方圆三里，没有一点动静，可见来者武功之高，隐匿之深。

不知为何，他现在心中很热，仿佛有火焰在燃烧！

心中响起柔若和丘空月的事就恶心，难免使他怒火中烧。

他慢慢地回到了客栈，一进屋，就发现丘空月坐在屋内，而柔若在旁低着头，丘空月正好抚摸着她的手，说道："我真的很后悔，不过现在还来得及。"柔若竟然丝毫不反抗，随后丘空月吻在了她的脸颊上。

"找死！"令狐行顿时骂道。

丘空月婉转回身，对令狐行笑道："兄台就是令狐行吧，真乃西楚霸王再世，不愧为当今水道第一帮中的首席高手！"

令狐行慢慢拔出了剑，剑尖指着他："想不到你和柔若果然有事。"然后又愤怒地对柔若道："你也是，想不到你竟然如此下贱，今后我和你恩断义绝！"

丘空月起身拔出了刀，"那我今日就领教下令狐兄的高招，这几日总听说你的剑法跟神明一般，不知是不是真的。"

一股剑气直逼丘空月面门，丘空月用单刀直接封住，随后两人正面对了三招，每招都是杀招。

丘空月不愧为天竺第一年轻高手，他的内力不在令狐行之下，而且每招看似简单，实则加入了很多武学精妙，换作四年前的令狐行与其对战，恐怕连其三招都接不住！

屋内的物品均被他们的气力所断，丘空月长得的确很俊俏，和女孩子没什么区别，他和令狐行不是一种类型的英俊。

令狐行突然能感到浑身燥热，丘空月笑道："兄台是否被刚才的一幕气着了，这个正常，跟过我的女人，以后肯定会和其他男人同床异梦的。"

令狐行发觉自己体内有种真气发出，是真火！

丘空月的眼神顿时变了，他双手握刀做出了防御之态，因为令狐行的剑燃起了烈火！是真火之气将他无比刚猛的利剑包围！

令狐行骂道："受死吧，看你能否接得住！"火焰剑气和令狐行融为一体，他发出全力一击，这招的力量连令狐行都无法估计！

房内出现了刀剑的碰撞之声！

最终丘空月破窗而逃，而令狐行的剑断了，这是火气附在了剑身，一般的宝剑无法承受这种压力所导致。

令狐行坐在了椅子上开始疗伤，他知道丘空月现在非死即伤，自己已经领悟了真火，并且把真火心法与自己的剑法相结合，实力飞升了多个层次！

他现在心里喜怒交加，看着柔若道："你走吧，今后你我没有任何关系。"

柔若的眼泪不停地流，"我被点了穴道！想不到你竟然这么不相信我？"令狐行起身检查，果然是被点穴了，此时他心里更不是滋味，因为他希望刚才是真的，真不希望柔若是被动的，这种莫名的想法可能是他真心嫌弃柔若。

令狐行道："抱歉，是我错怪你了。"柔若起身道："我走，我下贱。"

临走时令狐行也没回头看她一眼，但心里似乎在流泪……

缘浔宝剑　剑游湖畔

令狐行失落地走在河边，再走一段就进入望渊帮地界了。

自己的剑断了，情人也走了，武功虽然提升了很多，但失去的也不少。

翻过这座山就到望渊帮境内了，他坐下摘了几颗野果子充饥。

树下乘凉，边吃边熟悉自己的真火心法。

身边走过一人，发现是李铁匠，令狐行起身道："老李！"李铁匠是洪泽湖一带最有名的铁匠之一，令狐行之前的宝剑就是他打造的。

随后令狐行告诉他自己剑断了，李铁匠点了点头，"令狐大侠，如今局势紧张，洪泽湖一带恐怕有血战发生，大战在即，你等待我不薄，你跟我来，有件宝物给你。"

两人来到了铁匠铺，李铁匠神秘地从后屋拿出了一把尘封已久的宝剑。

令狐行拿起剑后感到浑身发麻，一股寒意直逼他的心脏！

李铁匠道："令狐大侠，这世上能掌控这把剑的人恐怕只有你了，我相信你能驾驭，此剑乃三国时期赵子龙的佩剑。"令狐行疑惑道："这是青虹剑?!"

李铁匠笑了笑："此剑不是青虹剑，是赵子龙在长坂坡一战后寻得化外高人打造的，是他的第二把佩剑。由于此剑邪气太重，他都没有用过，但令狐大侠的剑法刚猛，正好和这剑同出一路，今后你的剑气会威力增倍，武林中恐怕没几人能胜你！"

令狐行亲自擦了擦宝剑，剑刃是蓝色的，似幽灵般鬼魅。

此剑名叫"凝邪"。

临走时李铁匠喊道："请令狐大侠保重，望渊帮如今大敌当前，朝廷派了很多特级高手，望您一路过关斩将！"

令狐行此时已经脱胎换骨，无论什么样的敌人都能应付，就算颜不换来了他也不惧！

传闻颜不换有通敌之嫌，朱元璋和他合作也是利用此人而已，所以说暗影组虽然表面是朝廷的人，实则都是黑道中人，杀了他们不算不忠，相反望渊帮也早有与朝廷修好之意，如果再有外患，望渊帮绝对一马当先保家卫国。

令狐行独自走在洪泽湖畔，他发觉背后有人跟踪，而且有六人之多！

听这六人的步伐都是深不可测的高手，他立刻喊道："哪路的朋友？何不现身相见！"

树林中飞出一人，此人一身僧侣打扮，手握镰刀，面目凶狠。

令狐行笑道："阁下是？"那和尚大声道："我乃夏侯掣！你听过吧。"

夏侯掣的威名令狐行早有耳闻，此人是被少林逐出师门的，他酒色都染，可武功却是一等一的好，曾被列入少林四杰之一。

夏侯掣拿起镰刀，"你准备好受死了吗？令狐行！"令狐行点了点头，"兄台的确是高手，但想杀我你一个人似乎不够，还请行藏闪烁的其他五位高人都现身吧，不然你连我一招都接不住！"

听了这话隐匿在附近的五人似乎都很惊讶，令狐行聆听这五人的动静，感觉他们有点藏不住了，因为令狐行单凭听就能判定这些高手人数。

夏侯掣骂道："我乃暗影组的成员，这里面的人都是武林中的极品，你这种货色还犯不上我们群殴！看招！"说完他挥舞着镰刀直逼令狐行，这刀法特别古怪，竟然打出了幻影之感，附近的河水都被他的内力震起百层巨浪！

　　谁知令狐行的剑都没出窍，只用剑鞘发出剑气对敌，两人对了一招后，夏侯掣的镰刀掉落在地，双手被剑气砍伤。他默默地说："不，不可能，太快了……"

大战暗影　火刃震天

树林中突然蹿出四道身影！

令狐行被这四人围住，刚才的夏侯掣被他一招击败，蹲在了原地。

这四人的脸色十分难看，一人上前道："想不到你如此厉害，不过击败了他没什么了不起的，望渊帮覆灭是早晚的事，你剑招我已经看穿，有种跟我再……"他的话还没说完，一道剑光闪出，令狐行这次拔剑了，一招直接把他的首级砍落！火气在四周蔓延，蓝色的剑刃配合着真火，仿佛阎王索命一般。

此时令狐行明白了真火的意义，这种火气是配合自己的心法使用的，例如他的刚猛剑力，和真火心法如出一路，多加感悟和特殊机遇时候就能领悟了，可以发出火气剑法，但他不能像千沧雨那般发出火魔等招数，因为修炼的心法不一样。

火气的表达方式不同，但其威力都是不可估量的。

其他三人都被这一幕惊呆了，暗影组最忌惮的就是诸葛书辰，其他人根本没有在他们的考虑范围内，想不到这个令狐行的实力竟然如此强悍。

三人这次同时出手，他们的兵器分别是流星锤、雌雄双剑、狼牙棒，三人武功均是当今一流，似乎都是正派路子，令狐行与其对战了三十招后，笑道："三位的招数有两位我知道，是青城派和南海派，没猜错的话两位应该是掌门吧。"

三人退出战圈，手握狼牙棒的道："不错，我乃南海派掌门白皓。"手握雌雄双剑的人道："我乃青城派宋青云，想不到阁下如此难缠。"最后那位骂道："你怎么没认出本大爷。"

青城派和南海派虽然属于正派，但没能被武林归为七大门派，所以他们始终想找机会表现，一振门派雄风。

令狐行不屑地一笑："这不重要，反正稍后说不好你们都得死！"说完令狐行主动出手，刚才他只不过是试探其招数而已，这回他认真了。

不远处一人喊道："诸位小心！"可这话说得有点晚，因为令狐行的剑气太快了，这次他施展出带着火气的威震八方！

刚才自称本大爷的人发出了惨叫，他被一剑腰斩！

其他两人被吓得纷纷后退，但多少都中了剑气！

令狐行看着自己的剑，似乎非常满意，向树林方向道："最后的那位前辈，出来吧，感觉你是他们的领导人物。"树林中飞出一位身穿道士服装的老人，他手中还挟持一人，是柔若！

原来柔若不想离开令狐行，一路追赶他，不料被暗影组抓到。

柔若喊道："你快逃，这人不好对付！别管我了！"令狐行大笑，"敢问阁下是哪位？我看不像武当派的。"

这位道士有着仙风道骨之感，看起来和武当张真人有些相似，身手气度都深不见底。

道士轻抚胡须道："令狐兄的剑真是武林一绝，当今黑榜高手中的展求败和乱离以及东方风正都已消失，看来黑榜之列非你莫属了。"令狐行道："不敢，前辈看来也是卓绝之辈，为何挟持女子来扰乱在下，这传出去恐怕有辱您的名声吧。"

　　道士发出连连怪笑，"我'怪盗仙'还要什么名声?!"这话一出令狐行心中大震，此人竟然是闻名武当山的怪盗仙章黎，他经常出入武当派偷学武功，平日里更是无恶不作，武当派中无人能抓住他。此人轻功号称武林第一，据说只有张真人出手才能将其击退。

　　他的年纪已过百，专门修炼各类邪功，他能巧妙地将邪功和武当心法合并，最终成为顶尖高手，由于他已经消失武林近三十年了，所以没有被列入黑榜。

　　令狐行看了看自己的剑："那在下就领教高招了!"章黎喊道："你要是敢动一下，我就杀死她!"他毕竟是老江湖，知道和令狐行硬拼胜率不得而知，不想与之正面硬拼。

　　但他的话音刚落，令狐行的剑气就发出，没等章黎出手，柔若就被令狐行的剑气震飞，令狐行腾空飞起一只手抓住柔若，另一只手对抗章黎!

　　二人打了十招后令狐行发出六道剑气，打得章黎连连败退，他潇洒地带着柔若全身而退……

白刃相接　群魔会集

魔天寨，祭祀大厅。

祭祀早已开始，诸葛书辰坐在中央俯视全场，月夜双戟放在他的身旁，似乎准备随时动手。

莫怀意低声对他说："你我兄弟多年未见，可我总觉有些认不出你了，说不清，唉，可能是老了。"

莫怀意在边防军中武功排行第四，而诸葛书辰是第一，连总帅呼延寿亭都让其三分。

诸葛书辰道："或许是咱们都老了，也或许是我变了。"

"我觉得你变了，变得更强了，当年的你和现在比，也不是对手！"

"你我兄弟，我就不谦虚了，这几年似乎我对武学有了新的认知，武学的境界真是博大精深，感觉自己算不上什么高手。"

莫怀意听后诧异道："没太懂你的意思，呵呵，不过稍后可能有一场大战，对方多数人物都被林枫击退，他们现在就剩下刘烟冷等。"

诸葛书辰笑道："真兴奋，咱们好久没有经历大战了，记得上次一起作战还是绝龙岭一役。"莫怀意看了看自己手中的丈八蛇矛道:"是啊,时间过得真快,哈哈,你我今日杀他们个片甲不留。"

"这里真热闹!"一个优雅的声音从门外传来,来者是一位年轻公子,他一身黑衣,面料十分华贵,负手前行,表情带着微笑,细看之下长得很英俊,身高胖瘦匀称,大家的目光均被其吸引。

欧阳洵见此人不简单,可能是刘烟冷的人,于是上前道:"兄台来此所为何事?"那人展开折扇,坐下道:"久闻魔天寨英雄辈出,可今日一见不过如此。"

这话说得令欧阳洵没法接,他道:"欢迎兄台前来,敢问是哪路高人?"那人笑道:"我就是个无名小辈,哈哈,来凑凑热闹。"

欧阳洵道:"那兄台请便。"

不一会儿刘烟冷的声音就传遍全场:"诸位豪杰,我等前来拜山,冒昧到此,还望赎罪!"

他的声音显得特别自信,他身后站着三个人,分别是有"阎王刃"步狂,"灵刀"南宫泉,落秋教的教主独孤皇!这几人无一不是武林中黑榜级的高手!

首先是落秋教主,独孤皇,此人的铁戟无人能敌,双戟和诸葛书辰的相似,由于他常年在塞外,几乎甚少进入中原,至今和中原的黑榜高手没有正面较量过。

其次的两位更为可怕,他们二人和刘烟冷被称为"关外武学三匠师",颜不换竟然把关外最强的三人都请来,怪不得刘烟冷的面孔上是那么的从容。

四人进入后,厅内所有人都进入了备战状态。

诸葛书辰传音给欧阳洵:"来者实力你抵挡不住,稍后由我来。"

刘烟冷看了看诸葛书辰,两人虽然没见过,他却上前道:"想不到魔天寨这么大的面子,竟然请来当今黑道第一高手诸葛书辰助拳。"此话一出,他身后三位绝世高手的面容顿时变了!

对面诸葛书辰也抱拳对其点头示意。

刘烟冷看了看林枫，怒道："在拜山前，在下有仇要报，请各位让我和金刀无敌林大侠来一场公平对决！"

没等大家说话，刘烟冷凝聚全身之力，集合阴气在手指之上，直击林枫！

莫怀意突然挡住了他，手握丈八蛇矛，长矛和他的手指直接对上！

刘烟冷后退三步，点了点头，表示对莫怀意武功的认可，可莫怀意却吐了一口血，明显是落败了。

诸葛书辰没有表情地一掌给其疗伤，瞪了下刘烟冷道："兄台太狠毒了，不愧为关外第一高手，我来领教下你的高招！"

血战魔天　心境之极

没等他们开打，落秋教主站了出来，他拔出双戟，对诸葛书辰道："诸葛兄，请让我先领教！"

诸葛书辰上下打量此人，暗忖："此人内功极为深厚，早年间就听说他双戟无双，很多人拿我和他做比较。"

刘烟冷也表示让他先上，诸葛书辰上前道："出手吧。"

今日诸葛书辰的面色十分平和，和往日大战前不同，这或许就是他感悟的新境界吧。

刘烟冷虽然一招击败了莫怀意，但他也受了内伤，只是没莫怀意伤得重，他现在对诸葛书辰有种见到颜不换的感觉，他这一生在武学上已经登峰造极，虽然和颜不换有点距离，也是一代宗师，今日竟然感觉诸葛书辰的实力不在自己之下。

独孤皇道："兄台为何不出兵器，这么看不起我吗?"诸葛书辰道："你尽管攻击便是，在下候教。"

瞬间一股宛如刀子般的狂风袭来，独孤皇双戟挥舞，四周劲力十足！

诸葛书辰正面闪开，这下所有人都惊呆了，想不到诸葛书辰的武功已经高到如此程度！

诸葛书辰道："好劲力！再来！"独孤皇双戟回旋，发出无数风刃围绕开来，招数大开大合，他其实在瞬间发出了十招！

诸葛书辰拔出单戟，正面封住了对方的狂风利刃，兵器交击的响声传遍全场，二人打了三个照面后，原地不动，看似简单的过招，实则复杂多变。

刘烟冷的冷汗流下来，他看明白了，此时对诸葛书辰有了新的认识。

诸葛书辰收回单戟，回身对独孤皇道："兄台的武功真高明，今日我看就这样吧，改日我再行讨教！"话音刚落，独孤皇也收回了兵器，抱拳道："诸葛大侠的戟法已经到了无人能及的境界，今日甘拜下风，想不到中原的武林真不简单，长年我不把黑榜高手放在眼内，今日一会，才知道山外有山！"

随后他大步走出，对刘烟冷冷冷地说："我已经败了，你等要多留心。"他今日前来就是为了挫挫中原武林的锐气，给落秋教整一些威名，可不巧的是遇到了诸葛书辰。

林枫突然站了出来："第二场我来！刘烟冷，你不是想杀我吗？"刘烟冷怒道："好小子还敢主动上来。"

林枫面对这个对手是真的没把握，上次交手自己占了先机，但依然没能伤到他。

一个比刘烟冷更加阴冷的声音道："刘兄莫急，这人让我来收拾吧。"他就是"阎王刃"步狂！

步狂出自塞外，平日里很少来中原，他一生专心练刀，已经把生命融入刀法之中，是个武痴，一生杀人无数，是关外黑道的代表人物。

当年塞外十八雄曾与其对战，结果被其逐一斩杀，此人的威名在关外可谓家喻户晓。

林枫知道他也是用刀的，于是道："那我就领教高招！"诸葛书辰此时传音林枫："此人实力更胜独孤皇，你不可小觑！"

二人上前，对视良久后，竟同时出刀！

正面的火花声响彻太湖，百招过后，双方不相上下！

步狂飞起，双手握刀，"看招！"诸葛书辰喊道："林兄弟小心！"

这招是步狂的杀招，这一招至今无人能挡，就连刘烟冷都皱起了眉头！

林枫没有闪避和抵挡，他双脚用力，将全身之力凝聚在刀上，发出了金刀中的绝招，这招比上次对战梅无赦时还要强，经过了桃花源后，他的内功比之前更胜！

屋内顿时从激烈变为了寂静……

386 | 侠隐行

侠士无双　震荡太湖

屋内二人分别后退，林枫的面色痛苦，不断喘气，而步狂面无血色，原地不动。

刘烟冷突然起身准备偷袭强弩之末的林枫，可诸葛书辰及时发出劲风挡住了刘烟冷。二人正面对了三掌，响声威震全场，这是何等强大的内力碰撞！

刘烟冷在第四掌被打了回去，他深吸一口气，道："不愧为击败三名黑榜高手的人物。"诸葛书辰却道："偷袭一个晚辈，你不觉得羞耻吗？"

只见刘烟冷冷哼了一声没有说话。

林枫闭双眼，内伤应该不轻，对面的步狂道："还打吗？"林枫慢慢道："可以。"

莫怀意喊道："双方停手，这局就此作罢，不然会两败俱伤，这不符合拜山的规矩。"

此时刘烟冷知道，他们手中的大将基本都已经负伤，自己也是一样，看来吞并魔天寨的计划要暂缓，既然事已至此，今天怎么说也不能白来，对方中目前就剩下诸葛书辰了，那个欧阳询也不入流。

刘烟冷传音给身边的南宫泉道："南宫兄，今日咱们塞外三匠师可不能再丢人了，如果无功而返那会被武林所耻笑，在下武功或许不在兄弟之下，但如果你我任何一人对打诸葛书辰恐怕胜算不大，或者是平局，但你我现在联手击杀此人，那应该能行，望渊帮从此少了一位绝世高手，对我们今后的计划很是有利。"

两人对视后，纷纷出手！

诸葛书辰早有防备，道："你们一起上也无妨！"双戟顿时使出龙卷风御敌！

这时坐在里面的那位富贵公子起身大喊："想不到你们如此无耻，都是武林中的大人物，却两个打一个！"刘烟冷没对此人多作理会。

诸葛书辰和他们过了三百招后，他反身发出绝招，龙卷阎罗！

刚才的对招中三人都受了伤，虽然两人的功力加一起要高于诸葛书辰，但诸葛书辰比原来更强了，对战两名实力高于黑榜的人物也可应付！

刘烟冷的实力自然不用多介绍了，南宫泉外号"灵刃"，因为他已经练成化气刃，单凭掌风就能创造刀刃般的气体来杀人，类似千沧雨的火气！

诸葛书辰的龙卷阎罗发出，所有人都被这股气势所震退，刘烟冷双掌发出千道幻影，这是他的绝招，万化阴！也是他几年来第一次出这一招！

而南宫泉双手不断运功，身后不断飞出刀刃！是他的杀招化气神刃，他自练成这招以来用这招打遍天下豪杰。

三股力量不断相击，诸葛书辰丝毫没有退步，刘烟冷和南宫泉也有拼死一战的决心，双方的气势都很旺盛！

"刘前辈和南宫前辈再不停手，别怪晚辈出手了！"一个女子声音传遍全城，是岑樱！

这回刘烟冷见状才停了手，三人回退，诸葛书辰道："姑娘的内力太惊人了。"岑樱向诸葛书辰抱拳道："晚辈隐湖云庄岑樱拜见诸葛前辈！"她久闻抗元英雄诸葛书辰的事迹，早有仰慕之心。

刘烟冷低声道："既然岑姑娘来了，那我等就不能不给面子，走！"说完他们就离去了。

诸葛书辰心里知道，他们的实力极为强大，要是想留住他们靠自己也很难，加上岑姑娘的话也不太合适，毕竟人家什么目的自己也不知道。

"就这么走了？诸葛大侠怎么不留住此人！"刚才那位富贵打扮的公子大声道。

刘烟冷回身骂道："你算什么东西？想找死就说。"谁知那位富贵公子道："看掌！"他飞身双掌直击刘烟冷！

刘烟冷双掌齐发，对上后同时收掌，可一道银光刺向刘烟冷！是飞刀！

刘烟冷急忙闪避，却也被刺中！

随后南宫泉向他传音："快走，这里水太深！"

"哈哈哈哈！"见几人都已离去，那人回身抱拳道："我也该走了，诸位前辈，后会有期！"

洞庭渺渺篇

情难分断　怒火中烧

令狐行和柔若一路南下，马上就要到洪泽湖了，一路上两人发觉暗影组似乎还有强人。

他们在一处废弃的屋内坐下，令狐行闭目养神一会儿，说："我去找点水，你要小心，我觉得身后还有追兵。"

柔若道："我，我也感觉不太对，唉，暗影组我听过，他们人数众多，是朝廷的秘密组织，不下于锦衣卫的存在。"令狐行暗忖："有种不祥预感，别管那么多了，马上就回去。"

正当令狐行取水回来时，发现四名黑衣人分别向他出手！

这也太突然了，他迅速拔剑，一剑就将这四人秒杀！

四面八方来了十几人围攻，令狐行喊道："柔若，你在哪儿？"可没有回应，应该是被他们抓住了。

激战中令狐行的剑法收放自如，又有多名黑衣人被击毙，可突然一个声音响起："小子武功可以进黑榜了，但我这关你过不了！"来者竟然是黑榜高手"大刀纵横"关不敌！

正当令狐行准备发绝招之时，看到柔若被两名黑衣人抓住惨叫，他下意识地飞了过去，先杀了一人，另一人从嘴里吐出了一枚寒星直击他的胸口！

令狐行顿时感到浑身麻木，宝剑也掉落在地……

此时他用真火之力抵抗刚才寒星带来的毒素，想不到竟然有效！

令狐行心想："暂时装作晕倒，看他们想怎么样，要是我挣脱不开束缚，就可以装作晕倒然后被擒，随他们去，这样就能找到柔若了！"

果然关不敌喊道："切莫伤他性命！"发出寒星那名黑衣人竟然是个女子声音："哈哈，想不到丘少竟然要抓活的。"

关不敌道："丘空月似乎对这小子有深仇大恨，所以慢慢折磨他，把他捆起来押走！"谁知那女子竟然说："关大侠放心，我的寒星麻醉效果一流，武林中至今无人能破，不必费事。"

一路上令狐行被装进马车内，似乎走了很远，到了一处宅院。

这宅院写着"丘府"，应该是丘空月的府邸。

当令狐行被放出时，柔若已经被折磨得狼狈不堪！

屋内关不敌道："丘兄，你这人太古怪，好不容易抓住了令狐行，为何不直接杀了他！"丘空月抱拳道："多谢关兄和各位相助，我和这小子有事还没了。"

刚才发出暗器的女子谄媚道："丘少哇，我为你抓住了仇人，今晚你怎么奖励人家呀？"随后听到了她贴在丘空月胸口撒娇的声音。

柔若被绑了起来，边哭边骂道："你们都不得好死！"此时令狐行知道柔若已经被丘空月再次蹂躏，心中的怒火已经燃烧，准备出手杀了丘空月。

只听丘空月对胸前的女子道："童灵，你做得很不错，哈哈，那你猜猜我将怎么折磨令狐行？"童灵的眼珠转了转，"公子肯定是让他求生不能求死不得！我猜你先废了他武功，然后挖了双眼和舌头，最后断去他的四肢！嘿嘿对吧？"

他们邪派中人做这些事宛如家常便饭，童灵说这些话，跟渴了喝凉水一样。

丘空月吻了她一下，"宝贝真是越来越懂我了，不过最后一步你没说出来，我先慢慢地玩废他，但最后留他一口气，把他送回望渊帮，让狄青和帮内上下都看看这位第一高手如今的样子。哈哈哈，那样会对望渊帮的心理造成严重打击！"

令狐行此时听到他的想法后，心想："想不到此人这么狠毒，今日不杀他真是天理难容！"

童灵道："那我先弄醒他，然后就开始吧。"她慢慢地向令狐行走去。柔若被绑在椅子上，衣衫不整地骂道："你们都不得好死！你们都是畜生！"

丘空月随即吻了她一下，单手托起她的下巴道："你个小贱人，刚才爽吧，我的活是不是比那小子强上百倍，你现在要是选择做我的乖奴才，我就可以替你向颜源主求情，哈哈！"

令狐行听到这里，体内真火之气倍出，童灵走近后道："奇怪，怎么这么热呀？"

火燃府邸　炎魔剑皇

令狐行知道自己的剑放在了屋内一角,稍后随手可得。

丘空月的府邸不简单,里面都是上乘字画和家居,随便一个椅子都是贵重木材所制,是老百姓奋斗一辈子都买不起的。

童灵解开了他的穴道,其实令狐行始终就没有被其点中穴道,全身有真火之气保护,而且真火就是先天真气的一种,如今他自己都不知道已经进入了超绝高手的阶段。

令狐行假装醒来,躺在地上骂道:"你们这些武林败类,尤其是你丘空月,不得好死!"丘空月放声大笑,"令狐兄真乃豪杰也,宁死不屈我真佩服,可接下来我让你看一件好事,嘿嘿,我现在要当着你的面和柔若这个小贱人做一次,哈哈哈!你可能不知道吧,她的第一次就是我破的,那时候她可听话了,之后她还多次跪下来求我弄她呢!她的下贱样子马上还会出现,你就看吧!"

柔若撕心裂肺地骂道:"你不是人,我做鬼也不会放过你的!"一旁的童灵却笑道:"妹妹呀,你怎么如此不懂事呢,刚才丘少都说放你一马了,你现在从了他,然后亲手废了令狐行,那样丘少不仅会继续爱你,还会赦免你之前犯的罪。"

柔若瞪着童灵道："我呸！你这个不知羞耻的女人，枉你出身正派！"

童灵被骂了不生气，却笑道："那好吧，接下来的事就有意思了，你看着令狐行被折磨吧。"

丘空月拔出了自己的刀，走近令狐行道："令狐兄啊，真是可惜，你我的年纪差不多，功力也在伯仲之间，要是一个阵营的该多好。可你知道嘛，文静对你很是忌惮，他说的没错，你将是黑榜高手，你的事迹也会传遍武林，所以现在是除掉你的最佳时机。但出乎我意料的是暗影组的先行部队竟然没干掉你，这又让我对你的实力重新估计了，所以现在我于公于私都得废了你的武功和四肢，以绝后患。不过在此之前，我先和柔若开一场好戏，你躺在这里慢慢看，最后我再亲自伺候你！"

话刚说完，一旁的童灵发出不满的声音："哼，你就是还喜欢柔若而已，不然不会那么想蹂躏她的。"

他们的话音刚落，丘空月感到自己的身体很是灼热！

令狐行一拳直击丘空月心口！这一拳是他凝聚全身之力发出的，集合了真火之力！

关不敌大喊："不好！"吓得童灵手中的茶杯都掉了！

只听令狐行大吼一声："看招！"他双掌齐发，直击丘空月，可丘空月被这致命一击后虽然口吐鲜血，但也能及时发出双掌抵抗。

令狐行决心干掉他，他发出全身的火气，将丘空月打飞！

关不敌的大刀从后方袭来，十几名黑衣人进来围住令狐行，而令狐行几个照面就到了柔若身边，用火气把绳子烧断，柔若紧紧地抱住令狐行，可就这么一会儿，丘空月已经不见了，童灵也消失了。

令狐行喊道："丘空月你这鼠辈，跑得比谁都快，刚才吃老子一拳，是不是感到真火攻心，那滋味不好受吧！"换作一般的高手早就被这一拳打死了，可见丘空月的内力之深。

令狐行发出炎魔剑法，屋内均被火气燃起，片刻间整个府邸变成了火海！

关不敌加十几名黑衣人也拿令狐行不下，几个回合后黑衣人全部被杀，就剩下关不敌和令狐行。

令狐行对柔若道："你先去不远处的洞庭湖等我，这个人我杀了他！"

关不敌不屑地道："想杀我？好，老夫今日就会会你的剑法。"

令狐行道："打了这么久，你们也没来救兵，可见这附近只有你们几人，你的运气不好，没人会来救你，就算你跪地求饶我也不会放过你的！"

二人一前一后飞出了屋子，他们步伐的根基沉稳，行家一看必是绝顶高手。

剑斗洞庭　侠情万里

一桌上好的酒菜，可在座的人脸色都不好看，似乎美味佳肴对他们来说真的吃不下去。

文静叹了一口气，这是他几日内第八次感叹了，"剑仙子认为此事该如何是好？一个令狐行我等怎么也拿他不下。"

坐在他对面是一位绝世美女，身材相貌不用说，肯定是一流，最美的是她的眼神，令一旁坐着的其他高手都忍不住多看几眼。

剑夫人喝了一杯果茶，道："能让文公子如此头痛的角色肯定不好对付，不如让我来处理吧。"文静就等着这句话呢，"好哇，夫人如若能干掉令狐行，我必有重谢！"

一旁的刘烟冷默默道："那小子的武功已经到了黑榜之列，不知剑夫人有没有把握？"剑夫人微笑道："天外剑阁从来不说大话，再说一个小辈而已，就不劳刘兄操心了。"

她话里有话，分明是在说文静这一些人拿不下令狐行。

刘烟冷没做理会，他知道现在除非自己亲自出手，不然谁也拿不下令狐行。

文静起身举杯对剑夫人道："我先敬夫人一杯，这个人必须除掉，因为他已经屡次杀出我们的包围，近期又击败了丘空月和暗影组成员，这些事迹马上会在武林中传开，黑榜之列必然有他填补，望渊帮的士气会更盛，我方的面子挂不住的。"

没等文静说完，剑夫人靠近文静低声道："公子放心，此人的底细我早已查清，必须杀！这对我们今后进攻望渊帮也有好处，反之会让他们的气焰更加嚣张。"

夜狂恶道："眼下丘空月也败了，令狐行这小子的武功可谓进步神速，刚才有消息说关不敌正在追赶他，两人正在洞庭湖一带拼斗！"

文静不小心被烧白鹅的铁锅烫了一下，他慢慢地说："望关兄安然无恙。"

洞庭湖一带的夜市十分繁华，这里经济十分繁荣，湖水伴随着夜市的灯光，泛起数千道光波，在月亮下显得格外动人。

天空中飞来两个人，正是令狐行和关不敌！

他们在夜市内开始了决斗，关不敌一路逃窜到这里还没能甩掉令狐行。

令狐行笑道："你不配在黑榜之内，武功也不算很上乘，你的外号也是有辱关公，今日我就让你去阎王那里报到！"关不敌自出道以来顺风顺水，更被人称为大刀关羽再世，被列入黑榜也是武林认可，可今日他由于没把握对抗令狐行，想先撤退，但怎么也走不了，令狐行的内功轻功都不在自己之下！

两人正面打了数招后，四周已经围了上千人观看！四周的物件均被他们的招数破坏。

看到这种级别的高手对决，自然无人敢上前劝阻，打到几百招后，令狐行发出绝招威震八方！

这次的绝招没有任何顾忌，就是拼命！关不敌在关键时刻怕了，选择了防御，可大刀被令狐行一剑震飞！

令狐行又是一剑刺穿了他的喉咙！

迅速收剑后，令狐行对着他临死前的面孔道："拼命的话你不敢，而且我在各方面已经逐渐超越你了，黑榜之列我现在进，就是名正言顺！"

令狐行不想找麻烦，在官府来之前，立刻消失在黑暗中。

他先是换了一身衣服，买了一顶帽子，坐在一家酒馆，喝了几杯，感受着武学真谛，心想："现在我还不能回去，因为暗影组会在洪泽湖附近埋伏，况且先找到柔若再说。"

"兄台真是好武功，剑法可谓武林第一，不知我可否坐下和你喝上一杯！"一位相貌极为秀气的年轻人主动过来道。

大派之风 黑中之白

令狐行暗忖："奇怪，我已经买了帽子换了衣服来遮挡自己，此人为何还能发现我?! 看来遇到高人了，难道他是颜不换的人!"他立刻警惕道："你是何人?"

秀气男子笑道："既然兄台知道我发觉你了，那我也不绕圈子了，在下佩服望渊帮的事迹已久，你的那招威震八方我早有耳闻，今日一见果然大开眼界!"令狐行喝了一口酒，"哼，武学境界是无限的，我只是初窥门径而已。"

"大人物就是大人物，谦虚得很!"

"你到底是谁? 不说的话别怪我动手了!"令狐行五指按在桌面上，瞬间把桌面按出五个凹洞!

"哎，先别动手，你，你脾气也太不好了。"俊秀男子摆手道。

"少废话，再不滚我就让你尝尝什么是威震八方!"

"我乃赤忱派之人，仰慕望渊帮已久，贵帮的事迹我百听不厌，就说那次狄帮主带领全帮上下抵抗太湖帮的入侵，在黑榜高手东方风正的威胁下也不屈服，最终诸葛大侠出手，你们上下一心击退强敌，成了水道第一大帮，从此在黑道扬名。还有那次在金陵观洋楼，你们四人面对那么多黑道巨擘也无所畏惧，冒死突围，最终竟然杀出重围。还有很多，总之今日就是过来结交令狐大侠，谁知不受欢迎，那我走了，不过你要小心，你刚杀了关不敌，文静他们肯定不会放过你，你还是先藏起来为妙。"说完他准备起身离去。

令狐行心想："此人似乎不是敌人，如果真是敌人的话，也不会正面坐过来跟我废话的，这不是在给我防备吗？不对，他可能是在用计策，因为我刚击败黑榜高手，他们现在怕我了，不敢打正面，于是虚情假意前来，赤忱派？的确早有耳闻，可据说这个门派跟八大门派不和。"

令狐行最终决定还是别冤枉好人为妙，望渊帮行走江湖的宗旨就是侠义，岂能过分多疑。

令狐行起身道："这位兄台，你过来坐吧，刚才是我想多了。"俊秀公子笑着坐了回来，举起酒杯道："那我先喝三杯，的确是我出现得太过冒昧，望令狐兄赎罪！"

令狐行称赞道："赤忱派不愧为武林正派，虽然不比八大门派，但里面的子弟都是正义之士，就像兄台一样，言谈举止就跟那些三教九流不同，真是一身正气。"

俊秀男子捂着嘴笑道："令狐兄怎么转变得这么快，哈哈，想不到你这么有意思。"令狐行吃了口肉，这几日他劳累讨度，一直没有好好吃饭，边吃边道："兄台高姓大名？为何发现我就是令狐行。"

俊秀男子抱拳道："在下李平，实不相瞒，如今武林正派的权力都在八大门派手中，近期由于颜不换的事情他们八大派总开会，仿佛武林主持正义的就只有八大派，而我赤忱派始终认为不亚于他们，所以我打算出来做点正事，例如令狐行近期的事迹我都已听说，真是武林一大快事，黑道上出了你这么一位大侠，真是颠覆了我对黑道武林的认知，其实草莽中未必没有真龙！"

这几句话说到了令狐行的心头上，立刻道："兄台真是看得起我，来，喝酒！"俊秀男子似乎不胜酒量，喝了几杯后，有点眩晕之态，"那个，我想问个问题，如果哪日大明边关再发战乱，蒙古余孽再犯我江山，望渊帮会怎么办?"

令狐行果断道："其他人我不敢保证，我个人的话，一定去边关，杀他们个人仰马翻!"俊秀男子点头道："好！我没看错人，其实江湖中早有流传，说望渊帮不算黑道，可以说是黑道中的白道，因为帮内都是英雄豪杰，并非武林恶魔。"

令狐行道："对呀，我们帮内高手如云，个个都是铁骨铮铮的汉子。"

俊秀男子笑道："兄弟乃真豪杰也!"令狐行问："我好奇地问下你是怎么知道我在这里的，武林中听说我的人应该很多，就算你今日看到了我击杀关不敌，但之后我极速飞驰，感觉身后不会有人跟随的。"

俊秀男子低声道："实不相瞒，我们帮主早就关注你了，命令全帮上下关注你的动向，一旦你来了洞庭湖，我们赤忱派会全力相助于你……"

巾帼须眉　赤诚红颜

　　只听俊秀男子细细说道："令狐兄有所不知，近期武林正派也被颜不换弄得寝食不安，颜不换前些日子亲自去武当捣乱，不料和张真人打起来了，具体胜负没有人知道，只知道他全身而退了，张真人此后闭关静养，八大门派认为此事非同小可，就开会研究如此处理此人，而我们赤忱派一直和其他八派不和，始终被排挤在外，现在就是想证明赤忱派也是大派，想干一番大事，这不是听说颜不换想对望渊帮的第　高于令狐行动手，于是就随时布控，我也是得到十几条消息，才知道你在这里的，在这洞庭湖一带，赤忱派是第一大派，就连水道六大门派之一的洞庭派也让我们三分！"

　　令狐行点头道："真想不到你们如此厉害，我佩服，做人就是要有股韧劲。"俊秀男子道："令狐兄不嫌弃的话，可以来我们赤忱派暂避数日，他们找不到你，自然也就回去了，到那时你再回望渊帮如何？"

　　令狐行经过了这么久的江湖历练，眼下他最担心的就是望渊帮派人来救自己，文静他们可能会有机可乘。

　　正当令狐行沉思之际，俊秀男子身旁出现了一人，他低声对俊秀男子说了

些什么，俊秀男子急迫地对令狐行道："令狐兄稍等，我有要事去趟后面的树林，如果一炷香内我没回来，兄弟就直接去赤忧派，说李平推荐的就行。"没等令狐行回话，他就走了。

一炷香过后，他没回来，令狐行马上起身，拿起宝剑，直奔后面的树林。

夜间树林内显得格外黑，随着瞳孔不断放大，伸手不见五指的感觉逐渐消失了。

令狐行闭上双眼感觉四周的动静，到了他这个级别，已经可以洞察万物，他已经进入了先天真气级别，真火之力让他具有封神之力。

这四周只有一人！

到底是谁？或许是李平已经遇难，想到这里令狐行喊道："你出来吧。"话音刚落，一个黑衣人拔剑刺向令狐行，剑法狠辣，招招凶猛！

令狐行没有拔剑，用剑鞘对敌，两人打了三十招后，黑衣人转身发出剑气，剑光宛如云朵般刺向令狐行！

换作原来令狐行就算拔剑也未必能抵挡如此锋利的剑气，可如今他的实力大增，一招就封住了对方数百道剑气！

黑衣人此时道："你好厉害，想不到竟然能破了我的绝招！"这声音竟然是女子之声，而且十分优美。

令狐行道："哈哈，你就是李平吧？"其实刚才令狐行就发觉黑衣人的身高和李平一样，李平又如此俊秀，看起来跟女子一样。

黑衣人摘下了蒙面，乌黑的秀发在草木间散发出难以抵抗的清香，她给令狐行的第一感觉就是太完美了！

女子笑道："令狐兄，别不认识了。"令狐行大笑："李兄真是幽默，武功也很高强，真乃巾帼不让须眉。"

"嘁，再厉害还不是被你一剑击败，想不到你的剑法都到了这种境界，说你是剑法天下第一人，也不为过。"

"你真会跟我开玩笑，我刚才还担心你出事了呢。"

"我这是在试探你的武功，走，跟我回赤忱派吧。"

令狐行此时发现她不是李平，停住脚步道："久闻武林有十大美女，其名声堪比黑榜高手，姑娘就是赤忱派掌门卢佳馨吧?"女子道："算你有眼光，本姑娘看上的人不会错的，不错，我就是十大美女之一的卢佳馨。"

二人一路无话不谈，令狐行问道："你难道不怕和我扯上关系，文静他们找你们麻烦吗?"卢佳馨道："当然不怕，身为武林中人与黑恶势力做斗争是本分，再说有你令狐大侠在呢，除非颜不换来了，不然谁是你的对手!"

随后令狐行把这几日自己的遭遇详细说了，也把柔若的事说了，卢佳馨听后道："柔若要是在洞庭湖之内，我帮你找她，放心吧，不过你也是个伤心人，自己的未婚妻竟然被别的男人蹂躏过，而且丘空月这个魔头竟然还要当着你的面羞辱她，真是丧心病狂、狼心狗肺! 你不要太放在心上。"

令狐行看了看月亮，沉稳地说："还是男人更懂男人，丘空月之所以没完没了地缠着柔若，是因为他没有放下之前的情感，他还是爱着柔若! 看着柔若跟我好了，他难受，所以才做出了之后的事，不然早就不作理会或杀之为快!"

卢佳馨默默道："原来你们男人都这么怪。"

此时令狐行心想："哎，柔若要是和卢佳馨一样该多好，出身正派，不染江湖气，冰清玉洁多完美。"随后他目不转睛地看着卢佳馨窈窕的身影……

强敌来袭　猛剑内敛

小溪发出细细的流水声，豪宅内坐着众多武林人士，颜不换进门后，大家一同起身，颜不换摆了下手："各位坐。"

屋内正是颜不换势力的诸多人物，文静等人都在。

颜不换似乎比之前更年轻了，文静道："师父近期神功大成，如今武林无人能敌。唉，只是我太不争气，出手没有一次完成任务。"

颜不换看了看窗外的蝴蝶，微微的阳光照射在他俊美的脸庞："静儿不必自责，你的对手实力都很强大，例如上次那个吴问天，别说你，刘老师出手不也是一样没能杀他，呵呵。"声音甚是优美，乍一听和女人无异。

文静低头道："如今望渊帮的围剿任务我已经安排暗影组了，这次还去了一位黑榜高手，是朝廷派来的，他们已经到了洞庭湖。"

一旁的刘烟冷道："不可大意，源主，虽然朝廷目前与我们在一个战线上对付望渊帮，可我与这些人交手后才知道他们真的不一般，主要还有个诸葛书辰。"剑夫人道："你等多次夸赞他们，我太想会会这些人，如今武林大局都在我们手中，区区一个望渊帮和几个武林人物岂能奈何咱们。"

颜不换摘了一朵花，闻了一下后，淡淡道："不可轻敌，诸葛书辰由我亲自来，如今的武林又出了好几位绝世高手。哎，刘老师，咱们是不是真的老了？"刘烟冷叹气道："局势的确在变，眼下令狐行在洞庭湖藏匿，还击杀了关不敌，此事非同小可，武林中已经把他列入黑榜。"

谁知颜不换发出低沉的笑声，"好，真好，这样才有意思。"文静道："那我稍后带人起程赶往洞庭湖查询令狐行下落，此人不除后患无穷。外加我已经放出消息，估计望渊帮会派人来救，到时我们来个包围之势，让他们插翅难飞。"

颜不换道："好，你就带大量精锐前往，前几日关外还有几个大派掌门前来投奔，这正是让他们好好表现的机会。"文静问道："疑惑的是此人进入洞庭湖后就销声匿迹，到底藏在哪儿了？"

这个话题把大家都问住了，可颜不换笑了，"还能有谁帮他，当然是实力不亚于八大门派的洞庭第一派赤忱派相助！此派掌门是个巾帼女子，一直想放手干一番大事，如今机会来了。"

文静点头，"明白了，怪不得令狐行和隐身了一样，原来躲进了卢佳馨的温柔乡中，这小子艳福不浅。"颜不换突然从笑转为严肃，"静儿，这是击杀他的最后时机，但记住，不可勉强，咱们还有别的事要做。"

赤忱派，演武厅内。

今日厅堂内坐了十位武林人物，都是洞庭湖一带有名的帮派一类的。

厅堂内有位高手在练剑，四周的人都纷纷鼓掌，为首的一位老者道："想不到孔兄的剑法到了如此境界，今日我等真是大开眼界，在这洞庭湖一带，恐怕孔兄找不到对手！"

那位舞剑的人停了下来，收剑时候四周飞舞的树叶均被剑气一分为二！

老者上前道："孔兄今日从崇山前来我这儿是否有事？"姓孔的人道："卢前辈呀，我的确是有事相商，只是……"随后环视了四周其他人，意思不太方便说话。

老者道："放心，这些人都是我卢永才的人，均是附近门派的一流高手，武林人品都信得过，请讲！"那人道："那我直说了，听说望渊帮高手令狐行潜入了洞庭湖界内，而颜不换的人一直在找他，可是找了三天还是未找到，我觉得不对劲，大胆猜测此人定是潜入了贵派，不知是卢老收留了他不是？"

卢永才大声道："绝无此事！此人乃望渊帮强人，他的敌人又是武林第一人颜不换，我哪方面都得罪不起，哪敢插手这等事！"那人点了点头，"不如我陪您搜查一遍，此时可大可小，万一被颜不换知道他在您这里，那咱们可就说不清了。"

卢永才迟疑了一下，"那个，孔兄啊，我看还是和大伙儿一起搜查吧，据说令狐行武功之高已经进入黑榜之列，前几日还击杀了黑榜高手'大刀纵横'关不敌，他万一和咱们动起手来？"

没等卢永才说完，那人哈哈大笑，"我孔清新的剑法如何，请各位评一下。"其他人均表示极为认可，孔清新又道："我久闻黑道上有黑榜高手一说，今日正好见识一下，看看我的八星剑法能否对敌令狐行这位黑道狂徒！"

卢永才点头道："实不相瞒，像孔兄这等人才，放眼整个洞庭湖也找不到第二个，什么黑榜高手，我看都不是你的对手，小女对你一直很钦佩，只是她在顽劣年纪，不然早被孔兄的英姿所吸引。"

孔清新抱拳道："卢前辈，晚辈的确仰慕小女已久，但前辈放心，我绝对不会亏待她的，今日先收拾令狐行，让他离开这里，别给咱们添麻烦！"

随后几人都亮出了兵器，突然卢佳馨带着令狐行回来了……

剑心合一　激战在即

卢佳馨告知令狐行来赤忱派暂避先别透露自己是谁，以免有些人怕惹麻烦。

卢永才问道："你到底去哪儿了，这么久才回来。"卢佳馨笑道："爹呀，我外出游泳差点淹死了，多亏这位英雄相救，我才得以脱险。"

谁知孔清新打断道："胡闹！佳馨哪，我把你当作自己人，直说吧，我看此人不简单，他到底是谁！"卢佳馨和令狐行对视一番，都觉得孔清新的眼力很不一般！

这么一说，四周的人也都紧张起来，令狐行站出来抱拳："实不相瞒诸位前辈，我就是令狐行！"

这还了得，孔清新却笑道："令狐兄可真是和我有缘，刚说到你，你就来了。"卢永才对卢佳馨吼道："你可真是闯祸了，这人，唉，你带谁回我都不管，可你带他，咱们没这个实力收容他！"

卢佳馨正色道："爹，赤忱派的掌门是我，不是您，孩儿这次不能听您的，一切后果由我承担。"卢永才急道："什么，你承担?！你怎么承担，颜不换来了，你打得过吗？连张真人都不是他的对手！"

令狐行打断道："诸位前辈，我这就走，告辞！"说完转身离去，谁知孔清新拦住了他的去路！

孔清新用剑尖指着令狐行道："你拔剑吧，我早想会会你。哼，不知你用什么法子让佳馨听你的，我现在就想让你败在我的剑下，让大家看看你们这些黑榜高手是否浪得虚名！"

令狐行没有表情地道："孔清新，你是崇山派第一高手，我早有耳闻，据说你的剑法已近化境，还有人说你已经找不到对手，我劝你一句，出身正派更得谦虚，不然万一败了会很没面子的！"

孔清新怒道："好一个令狐行，你是不是怕了？快拔剑，放心，我不会杀了你的！"卢佳馨跑过来站在两人中间道："孔清新，这里不是崇山，请你离开！"

这下孔清新更加吃醋，实际上他追求卢佳馨好几年了，今日看到令狐行和她一起，心中早已怒气冲天，他自小被称作剑法天才，也是接任崇山派的候选人，心高气傲惯了。

于是孔清新直接一剑刺向令狐行，可令狐行没有拔剑，稍微移动步伐就躲开了这致命一剑！

之后孔清新又发出三剑，都被令狐行轻易躲开！

令狐行直奔门口，回身道："你远不是我的对手，停手吧，回去苦练几年再来找我！"孔清新大吼一声，使出绝招攻向令狐行！

令狐行拔剑发出一道剑光，瞬间将孔清新击倒，他的剑也被令狐行斩断！

看着断刃，他似乎知道自己和对方的差距有多大，一旁的卢永才上前对令狐行道："你，你到底想怎么样？"令狐行道："我本想来贵派暂避，谁知不欢迎我，那我走。"

卢佳馨怒道："令狐行你给我站住，我让你留下你就留下。"然后又对孔清新道："你真的让我很失望，你走吧，我再也不想看见你！"

　　午间令狐行被安排在房间内休息，卢永才敲门进入后道："令狐兄啊，小女和我说了你的详细情况，眼下我等一定鼎力相助于你。"令狐行起身道："伯父客气了，晚辈来此定是个麻烦事，打扰之处还望见谅，不出几日我立刻出去。"

　　卢永才却道："这个，是这样的，孔清新已经知道你的身份了，我们这儿你真的藏不住了。此人自尊心极强，被你击败后定会出去说此事，我能保证我的人不说，但保证不了他。"

　　他们话还没说完，卢佳馨进来道："大事不好，你在这里的消息立刻在武林传开，传闻颜不换的徒弟文静带着数百名精锐来到了洞庭湖……"

赤忱战书　猛剑豪杰

今夜令狐行实在睡不着，因为每时每刻都可能有人前来杀他。

他抚摸着手中宝剑，感叹自己近期的经历，逐渐进入了梦境。

"别睡了，我有好消息！"耳边传来卢佳馨的声音，她急忙道，"我和我爹刚才去了官府，托了不少朋友保护你，官府说已经安排重兵把守此地，不会有大规模的厮杀，这样文静的手下只能少部分来这里抓你，多数人的话他们不敢，这样对咱们有利，如果少数敌人的话，你我能应付！"

令狐行听后起身道："那真是太好了，哈哈，他们上百人无法一起前来杀我，分批次来的话我有一拼的机会，如果我这次再能杀出重围，那将重挫他们！"两人此时热血沸腾，其实令狐行不知道的是，眼前这位巾帼英雄更加兴奋，赤忱派隐忍已久，真该出些风头了，如果这次令狐行能胜，那赤忱派也跟着沾光，今后八大门派再也不敢小看他们了。

今夜似乎十分黑暗，天空中连云朵都没有，洞庭湖静得让人感到害怕。

诸葛书辰走在洞庭湖之内，感受着晚风吹在脸上的凉爽。

他慢慢地停下了脚步，闭上双眼感受着一股气息，是杀气，死神气息！

四周突然有十几道人影闪过，他们个个身法了得，均为武林超一流高手！

诸葛书辰此时暗忖："不对，这些人里有一个很不对劲！"他回身看向四周，这些人都隐入黑暗之中，不做声响。

诸葛书辰道："既然来了，各位何不现身相见？"良久后也没有回应，诸葛书辰又道："你们这里有位高手隐藏了自己的气息，能达到这种级别的能进入黑榜，敢问阁下是哪一位高人？"

"诸葛书辰不愧为黑道公认第一高手，我君当歌上来就被你察觉，可见你的武功不在我之下！"此人竟然是黑榜高手"追魂独行"君当歌！

传闻他加入了皇宫大内之列，身份显赫，武功在朝内更是出众，朱元璋为了威慑明教旧部，挑选了几位武林高手在身边，君当歌就是其中最重要的一个。要知道武功都到了黑榜级别，多数人未必喜欢朝中的环境，很多武林高手还是自由自在惯了。

诸葛书辰默默道："阁下的威名我早有耳闻，你我可惜在朝中之时未能见面。"君当歌依然没有现身，在黑暗中道："诸葛兄是否前往洞庭营救令狐行？"

诸葛书辰道："不好说，我今日只是路过，也是刚听说令狐行在洞庭有难。"君当歌大笑，"什么叫不好说？想不到诸葛兄脱离朝廷近二十年，还有官僚之气！"

诸葛书辰道："兄弟过誉了，说句心里话，我不想出手，因为令狐行如今的实力，或许除君兄这级别的高手外，无人能敌！"

君当歌不屑地说："一个晚辈而已，不过几日前关不敌被其击败，这个消息我听后深感意外，正好颜不换让我前来会会这位年轻人，如果诸葛兄不出手的话，那今晚我们就不必见面了。"

诸葛书辰没有说话，君当歌道："那好，我就当诸葛兄不妨碍我，告辞了！"

之后十几道人影瞬间消失，诸葛书辰摸了摸月夜双戟，自言自语道："令狐行啊，这一战太重要了，望渊帮的威名能否破天就看这一刻！"

令狐行次日决定下战书！

因为全武林都知道洞庭湖要有决战，对方来的人数不会少，那令狐行也没必要躲藏，直接下战书，内容是请文静等人今晚前来洞庭湖炎平楼会面。

决斗之战　刀剑巅峰

炎平楼雅间内。

今日令狐行和卢佳馨很早就到了，里面空无一人，大战在即，似乎无人敢插手此事。

卢佳馨道："今日不知望渊帮会不会及时派人救你。"令狐行果断道："但愿别来，不然就中了对方计策，我还真就不信闯不出去了。"

"你别低估对方实力，他们多次杀你不成，今日恐怕会派大队人马前来。"

"有道理，你先回去吧，或许是我轻敌了，稍后难免有一场血战。我，我不放心你。"

"你说什么呢！我乃赤忱派掌门，公开帮你的事情已经在武林传开，如果我临阵退缩，会被武林耻笑的！再说我已经安排门派中的五百名精锐在门外候着，要是文静等人敢放开了打，咱们这里也有人！"

赤忱派的实力实际上能和八大门派之一的门派抗衡，是洞庭第一大派。

门外突然进来一个乞丐，他拿着酒葫芦，醉醺醺地走到了他们面前，低声道："敢问这位是令狐大侠吧？"令狐行见此人根基沉稳，绝不是一般的武林中人，卢佳馨立刻道："前辈莫非是丐帮前任副帮主'醉踏九州'时横午！"

此人乃前任帮主的左膀右臂，他在帮内屡立奇功，为人仗义豪气，在武林中颇有侠名，可自从前任帮主隐退后，他也跟着退出武林了，不知近日怎么出现在这里。

时横午坐下喝了一口酒，哈哈大笑，"痛快！想不到今日能见到一场空前大战，令狐兄真是后生可畏！"令狐行抱拳道："前辈过誉了，晚辈只是和武林中的恶势力做斗争而已。"

时横午严肃道："兄弟，我乃丐帮出身，此时我已打听清楚，对方可是真打算要你的命。首先他们那边文静暂时被安排做其他任务，据说和朝廷有关，本次主要人物是天外剑阁三圣之一的剑夫人，她或许你没听过，但在我们那一辈，此人可是神一般存在，黑榜之列恐怕都不是她的对手，这女子的剑法和比你恐怕胜负难料。随后就是她手下的精锐近千人，都是经过严格训练的，天外剑阁乃武林三大禁地之一，想不到竟然和颜不换同流合污，原本我对他们的印象不错。其次出场的有个叫丘空月的，他身兼各类刀法绝技，号称关外第一刀神。再者就是颜不换手下黑魔三绝，除刘烟冷外，嘉空和夜狂恶来了。还有武林败类万湖帮主西门冷、西宁派掌门卓顶天，还有他师兄双剑侠卓不凡也将到场。"

令狐行听到这里自信地说："这些人虽然很强，但我也有殊死一拼的决心。"时横午叹气道："你还是太年轻，你就算之前是常胜将军，可今天的形势不一样，我还没和你说完你就打断我。今天来的人还有几位特可怕的，第一位就是和刘烟冷齐名的塞外武林第一人'天轮法王'扎西多杰，此人用乌金打造了一个飞轮，可攻可守，没有败绩，刘烟冷见了此人都让他三分！第二位是黑榜高手'追魂独行'君当歌！此人在朝中深居简出，属于黑道老前辈，不可小视，他稍后就到，会带着一批暗影组成员前行出战，估计第一轮他们拿不下你就会发动总攻，其实颜不换根本没把官府放在眼里。唉，第三就是孤星教的教主'夜杀'古羽，上次他本来要和刘烟冷一同杀向魔天寨，可他跟四大邪教之一的落秋教的教主独孤皇不和，就没有一起前往。第四是一批新加入颜不换势力的武林狠角色，其中有我丐帮的败类帮主王志穹，唉，说出来都是丢人，他的武功根本没达到前任帮主的五成，就出来丢人，他会率领丐帮精锐前来杀你。还有沙门帮的帮主'沙王'栾俊海、百恶庄庄主'鬼腿'耿桂友，此二人当年差点就进入黑榜级，原来和大刀纵横关不敌三人一起出生入死，如今你杀了关不敌，他们前来就是杀你报仇，要不是梅无赦的崛起，他们必定是黑榜候选人物！第五是湘西三杰，他们横行在湘西北部一带，属于当地武林第一的狠角色，三人的武功据说很被颜不换认可，最可怕的是这三人联手，至今无人能从他们手中活着离开，他们已经消失武林十年了，可现在又重现江湖。最后是武林第一杀手帮派血杀堂中排名第七的'无涯'闻人志！上次他们请来排名第九的杀手'杀棋'苍轩被钟逆击杀，此后颜不换传闻找了血杀堂的老大，此次派出排行第七的高手！"

说到这里，时横午叹气道："想不到武林如今是邪盛正衰，真希望望渊帮的诸葛书辰能来救你，那样还有一线生机，我看了看四周，目前还没有人前来救你。"

势如破竹　长虹贯日

"令狐兄可在里面?"一个爽朗的声音传来,门外进来一人一刀!

正是"金刀无敌"林枫!

时横午惊呆了,起身喊道:"想不到金陵双杰之一的林大侠赶到!你们这是?"令狐行早就听说金陵双杰的威名,抱拳道:"在下正是!"

林枫上前道:"我受诸葛大侠之托前来营救你,今晚咱们共同进退!"令狐行道:"诸葛大叔他没来吗?"

林枫露出了奇怪的表情:"这事很是奇怪,我刚才本是路过此地,听说今晚你有决斗后,本想前来相助,路上却遇到了诸葛书辰,我们本来就是并肩作战的,前几日魔天寨一战就是我和诸葛前辈力战塞外三匠师,正当我向他打招呼时,他却用传音告诉我,让我快去洞庭救你,说敌人极为凶残,不可恋战,眼下有个很强大的敌人在追踪他,恐怕不能前来相助,所以我就急忙赶来。"

此时令狐行道:"不对劲,以诸葛大叔的实力,武林中没有人能缠住他,莫非……"时横午道:"颜不换来了!"

屋内顿时进入了寂静,他们知道颜不换是唯一能和诸葛书辰一战的人物,看来今日的场面肯定非同小可。

正在他们说话之际，有个人影坐在了他们身旁，此人走路竟然无声响，吓得他们急忙转身看去，竟然是黑榜高手千沧雨！

令狐行感动得鞠躬道："前辈，您怎么来了？"千沧雨喝了口茶，道："你就跟我徒弟一样，你有生死大事我这个做师父的岂能置身事外。"

令狐行道："可您不是已经退隐了吗？"谁知千沧雨阴阳双声同时发出，道："不错，我千某人从来都是言出必行，可今天为了你，我就破一次例，毕竟情况特殊，眼下对方高手如云，我等未必能活着出洞庭，望渊帮现在不能发兵救你，起码暂时不能，因为形势很明显，对方想对望渊帮一网成擒，以大局为重是对的，外加你刚掌握我的绝学，岂能让你就这么死了，那我的真火岂不是要失传了。"

令狐行感动得眼泪快出来了，"多谢前辈，啊，不，师父！"千沧雨点了点头，"我今日就破例收你为徒，但咱们如若能杀出去，你我师徒关系就此断绝，我会永远消失在武林中了。"

这种师徒之间的情感一般人不会理解，是一种胜似父子的情感，他们有时候可以为对方豁出性命。

门外来了一批人，是暗影组！

为首的人是黑榜高手君当歌！

其次是八名暗影组成员，这些人有几个是出身正派，那日败在令狐行手下的人有几个也在其中。

他们坐在了令狐行等人的侧面，令狐行拔剑道："谁是君当歌？在下领教高招！"上来的气势震慑全场，对方九人似乎都很惊讶，君当歌是胖胖的中年男子，虽然年入五十，但身材相貌和四十岁无异。

他笑道："想不到令狐兄比传闻的还要厉害，不过你终究是个晚辈，还不配和我直接动手。"令狐行大笑："我还以为你是什么大人物，谁知和传闻的一样，是一条给朝廷卖命的狗，狗奴才！"

　　谁敢辱骂黑榜高手，还是当面，这令君当歌脸上挂不住，突然林枫拔刀道："收拾他不用令狐兄出手，让我对付他，先抢个头彩！"

　　他先声夺人，看得时横午连连叫好，他仿佛回到了年轻时候，当年丐帮为了江山社稷，与明教一同抗元，他和帮主带领一百人前去元军打探消息，不料被发现后有上千元军围攻，但最终他们杀出重围，那一日他也不知道自己杀了多少蒙古人。

　　君当歌后面的人骂道："收拾这几个人不用君老出手，我先出手！"

　　那人身高八尺，手握大刀上前，道："我乃甘肃派……"他的话没说完，人头就已经落地……

神龙神威　烈火助威

谁也没看清林枫有多快，竟然一刀干掉暗影组高手。

君当歌准备起身出手时，桌上三名高手纷纷飞出，他们想出手。

林枫回身对令狐行等人道："你们别出手，对付这些小角色我一人就够了！"可没等他说完，原丐帮副帮主时横午猛然间起身拍了一下林枫道："林大侠稍歇片刻，收拾这几个小丑让我来！"他的身法十分独特，林枫赞道："这是丐帮的游龙步，好，前辈请！"

那三人分别是雪山派高手麦一群，陇南山间派高手马国凯，陕西黄窟派高手于志昂！

这几人都是门派中的翘楚，数一数二的狠角色。

三人对视后一起上，上来就用出绝招，可时横午发出狮吼功！

震得三人顿时停住脚步，这狮吼功的火候已经到了极致，可以针对某个人攻击，初级的狮吼功是敌我都伤害。

三人中马国凯口吐鲜血，当场被震死！

其他两个人拼命出招，时横午近身发出神龙绝掌对敌，这跟王志穹的神龙绝掌火候不是一个级别的。

一旁的林枫眼神突然大变，似乎发觉了什么！

片刻间那两个人被时横午击败，一死一伤！

林枫山前抱拳道："前辈可是当日在我武功尽失之时指点我之人，您那日虽然易容了，但声音和身法我还记得！"在去桃花源之前有两位高人指点林枫，那人破例使用《易筋经》为林枫疗伤。

其实这位时横午的武功是身兼少林和丐帮两大门派绝学，他出身少林，由于当时年轻，急于求成，偷学了少林寺《易筋经》，最终被逐出少林，后投奔丐帮后被原帮主看中，一路提升为副帮主！

君当歌见状从背后拔出长枪直击时横午，时横午也不惧黑榜高手，可自己的气力刚用完，一时间发不出全部力气。当两人刚要对上时，一股烈焰挡在他们中间，随后直扑君当歌！

君当歌舞动长枪，击退烈火后对千沧雨道："你，你是千沧雨?!"由于千沧雨一直没有说话，背对着他们，所以没有被认出来。

千沧雨依然没有回头看他，发出女子声音嘲讽道："真是想不到哇，你我十年未见，你还是那么卑鄙，武功似乎没有什么长进，自你我上次决斗后，我还觉得十年后你会超越我，谁知是不进则退！看来是朝中事务繁忙，哈哈!"

原来他们早就认识，林枫喊道："不用跟他们废话了，咱们一起上，杀了这几个鼠辈！"此时包括君当歌在内，他们都有些怕了，想不到对面阵容如此厉害。

"各位不必着急，请给我个机会，让我跟令狐兄做个了断！"门外出现一名俊美少年，此人正是丘空月！

今天的他似乎比以往更加有精神，手握宝刀大步流星进入厅堂内，令狐行拔剑飞出，道："各位都别出手，此人让我亲自来。"

丘空月平静地说："来吧，今天让你知道死的滋味。"令狐行不屑道："之前几次让你跑了，谁知今天你敢主动送上门来，真是可笑，你觉得你打得过我吗?"

丘空月看着自己的刀,说道:"令狐兄,请!"

诸葛书辰被一股强大的力量所困,他已经在洞庭湖边走了三个时辰了!

诸葛书辰暗忖:"奇怪,这里和迷宫一样,怎么走也走不出去,而且四周有一股极为强大的力量左右着一切,或许是我的幻觉吧?不对,这是真的,是奇门遁甲!"

最强之会　刀光剑影

一个声音传出："诸葛书辰，你的手下令狐行要和我的人展开决战，在此我要拖你一段时间，别打扰他们。"诸葛书辰淡淡道："阁下应该就是颜不换吧？"

那声音道："不错！想不到诸葛兄闻声便认出我了。"

"阁下似乎太重视我了，竟然亲自来招待我。"

"黑道第一高手，边防军第一号猛将，武林最强之人，我怎能不重视？"

"颜兄何不现身相见，你我今日切磋下如何？"

"不了，今日我就要令狐行死，至于你我之间，我几日后向你下战书！"

"好！我随时奉陪，武林中都说你我是武林的巅峰，能和真正的高手一战，真乃人生一大快事！"

"想不到诸葛兄如此豪放，你我要不是在敌对阵营，真想和你把酒论英雄！"

"在下也正有此意，传闻你活了一百多岁，我在你面前也是个晚辈，哈哈！"

颜不换突然道："哼，奇门遁甲的时间快到了，好像他们决斗也结束了，诸葛兄，你刚才感觉在同一个地方走，其实已经背离洞庭湖走了十公里！呵呵，你现在想回去救人也来不及了，何况我的大军将至，令狐行必定插翅难飞！"

之后奇门遁甲消失了，诸葛书辰发觉自己竟然在距离洞庭湖十几里远的小镇上，想不到颜不换竟有如此手段，但他的内力损耗想必也不小，至少今天他无法出手了，诸葛书辰看了看夜空，暗自道："令狐行，你可得撑住了！"

炎平楼内。

刀剑相击的声音传遍全场，这次丘空月仿佛变了一个人似的，令狐行明白，他已经完全放下柔若了，和之前已经判若两人，想不到这才是关外第一刀的真正实力！

一百招过后，二人身上都是伤，令狐行右臂鲜血直流，而丘空月被其内功震伤，血已从嘴角流出！

令狐行和丘空月都准备出绝招，尤其是令狐行，他想速战速决，眼下这人武功内力都不在自己之下，必须有拼死的决心才能胜！

刀光一闪，丘空月转身发出三刀，刀刀诡异，令人无法防御，这也是他的绝招！

令狐行飞起施展出绝招威震八方！

他们都没有退缩，硬碰硬地来了一招，二人交错后，丘空月先倒在了地上，君当歌急忙抱起他，喊道："撤！"

而令狐行见他们走后，顿时倒在了地上干咳吐血不止！

千沧雨上前急忙道："不好，他受的伤太重了，已经不能再战了，哎，刚才的比试，算是平局。"门外跑来一位女子，正是柔若。

她这几日一直在洞庭湖，但找不到令狐行，直到今天得知炎平楼决斗她才得知令狐行在此，刚才她一直没敢进来，怕令狐行为她分心。

令狐行勉强睁开眼，看到了柔若，微笑道："你，你怎么来了，你快走吧，我快不行了……"卢佳馨过来给他疗伤,道:"不行,他的伤一时间好不了,咱们现在必须突围!"

千沧雨闭上双眼,严肃道:"外面至少来了一千人,咱们必须尽快突围!"说完一个火魔在他背后出现,烈焰顿时烧毁了整个炎平楼!

这一战开始了,首先由门外的赤忱派精锐抵挡天外剑阁的精兵,随后进入大混战……

枭雄留名　斩头沥血

这一战可谓惊天动地，四周杀声四起，卢佳馨带领赤忱派精锐人员一路向西，准备杀出洞庭湖。好不容易打开一条血路，可真正的敌人才现身。

嘉空和夜狂恶等高手拦路夹击，千沧雨上前一招火海将敌方暂时缠住，转身道："你们先走，别管我！"现在时横午背着令狐行，卢佳馨和林枫开路，他们知道在后面可能还有强敌，不能犹豫，果断离去。

令狐行潜意识地回头道："前辈，你……"千沧雨发出阴阳双声："快走，记住我的烈火心法就行，真火的传人只有你了！"

火海中千沧雨闭上双眼道："你们一起上吧！"此时嘉空和夜狂恶左右夹击，不料火魔变成猛虎咬住夜狂恶的右臂，烧得惨叫不断，嘉空顿时发出两道劲力攻击千沧雨，可火海顿时变大，封住了他的攻势！

不愧为黑榜高手"炎锁阴阳"千沧雨，一人独战黑魔三绝其中的两人不落下风，可他的嘴角也渗出了血迹，耗费内力太多所致，他撑不了多久。

丐帮帮主王志穹从后方偷袭而来，他抓了千沧雨换气时火焰的间隔，一掌直击他的背部，但是他的右手顿时被烧焦。千沧雨的阴声道："鼠辈，你和我不是一个级别的，滚！"随后一朵火花将其击飞。

丐帮帮众见千沧雨在百忙中一招击退王志穹，吓得他们都不敢向前。

突然黄沙漫天，把火焰全部覆盖！是沙门帮帮主栾俊海！

"哈哈哈，火在沙子面前就是废物！看招！"他一招沙刃将火海斩断。另外一个身影飞入，发出腿功之态，是百恶庄主"鬼腿"耿佳友！

此二人实力和关不敌相差无几，一下子就解了嘉、夜之危，四人同时将千沧雨包围！

千沧雨把外套脱了，露出极为健壮的肌肉，仰天长啸："好！今日就让我送你们四个上路，咱们一起走！"他知道对方实力太强，自己的牺牲不能白费，至少杀死眼前这四个魔头！

栾俊海笑道："你的真火不灵了，我的沙子是你的克星！"此人的沙子不是自己发出的，而是沙门的一种暗器，把大量沙子放入暗器内，手下之人负责放出。

夜狂恶喊道："杀了他！"他先行冲入其中，不料火海再次燃起！

栾俊海想继续投放沙子，可惜这次没用，因为火焰实在太旺了！

千沧雨一笑："是你们逼我同归于尽的，呵呵，我一人能战四名黑榜级的高手真是不枉此生，可惜了，最后也没能跟诸葛书辰再战！"

嘉空道："不好！咱们被火海包围了！"四人顿时飞起，发出绝招攻击千沧雨，可火魔的身体也越来越大，直接扑向耿佳友！

栾俊海见耿佳友不敌火魔，就与其一同挡住火魔，另外两人和千沧雨近身过招，锤子和巨斧分别打得千沧雨头破血流，而嘉空和夜狂恶也被真火烧成了重伤！

正当千沧雨想同归于尽之时，空中来了一个蓝衣人，此人乃孤星教主"夜杀"古羽！他发出袖中剑刺入千沧雨的后背！将他死死地扣在了地上！

那四人才得以活命，千沧雨如今七窍流血，想不到自己寡不敌众，对方如此无耻！

古羽发出阴森的笑声："嘿嘿，一代枭雄千沧雨想不到最终死在了我的手里！"

片刻间一条火蛇将其围住！古羽想挣脱可惜晚了，双臂已被火蛇烧伤！

他回头看了下被自己压在地上的千沧雨，他并没有出手，会是谁?！

火海中传来剑夫人的传音："古教主小心！来了一个狠角色！是灭源六绝！"

六绝之力　剑影闪烁

　　林枫等人一路向西，敌人的第二批精锐赶到，带头的是三道黑影！应该是刚才所说的湘西三杰，后面有个服装怪异的人，手握双环，应该是血杀堂中排行第七名的"无涯"闻人志，之所以外号叫无涯，是指敌人在他面前无路可退之意！

　　林枫喊道："时前辈带着令狐行和卢先走，这里由我断后！"

　　三道人影没有说话，直接对林枫展开攻击，三个照面后林枫已经浑身是血，对方在空中甚是得意，他们的轻功太强，招式古怪，打得林枫难以招架！

　　黑暗中双环发出，林枫用金刀勉强防住，但被震得耳鸣不止……

　　林枫双手握刀，发出绝招横扫一击，三道人影这回没敢硬拼，正当他们打算回避时，不料这刀速太快，一刀将三杰其中一人砍成两半！

　　其他两杰见同伴被杀，双双拼命使出怪异招数，打得林枫险些招架不住！

　　闻人志双环再次使出，林枫本以为自己能躲开，可惜后背再次中招，一口鲜血喷出，他回身发出数十道刀气护体，将湘西两杰暂时击退。

　　闻人志对那两个人做了个手势，示意稍歇片刻，他亲自来。

　　这人戴着血杀堂的面具，双环在手直击林枫，林枫金刀招架，二人打了五十招后，林枫起身竖劈一刀将闻人志的右臂斩断！此时一个金轮飞出，林枫下意识地回避开来，但也被金轮伤得浑身是血！

闻人志断臂后退出战场，林枫已经是个血人，单刀插在地上喘气，湘西两杰继续出手，而刚才发出金轮的人物正是关外著名宗师"天轮"扎西多杰！他和刘烟冷在武功上被称为"关外南北双雄"！

扎西多杰的汉语十分流利："久闻中原金刀无敌之名，今日一见不过如此！"金轮再次发出，正当林枫准备一拼之时，一个黑衣人单剑杀出！红色的剑刃封住扎西多杰的金轮！

黑衣人回身又是发出百道剑光，将湘西双杰击杀！

由于出现得太突然，湘西高手没反应过来，被一剑秒杀。

黑衣人没等林枫说话，飞速一掌将林枫击飞，一下让他脱离了战圈！

扎西多杰是何等人物，岂能让林枫就这么跑了，发出天轮神功，空中顿时有无数风刃刺向林枫，此时林枫管不了太多，先走为妙，被扎西多杰偷袭后全身筋脉被震碎，此人下手极为狠毒，绝不在刘烟冷之下！

黑衣人飞入空中，发出剑气抵挡扎西多杰的天轮风刃，二人正面对阵，打得平分秋色！林枫也得以脱身。

"以多欺少，算什么真英雄，黑榜高手'六绝神王'吴问天在此！不怕死就过来！"火海中吴问天杀出，身后发出上百条火蛇攻击古羽！

古羽见对方来势凶猛，急忙后退，不料一条火龙直击他的胸口！

竟然被吴问天一招击倒！

千沧雨喊道："灭源六绝！好！你已经领悟了先天真气，过来！"吴问天直接过去扶起他，谁知千沧雨点了吴问天三处大穴，顿时吴问天发觉身体的火元素不断变化，仿佛进入了新的境界，千沧雨低声笑道："好，真的好，你再发出火龙试试，不，或许可以使用火魔了，你的火气和我的真火在心法上同出一路，咱们的路数相近，你可以继承我的真火。"

古羽和其他受伤的四人准备合力围攻他们两人，猛然间一个巨大的火魔从吴问天背后发出，瞬间将古羽等五人笼罩……

双火裂天　英雄辈出

面对这巨大的火魔，古羽等五人多少有些胆怯，尤其是他们均已受伤，想不到对方如此难缠，半路杀出个程咬金！

"都退下，你们不是他的对手！"空中飞来一位手握翠绿色宝剑的女子，姿态十分优雅，一看就不是一般角色！

五人退下后，吴问天低声对千沧雨道："令狐行他们呢？"千沧雨道："他们在前面，咱们不可恋战。"

吴问大传音道："稍后我一招结果了这个女子，她的武功似乎很强，不逊色于刘烟冷之流，您稍作歇息，久闻千沧雨的大名，听望渊帮的兄弟们提起过您。"千沧雨握住他的胳臂道："一定不能输！你先上，然后咱们杀出去！"

火海再次变大，这次是吴问天发出的真火！

剑夫人道："想不到灭源六绝有了传人，我还以为是东方风正复活了呢？不过近看之下，令我惊讶的是你似乎比他更强！"吴问天道："不错，我现在已经领悟六元合一，看你有些姿色，还是赶快逃吧。"

剑夫人拿起宝剑，道："此剑乃天外剑阁四大名剑之一，你有幸能死在我的剑下，是你的福气，黑榜之列不是我的对手，看招！"

剑夫人和吴问天正面打了起来，二人打了十几招竟然不分伯仲！

剑夫人发出的剑气十分可怕，可谓凌厉至极，而吴问天只能勉强招架，他的招数已经多次变化，如今电网、火蛇、火龙等招数变化多端，让剑夫人打得很不舒服！

两大绝世高手的对决显得格外壮观，火海中他们斗了一百招后，吴问天腹部中招，正当剑夫人打算拔剑时，吴问天喊道："看招！"

一股无比强大的掌力向剑夫人袭来，在刚才的打斗中吴问天知道此人的武功不下于刘烟冷，这么打下去会两败俱伤，于是打算挨上一剑，之后发出无敌的六元合一掌，如今的掌法威力到底有多厉害谁也不知道。

剑夫人感到一股无比强大力量袭来，她快速用极为巧妙的招数拔剑，不料自己的肩膀一阵发麻，原来吴问天的雷电手抓住了她，而另一只手发出无敌六元合一掌！

剑夫人不愧为天外剑阁最强高手之一，在这千钧一发之际，用内力把自己的肩胛骨震碎！这样吴问天抓不住她了！

瞬间几个照面消失在黑暗中。

古羽等五人见状吓得纷纷逃窜！

火海中千沧雨大喊："真是少年英雄出我辈！好，杀得好！"两人默契地同时发出火魔，击杀了上百名敌方精锐，场面何等壮观！

且说林枫被黑衣剑客一掌打飞后，就迅速逃离，他有种说不出的感觉，这位剑客背影感觉很熟，肯定见过！

他一路赶上了令狐行等人，这是最后一段路，出了这里就可以潜入洞庭湖附近的丛林内逃脱。

敌方最后的精锐就在这里了，眼下林枫受了重伤，应付小兵还可以，但要是打高手是不可能的，令狐行进入昏迷状态，时横午背着令狐行也只能凑合前行，只有卢佳馨一人和残留的几十名赤忱派精锐了。

不远处无数火光亮起，是文静！

一个书生打扮的富贵公子，手握长剑道："诸位真是强横，能到我这里已经证明你等的可怕，不过到此为止了。"

"哈哈，谁说到此为止，花青云在此！"这个声音响彻全场，文静的眉头紧皱，他看到四面八方的人杀出，是山东省武林的高手，其中包含了和花青云一起的"天王敌"全正、"天涯来客"墨气，以及上百名山东武林精锐！

喋血江湖　正压歪斜

花青云道："上！"他说完飞入其中，对上了文静手下的大将，其中有西门冷、卓顶天等人。

文静在旁观战，发现花青云武功太过强横，漫天花雨的血雨一击就击退了西门冷等多名掌门级别高手！

可文静这里有八百多人，而花青云只带一百多人，打起长久战还是不行的，必须撤出去。

全正和墨气游走在令狐行的左右侧，一路杀出了血路，正当花青云想走时，文静拔剑杀了上去，"你的命得留下！"可他的话音刚落，空中无数剑雨想他后方袭来！

是漫天花雨中绝招暴雨！

文静转身封住了剑光，落地时差点没站稳，回身一看花青云已经不见了。

火海中吴问天和千沧雨也杀了出去，剑夫人受伤落败。

街上寂静得很，黑衣人收起宝剑，想转身离去，谁知三道人影突然飞入其中！

黑衣人一听就知道这三人各个身怀绝世武功，绝不在眼前的这位天轮法王之下！

来者不是别人，正是有关外武学三匠师之称的"阴神"刘烟冷、"灵刀"南宫泉、"阎王刃"步狂！

刘烟冷笑道："这位想必是不可见人，哼，让我们杀了你之后再看看到底是何方神圣，能让扎西多杰兄都拿他不下！"

刘烟冷对扎西多杰道："这里有我们三人应付，你先去前面支援文静！"扎西多杰没有多说闪身离去。

场面极为惨烈，三人将黑衣人包围，在这九死一生之时，黑衣人摘下了蒙面，是梅无赦！

他瞬间发力，地面均被他的内力震裂，四周狂风大作，看得刘烟冷等人眼睛都不眨一下！

梅无赦手握嗜血刃，用剑尖指着他们道："久闻关外三匠师个个武功超绝，今日我会会三位的神功绝技，你们三个一起上吧！"

三人对视后，一起杀向梅无赦，四人正面开打，梅无赦今日的剑法比以往更加凌厉，他的身法更是神出鬼没，刘烟冷单掌和嗜血刃相击，随后步狂的大刀袭来，梅无赦巧妙地移动位置躲避，然后主动出剑封住了南宫泉的攻势。

刘烟冷喊道："必须杀了他，此人武功遇强则强，我没猜错的话，他是花青云或梅无赦之中的其中一人！"梅无赦没作理会，发出上千道血色剑气攻击这三人，他心知道，打持久战肯定是一死，得找机会突围。

四人打了百招后，步狂和南宫泉被梅无赦击退，但刘烟冷一掌击中梅无赦的胸口，四人除刘烟冷外，都受了不同程度的内伤！

梅无赦暗忖："不行了，恐怕杀不去了，内力刚才强忍着用了很多，才勉强从这三人刀下逃脱。"

正当刘烟冷再次出手时，一个黑衣人不知从哪里杀出，一把金枪横扫刘烟冷侧面，由于速度太快且是突袭，打得刘烟冷避无可避，被这一招横扫千军打得口吐鲜血！

黑衣人举起金枪又是一击砸向南宫泉，南宫泉双手发出无形化气刀抵挡，但身子被金枪压得单膝跪地！

步狂大刀直劈黑衣人，可黑衣人丝毫没有后退，一人独战两大黑道巨头不落下风！

梅无赦加入战圈，和黑衣人里应外合夹击此二人，打得步狂和南宫泉乱了阵脚！

最后没等刘烟冷过来，黑衣人和梅无赦使了一个眼神，仿佛有了默契，同时撤离！

破浪乘风篇

金陵之风　侠者齐心

"师兄，我……"重伤之下的林枫看着花青云道。"师弟，不必多说。"花青云拍着他的肩膀道。

二人似乎在这一瞬间解开了往日的误会，是的，人都会变，或许在这一刻，或许多年后。

林枫道："如今咱们还没有脱离洞庭湖最后一道防线。"花青云点头道："稍后咱们杀出去，你受了伤，让我来掩护你。"

时横午突然出现在他们身后，"林兄弟上次受的伤神奇地痊愈了，真是奇迹，但我认为如果你掌握了少林派的《易筋经》，那将会让你独步天下，你的金刀和《易筋经》合并的话，其威力何止无穷！"

时横午会《易筋经》，现在他已经不是少林门人，私自传授《易筋经》，也不算违反门规。

花青云抱拳道："多谢前辈！我师弟的伤只有《易筋经》能治好，虽然他现在看似已经痊愈，但我认为还没有完全恢复。"林枫起身抱拳道："的确有时候我的武功在片刻间有点懈怠，不如往日了，虽然内力提升了，可如果能习得《易筋经》，让我脱胎换骨，晚辈感激终生！"

时横午道："稍后杀出去，我将所学的《易筋经》传授给你！"

林枫此时问花青云："师兄刚才救我为何蒙面？"花青云差异道："蒙面？我是正大光明来的，为何要蒙面？"

"什么?！你，你说刚才救我的剑客不是你，他的武功级别和你在一个水平上，那会是谁呢？"林枫惊讶道，"论天下用剑的高手也就那么几位，日后定会知晓的。"

"令狐兄在哪儿？"吴问天和千沧雨赶来。

令狐行此时恢复了一点内力，起身道："诸位，你们为了我身临险境，这个情我一生难忘。"吴问天笑道："不用那么客气，如今颜不换是武林正派人士的公敌，再说望渊帮和我一向交情深厚，咱们又不是第一次并肩作战了。"

千沧雨道："你也算我的徒弟，哈哈，今日吴问天领悟了我的真火，将来的武学成就在我之上，看来救你是正确的，我得了一个传人。"柔若抱住令狐行道："你没事就好，今后去哪里咱俩都不分开了。"

这一幕看得卢佳馨脸色难看，时横午早就看出这几位年轻人之间的关系，对令狐行道："你可得好好感谢佳馨姑娘，人家为了你差点断送了赤忱派，今后她的命要比你的命重要，你知道吗？"

几个人谈话后，不远处传来马蹄之声，如今大家均已负伤，只有花青云内力十足，他闭上双眼道："来了很多人，是两批人马！"

此时大家都筋疲力尽，花青云起身道："全兄跟我出去看看，万一是敌人来袭，墨兄弟带着他们先走，我断后！"随后余下的人把令狐行再次保护起来。

花青云问全正："奇怪，他们难道疯了吗？三次阻拦不成，还要继续？官府已经被惊动了，一开始我就觉得文静不敢大动干戈，谁知他们抱着必杀令狐行的决心，可现在再打下去的话，官府必定追究到底。"

二人刚走出树林，花青云低声道："你去左方，我去右侧，如果有事就大喊通报！"

　　全正此时大步向前，手握兵器准备随时出手，不远处站立着一个铠甲人，全正感到不妙，走近道："阁下何必装神弄鬼，你这身铠甲似乎过于厚重了。"

　　不料铠甲人突然回身出手，他的武士刀直劈全正。全正是何等人物，当即招架，打了十招后，全正觉得这铠甲人似乎不是人。没等他多想，黑暗中传来一个声音："兄弟的武功好俊，敢问高姓大名？"

　　全正道："全正就是我！"那声音立刻道："是天王敌！哈哈哈，十几年不见了，还记得老朋友吗？"忽然空中飞来一人，他就是钟逆！

　　全正收起兵器大笑："原来是钟大哥，你难道已经练成当年所说的三大神方？"钟逆道："不错！"

　　两人随后说了事情经过，钟逆听后拍手叫好："想不到老夫来晚一步，唉，我这几日得知令狐行有难，外加又是颜不换，我必须得帮啊。三日内我召集了之前的旧部，对我忠心的虽然不多，但也是一股力量。可我原来的多数部下都已背叛，加入了颜不换阵营。"

血与信念　高歌猛进

站在花青云面前的这些人，令他百感交集，因为他们都是自己的前辈恩师，正是金陵武林的人！

为首的是朱别离的师弟刘长秋，他们和花青云在十年前就有过节，随后花青云离开了金陵武林，可今日相见大家似乎冰释前嫌。

花青云先抱拳道："各位前辈，久违了！"刘长秋上前道："真的是你吗？花青云！"

花青云点头道："是我，刘师傅！"刘长秋激动道："咱们得有多久没见了！哈哈。"之后花青云大概讲了令狐行的事，刘长秋也表示今日前来就是支援林枫，大家一同解救令狐行为目的，因为颜不换如果杀了令狐行，那对望渊帮十分不利，现在武林必须同心协力对抗颜不换。

大家会合后，没走多远就出了洞庭湖。

当晚令狐行的内功逐渐恢复，安顿好柔若和卢佳馨后，他决定火速回到望渊帮内，出了这么大的事，他实在不放心他们。自己身陷险境，狄青不得不救，可如果来救，文静等人必定会在洪泽湖附近布下天罗地网，那样的话就中计了!

他必须飞速回去，望渊帮一旦出了洪泽湖，就没有了地理优势，而且上次洪泽湖附近就都是暗影组成员，不远处就有上千艘战船对望渊帮虎视眈眈，看来这一战避无可避，大家兄弟一场，死也要死在一起！

望渊帮，聚义厅内。

今日帮中上下全员到齐，帮主狄青手握三尖两刃刀，喊道："兄弟们，朝廷安排了两股力量对付咱们。一股是暗影组，他们号称集结了武林正反派的顶尖高手，朝廷早已安排他们扎根洪泽湖外了，就是想让我们发兵，一旦我们离开了洪泽湖中部，他们就打算在外面拦截夹击，想把我们一网打尽。而另一股对付咱们的人是颜不换，此人不除武林永无宁日，他勾结朝廷，让其手下追杀令狐行，我不能坐视不管，所以我认为今日咱们不能再坐以待毙，横竖跟他们拼了！"

随后帮众齐声呐喊，望渊帮自上次对抗太湖帮后，帮内上下团结一致，每个人如今都不同往日，今日大战在即，所有人都摩拳擦掌，他们每个人都是一等一的好手，水道帮派如今都被颜不换击垮，只有望渊帮与其有一拼之力！

军师于湖鸣道："诸位，如今咱们明知出了洪泽湖就会有暗影组截杀，我的计策是借助风力出击，自古以来的水战胜负和风都有关系，顺风者胜算极大，咱们此时出去的话，我掐算那时正好风为顺势，是击杀暗影组战船的最佳时机，外加我们独有的水上秘密武器今天都带上，让朝廷看看我们有多强。"

燕名道："好，几位有所不知，我乃太湖帮出身，水道上的事我不比帮主懂得少，咱们帮派有四艘主船，让我带领其中一艘。"

狄青很认可地看着他道："燕前辈乃我等恩师辈的，水上作战我虽然不是第一次，但途中还请前辈随时指点。"

安东如负责全帮上下协调，在战斗中他乘坐快艇四处游走，于湖鸣负责四大战船其中的一艘，狄青和燕名分别负责一艘，最后一艘本来由薛文轩负责，可他已经牺牲，如今诸葛书辰又不在，只能让几位熟悉水路的前辈一起负责。

于湖鸣计划借助风力，射箭火攻方便，他观测天象有雾，还可以让后方的舰队变作两翼之态，可攻可守，每个掌舵者都是经过千日训练的精锐，望渊帮的战船都是经过精心设计，比朝廷的战船还要先进，前任帮主曾请过欧洲造船大师来交流过。

狄青回屋亲自收拾东西，再次披上了父亲当年的红色战袍，上次穿的时候还是对付太湖帮，想不到生死时刻来临之际总是令人热血沸腾！

燕名抚摸着铁槊，暗自道："我燕名忍辱十年之久，武林中似乎都把忘了，今日将让天下看看我的实力，这一战一定要胜，扬名水道时刻到了！"

于湖鸣近期成了家，临别时他告别了已经怀有身孕的妻子，二人抱住流了眼泪，突然于湖鸣头也不回地走了，临行时说道："记住了，我们要是都死了，一定让孩子长大后知道我和望渊帮的事迹。"

安东如把新打造的流星锤拿出，这兵器是他自创的，流星锤四周镶满了铁刺，分量也比原来重了三倍，他这几年一直暗下苦功钻研武学，今日就是验证本领的时刻。

现在的情况对望渊帮十分不利，大家心里都知道，令狐行不得不救，但得先杀出去，可这谈何容易？这是他们这一伙儿年轻人第一次跟朝廷的水师作战，平静的洪泽湖水面此时突起波澜……

洪泽战云　万里波涛

　　望渊帮的战船宛如一条长龙般行在江水之上。狄青看着远方，果不其然，朝廷水师和暗影组成员已经正面而来！

　　大战一触即发，敌方战船的数量和我方差不多，两军已经开始了正面交锋。

　　于湖鸣感到风向果然是顺的，命令放箭，无数弓箭射向敌船，火焰立刻燃遍数百艘敌船！

　　火攻在水战中是最有效的，第一个照面望渊帮占了绝对优势！

　　敌船上的将领都是暗影组成员和朝廷水师大将"海霹雳"闫全军，他们上百艘战船已经开始后撤。

　　闫全军和呼延寿亭不和，他是个很自私的人，外加诸葛书辰加入了望渊帮，所以他把对边防军的仇恨加在了望渊帮身上，其实他早有对策，随后用剑发出号令，竟然在望渊帮左右两侧隐现三百艘战船！

　　这是早有埋伏，可狄青丝毫不慌，他早就料到对方会知道顺风的事，留一手埋伏也是正常的，他挥手后，望渊帮半数以上的战船发出浓烟，慢慢地隐匿

在湖中！

这种浓烟的机关也是狄青等人设计的，朝廷水师是没有的。

突然无数火箭再次从望渊帮船内射出，闫全军大喊："都退出来！"可惜这话说出来也已经晚了，他们又有两百艘战船起火，这下子麻烦了。

浓烟散去后，狄青命令全力进攻，所有战船发出了飞石！只听敌船上发出连连惨叫！

这种锐不可当的气势，闫全军感到轻敌了！

正当狄青等人进攻之时，于湖鸣道："不好！我方后面被偷袭！是敌军！"这一下令他们没想到，是谁能从后方突袭呢？

后方冒出了五百搜敌船，上面的人有剑夫人、古羽、栾俊海、耿佳友，还有个可怕角色"天轮法王"扎西多杰！还有位身穿黄衣的老者，燕名认出了他，此人估计是明教四大法王之首"龙行鞭"太史梦璇！此人武功之高据说能和教主一争高下，左右护法都让其三分，武功远高明教其他三位法王。

剑夫人等人急速靠近了狄青等人的船，而闫全军看到救兵来了，发令全力进攻！

现在望渊帮进入了进退两难之境！

关键时刻狄青做出了决定：让大部分战船从闫全军方向突围，自己和于湖鸣等几个人的战船留下断后！

下令后多数帮众不同意，要死一起死在这里。狄青怒道："都给我活下来，记住了，我要是死了，望渊帮一定要保留，大家找到令狐行，让他接任帮主之位！"他含泪说完后，大家也纷纷落泪，伴随着江水潮气带来的冰冷，感到一阵凄凉！

随后多数战船从闫全军方向杀出，他们的气势锐不可当，闫全军的船都差点被他们击沉！

而狄青等人的四艘主力战船留在了后方死守，狄青喊道："给我上，撞他们的船！"由于距离太近，就算撞上也未必会沉下去，但气势上一点也没输！

两军开始了正面交锋，望渊帮的人数虽然少，但无一不是以一当百之人！打得敌方抱头鼠窜！

四艘战船直击剑夫人方向的战船，狄青打算先抵挡住，我方战船大部分突围后，他们再想办法从水里游走，这几人都是江边长大的，水性都数一流。

两船相击后，狄青手握三尖两刃刀，带领少数的几十人杀上了对方上百人的船上，近看之下没有剑夫人，其他人一个个飞跃下来直击狄青等人！

狄青运足内力一下打在栾俊海的右肩之上，这一下虽然被栾俊海防住，但他感到右腿似乎被这一下震伤，血液翻涌，顿时吐血了！

古羽对上了燕名，二人正面打了五个回合后，古羽袖中之剑飞出，带有幻影之感，这也是他的绝招，而燕名巧妙地舞动铁槊，几个转身，铁槊震得古羽败退！

于湖鸣和安东如对上了耿佳友、明教法王太史梦璇、扎西多杰。他们二人的功力远不如眼前这三位，但冒着必死的决心，二打三的绝境下拼斗了五十回合！太史梦璇的双矛招招致命，打得他们多处受伤！

最终安东如的流星锤击中了耿佳友胸口，而耿佳友一脚将他踢飞，这时刻扎西多杰手握天轮飞出！直取安东如首级……

兄弟之情　朋友之义

眼看扎西多杰的天轮飞向安东如，他此时避无可避，于湖鸣呐喊一声，挨了太史梦璇一枪后飞身而出，回身发动折扇，空气中顿时有股强大劲力防住了天轮！

可于湖鸣和扎西多杰的功力相差太远，倒在地上双眼发黑，心想这下糟了！

扎西多杰点了下头道："不错，能接我这招的武林人没有几人，不过受死吧！"三人准备了结他们的时候，不远处传来古羽的惨叫！他被燕名一招横扫千军击落湖中！

而栾俊海也被狄青逼得跳江，燕名对狄青传音道："帮主快逃！他们俩由我来救，你走！"狄青看了看，犹豫一下，只见燕名的铁槊横飞，长江之上被他的劲力震得沸腾万分！

太史梦璇和天轮法王扎西多杰二人同时发力抗住了燕名的铁槊，耿佳友抓住这机会从后方偷袭燕名，不料一声铠甲碎裂的声音传遍全船，铁槊将耿佳友的铠甲震裂！

　　扎西多杰意识到眼前这个敌人武功绝不逊于中原武林黑榜高手！

　　他挥舞金轮在右侧击打，而太史梦璇的双矛借机从左侧加入，双峰压迫，燕名双手紧握铁槊，先防住了金轮，同时右脚踢了一下双矛，他整个人飞了起来，之后泰山压顶般击落两个人！

　　狄青此时才发现燕名的武功如此了得！喊道："前辈，咱们一定要再相见！"之后带领于湖鸣和安东如准备跳江！

　　狄青和于湖鸣以及残存的数十名精锐先行跳江，正当安东如要跳的时候，剑夫人从后方杀出，锋利无比的剑气刺向燕名！

　　安东如横身飞出，狂舞剑气，但他现在已经是强弩之末，难以抵挡剑夫人无敌剑气，整个人瘫软了下来，随之剑夫人反身剑锋侧击他的后背，一口鲜血从他口中喷出！

　　与此同时燕名怒吼一声，铁槊与金轮硬碰硬地打了一下，又来了一招连贯，将甲板震碎，震得太史梦璇后退三步，他此时已是血人，刚才的激斗费力过猛，他们三人均有不同程度的损伤，随即落入江水之中。

　　安东如醒来时发现自己竟然在一所极为漂亮的屋子里，这是哪里？！

　　他发觉自己的内伤已经恢复了很多，但身体绑在了床上，暖暖的香气扑鼻而来，没等他多想，房门打开，进来一位绝世美女，这女子是谁，似乎在哪里见过，是剑夫人！

　　剑夫人现在打扮得十分妖娆，她的美貌就算和中原武林十大美女比起来也绝不逊色。

　　剑夫人温柔地端起了桌子上的参汤，想喂与他，可安东如问道："你，你想干什么？"剑夫人笑道："呵呵，我叫剑筱琳，可以叫我琳琳，安公子放心，狄青等人都已逃出。"

　　"你为何告诉我这些？"安东如诧异道。

　　"因为我喜欢你呀，安少侠名扬四海，武林中谁人不知，望渊帮内除帮主狄青外，就数你最为正直，这种男人谁不喜欢。"

安东如见她婀娜多姿的身材，皮肤白皙宛如羊脂玉，不禁有些动心，但他冷静道："你到底想怎么样？快说！"

剑筱琳吹了吹参汤："我想嫁给你，真的，实不相瞒，我也到了年龄，但心有所属的人的确不多，今后你我就是一家人，望渊帮的死活和你没关系，之后你我也可以找到狄青等人，劝说他们……"安东如怒道："不知廉耻！别想用这招对付我。"他心里明白，对方现在用美人计迷惑自己，打算让自己出卖望渊帮，说出狄青等人所在！

剑筱琳依然笑道："是我太自恋了，安公子怎么会看上我呢，你喜欢什么样的女子，我都可以帮你找，而且今后保你荣华富贵享用不尽，想当官也可以，我在朝中有人，可以直接跟朱元璋说上话……"

没等她说完，安东如道："你走吧，我是不会出卖兄弟的。"突然剑筱琳变脸了，"你别不知好歹，如果你不就范的话，我就让你变成废人。稍后先废了你的武功，再让你求生不能求死不得，把手脚砍断，随之错位接上，那时的你，就是一个怪物，哈哈哈哈！"鬼魅般的笑声传遍全屋。

安东如骂道："有种你就来，我要是怕了就不是安东如！我乃望渊帮四大高手之一，决不会屈服于尔等！"剑筱琳见他竟然丝毫不惧，默默起身道："稍后你就等死吧。"

安东如闭上双眼，心中暗想："兄弟们，你们都活着就行，我要先走了，想让我出卖你们是不可能的，哪怕付出一切代价，甚至性命和尊严……"

孤军深入　直面邪魔

令狐行独自奔走在洪泽湖畔，因为刚才他路过湖旁时看到无数战船的残骸，大家都怎么样了？

这一路他心中忐忑不安，眼泪不时地流了出来，心想："都怪我，我要是早些回去的话，就不会发生了这些多事了，如果望渊帮出了大事，我豁出性命也得跟颜不换这帮人周旋到底！"

令狐行走近望渊帮后发现此地已经被朝廷水师占领，因为望渊帮高手多数都被水师打散了，大家都没回来，留守的人毕竟是少数。

他深吸一口气后，潜入水底，打算从暗道潜入帮内。

望渊帮中有很多机关暗道，都是老帮主的得意之作，这种机关天下无人能破，只有帮内骨干知道。

令狐行在水中发现自己的气力如此深厚，过去是不可能一口气游这么远的。

从水底打开暗门，随之潜入帮内英雄厅。

屋内见到剑夫人和那几名恶人在谈今日之事，得知狄青等人已经逃脱的消息后，令狐行心中惊喜交加，但是唯一让他着急的是安东如被他们抓了起来。

听描述令狐行大概知道安东如的位置，是三部的房间内，于是他放轻脚步，一个飞跃直奔三部。

四周的布防比较松散，毕竟水师刚占领望渊帮。

他宛如火神般神速，悄无声息地潜入进去，一招真火打晕守卫，进入后果然看到安动如在这里！

安东如见到令狐行来了，低声喊道："兄弟救我！"令狐行二话没说将其解救，然后给他输入真气疗伤，安东如能勉强起身了。

眼下是两人必须迅速撤离此地，不料房门打开，两人瞬间藏在屋内的角落。

来者一身粉衣，身材匀称，相貌堂堂，远处看和女子无异，他是谁令狐行不认识，但发现此人必定地位极高，因为他身后跟着剑夫人和那几个大魔头，他们对此人毕恭毕敬。

剑夫人发现安东如不见了，急忙对那人道："奴家知错了，他，他不见了！"那人没有做出不满之态："呵呵，筱琳辛苦了，你能出山已经很给我面子了，安东如还在这里！"

这话一说吓出令狐行和安东如一阵冷汗！

那人继续道："两位既然是武林中一等一的好汉，何必躲藏，不如出来交个朋友！"说话的语气很温柔，完全不像武林中的反派角色。

令狐行传音给安东如道："你立刻从后窗逃走，我在此断后，你内伤太过严重，不能出手，别跟我争，快从暗道逃，咱们一起进入暗道不太可能，暗道位置就在他们身侧。"没等安东如说话，令狐行发出剑气打向剑夫人那侧！

安东如飞出潜入暗道，随即门关闭时喊道："兄弟保重！我去找诸葛大叔，几日内必荡平这些邪魔歪道！"同时剑夫人一个飞身紧随其后，不料一条火龙般的剑法封住她的去路！

刚才那人发话了："筱琳退下，让安兄弟先走也无妨，这人是条汉子，咱们威逼利诱都不行，这种人我最佩服，要不是阵营不同，我还真想和望渊帮的高手们把酒论英雄！"

令狐行此时感到体内的真火比以前更旺，如今他的实力已经超越了千沧雨！全身的火气不断冒出，经过这些天的大战，他已经成了一代宗师。

那人点头道："当今武林的黑榜高手多数已经被顶替，'炎魔剑皇'令狐行想必就是阁下吧。"

令狐行点头道："不错，你是何人？"

"颜不换。"

剑荡群魔　鬼神惊天

颜不换谦和地说："令狐兄真乃武林第一剑客也，颜某十分佩服，这么年轻就有如此修为，我年轻时也未必能如此！"

令狐行表面上没有被他镇住，但心中多少有些紧张，这可是武林第一大魔头，现在就在眼前！

令狐行暗忖："他们人多，而且有颜不换，群殴我的话绝对不行。"他大声道："久闻颜源主武功天下无敌，今日可否请教几招，还望您的手下别多事！"

令狐行打算和颜不换一对一，就算不胜，同归于尽也可以。

谁知颜不换妙眉微扬："呵呵，好，不过令狐兄的武功似乎距离我还差一点，这样吧，你给诸葛书辰送个战书，我约他一个月后决战！"

这个结果令狐行万万没想到，但他马上明白了颜不换的用意：首先他多次跟望渊帮大战，也没大获全胜过，几乎都是两败俱伤，现在他打算杀了诸葛书辰，那样等于摧毁了望渊帮的希望，这是多么快捷的方法。

令狐行接过战书后，道："那我可以走吗？"颜不换笑道："当然可以，你要是不能走，谁给我下战书？但是你得过我手下这几关，我看看你到底有没有资格送战书！"话说到后半句颜不换的声音突然变得十分狠毒！

屋内剑夫人、栾俊海、古羽、耿佳友、扎西多杰、太史梦璇、嘉空、夜狂恶这几个黑道巨擘将其围住！

令狐行看了看自己的剑："你们几个一起上吧！"颜不换却道："大言不惭，在我眼皮子下要是群殴你这个晚辈，传出去还不被武林当成笑话传。"然后他回身对那些人道："一个一个上！别给我丢人，战书没人送的话我就亲自送！"

栾俊海先行出手，道："我垂涎黑榜之位已久，如今颜源主在此做证，我要是胜了你这个小辈，你的黑榜位置就是我的！"他从袖中拿出弯刀，这把刀是成吉思汗的宝刀之一。

弯刀一出劲力十足，仿佛要斩断这世间的一切！

栾俊海和耿佳友与黑榜高手关不敌是好友，这三人实力相当，当年三人闯荡江湖时身经百战。

令狐行的剑法很平稳，与以往每次都不同，因为他今日的境界再次提升了。

三十招过后栾俊海的弯刀被令狐行的火焰剑震得差点脱手，突然一道闪光袭来，他用弯刀护住后感到右臂发凉，颜不换看得眉头紧皱："栾兄退下！"果然栾俊海的右臂被令狐行砍断！

耿佳友见状，发出鬼腿绝招！这是他凝聚全身之力的一击，令狐行这次施展出威震八方对敌！

两股绝世之力在屋内碰撞，剑夫人和颜不换对视后露出了惊讶的表情，只听耿佳友发出一声惨叫，他的右腿被令狐行切下，鲜血从他的大腿处喷出！

古羽见状飞身入场，他借此空隙偷袭令狐行，袖中剑亮出，双剑交击，火花在屋内闪烁，令狐行几个照面也无法摆脱古羽的短剑。

古羽的剑法比起当年黑榜高手"独行客"乱离可谓有过之不无及，袖中剑适合在屋内这种狭小的空间内发出，能发挥出最大威力！

令狐行一剑横扫，古羽侧身躲避，两人形势都很紧迫，炎剑向上轻挑，边打边防，真火充斥了屋内。古羽不知怎的，不论如何变化技巧也无法伤到令狐行，难道他的实力已经远在自己之上?!

这一剑太快了，古羽想不到令狐行刚才是在试探自己的剑法，可他忽略了令狐行霸道无双的剑意，一旦从平静中爆发，那将是无人能挡的！

一剑后，古羽的头颅被砍下，令狐行拿出衣服内的绣布，擦了擦宝剑道："下一个。"

气吞山河　声势浩大

"我来吧。"说话之人是扎西多杰。

此人武功和刘烟冷不分伯仲，在关外的地位属于武林盟主这级别。

天轮飞舞，炎剑直击，两股力量正面较量了一百招后，两人同时后退。他们所使出的每一招都是精心设计的，万一有半招疏忽就可能人头落地，高手对决就是这么可怕。

扎西多杰回身使出绝招，天轮在空中放出无数剑刃！宛如万剑齐发！令狐行正面发出威震八方，无数剑刃和剑气在屋内盘旋，刀光剑影，气贯长虹！

门外突然来人对颜不换道："源主不好了！有四路强人进攻这里了！"颜不换问道："是谁？"

那人报道："首先是魔天寨，来了三百艘战船，带头的是欧阳洵和莫怀意。第二批是山东武林人士，有两百艘战船，以花青云为首。第三批是钟逆，此人竟然有七百艘战船，单说他的部队，在人数上就和咱们现在一样了。第四批是金陵武林的旗帜，林枫带队！现在他们已经攻破了我们三道防线！"

颜不换知道他们刚刚上岸，士兵刚经历过大战，再战的话胜算不大，对方来势凶猛，与其硬拼的话实属下策。

一个浑厚之声漫天响起："不想死的话就滚出望渊帮！"颜不换听后眼色立刻大变，他发出一样浑厚的声音道："原来是诸葛兄亲自上阵，好！不过一个月后我与诸葛兄来一场决斗，战书已经送到贵帮令狐行手中。"

之后颜不换命令所有人撤出望渊帮。

战火平息后，诸葛书辰和令狐行面对面坐了下来，诸葛书辰先道："你没让我失望，当日第一次见你，我就知道你有黑榜级别的潜力。"令狐行道："要没有大叔在，我也不会进步得如此之快。"

如今的黑榜高手大变，现在的中原十一大黑榜高手分别为："龙卷阎罗"诸葛书辰、"天下第一"花青云、"落梅剑神"梅无赦、"六绝神王"吴问天、"炎魔剑皇"令狐行、"追魂独行"君当歌、"鬼神莫测"蓝孤月、"霸海屠龙"钟逆、"豪放神机"燕名、"谦意隐侠"神谦、"万恶公子"无名氏。

之前的千沧雨已经退隐，自救令狐行后，他决心离开武林，因为自己后继有人。

东方风正至今下落不明。

乱离和展求败已经被杀。

关不敌被令狐行击杀于洞庭之上。

新列入黑榜的神谦自然不用多说，此人武功不在其父亲神耀之下，自金枪门解散后，山东武林恢复了平静，而他独自一人漂泊江湖，他的故事自然在今后也少不了。

"万恶公子"无名氏最为神秘，此人被列入武林四公子之一，但其他三公子根本不认识他是谁，只听说此人性格多变，恶性难改，武功更是深不可测。

燕名和狄青等人不久重新回到望渊帮，大家都为一个月后的决战做准备。武林中得知两大顶尖高手对决之事，闹得沸沸扬扬，是的，或许通过这一战，可以打破武林正邪的平衡。

梅无赦和弟子上官剑、黄令坐在屋内，他淡淡道："如今你我都是朝廷中人，称呼上以后可要改改，江湖气别太重。"上官剑还是那么英武，道："师父放心，可近期听到消息颜不换和诸葛书辰会有一场决斗，那时候就是咱们坐收渔翁之利之时。"

梅无赦没有答话，喝了一杯茶闭上了双眼。

独尊青云篇

重振旗鼓　流年风云

近期武林恢复了往日的平静，本来近期诸葛书辰要和颜不换展开一场生死决斗，可颜不换最终反悔，并亲自写下道歉书送到望渊帮。

其反悔的原因江湖传闻很多，有人说他这个月练功时走火入魔所致，也有人说他怕了，他没把握胜，等等。

林枫先随时横午修炼《易筋经》，对于他这种武学奇才来说，一个月就初窥门径了，之后与师兄花青云一同重回金陵武林，重振神拳门雄风。

梅无赦自入朝廷后，万刃门从此解散，手下有的离去，有的随他加入朝廷，被纳入正规编制。自上次他和吴问天多次震慑朝廷后，一般人根本不敢招惹他。

吴问天辞去朝廷事务后巡游四方，准备踏遍万里河山，领略中华之美。

令狐行和狄青等人重建望渊帮，大家忙得不亦乐乎，不少豪杰纷纷加入，如今的望渊帮已经足以和颜不换势力一决雌雄。

诸葛书辰得知颜不换免战后，准备去海外找女儿，看一看西方的世界：海的另一头究竟是什么，神秘的西方现在发展如何？他们武功怎么样？

岁月匆匆，在这些人心里留下了不可磨灭的记忆，他们每个人都有着武林新佳话，在和颜不换的斗争中，最终还是胜了一局。

秦淮河畔，一家热闹的饺子店，一位高大俊秀的蓝衣中年人坐下，他今日仿佛很饿，一口气吃了很多饺子，这家饭菜做得很不错，他边吃边称赞。

小二送上一碗鱼肉汤道："这位客官，我看您是生面孔，哪里来的？"蓝衣人笑道："哪里？呵呵，我也不知道。"

"哈哈，客官那您吃着，今晚咱们秦淮著名歌姬娄雅丹小姐会在船舫内献艺，您如果有兴趣可以看看。"

蓝衣人点了下头没有理会。

夜间蓝衣人走在河畔，见到远处船舫中灯火通明，甚是耀眼。

他手中的酒不一会儿都已下肚，想了想，还要喝，于是打算去船上买杯酒喝。

这艘船是个画舫，来了不少佳人才子，蓝衣人走在其中气质上丝毫不输任何人。

突然两位看门之人拦住他道："你有没有邀请函？"蓝衣人抱拳道："在下今日酒劲兴起，想来此地买酒。"

谁知看门之人哈哈大笑，"我看你穿着一般，不像是什么富贵人，还是滚去镇里买酒吧，这里恕不接待！"蓝衣人对他的谩骂没做计较，刚想转身离去，周围所有人都齐声喝彩，往一个方向看去。

原来是船舫内的花魁出场了！

蓝衣人回头看去，心想："她应该是刚才店家所说的秦淮著名歌姬娄雅丹吧？"

只见娄雅丹穿着华贵，一身配饰无一不是珍品，这类名妓上至官府下至草莽，都和她有关系，一般的角色和她连句话都说不上。

可蓝衣人似乎对她不感兴趣，继续离去，可令他觉得不对劲的是，四周有杀气！而且很浓厚！

人群中十分嘈杂，到底有什么不对劲的人一时间还真看不出来。

"啊！"一声尖叫从娄雅丹口中发出！

只见一名黑衣人不知何时飞到了她身侧，一招解决了她身边的守卫，将其挟持！

蓝衣人停住脚步，向娄雅丹看去……

无影神拳　路见不平

无数守卫将黑衣人围住，可黑衣人丝毫不惧，右手一剑发出，剑气顿时将三十名守卫同时杀死！

此刻等官府前来也得一炷香的时间，想不到竟然会发生如此极端之事。

娄雅丹被他掐着脖子，面色发红，眼珠子血丝暴涨，呼吸困难地对大家说：“救，救我……”

船舫负责人急忙抱拳道：“大侠手下留情，求求您了，别伤了娄小姐。”秦淮一带的船舫都是靠这些名妓赚钱，这里是个销金窟，没有男人不愿意来，但是来的必须有钱，有的人连邀请函都没有的，就证明你没有圈内人证明你有钱，所以门都进不了。

黑衣人发出震耳欲聋的内力之声：“都给我听好了，你们都不是我的对手，想让她活命可以，还请董老板把所有钱开成银票交给我！”

船舫负责人就是董老板，他知道对方是图财，于是立刻吩咐手下去取。

刚才黑衣人发声之力极为恐怖，内力之深一般的高手根本不能与其相比。

黑衣人得到银票后，发出怪笑：“这么美的女子，今晚陪我后，明早我放她走!"他这话一说,气得董老板直哆嗦,"你,你怎么没信用。"

要知道船舫内的著名歌姬要是被这么羞辱的话,今后她的名声也就完了,今后很难会有富贵客人再找她,毕竟玩的就是一个高兴。

娄雅丹的眼泪不断地流了出来,黑衣人发出奸邪之声:"宝贝,今晚我让你在床上欲仙欲死,嘿嘿嘿!"他刚说完话,一个身影站在了他身旁。

此人长得带着几分邪气,但也算俊朗不凡,一身紫衣。董老板见到此人后喊道:"周兄弟!求你了,救下娄小姐!"

场下一片议论声,原来此人是武林中著名年轻高手"无影拳"周文超。

自从上次败给诸葛书辰后,不仅名声没有降低,反而把他抬高了,因为他是和诸葛书辰比过武的。

周文超自从加入神行镖局后,他苦练无影拳,还被诸葛书辰多次指点,如今武功进步神速。

黑衣人道:"你是何人?"周文超得意道:"听过无影拳吗?"

谁知黑衣人放声地笑道:"我还以为是什么大人物呢,原来是个乳臭未干的小儿,老子'飞天恶龙'燕超伦行走江湖的时候你还穿开裆裤呢!"

此时黑衣人自报姓名,吓得全场鸦雀无声,因为周文超的确和他不是一个级别的!

飞天恶龙的称号出自锦衣卫中,此人曾在大内当职,但因与他人不和以及多次违反朝廷纪律,被逐出锦衣卫。

飞天恶龙的武功更不用说,对他的传闻很多,他自从变成独行大盗后,还没遇到过敌手。

周文超平稳道:"既然前辈如此强悍,敢不敢与我来一场决斗!"黑衣人点了娄雅丹的穴道,对他道:"好!开始吧。"他毕竟是前辈,当年武林白道的知名人物,怎能拒绝一个晚辈的公开挑战。

开第一招没反应过来,燕超伦的剑还没出手,面部就挨了一拳!是无影拳!

看台下一片掌声！周文超大笑道："让我好好教训你这个武林败类。"随后对台下喊道："神威镖局副总镖头'无影拳'周文超在此，诸位放心，我必生擒此人！"他的话还没说完，台下的蓝衣人喊道："小心身后！"

可惜周文超大意了，后背被燕超伦一剑刺中要害！

一口鲜血从他口中吐出，的确是大意了，他也轻敌了，想不到对方挨了自己全力一击能这么快站起来。

周文超左手抓住利刃，鲜血从他的虎口流出，另一只手发出无影拳，可这次燕超伦早有防备，同时出拳与他对打，两人过了三十招后，燕超伦拔剑，周文超捂住伤口坐在了地上，剑光猛然间罩在了他的面门之上！

可一个身影抓住了燕超伦的手臂！如此关键时刻，台下的人都看傻了。

是蓝衣人！

他淡淡说道："你住手的话，我放你走。"

燕超伦知道此人能悄无声息地接近自己，可见武功之高，但他丝毫不让步："你又是什么东西，是不是想……"他的话还没说完，肚子就被蓝衣人打了一拳，胃液都吐了出来，蓝衣人出手太快了。

秦淮唱晚　英雄少年

蓝衣人随手解开了娄雅丹的穴道，随即扶起了周文超，点了他三处止血大穴。

燕超伦突然起身暴击一剑，剑气震碎四周夹板，真乃雷霆之势！

可蓝衣人头也没回，两只手夹住了剑刃！

秦淮河畔的晚风刮起，所有人都被他这一招惊住了，这是何等功力?!

燕超伦想拔剑也不可能，因为对方内力远在自己之上，根本不是对手。

蓝衣人再次道："燕前辈，望你改邪归正，弃恶从善，你走吧。"稍后放手。燕超伦一个起落飞到了船边，回头问道："我猜到你是谁了，今日你饶了我，我会记下的，呵呵，想不到在这里遇到你。"随后抱拳离去。

周文超等人陆续表示感谢，可蓝衣人丝毫不吐露自己的姓名。董老板知道这回遇到高人了，他亲自请客，大摆宴席感谢蓝衣人。

娄雅丹今晚把所有客人都拒了，单独陪蓝衣人喝酒，雅间内还有董老板和周文超，四人好酒好肉吃着。

蓝衣人酒过三巡，起身往船边走去，连声叹气。

　　董老板是过来人，走近道："兄台武功绝世，至今不吐露姓名，做好事不留名的人现在真的不多了，不知兄弟为何事叹气？"

　　蓝衣人再次叹气几声后，道："我已三十五岁了，至今一事无成，家业也没守住，真是惆怅啊！"娄雅丹起身举杯道："先生是我见过最强的武林大侠，今后一定会好起来的，男人三十五岁是正当年，以后机会还多着呢！"

　　周文超道："我才二十六岁，见了兄台后才知道什么是才俊，看你真不像三十五岁，和我差不多才对。"

　　蓝衣人笑了笑，没有接话。董老板道："既然兄弟不想和我等多说，那必然是有苦衷，今日咱们一醉方休，不提武林中事。"

　　晚间，娄雅丹送蓝衣人出去，临行时突然抱住了蓝衣人，她慢慢道："公子的出身定不简单，小女子有话想说。"蓝衣人捂住她的手道："娄小姐请讲。"

　　"那我直说了，公子定是武林中响当当的大人物，我也算见过世面，公子如今定是被现实所困，我奉劝公子一定要振作起来，看公子的出身也不简单，如果够资格的话，请公子参加十年一次的独尊大会！一展身手！"

　　话说到这里，蓝衣人脸色大变，这也是今日他第一次变脸。

　　娄雅丹见此，心中窃喜："公子知道独尊大会就好，这是武林三大禁地之一凌云堡举办的，就在十五日后，秦淮火通钱庄处报名，南北的武林侠士都会参加，每个门派选出一人参与，这一人代表整个门派，所以都是高手中的高手。大会每十年在凌云堡举办一次，因为时隔十年之久，有年龄限制三十五岁，所以每个人一生最多参加两次，这将是十年来最大的一次武林盛会，高手之多可能超乎每个人的想象，大会对年龄的限制是三十五岁！也就是说公子正好。"

　　她的话有几句话里有话，暗示三十五岁了，这是蓝衣人最后的机会！

　　蓝衣人抱拳道："多谢娄小姐告知此事，我定会参与。今晚与几位畅谈后，心中甚是愉悦，人生何处无磨难，每个人都是从无数挫折中成长的。"娄雅丹见他豁然开朗，摆手道："请公子及时上路，此地距离火通镖局还有数日，祝公子获得武状元！"

离别时蓝衣人似乎对娄雅丹有了兴趣，回身道："娄姑娘，我是……"可这次娄雅丹打断了他，"不必说，谁最终在独尊大会得了武状元，你就是谁！"

伴随着夜间吹来的卷风，两人对视良久后离去。蓝衣人心中道："好！你等我，如果我得了武状元，定会再来找你！"

火通之难　名家横行

几日里蓝衣人没有歇息，他仿佛脱胎换骨，精神倍增。现在他就有一个目标，在独尊大会夺魁！

一路赶到火通镖局，由于凌云堡是武林禁地，也和天外剑阁相同，具有最神秘之称的地方，一般人根本不知道入口。独尊大会在凌云堡举办，所以必须通过凌云堡的人将其带入。

大家得先去火通镖局报到，然后按照顺序，依次上船前往凌云堡。

蓝衣人进入后把报到处的人叫到了一旁，低声说了几句话。随后负责报到的人员立刻对他很是恭敬，马上为他办理。

来此报到的必须经过严格的资格审查，必须是以正派为主，黑道上的门派也不是不能参加，但必须是凌云堡黑名单之外的门派，例如有些门派在武林中罪大恶极，是不可能参与的。凌云堡也怕那些人平日里在武林结仇太多，一旦参加大会后会出事，引起无数争端，一旦大会中出现了仇家见面打斗的情况，主办方脸上也不好看。

每个门派只能安排一人参与，这个人是门派的希望，在这种场合内，能进入复赛就已经算给门派争光了。

蓝衣人领了参赛资格牌后找地方坐下。随后门口来了两位武林人士，他们身穿华贵衣服，一脸傲慢，趾高气扬。

看打扮，二人是青城派高手和点苍派高手，这两派都是武林大派，想不到其中的高手竟然如此，他们一路推开挡路之人，到了报到处，点苍派的人喊道："你们火通镖局的老板都得让我三分！知道我是谁吗？"

可报到处的办事员尴尬道："您是谁我的确不认得，还请您出示您的文件，我确定后给您发参赛资格牌。"参加独尊大会的每个人在报到的时候都有资格审查，主要目的是怕有人混进来，必须严格检查你是谁，例如你武当派高手，得出示张真人的亲笔书函，以及其他各类证明你身份的信件。

一道黑影突然从门外进入，他们步伐极快，轻功了得，多数人都没注意，可蓝衣人发觉了，细看之后那黑影竟然是"杀神"俞无！经常走动江湖的人都知道此人，他可谓无恶不作，曾经被列入黑榜高手！几年前退隐江湖，在家研究一门毒功，据说他现在的毒功成就已经远胜星宿派掌门。

蓝衣人暗忖："他怎么会来这里？这人肯定是大会禁止的人员，再说他得四十多岁了，年龄也不合适呀。不对，此人平日作恶对端，他来此肯定没好事！"

报名处内，传来点苍派高手的骂声："你算什么东西！敢怀疑我不是翟俊森，把你们总镖头潘一平给我叫来，不然今日老子一剑平了你们镖局！"

原来此人是点苍派第一高手"一剑胜"翟俊森！

报到处人员依旧道："无论是谁参与大赛，都必须提交证明，不然无法报名。"谁知青城派高手一手抓住报到处人员的衣领，骂道："你这个小角色，平日里跟我们都说不上话的人，今日在这里要威风，我看你是找打！"

"两位大侠息怒！"有位年轻人劝他们。

可翟俊森回身向劝架的人道："这里没你的事，滚一边去，不然连你一起打！"年轻人抱拳道："请两位息怒，这里的规矩就这样，我们也没办法。"

这时青城派高手上前对其就是一拳，打得年轻人后退三步，但没有倒下，面不改色地继续道："兄台出手伤人就不对了。"这时青城派高手上下审视此人，道："想不到你的内力还不错，竟然能挨我一拳不倒下，再不滚别怪我苟敬辉亮兵器了！"原来他就是苟敬辉，青城派的天才武学家。

蓝衣人此时忍不住了，起身拦在中间，道："两位已经出尽风头，何必欺人太甚呢？太有失身份了吧。"翟俊杰骂道："怎么冒出一个不知死活的，看剑！"一剑发出，可蓝衣人侧身躲避，随后翟俊森又发出三招，都被蓝衣人轻松闪开！

此时翟俊森收回长剑道："阁下也是参赛者吧，身手还可以，敢问高姓大名？"蓝衣人抱拳道："一名普通的武林中人而已，和二位比不了。"

这回双方都给面子了，他们也正常走了报名流程。

蓝衣人坐下后，刚才劝架的年轻人也坐了过来，低声道："多谢兄台化解此事，想不到你武功如此之高，敢问是何门派？"蓝衣人没有回答，但低声道："你是火通镖局的人吧，告诉你一个事，刚才我发现'杀神'俞无来了！"

那人听了脸色大变，"什么？！他就是早年被列入黑榜的俞无？他怎么会来？"蓝衣人道："我感觉来者不善，现在他就在你们镖局内。"

那人似乎发觉了什么，立刻起身抱拳道："多谢兄台告知，实不相瞒，我也觉得不对劲，这几日镖局内新应聘了三名镖师，平日里这三人行动诡异，我就觉得可能和今日的独尊大会报名有关！"

蓝衣人道："需要我帮忙吗？"那人道："要真是黑榜高手前来捣乱，我们对付起来还真麻烦。"

蓝衣人点头："这里虽然报名的高手很多，可大家都要保存实力，在这关键时刻谁也不想受伤，都得保存实力，打起来的话能出手的不会太多。"

那人突然道："啊，不好！新来的镖师肯定有鬼，前几日我无意中发现他们的房门内传来火药之味，而江湖中只有江南霹雳堂才有火药，霹雳堂主'爆秦淮'汤文修与俞无私交甚好，这些邪派魔头近几年退隐后不知在做些什么，如今颜不换等黑恶势力逐渐退去，他们又开始兴风作浪了……"

武心未变　潜龙升云

蓝衣人道："那咱们现在就去镖局中看看他们在干什么？我就怕霹雳堂的火药，难道是想炸死参加独尊大会的人?!"这个猜想很大胆，的确，像汤文修这级别的恶魔没有什么极端事情做不出的，他的武功其实和黑榜高手在伯仲之间，可他平时喜欢埋藏炸药，暗算偷袭，黑道上也对他敬而远之，所以没有被列入黑榜之列。

那人对蓝衣人道："这样，这里我熟悉，我在明处查看，你在我后面暗中相助。兄弟为人如此仗义，一看就是江湖大侠，敢问阁下高姓大名？"蓝衣人还是没有回答，说道："兄台的武功能否对敌他们二人，这可是黑榜级别的高手哇，而且他们还有没有其他黑道高手助拳也是未知数。"

突然那人拍了下蓝衣人的肩膀，此时一股无比强大的内力传入蓝衣人体内！

那人笑道："我叫钟离升云，兄弟还没告诉我姓名呢，稍后难免一场大战，望你我能胜！"蓝衣人听后觉得在哪里听过这个名字，果断道："我叫神谦，山东金枪门子弟！"

那人看了看他后背上的金枪，点了下头道："原来你是黑榜高手'谦意隐侠'神谦！哈哈，好！今日就让你我横扫群魔！"

钟离升云一个起落飞入后院，神谦在后面赞道："原来此人武功如此了得，可他的名字，啊，他难道是……"

钟离升云从屋内找出了自己的潜龙铜，这兵器得有几年没用了，上面都是灰尘。

神谦紧随其后，他憋住内力，让自己的气息完全消失，行藏闪烁在镖局之内。

钟离升云搜遍每个屋子，都没发现异常，就剩下最后面的大厅，果然出了问题。大厅内总镖头潘一平坐在椅子上没有动，表情十分难看，他身边坐着四位武林高手，这些人都是凌云堡派来负责辅助镖局完成签到工作的。

中央站着两个人，正是"杀神"俞无和"爆秦淮"汤文修，此二人在屋内眉飞色舞地和他们说话。

汤文修相貌凶悍，人高马大，络腮胡子浓密，他笑道："我说你们五个人就给我写个证明不就完了吗？不然我把整个镖局的人都炸死，四处都已经被我安排的人放满了炸药！"总镖头潘一平道："我潘某虽然武功平平，不是什么英雄豪杰，但做人的底线还是有的，凌云堡的黑名单上不仅写着某些门派不让参加，而且还有黑道上哪些人物是拒绝参加的，您二位是连参与观战的资格也没有的那类，因为你们结仇太多，到了凌云堡内，难免会有正派人找你们寻仇。"

此时俞无说话了："你废话真多，老汤，我看这个人是不知好歹，不如咱们把这里炸了算了，我看了一下，今日参赛之人来得差不多了，多数还在镖局内，如果这些人都死在火通镖局，那这事传出去可就大了，天下武林门派都会向凌云堡讨公道。哈哈哈，到时候你我就暂时躲起来，让凌云堡为咱们顶着！"他为人狡诈，心狠手辣已经不足以形容他了，外形上他很是瘦小，小眼一眨就知道他是个恶徒，一身白衣，手握单刀，这把刀是武林十大珍宝之一的掣风刀。

在座的其他四位高手，有一位说话了，他道："你们虽然都是横行一时的魔头，但这样下去早晚会有人收拾你们的，想让我们出示证明那是不可能的。凌云堡无儿戏，我今日给你们写了可以参赛的证明，那凌云堡的招牌岂不是砸在了我的手里！要杀便杀，但记住，今后凌云堡不会放过你们！就算你们躲到天涯海角也没用。"

俞无"呸"了一下，说："凌云堡算什么东西，老子的武功横行江湖的时候你们在哪儿？我可是在诸葛书辰等人前登上黑榜的，你们这些所谓的武林禁地，装什么神秘。"汤文修准备拿起火器，点燃镖局！

"我还以为是谁呢？原来是你们两个武林败类。"来者正是钟离升云。

二魔看到钟离升云，发觉此人步伐沉稳，武功定然不错。

汤文修放下了火器，问道："你是何人？"钟离升云迟疑了一下，仿佛刚才的豪情消失了，随后再次握紧潜龙铜，道："钟离升云！"

二魔对视后，俞无道："原来是你呀，消失江湖得有十年了吧，上次你在独尊大会上技压群雄，风头出尽，最终夺魁，实力的确不可小视。不过你就真是钟离升云也无妨，未必能胜过我的掣风刀！"

大战邪魔 扬名秦淮

神谦此时悄无声息地飞到了房顶，听到了里面说话之声，他感叹："想不到真的是他，身为前独尊大会的武状元，竟然淡泊名利，隐居于此，而且方才翟俊森等人冒犯于他，他都没有计较，这等胸襟真乃武林无双！"

屋内钟离升云先行出手，他的招数异常刚猛，而俞无也没有小看他，上来就发出杀招对敌！

刀铜在屋内发出金属的碰撞之声，震得地面都已裂开！

两人一百招后同时后退，钟离升云抚摸着潜龙铜道："你的武功的确很强，怪不得把你列入黑榜呢。"俞无道："少废话，小子武功的确可以，但接下来我让你五招内死！看招！"

久闻俞无练就一身邪功，他修炼的是传说中的魔刀，是难度系数极高的刀法，就连魔教教主都说此刀法自己未能完全掌握，后来俞无潜入魔教将这本秘籍偷了出来，魔刀是魔教五大神功之一。

此时他的刀法带着一股煞气，神谦看了心中不禁一震。屋内钟离升云全力抗击，铁铜横扫开来，竖击落地，开合有度，前三招被潜龙铜防住了，这几刀越来越快，而且每一刀的威力都在增加，此时俞无的实力和刚才完全不同！

神谦握紧金枪准备随时支援。

钟离升云勉强防住了五刀，俞无深吸一口气后退道："好身手，能接住魔刀的武林中至今没有，这几招是我对付诸葛书辰用的，我要登上黑道武林第一宝座。"

一个身影从空中杀来，道："想当黑道第一，先问问我手中的金枪同不同意！"这一枪直击俞无，而汤文修拿起双钩准备出手被钟离升云拦住，局面成了二打二！

神谦将俞无从屋内引出，因为金枪在狭小的空间里无法发挥最大威力，眼前这个对手太可怕，必须全力以赴！

神谦自上次父亲神耀出事后，一直漂泊江湖，颓废至今，原来神家的地位是崇高的，现在连家都没了，当时兄弟们死的死，残的残，虽说都是死有余辜，可那毕竟是他的家人，不过近期他决心重出武林，为武林正义而战，夺拿独尊大会武状元！

武林传闻神谦这人武功深不可测，武功不在其父亲神耀之下，当日和花青云单打败一招是他没用全力，因为他内心深处是认可花青云等人教训神家的，这人就是太仁义，为了信念可以放弃一些个人利益。

神谦的金枪在手中不断挥舞，对方的魔刀再次发出刚才的那几招绝杀！

神谦先用金枪门绝技横扫千军挡下了第一招！之后一枪刺出千万个红点，火花在枪头闪烁，随即封住了魔刀的第二招！

没等俞无继续出手，神谦大吼一声，立马飞身，金枪直击俞无左肩，俞无感到前所未有的死亡之危，眼前这个对手是他一生遇到过最可怕的。

俞无守住刀法，防住这满天星辰，被打多次差点落刀。神谦运足力气一招直刺，俞无转身一跃，斩击神谦，二人对了一下后俞无被金枪震飞，撞在了墙上口吐鲜血！

屋内钟离升云对战汤文修，五十招过后，钟离升云怒吼一声一招将他的双

钩击飞！汤文修连连躲避之后的招数，差点摔了一个跟头。

潘一平称赞道："想不到武状元竟然潜伏在我手下这么多年。汤文修哇，你还是快逃吧，刚才我听到外面打斗声中好像你的兄弟俞无败了，再晚一点跑的话等那位用金枪的人回来你就死定了！"

可外面突然发生了变故，打斗声音多了起来！神谦一人独战三个恶魔！

他们果然还有同党！只见神谦一人宛如常山赵子龙般，龙胆在握，丝毫不惧这些高手，俞无已经被打得有了内伤，行动有些跟不上，其他两人分别是"魔丑"楼云宝和"怪龙"巫年丰！

他们两人中楼云宝是前任卧龙帮帮主，使得一对字母判官笔，由于坏事做尽，最终被少林武当联合除名。

巫年丰是前任丐帮帮主的师弟，武功之高可与帮主相抗，由于奸淫良家妇女，被丐帮除名，但他武功太高，不少黑道高手都愿意与之结交。

四人打斗特别激烈，神谦运足内力一招横扫将楼云宝击飞！随即金枪画圆，防住了那两个人的凌厉攻势，十招后他抓住空隙，千钧一发之际卷入中心，刚想出招时那两人就立刻闪开！

"何人在此闹事！"不远处翟俊森等年轻高手加入战圈，合围这些魔头！

俞无喊道："各位撤！"汤文修从腰间放出江南霹雳堂特制的烟幕弹，浓烟过后，四人瞬间消失。

独尊凌云　武学考量

神谦收回金枪，平心静气地说："想不到这几人这么难敌。"四周的高手们得知神谦一人独战群魔之事很是敬佩。

钟离升云过来笑道："想不到兄弟武功如此了得，久闻山东金枪门神耀前辈武功独步天下，其小儿子神谦武功不在其父之下，今日一见果然超群绝伦！"

神谦的事迹在半天内就传遍秦淮河畔，独尊大会中不少参赛者都对其忌惮万分，因为谁也没把握打赢他。

明晚就开始登船，今日大家都在镖局安排的住处住下。

夜间神谦实在睡不着，心想："我如果这次得了武状元，那金枪门也可以借我的名气在武林中重振旗鼓，我会好好地为武林出力，那时候也没人会再说神家的闲话了。"

午夜他还是未眠，一人起来独自走在镖局中，想去竹林内喝点酒。

不远处发现钟离升云也在，走近道："想不到钟兄也未眠，你我再喝上几杯。"可今晚钟离升云喝的是茶，不是酒。

暖茶入肚，别有一番风味，钟离升云叹了一口气。神谦诧异道："兄弟为何叹气于此?"

钟离升云喝了一口茶道:"实不相瞒,在下自上次夺得武状元后,就一直颓废至今,这些年我和一个废人没什么两样,直到今日遇到你,才看到了我当年的影子。"

神谦不解地问:"既然夺得武状元,为何颓废?"钟离升云道:"呵呵,你看来对独尊大会还不是很了解,我给你讲讲吧,独尊大会内虽然我技压群雄得了武状元,但后面还有一关!这一关要是过不去,我这个武状元等于是个空名,这一关是'名家考量'。顾名思义,就是你必须闯过四位名家的关卡,才能算真正成为独尊大会的夺魁者!"

神谦品了口茶,感觉很有味道,"有意思,看来这一关很难,不然以你的身手不可能过不去,今日我看你和俞无的决战,你的实力完全可以进入黑榜,而且他的魔刀出其不意,你都能封住,我之后是看出了端倪,才放手一拼不落下风。"

钟离升云摆了摆手,"我真的不值一提,自从进入名家考量后才明白人上有人,那四位名家都是绝世高手,实力绝不逊于黑榜级别!"他看了看月亮,继续道:"记得那一日我在万众瞩目的背景下进入了名家考量,我觉得自己肯定能行,这里共有四关,第一关是拼斗敏捷,第二关是内力,第三关是拳脚,第四关是兵器。这在一个大屋子举行,凌云堡所有高手出动监视这间屋子,因为担心选手会以各种手段作弊,例如中途吃补品,或者找帮手替身等,总之你想作弊是不可能的,必须靠一人之力,一口气闯完四关,要在半日之内,中午开始,在日落前如果你还没取胜,也算你输,这就是不给你喘息的机会!"

听到这里神谦觉得此事太有意思了,这样的大会才是真正的高手过招的擂台。

钟离升云道:"首先是内力这关,我的内功自小修炼,可谓年纪轻轻就极为深厚,自信可以轻松过去。进入关卡后屋内坐着一位红衣老者,他背对着我,没有多说话……"

时间回到了钟离升云那日的名家考量。

名家考量的考官都是凌云堡发动各种手段请来的武林高手，他们有的是退隐已久的武林名宿，大派掌门等，有的是黑道上横行无忌的强人，独霸一方的黑榜高手，还有的是化外隐士，总之都是高手中的高手。

凭一人之力过这四关，从古至今还没有一人！而钟离升云就要做这古今第一人。

他手握潜龙铜，进入第一关。屋内设计甚是朴素，前方坐着一位老者，这一关是比敏捷，老者体态显瘦，对视后慈祥地道："好！有胆量来就是真英雄，钟离兄弟，看招！"

老者发出掌风将他打退，此时钟离升云一身冷汗，此人武功比起大会上遇到的高手完全不是一个级别的！

凌云游龙　壮志未酬

只听老者道："一炷香内，你我过招，先去一旁往手上沾点白粉，一炷香后，你我谁打到对方的点数多，就是谁胜。记住，不可防御，只能闪避，因为这是速度比拼！出手不可太重，要避开要害部位！"

没等钟离升云把规矩记下来，自己全身瞬间中了老者无数拳脚！

钟离升云放下潜龙铜，发出最高心法对敌，掌法覆盖全屋，两人打得可谓有进有退，这次才是高手之间的对决！

一炷香后，二人同时停手，老者出于十分客气，出手很轻，所以并没真正伤到他，而他也很注意，似乎两个人形成了一种默契。

最终钟离升云的点数略高一些，老者点了点头，"身为前辈让你见笑了，技不如人，真是惭愧，咱们相差得不是一点，因为开始我攻你不备。"钟离升云抱拳道："晚辈今日受教了，前辈多次承让，才能让我侥幸过关，敢问前辈高姓大名？"

老者转身隐入内屋，"走吧，后面三关的人都比我强，你要多加小心，尽力而为就行！"

钟离升云抱拳道："多谢前辈。"

第二关，拼斗内力。

钟离升云进入后发现一个胖老人坐在中央，身穿素衣，头发斑白，戴着面具，应该是身份问题，不便展露。

钟离升云上前道："前辈，请多指点。"谁知那胖老者没有说话，只是发出一条锁链，钟离升云平稳地接住后，胖老人深吸一口气，四周所有物件均被他的内功震飞！这是何等内功？！

内功从胖老人身体发出，通过锁链传递到钟离升云这边，而钟离升云不甘示弱，知道已经开始考量了！

两人拼斗了两炷香的时间，胖老者两眼无神地看着钟离升云，甚是恐怖！

而钟离升云途中至少有三次撑不住了，但他坚强的意志力最终让他没有倒下。良久，胖老者闷哼了一声，松开锁链，坐回到原地，做了一个走的手势。

刚才的闷哼是老者受了内伤，钟离升云的内功略胜一筹！

第三关，拳脚比试。

在进入第三关前，钟离升云的内功已经消耗大半，他坐在走廊内打坐了一个时辰，感觉恢复了七八成后进入第三关，因为时间紧不能让他休息太久。

屋内一片漆黑，钟离升云问道："前辈，晚辈前来闯关，请您指点！"屋中还是没人说话，突然一个黑影从他身后闪过，钟离升云回身一看，此人年纪似乎和自己相仿，相貌不在自己之下，一看就是富贵出身。

那人一身穿着华丽，黑衣在他身上显得格外耀眼，上等丝绸不落俗套。

那人先说道："呵呵，能来到第三关，可见你的武功深不可测呀，恭喜钟离兄！"钟离升云抱拳道："兄台真是一表人才，年轻有为呀，看来你的武功不逊色前两关，可似乎兄弟不常在武林中走动，敢问是何方高人？"

年轻人嘴角一笑，"嘿嘿，不必客气，稍后你我难免一场厮杀，高手过招只在瞬间，我的手都有些忍不住了，好久没和你这种高手对决了，因为江湖上能称得上高手的没有几人。"

　　钟离升云见他年纪轻轻却自信满满，问道："敢问兄台今年二十有几了？"年轻人得意地道："我没有二十，哈哈哈，今年十八整！"

　　此时钟离升云顿时糊涂了，此人如此年轻，竟然能被凌云堡请来做考官，真是武林百年难遇的武学奇才。

　　年轻人道："说起拳脚，我还算擅长，我的打法没有路数，只是求胜，在我面前，你是前辈，请指教！"随后他发出迅猛拳影，两人正面开打。

　　钟离升云感觉此人武功不在自己之下，脑海里把著名武林人物想了一遍，可还是没想到他是谁……

英雄气短　高人相助

　　两个人过了三百招后，钟离升云大口喘气扶着墙壁暗忖："不行了，实在坚持不住了，此人内力均不在我之下，对付他，必须得十成内力才行，靠现在的力气，肯定不行。"谁知在他思考之际，那人突然不见了！

　　然后他感到一股强大的杀气从背后袭来，后心被其重重地打了一拳，随即昏倒过去，但他醒来时，自己早已被抬了出来，输掉了名家考量。

　　故事讲到这里，钟离升云喝了一大口茶，"神兄，今日我想跟你说的是，你一定要通过名家考量，因为我有预感，你一定能行！"神谦思考后道："单打独斗或许我还能与其一拼，可这四位考官的实力均属黑榜级别，我怎能保证一打四斩将过关？"

　　钟离升云低声道："告诉你个事，凌云堡选拔考官时候，会考虑上届夺魁者，而我就是他们近期想招纳的考官之一，所以决定参与名家考量，这里面其实最难的就是第二关内力，因为你的内力如果没了，后面的第三关第四关就很难通过，所以我打算在第二关出现，放你走！让你有十成内功应对后面两关，这样做不算作弊，因为本身凌云堡的规定就不合理，这样才是真正的公平。"

这次神谦听后道："规矩都是人定的，的确，如果保持十成内力的话，我有把握与其一拼！"钟离升云道："此事难就难在我如何被安排在第二关，会不会让凌云堡的堡主起疑，你我今日共同大战群魔的事迹想必已经传到他耳朵里了，此人武功智慧均是第一，凌云堡也是天外剑阁唯一的对手，虽然都属于化外门派，但他们之间也有竞争，此人曾一人独闯天外剑阁，剑阁三圣同时出手都未能留住此人，可见他武功之高，这人喜欢游戏江湖，真面目谁都没见过，是个极为神秘的武林大人物。"

神谦点头道："懂了，你怕他会觉得你想给我放水？"钟离升云道："不错，但这也是猜想，往好了想这人或许不是那么工于心计呢，这四关的考官顺序是抓阄的形式来决定，我该如何抓到第二关，这又是个难点！"

神谦此时发现一个事，心想："钟离升云应该是上次没能夺魁心中无比烦闷，今日见到我仿佛他也回到了当年，重新燃烧了斗志，上次有遗憾，所以把希望寄托在我身上，想让我给他出这一口气，想看看百年来无人能夺魁的独尊大会是否'无敌'。"

神谦起身道："事在人为，钟离兄尽管放心，我必放手一搏！"古今成大事者都是有着地利人和，而钟离升云就是他的人和。

二人现在的疑团就是如何让钟离升云进入名家考量的第二关。

次日报名者基本都到齐了，苟敬辉和崔俊森两位高手被神谦的人格魅力所吸引，在他左右一起行动。

他们得知蓝衣人是神谦后，对他甚是佩服，因为神谦的侠名早已在北方各处流传。

"兄台，我来了！"一个身影出现在神谦身旁，是"无影拳"周文超。

周文超还不知道他是神谦，看了信息后才明白为何他的武功如此之强。

神谦道："文超，你是何门何派？"周文超道："无影门啊。"

几人除钟离升云外没人知道这门派，突然钟离升云严肃地对周文超道：

"周兄，敢问尊师还在秦淮吗？"

周文超被这一问给问住了，钟离升云道："兄弟不必拘谨，这里都是自己人，我也是久仰尊师，今日想去拜会。"

周文超这才说话："在，在的，可他老人家不见人。"钟离升云起身抱拳道："请周兄带我去见家师，告诉他我是'铜凌风'的弟子钟离升云，想看看他老人家。"

周文超这次起身惊讶道："你，你是钟离升云?! 上次的武状元！"钟离升云道："我知道我师父和你师父是生平宿敌，可今日望他老人家念在咱们两家有渊源的分儿上，我有一事相求。"没等周文超说话，钟离升云继续坚定地说："因为这件事恐怕在这秦淮一带除他老人家外无人能帮！"

拜访无影 仙人指路

神谦心想："难道周文超的师父很厉害？钟离升云为何想找他？"只听钟离升云道："周兄拜托了，可据说你师父是天下第一智者，文武兼修的人物，我有事想请教他。"

神谦明白，应该是独尊大会名家考量这一关该如何过一事。

周文超此时脸色比较难看，"我，我……"他似乎欲言又止，神谦道："你就说吧。"

周文超看了看四周，低声道："还请这两位兄弟回避一下。"他是冲翟俊森和苟敬辉说的，毕竟他们是第一次见面。

现在就剩下他们三个人，周文超道："我早就被师父逐出师门了！"钟离升云听后不觉得奇怪，道："在我意料之中，早就听闻无影老人是个性格多变的古怪人物，而且武功深不可测，但由于长年不踏入江湖，所以黑榜之列没有他。"

周文超道："所以我没法给你引荐，我过去了估计会被他老人家打死。唉，早年我学了点无影门的皮毛功夫，就出来惹是生非，虽然靠无影拳能打遍武林，但是遇到诸葛书辰这类真高手我连一招都走不过，怪我学艺不精，不然得他老人家真传，我也能进入黑榜了！"

无影门是江湖中消失已久的门派，周文超的师父更是千古绝人，据说当年上门挑衅各大门派，无一人能胜过此人，他性格多变，无影拳已经练到巅峰，一般的高手根本接不住他一拳。

钟离升云的师父曾和他是宿敌，两人比试多次不分胜负。

钟离升云笑道："那周兄为何代表无影门参与独尊大会，不是被逐出师门了吗？"周文超迟疑道："我？唉，其实我在前天接到师父的命令，让我参加的，说给我个机会，要是能进入独尊大会前十名决赛，就让我重回师门，可我哪有把握呀，虽然我现在是神行镖局的副总镖头，在武林中算上一号人物，但这也都是诸葛大侠当年的功劳，我的武功也无法跟黑榜高手抗衡，心里也烦。"

神谦点头道："你师父应该对你期望很大，周兄定要奋力一搏。"钟离升云道："你这样，听我的，咱们稍后一同拜访你师父，我还有重要消息告诉他。"

周文超勉强答应，午后，三人来到秦淮河畔的一处隐蔽之地，这里只有一间木屋，很是简陋。周文超原地犹豫了半天，终于出手敲门，"师父，是我，文超！"

良久也没有回应，钟离升云上前道："无影前辈，晚辈'铜凌云'的弟子钟离升云前来拜见！"屋内突然传来一个狂傲的声音："哼，进来！"

门自动开了，屋子里走出一位白发老者，他双手握拳，眼神凌厉，一看就是武林中人。

周文超跪下道："师父！"老者看都没看他一眼，走近上下打量钟离升云，随后点头道："想不到铜凌云这个老怪物有这么好的徒弟，根骨奇佳，还是独尊大会的武状元，比起我这废物徒弟，真是天壤之别！"

周文超结结巴巴地说："师父，我这次会尽全力在独尊大会中进入前十名。"无影老人还是没有理他，随后又看了下神谦，他立刻道："你爹近期身体可好?"

原来无影老人竟然认出了神谦,神谦低声抱拳道:"他老人家已经仙去。"无影老人由于长年退隐江湖,对武林近期发生的事情一无所知,他惊讶地问道:"什么?!那就是病逝了。"

神谦道:"是和人家比武后,身亡的。"无影老人蹦了一下,形象极为夸张地问:"是什么人能打败神耀!可惜了,唉,当年我和你爹有过一面之缘,为了点小事一言不合就打了起来,你爹很客气,我也留了一手,最终打成平手,后来我很后悔,知道比武较劲不能不用全力,这是对对方的不尊重!他怎么死了,我还想找他比试武功呢。"

神谦道:"前辈武功卓绝,我爹未必是您的对手。"无影老人露出了奇怪的笑容,"那你是不是继承了金枪门绝技,咱们不如过几招!"没等神谦同意,一招无影拳就打在了他肚子上!

神谦从来没见过这么快的无影拳,根本不给人反应的时间。他从背后拿出金枪对抗……

解惑答疑　志在必得

金枪在无数拳影中走过，两人打了五十招后神谦略显下风。无影老人先停了手，称赞道："你的武功已经在你爹之上了！放眼武林的年轻后辈，能胜过你的没有几人，很好！"

此时无影老人的态度大变，变为了一个和蔼老人，有点名师指点的意思。

神谦马上抱拳道："晚辈侥幸能接住您五十招无影拳，承蒙您手下留情。"

无影老人道："一个人武功再好没有武德也是白搭，你刚才很客气，给足我面子，这点你跟你父亲完全相反。哎，神家出了你这样一位侠士，真是神耀祖上积德。"

无影老人继续道："你们三个来此有事？说吧。"周文超先道："师父，他们都是我的朋友，说有事想请教您。"

钟离升云道："无影前辈，是这样的，我们要去参加独尊大会，我的这位兄弟神谦立志夺魁，还望您老人家指点一二。当然周文超也是我们的兄弟，您放心，我们一路上会相互照应，争取让他进前十名。"

无影老人听后哈哈大笑，"你这是在跟我谈条件吗？这个废物武功低微，不知进取，连无影拳一成火候都没掌握，他进不进决赛无所谓。"钟离升云知道此人性格古怪多变，道："前辈，那个，有个事我不知当讲不当讲？"

无影老人喊道："讲啊！磨磨叽叽的，和你师父一点也不像。"钟离升云道："师父他在五年前就已经仙去，他老人家临终遗言说这一辈子最佩服的武林人物就是无影，就是您了！"

无影老人听后极为受用，"是吗？呵呵，我与他斗了一辈子，一直胜负难分，可就在最后一次打斗中我胜了他半招，可不知怎的他那天好像状态不太好，我也觉得胜之不武。"

钟离升云道："我记得这事，师父说当日在和您对打前，有个化外高人找他麻烦，百招就将他打伤！这事您估计不知道吧。"说到这里钟离升云似乎觉得自己说多了，怕无影老人不高兴，可无影老人没有丝毫不悦，点头道："那就错不了了，是他，哎，我有个哥哥，他不在五行之中，游戏江湖，武功可以说是武林第一，他不想让我与人争勇斗狠，希望我干点正事，那日他得知铜凌云又来找我比武，于是先出手把他打伤，最后再让我取胜，我和铜凌云的武功旗鼓相当，只要他受了一点伤，那我的胜率就会大大提高，哎，我哥怎么这么可恶，铜凌云定会认为我没有规矩，找人助拳，这不符合武林规矩！"

钟离升云解释道："不会的！您放心，这事我当时也是这样想的，可师父说您绝不是这种人，他太了解您了，说您是个武林大侠，顶天立地，攻击他的高人绝对与您无关！"这样一说，无影老人再次平稳下来，"那就好，行，升云，你算我半个弟子，既然弟子有难，我这个做师父的不能不管，关于名家考量一事其实我也想，咱们进来慢慢聊。"

几个人进屋后，无影老人道："凌云堡乃武林三大禁地之一，堡主身份神秘，我也没见过，这里面肯定有很多秘密，而且凌云堡和两大秘境一样，一般人是无法进入的，例如去独尊大会，那地方在化外，不在正常的世界，所以凌云堡严格来说，可以和两大秘境性质一样。"

无影老人喝了口茶，继续道："名家考量一事我也想了很久，最终明白不作弊的话，是过不去的，例如让我去闯这四关，我也没有把握，因为靠一己之力对付四位黑榜级别的甚至更强的高手，我也不行，所以必须有高人相助。咱们跟他们想办法，首先拼斗内功最费力气，如果这一关是咱们自己人，那就好办。我有办法，升云是上届武状元，你立刻向凌云堡申请名家考量，时间还来得及，一般他们都是等大会前期工作做好后，再去请四位武林高手充当考官，你抓阄的时候抓住内力这一关即可。"

钟离升云听得很是带劲，无影老人想的和自己不谋而合，问道："可问题就出在这里，我抓阄如何抓到内力这一关？"无影老人神秘道："这对天下人来说都是难点，但对我无影门来说，简直就是小儿科！"

最后无影老人解释了原理。无影拳的修炼对手的要求很高，敏感度极强，一张纸上写了字，一般人根本摸不出来字体的形状，尤其是独尊大会的抓阄纸，选用的是十分平整的纸张，写上去的字根本摸不出来，但对无影门来说，只要上面有轻微的不平，可以立刻摸出。随后无影老人传授钟离升云独门心法，一个时辰钟离升云就掌握了此法。

无影老人点头道："这样最好，记住，四张纸你一定要第一个抓，千万别让其他三人先把内力这一关抓走了！"想不到无影老人如此细心，大家对他敬佩不已。

无影老人道："如果内力得到了保证，那三关只能靠神谦自己了，武功强弱这个事和智慧无关。"

正在众人道谢离去时候，一个声音响起："这么好玩的大会，为何不带上我老人家！"无影老人脸色大变，"不好，是我哥来了！"

残影绝人　一臂之力

只见空中飞来一个黑影，他一身灰衣，头发极黑，完全不像老人，看上去也就四十多岁，此人就是无影老人的哥哥。

无影老人急忙道："哥，你怎么来了。啊，这几位都是我的徒弟。"灰衣老人直接往神谦看去，严肃道："你们刚才的话我已经听到了，如此做法是破坏凌云堡的规矩！我要去凌云堡，把此事告知他们！"

无影老人知道他这个哥哥性格和他一样，十分古怪，很可能事情就坏在他身上！

无影老人抱拳道："大哥，请您手下留情，规矩都人定的，刚才我也说了，这世上能一口气闯过四关的，除了大哥您，没有第二人。"这话一说，灰衣老者马上大笑，"哈哈哈哈，是吗？有趣呀，也是，损失了内力再闯最后两关，这就是不公平，他们都是年轻人，凌云堡怎么能如此打压人呢？"

这回神谦等人明白了，眼前这位灰衣人和无影老人一样，都不是坏人，就是性格善变。

无影老人走近道："大哥，既然您来了，小弟有一事相求。"谁知灰衣老者道："我知道，你想让我陪他们一起去凌云堡参加独尊大会，一路上给他们一个照应，对吗？"

无影老人点头，"知我者大哥也。"不料灰衣老者爽快答应了！

神谦等人马上抱拳感谢，灰衣老人的目光停留在神谦身上很久，道："你和你父亲不同，今后必定是武学大家，前途不可估量。你的实力虽在黑榜之列，但或许已经超出了黑榜范围，只要你听我的，独尊大会夺魁是很有可能的，但据我所知这次大会来了不少高手，相比上次钟离升云夺魁时，难度不是一个级别的！"

无影老人道："那这样不是正好吗？本来我想一路陪他们的，可大哥来了，我这点功夫就派不上用场了！"

通过他们说话，就能看出无影老人的实力和灰衣老者比还差一些。

灰衣老人道："那就出发吧，晚上凌云堡的船就出发了，还等什么，好久没这么热血沸腾了，出去放放风也好。"

几人一路返回镖局，正好大家陆续上船，神谦小声问道："前辈，我们怎么称呼您哪？"灰衣老者道："残影！"

这个名字在武林无人知道，看来这就是高人。

中途残影老人想吃路边的馄饨，让他们先回镖局。

刚一回到镖局，总镖头潘一平急忙跑来对钟离升云道："出大事了！"钟离升云笑道："您别急，慢慢说。"

潘一平道："你们走后，俞无等四个魔头又来找事，他们扬言今晚谁也别想上船，这几人在码头处埋藏大量火药，要求神谦只要不去，并且让我们请他们上船，给他们写'证明'等，这样的话他们就让大家上船，不引爆炸药。"

俞无等四个魔头刚重出江湖就被神谦挫了锐气，在武林中声望全无，他们气急败坏，不想让神谦参加独尊大会，于是就想出这个方法。

神谦道："想不到这几个人如此恶毒，小人中的小人。"钟离升云道："眼下他们记恨咱们，不让你上船，不然就炸毁所有船，难道不怕得罪凌云堡吗？"

神谦道："这几个人都是大魔头，没把凌云堡放在眼内。"钟离升云道："眼下只能这样，咱们去找他们，迅速将其制服，走一步看一步。"

神谦道："那四个魔头武功超绝，咱们打赢他们都费劲，何况制服，万一他们引爆炸药该如何是好？"几人带着疑惑来到了码头。

如今这里所有报名人员都陆续上船，很多人还不知道这件事，神谦在黑暗处看到了那四个魔头站在码头中央！

神谦走近道："你们有事冲我来！"俞无笑道："你别急呀，稍后我们等着开证明，去凌云堡看看风光，你就在这里待着吧！哈哈。"

汤文修道："你要是再敢上前一步，我们就引爆附近的炸药，让你们都去不了凌云堡！"

神秘莫测　影之传说

在这个关键时刻，神谦以大局为重，不能因为自己耽误了大家的行程，凌云堡派来之人也是没办法了，就给俞无等人写了证明，邀请他们前去凌云堡观看独尊大会。

最后周文超和翟俊森等人也走了，无奈呀。

俞无上船后，和汤文修等三魔哈哈大笑，最后就剩下神谦和钟离升云没有上船。看着远去的船影，神谦心中不后悔，因为就算让他重来一次，他一样会出手教训这些魔头的。

不远处有人喊道："人呢？我要去独尊大会！怎么船都走了？"是残影老人来了，他去吃馄饨刚回来。

神谦和钟离升云泄气地低下头，感到真是可惜了，随后把事情又跟残影老人说了一遍，谁知残影老人道："这事的确可恶啊，此地距离凌云堡有段距离，他们就算派船再来接你，恐怕赶到也来不及比赛了，这该如何是好呢？"

神谦道："前辈，抱歉，不能带您去独尊大会了。"残影老人捂住肚子笑道："你们两个是不是特看不起我这个老人家，区区凌云堡，其实上个月我刚去完!"

钟离升云急忙道:"什么?!难道您自己就能去,那可是和两大秘境一样的化外之地,没有专人带领,根本找不到,谁也不知道凌云堡在哪儿?"残影老人道:"我是一般人吗?哼,再小看我,就不带你们去了!"

说完残影老人买了一艘小船,带上起航,原来残影老人懂得奇门遁甲,出入凌云堡一类的秘密之地宛如回家一般。

路上神谦问道:"老前辈,如今武林中黑道上最强的两人是颜不换和诸葛书辰,您说他们两个打起来的话到底谁强?"残影老人道:"他们各有所长。颜不换我再熟悉不过了,呵呵,此人不算俗世之人,但也被这世上的名利所困扰,真是可惜了。诸葛书辰这人我不了解,但听说了他传闻后,我觉得此人的确有跟颜不换一拼的实力!"

神谦又问:"对了,您知道两大秘境中夜梦城的主人是谁吗?现在江湖都知道颜不换是桃花源的主人,但另一个夜梦城十分神秘。"钟离升云也感兴趣道:"对呀,您告诉我们吧,哈哈,您肯定什么都知道。"

这次残影老人没有回答,良久后道:"这是个大秘密,我保证,在独尊大会结束后,我告诉你们,但你们可得保密呀。"

这三人宛如师徒一般,在水上有说有笑。残影老人此时觉得自己年轻了,仿佛回到了当年。

到了凌云堡后,此地果然景色美不胜收,简直是人间仙境。

三人下船后,正好和之前的船同时到达!

神谦一眼就看到了那四名恶魔,于是拿起长枪直接杀了过去,钟离升云也跟着冲出。残影老人笑道:"你们尽管出手,这里由我为你们掠阵,打得过最好,打不过我给你们补刀!"

俞无等人看到他们来了,吓得立刻乱了阵脚,俞无拿起宝刀对敌神谦,汤文修立刻在一旁拿出各类火器准备从旁偷袭,而楼云宝和巫年丰两人对战钟离升云!

突然听一声惨叫，原来神谦这次急了，八十招后就一枪刺入俞无的腹部。俞无想不到这小子比前几天更猛了，可俞无的刀气也伤了神谦，两人分别受伤，可神谦有他父亲神耀的勇猛，拔出神枪又是一招下劈打碎俞无的肩胛骨，俞无回头向汤文修喊道："快出手哇！"

不远处的汤文修准备放火器的时候，突然背后袭来一道黑影，此人正是残影老人，他笑着出手，不知怎的汤文修的火器都被其抢走。只见残影老人道："这些玩意儿有这么好玩吗？"

没等汤文修反应过来，他整个人被看不见的一掌击飞！是残影老人劈出的一掌，这速度比无影拳还快！

俞无此时也被神谦一枪刺入喉咙！神谦身上虽多处受伤，但无大碍。

另一旁钟离升云一人独战那两名魔头也占了上风，他们看俞无和汤文修都已毙命，吓得仓皇逃窜，可这四面是海，往哪儿跑，正在他们犹豫之际，钟离升云一招千里行将楼云宝的头骨打碎，巫年丰转身时被金枪一招刺穿胸膛！

侠名远播 四大宗师

凌云堡内，所有堡中骨干成员都在，堡主宇文安仁坐在中央。此人年过五十，一身白衣，文人打扮，武功极为狠毒，使得一手折扇，乃武林十大奇兵之一。

宇文安仁道："诸位，今日独尊大会正式开始，稍后大家各负其责，这是让我们凌云堡在武林扬名的时刻，一定不能出事。另外还有一件大事，至今我尚未告知各位，今日我说了吧，望渊帮的高手燕名，就是前太湖帮候选帮主，此人现在在咱们手里！"

原来自从上次大战后，燕名想招兵买马，四处寻找高手，可不料被凌云堡的人发现其行踪。他早年和堡主宇文安仁的妻子有染，导致凌云堡在全武林对其展开追杀，后来他被囚禁在太湖帮十几年，导致凌云堡始终拿他没办法。可如今他在武林出名，被列入黑榜之列，这就让宇文安仁知道了，燕名在上个月就失踪了，被凌云堡的大宗师暗算。

所谓凌云堡大宗师共有四位，都是化外高人，身份地位和堡主宇文安仁平起平坐。燕名被其中一位大宗师暗算后抓回凌云堡，可宇文安仁没有杀他，其目的是想让望渊帮割地赔款。

凌云堡的宇文安仁见颜不换在武林中称霸，自己也有了私心，本身置身事外的凌云堡，也想涉足武林。

这件事今日他和各位骨干说了之后，大家都表示认同。宇文安仁继续道："如今武林局势复杂，独尊大会结束后，恐怕望渊帮会上门，是我约的他们，我的意思是想救出燕名可以，必须给予我们好处，不想妥协也可以，如今燕名被凌云堡四大宗师囚禁在后花园，他们可以派出四名高手对敌四大宗师，如果胜了，人自然就给他们，但是输了的话，就得给我们更多银子。各位意下如何？"

台下先是附和，但有一人站了出来，此人是凌云堡的总指挥。"化春手"叶申义，他是前任黑榜高手，在二十年前退隐江湖后加入凌云堡，他一生没有败绩，堪称无敌，平日里宇文安仁也让他三分。

叶申义慢慢道："诸位，我认为堡主的做法不恰当，咱们凌云堡本来就是武林禁地，与世隔绝，又和两大秘境齐名，为何要不断沾染尘世纷争？当今望渊帮的确是武林黑道数一数二的帮派，堡主的意思我懂，如果四大宗师击败了望渊帮高手，那样凌云堡更能在武林中扬名，因为现在望渊帮和颜不换势力打了几次不落下风，可以说现在谁击垮望渊帮，谁就是武林盟主！"

宇文安仁笑道："兄弟是最懂我的，不错，我就是想给望渊帮点教训！"可叶申义道："总之此事请您三思，我还是觉得咱们不能和颜不换一样，私欲过重。"

今日他两次顶撞宇文安仁，可宇文安仁丝毫没有发怒，此人城府极深，喜怒不行于色，"叶总领说的话我会认真考虑，还有谁想说话？"这时候一位四十左右的英俊男子站了出来，"我有话说，此事堡主很是正确，我认为凌云堡想发展，就必须走出来！"

此人名叫焦崇斌，外号"一手擎天"，他的掌法特殊，是明教嫡传绝技之一，他还有个身份，是明教的左护法！

　　早年由于朱元璋要屠杀明教元老，他早有防备，提早辞职，免遭血光之灾，但他的心还是江湖心，投靠凌云堡后，虽然与世隔绝，但是依旧打算重新回到武林干一番有大事业，如今担任总教头职务，地位和叶申义一样，都是直接归堡主宇文安仁管。

　　这下宇文安仁有机会了，"好！既然多数人觉得此事可行，那我今晚就派人去望渊帮送信，命他们在独尊大会期间赶来救人，过时不候。"焦崇斌抱拳道："堡主果然英明，如今独尊大会会集天下群雄，这时刻要是望渊帮前来救人，他们都可以当旁观者，最终得胜后这件事会立刻传遍武林，到时候谁都知道凌云堡了，一旦有了名气，商业上的各类活动咱们就可以做了，例如镖局，酒楼等。"

　　宇文安仁点头，得意道："知我者你也。哈哈，好，就这样了！"

　　神谦等人被安排住宿后，夜间残影老人找他，对他说："今晚我睡不着，想告诉你，你的金枪其实还能提升一点，那样的话就真的无敌了。我观察你很久了，呵呵，咱们其实已经见过很多次了。"

　　神谦有些没听懂他的话，但附和道："是的，请前辈指点。"残影老人道："我的武功是无影门的最高心法，连我弟弟也没能掌握无影中的'残'字诀，我认为你可以，但这个你得慢慢领悟，你神家枪法其实和我的残字诀有些相似，如果你掌握了残字诀，速度和力量会更上一层楼。"随后就把残字诀传授给神谦，神谦心里明白，本次残影老人来的目的就是助自己一臂之力。

高义薄云　群雄出动

望渊帮内，英雄厅。

狄青手拿凌云堡的书函，坐在宝座上道："诸位，事情大家想必都知道了，燕前辈目前在凌云堡手里，怪不得我这个月花了无数银子，请了各门各派高手找遍整个武林也没有他的消息，原来是被凌云堡拿住了，现在咱们必须迎战凌云堡四大宗师，诸位有什么好的建议说出来！"

令狐行站了出来，道："燕前辈为我帮出生入死，如今有难，我等岂能坐视不管，不就是什么四大宗师吗？咱们也上四个人与其对战，我算一个！"

狄青听后道："不错，这事必须跟他们要个说法，不然传出去会被武林耻笑，我也算一个，还有谁上？"

这时候大厅内几十名高手同时要求上，军师于湖鸣道："诸位，现在不是意气用事的时候，我听闻凌云堡四大宗师非同小可，他们每人都具有黑榜级或以上的实力，绝不是一般角色，四打四的话咱们必须派出帮内顶尖的四位高手！"

安东如上前道："我能算一个吧。"狄青道："你的功力稍逊我一筹，但也能算上，最后一人我打算让吴问天来，此人是我的兄弟，也多次帮咱们渡过难关，他如今已进入黑榜。"

令狐行点头道："他可以，上次咱们血战，此人一人独挡黑道高手，可见气魄惊人，看他不是本帮中人，这？"狄青道："没事的，他早就和咱们并肩作战多次，也算半个望渊帮中人，眼下诸葛大叔不在，不然咱们的阵容就将无敌。"

最终狄青等人立即起程，因为对方要求在独尊大会期间到凌云堡救人，过期不候！

今日独尊大会开始了，三百名选手开始了对决，神谦该上场了，残影老人传音道："放松，眼前这位峨眉派高手完全不是你的对手，你只需发挥三成功力即可。"

果然神谦出手后，只打了十招，对方就败下阵来，想不到残影老人传授他的心法这么厉害，融合自己的神家心法，现在的他发挥十成功力后到底有多强自己也不知道。

周文超、翟俊森、苟敬辉也都进了第二轮比赛。

一日下来，几轮初赛都打完，他们几人都顺利晋级！

晚间望渊帮以狄青为主的高手们都来了，凌云堡堡主宇文安仁亲自外出迎接。

海风呼啸，狄青看了下凌云堡的雄伟，心中不禁感叹自己的不足。

"狄帮主！请！"宇文安仁抱拳道。"客气了！请！"狄青一眼就认出了宇文安仁，二人并肩走了进去。

两大帮派的首脑人物第一次见面，都给足对方面子。

宇文安仁道："狄帮主果然气度不凡，我的确就是想一睹狄帮主风采，绝无他意！"这话说得真是厉害！

狄青更是客气，"燕前辈是我帮的副帮主，我们不得不救。不是我们小看贵帮上下，而是迫不得已，还请宇文兄别见怪。"

随后宇文安仁大摆宴席，又给他们安排了上等住处，很有大将之风。

晚间吴问天敲了令狐行的房门，察觉四周无人后，吴问天闪入房内，令狐行惊讶道："兄弟的灭源六绝已经到了最高境界，这身手和闪电没有区别。"吴问天低声道："比起令狐兄的炎剑我还差多了。"

"有事吗？看你着急的样子。"

"嘿嘿，我有个大胆想法，想与你说说。"

令狐行似乎猜到了，道："你我今晚夜探凌云堡，查看四大宗师和燕前辈的处境？"吴问天从包袱内拿出了夜行衣，小声道："想不到令狐兄如此了解我，哈哈，我一直觉得你我联手对付四大宗师就够了，可别让帮主出手了，今晚看看时机，可以的话就把燕前辈救了！"

佳人相遇　娇嫩天玉

二人着黑衣、蒙面准备前去救人，夜间的凌云堡守卫森严，独尊大会时期各部门正是谨小慎微，不能出任何差错。

凌云堡的地方很大，两人转了一圈，还是没发现异样。

令狐行低声道："我总感觉咱们被发现了？"吴问天笑道："令狐兄多想了，不会的。"

"不对，有人似乎在看着咱们，你我都是领悟先天真气的人，你仔细感受下！"果不其然，吴问天道："咱们的行踪似乎被发现了！"

令狐行道："对方就在附近！你看！"不远处竟然站着一位窈窕淑女，相貌甜美，可谓人间尤物。

吴问天道："她往咱们这方向走来了。"正当两人打算离开之时，女子竟然叫住他们："你们别走，是不是想救燕名？"

这话问的，一下就看出他们的来意，但江湖险恶，任何人都不可相信，万一这女子如果想助他们一臂之力一类的话。果然女子又道："你们不用怕，这里不会有别人的，还有，燕名囚禁之地被奇门遁甲所保护，你们找不到的，但我可以带你们去。"

二人对视后，令狐行传音道："此女武功应该很高，看她的步伐就知道，你说她会有诈吗？"吴问天最是机敏，传音道："我觉得不可信，但此女甚是貌美，应该是堡主宇文安仁的女儿，武林十大美女之一的'醉青云'宇文紫玉！"

令狐行传音道："我没问你她是谁，我想说她会欺骗咱们吗？"吴问天眼珠子转了下，"嘿嘿，这样，四大宗师传闻武功极高，你我今晚去救人其实没把握，本来就是看看情况而已，外加如今情况有变，不如咱们将计就计，先相信她，然后你一人去四大宗师之地看看究竟，我时刻在此女身旁，如果你被对方擒住，我可以挟持她！"

眼下只能这么干了，不然望渊帮两大黑榜高手如果被一个女子吓走了，这不被武林耻笑吗？

两人上前，吴问天道："在下望渊帮吴问天，的确是来探望燕名前辈的，不知小姐可是宇文紫玉？"女子捂住嘴笑了笑："你好聪明，怎么一下子就知道是我？"

吴问天道："小姐美貌可谓天下无双，乃武林十大美女之首，我要是认不出就是有眼无珠！"他这话说的，武林十大美女之首是他临时编的，其实吴问天一直都没遇到合适的女子，也到了结婚的年龄，所以他心里着急，例如令狐行有了柔若和卢佳馨两大美女，他一比较心中不是滋味，可如今宇文紫玉样样都符合他的标准，他已经决心将其拿下。

关于宇文紫玉的传闻其实早已在武林中传开，她自小被宇文安仁宠爱，一直被父亲安放家中，没有出过凌云堡，从小就有很多高手指点她武功，她吸收了各门各派的绝技，有人戏称她是第二个花青云。

吴问天道："敢问小姐为何帮我们？"宇文紫玉小声道："你们跟我过来吧，到我房间里说。"二人也怕有诈，但没办法，只能走一步看一步，吴问天时刻跟在宇文紫玉身后，如有不测可随时用土泥拿住她！

大小姐的房间果然雅致，里面的家具都是价值不菲的古董，两人坐下后，宇文紫玉道："你们真的是望渊帮高手哇，我这几年最爱听你们的故事，观洋楼你们大战黑道巨擘，之后力拼黑榜高手中的展求败和乱离两大绝世高手，还有前几天的江水之战，我都听了，太厉害了，我早就想见你们一面，和你们一起闯江湖！"

这么一说两人发觉此女并无恶意。令狐行道："敢问小姐如何进入奇门遁甲内，救出燕名？"宇文紫玉严肃道："你还没自我介绍呢，是不是看不起本姑娘？告诉你，我的武功可有黑榜高手之称，那个什么天下第一花青云，很多人拿我和他比较呢！"说完她小嘴一噘，甚是可爱。

令狐行抱拳道："在下令狐行，能认识小姐深感荣幸，而且小姐的脾气和我们兄弟很投缘。我保证，如果我们救出燕名，今后一定带着你一起闯荡江湖！"

宇文紫玉听后兴奋地笑道："哎呀，那真是太好了，我爹特可恶，二十年了，把我憋坏了。"吴问天问道："敢问小姐一事，四大宗师的实力如何？他们到底是谁？武林都知道凌云堡的战力是三大禁地中的王牌，因为这里有武林四大宗师坐镇，可谁也不知道他们是谁。"

绝世绝境　通天之气

　　宇文紫玉双手捂住嘴道："既然咱们这么投缘，今后在武林中你我多多照应，两位大侠，那我就把四大宗师的事情和你们说说，你们可得给我保密啊。"两人马上点头。宇文紫玉继续道："他们四人都是身怀绝世神功的，实力都不在我爹之下，尤其是其中两人，更是可怕，这四人的绝技不同。为首的一直没出过手，我对他一无所知，最神秘的就是此人，或许整个凌云堡就我爹一人晓得他的情况。第二位是个用剑的高人，他的剑法已经参悟到无剑的境界，我爹说此人出手的话，天下用剑的都得甘拜下风！"听到这里令狐行不服气地看了下自己手中的剑。

　　宇文紫玉喝了一口酒，然后咳了好几下，表情很可爱地道："酒怎么如此难喝，我看你们来了，我今天就当一回武林中人，喝点酒，唉，喝不下。"这举动又让吴问天大笑，此时吴问天已经喜欢上眼前这位女子。

　　宇文紫玉道："第三位是个怪人，他从来都戴着面具，是个鬼脸，看着都吓人，他练的武功我看见过一次，浑身被一股纯阴之气所缠绕，听我爹说好像叫什么太阴之气，说这武功练到第九层时，可以胜过武林中一个叫刘烟冷的阴功。"

吴问天暗忖："想不到四大宗师如此厉害，刘烟冷的实力他太了解不过了。"宇文紫玉笑着说："这第四位我就很熟悉了，他的气功很厉害，可以说是无敌的，刀枪不入，据说有个叫何有之的气功高人，是他的徒弟！他和我爹关系最好了，经常外出帮我爹杀人。"

令狐行对吴问天道："这四人咱们大概了解，怎么样？敢不敢先去看看！"吴问天道："有何不敢！你我的实力这几个月又提升了，什么四大宗师，我让他们尝尝灭源六绝的厉害！"

宇文紫玉此时抓住吴问天的胳臂道："你们再陪我玩会儿，别着急走，你们是不是不想真的和我做朋友，接近我就是想让我带你们进入奇门遁甲？哼！"

吴问天马上说："小姐错怪我了，见了小姐后，我真的想一辈子都陪伴在你身边！"宇文紫玉的眼神突然变了，惊喜地道："吴问天你真好，那你陪我吧，我让令狐行前去打探究竟，放心，如果令狐行有危险，我会亲自去解救他，那四位都是超凡脱俗之人，不会和你们真计较的。"

令狐行起身问："最后一个疑问，这四位都是当代超级高手，为何屈身于凌云堡内？"宇文紫玉道："嘿嘿，这话你可问对人了。原因有两个：其一就是他们为了凌云堡内的神功，通天之气！这神功得四人一起修炼，一旦成功，他们四人联手能抵御千军万马，而且各方面都会得到提升，可以说他们练成神功后将是'无敌中的无敌'。第二个埋由是他们四个都是有故事的人，所以厌倦了武林，已经退隐后，才被我爹纳入凌云堡的。"

吴问天问道："那你爹为何不修炼凌云堡的神功通天之气呢？"宇文紫玉道："那是因为通天之气必须四人合练，而且必须日夜坐禅，不能懈怠或做别的事情。凌云堡已有百年历史，只有首届堡主练成了，因为原来凌云堡练成此神功的四人就是四位堡主，可到了后来都是一人做堡主，也无心练此神功，太费事。所以就放下了，但四大宗师来后，对这神功很感兴趣，所以才能把他们留住。"

吴问天道："你爹真是个帅才，利用这神功，能让四人为自己效力。"宇文紫玉道："那令狐兄请吧。"

突然令狐行低声道："不好，咱们聊得太入神了，门口有人窥探！"立刻房门被打开，也是一个黑衣人！

那黑衣人摘下面具后，竟然是狄青！

狄青笑道："你们的话我都听到了，方才没有现身之故是对小姐不是很信任，现在我相信了，小姐放心，你助我们解救燕前辈后，我这个帮主保证，带你游遍江湖，踏遍千山万水，吃遍武林美食！"

这话一说，宇文紫玉兴奋地跳了起来！随即使用奇怪的战法，打开了奇门遁甲，吴问天留下来陪紫玉，狄青和令狐行准备进入，可狄青刚进入这发光的黑影后，没等令狐行进入，紫玉的房间周围就出现了几百人，门口宇文安仁的声音发出："紫玉，谁在和你说话，爹进去了！"

紫玉一听宇文安仁来了，吓得顿时乱了阵脚，阵法一下子破坏了，黑影关闭。

令狐行没能进入，宇文安仁也进来了，吴问天和令狐行马上藏于屏风之后……

两刃冷暖　大侠之风

　　狄青一人进入四大宗师的领地后，发觉令狐行没来，黑影也关闭了，管不了那么多了，先探探究竟再说。

　　他屏住呼吸，把自己的气息消失于无形，这种境界只有黑榜级别才能做到。

　　狄青其实也步入了黑榜高手级别，经历了几次大战后，近期他对武功的理解又进了一步，而且他专心研究了他爹狄洛的武学心法，逐渐领悟透彻，"三眼真君"狄洛就是前代黑榜高手。

　　狄青一身黑衣，隐匿在树林中，发现前方有个竹园，其中坐着四位人物，这应该是四大宗师。

　　竹园中央有个山洞，这里应该就是囚禁燕名的地方。狄青俯下身子，轻轻地放下三尖两刃刀，聆听四周的声音。

　　"你们四人敢不敢和我决一死战！老子不服气，凌云堡偷袭暗算老子，还把我关在这里，真是气死我了！到底什么时候放我出去，一旦让我出去了，先打死你们四个！"这是燕名的声音，内力纯正，看来没有受任何内伤，狄青此时放心了。

那四人中靠里面的两人闭上双眼一直不作声,靠外面的两人其中一个白发老者道:"燕名,你少安毋躁,今日望渊帮的人已经来了,他们准备解救你了。"燕名马上道:"好!我告诉你们,我们望渊帮个个都是绝世高手,他们不仅要救我,最后还得踏平凌云堡!"

白发老者道:"看不出你也是年过半百的人,性格还跟年轻人无异,望渊帮到底有多厉害,我们四人领教后才知道。"燕名骂道:"你们凌云堡最是无耻,以偷袭暗算的方式把我抓来,哼,要是面对面交锋,你们谁是我的对手!"说话的气势极为逼人!

狄青此时感到热血沸腾,想不到燕名这么有魄力,到了这个地步还如此强横,不愧为望渊帮副帮主!

狄青由于过于激动,发出了杀气,那四人同时抬头看向狄青的方向,白发老者发声道:"阁下既然来了,又何必行藏闪烁,不如现身一见!"狄青果断摘下蒙面,运足内功,一个起落飞到了他们中央!

四人见狄青相貌堂堂,气质数上上之选,而且俊朗不凡,大有一代宗师之风。

狄青单手将三尖两刃刀插在了地上,直入刃柄,出手从容,可见内功早已进入黑榜之列!

由于狄青长年和令狐行在一起,而令狐行的实力进步比他早,所以光芒被其掩盖,外加还有诸葛书辰的影响力,武功方面狄青一直被武林人士所低估。自上次江水大战,狄青击败栾俊海已经能证明其实力之强。

狄青抱拳道:"望渊帮帮主狄青,拜见四位前辈!"话说得震耳欲聋,内力惊人的程度不亚于燕名!

坐在里面的一位骨瘦如柴的老者发话了:"不愧为天下黑道第一帮的帮主,你的实力不在你父亲狄洛之下,他若泉下有知,定会欣慰。"狄青对他道:"前辈认识家父?"

骨瘦如柴的老者道："我曾与狄洛都是原黑榜高手，在座的还有这位气功宗师，我们都是上任黑榜高手！曾与你父亲并列武林黑榜十大高手！"狄青暗忖："想不到他们竟然是父亲的故人，那就好说了，既然有几分关系，救人的事就好办。"

狄青抱拳道："晚辈不才，今夜前来是一看究竟，燕名是我帮副帮主，如今被囚凌云堡，对我们来说不可不救！"燕名突然喊道："好！帮主来了！够兄弟。"

狄青对黑洞内喊道："前辈放心，当日江水大战，你力敌两大绝世高手，以死保护我等周全，那日我才发现你是真的把我和望渊帮当作自己的一部分，我已率领全帮高手出动，势必救你！"刚才的白发老者笑道："狄帮主说话的语气都和狄洛一样，真乃英雄也！可惜当年我们两位和你父亲没有正面打过，最终得知他已死，感叹岁月无常，后悔没有在他生前与他一战！"

骨瘦如柴的老者道："人生就是这样，武功到了一定境界，找不到对手的滋味真的很难受。"狄青感到这位瘦弱老者应该就是剑圣，原来听父亲提过，那时候的黑榜高手实力也分高低，而剑圣是最强的！

一人之力　独战最强

狄青问道："前辈可是当年横行武林的第一高手黑榜高手剑圣?"枯瘦老者点了头道："不错。"

狄青道："既然前辈在此,那今晚我就暂时打消救人之念。"白发老者道："英雄不在一时,想必你等已经准备了四人与我们对抗,几日后咱们见真招。"

狄青道："今晚晚辈有个不情之请,不知四位前辈可否准许?"这回坐在右侧的鬼脸人说话了："请说。"

狄青严肃道："望渊帮高手情同手足,甚至比亲兄弟还亲,今日我这个帮主既然来了,四位可否让我进去与燕名一见?"四人中坐在最里面的人没说话,其他三人对视后,最终剑圣道："想看他可以,得看看狄帮主的本事如何?"

随后白发老者和剑圣飞了下来!

白发老者道："久闻狄帮主率领的望渊帮所向无敌,比起你父亲狄洛有过之无不及,今日你要是能和我们两人各过上五十招,就让你见燕名一面。"

剑圣介绍道："这位前辈是当今武林气功王何有之的师父,听闻何有之是死在你的好友吴问天手里,真是可惜了。"说到这里,白发老者脸色一阵难看,

"那就让我先领教狄帮主的神功绝技!"

白发老者深吸一口气,全身突然肌肉暴起!直接出拳攻向狄青。

狄青从容面对,三尖两刃刀第一次发挥得如此得意,他用出了近期新研究的心法,是他父亲的最高心法,这么多年一直未能参悟透,直到现在出手,他也不知道自己的实力到了什么地步。

三尖两刃刀上来就发出无数刃影!打得白发老者连连后退,二十招内狄青占了上风!

可白发老者不愧为气功王者,浑身上下刀枪不入,宛如钢铁之态!

狄青知道对方都是超级高手,所以自己不能留手,用出十成内力,三十招后虽然也占上风,可他发觉这位白发老者没有发挥全力,只是防御或者偶尔出手。

快到五十招的时候,白发老者怒吼一声,一拳和三尖两刃刀的刀刃碰撞,把狄青震出十丈之远!

狄青勉强站稳,白发老者点头道:"你的武功的确很强,足以上黑榜之列,我这一关你过了!"

狄青抱拳道:"承让了,前辈真是大家之风,没有因徒弟之死而迁怒于我,晚辈佩服!"白发老者点头道:"往者已矣,还提他干什么。我那个恶徒在武林坏事做尽,早先我就找过他,他有所收敛,但自从这二十年我来到凌云堡不涉足江湖后,就听说何有之无恶不作,最后还勾结颜不换势力,真是丢尽了我的脸!"

剑圣走了出来,道:"狄帮主,请赐教!"狄青顿时紧张起来,这个剑圣到底有多强?当年的黑榜第一名!

只见无数剑刃在空中盘旋,一看竟然有上万把剑!是由剑气化成的。

这得有多少内力才能做到?狄青认为这不是人能做到的,可剑圣做到了!

剑圣一招万剑齐发,狄青再次发出绝招,无数刃影抵挡万剑,二人正面过了三十招后,狄青被打得连连败退,到了第四十招,三尖两刃刀被剑圣的万剑打落在地！

但最终剑气就停留在狄青的面前，没有继续攻击，这一关，他败了！

剑圣道："你能接我四十招已经超出了我的想象，想不到狄帮主的境界已经到了这般，我的万剑这几年在不断增强，自问天下间没有几人能够抵挡。"狄青抱拳道："多谢前辈手下留情！不然晚辈必命丧于此！"

燕名发出内功喊道："四位不要伤狄青，有事冲我来。"剑圣点头道："不愧为望渊帮高手，个个都是铁骨铮铮的好汉。好！今日我破个例，狄帮主请吧！"

狄青一个飞跃进入洞内，见燕名浑身都被上了镣铐，马上过去沉声道："前辈莫慌，我一定会救你出去！"燕名抓住狄青的胳臂道："我燕名这一辈子谁也不服，就服你一人，我相信你们能行！"

狄青坚定地说："望渊帮自从击败太湖帮以来，没有任何一场是失败的！相信这次也是一样，你等着吧，三日后我们来救你！"

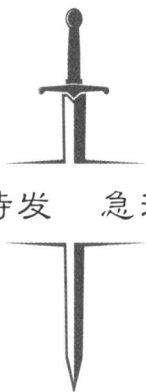

蓄势待发　急流勇进

宇文紫玉屋内。

宇文安仁进来道："你没事吧？"宇文紫玉道："哎呀，我能有什么事？我要休息了，爹您走吧。"

"没事就好，近期帮内有大事发生，你可得好好的，别出去乱走，武林的事和你没关系，你就好好休息。"宇文安仁对自己的掌上明珠特别疼爱，由于他的妻子过世得早，所以和女儿感情特别深。

宇文紫玉问道："那个，爹，是不是三日后望渊帮挑战咱们的四大宗师？"宇文安仁迟疑了一下，点了点头，"是的，你一个女孩子家家别总关心这些事，唉。"

宇文紫玉跺脚道："哎呀，不行，您告诉我吧，我就对这些事感兴趣，谁让我是您的女儿呢，咱们都是武林中人，对武林的事岂能不知？"宇文安仁无奈道："好吧，凌云堡其实属于化外之地，不参与俗事纷争，可如今江湖形势多变，我必须抓住机会让凌云堡成为武林第一，眼下颜不换的势力被望渊帮打压，这两股力量和北边的天下教可谓三足鼎立，但如今我抓住了望渊帮燕名，可以借此机会打击望渊帮，从而一飞冲天！"

宇文紫玉道："我觉得您这样做不妥，人家望渊帮又没惹您。"宇文安仁坐下道："这就是江湖，都是利益，没办法，我心里也不想，可不得不做。谁让望渊帮在风口浪尖上。"

宇文紫玉道："好吧，那四大宗师中的坐在首位的那个神秘人到底是谁啊？"话问到这里，屏风后的令狐行和吴问天都想知道答案。

可宇文安仁没有回答："不早了，不该知道的还是别让你知道。"随后起身离去。

稍后狄青回来了，把事情和三人说了一遍。宇文紫玉听后拍手叫好："不愧为武林黑道第一帮的帮主，竟然能在四大宗师面前来去自如。"狄青低声道："我技不如人，但这次败得心服口服，看来咱们三日后大战胜率不高。"几人决定回去从长计议。

狄青等人连夜召开紧急会议，帮内骨干全部到狄青的房间集合。

大家把事情说了之后，都觉得四大宗师非同小可。狄青道："三日后的决战只有以死相拼，见机行事，最可怕的是坐在最里面的那位宗师，他的头发挡住了脸，我根本看不清他的长相，但似乎年纪也在五十左右，你们觉得他会是谁呢？"

几人陷入沉思，吴问天道："放眼天下武林，实力如此的人物没有几个，会不会是北方天下教的人？"天下教是近几年新兴起的一个大派，早在河北一带，他们的势力可以和颜不换以及狄青抗衡。

令狐行道："不要瞎猜了，三日后过招就知道了，但你刚才说的那位鬼脸人，他的面具是不是红色的，花纹是条状？"狄青问："你怎么知道？"

令狐行道："怎么会是他?! 一日我与强敌夜狂恶、嘉空战斗，本来快不行了，那人出手相助，一招就将他们吓走，想不到在这里又遇到他了！"吴问天道："想不到的事还多着呢，这就是江湖。"

安东如道："咱们放松即可，四打四的话，谁强谁弱还不知道呢！咱们到时要注意配合。"几个人对四大宗师有了了解后，狄青最后道："我最害怕的是他们修炼的通天之气，四人合并会威力提升。"

当晚谁都没睡，脑子里都是这场决战，因为这不是望渊帮的事，是整个武林的命运。这一战如果败了，武林所有人都会知道，因为决战的日期安排在独尊大会结束后，所有参与独尊大会的年轻高手都会被安排看这场旷世之战。还有很多武林中有身份的人物在这几日都被宇文安仁请来观战，凌云堡把对付望渊帮之事看得比独尊大会还重，其目的就是让全天下的人都知道凌云堡的武功是天下第一。

拔山盖世　血气之勇

几日里神谦击败了四名高手，顺利进入复赛，接下来再打赢三场，他就是武状元了！

神谦接下来的对手是武当派第一高手"苍穹剑"莫问！此人是张三丰的关门弟子，继承了武当派神功，曾一人独战百名武当高手，太极剑发挥得淋漓尽致，至今未逢敌手。

至今周文超、翟俊森、苟敬辉等三人都是败在此人手里！

上阵前，三人拜托神谦一定收拾此人，给他们出一口气。残影老人对神谦道："此人的武功我已摸透，你切记，要一鼓作气，不可跟他纠缠，以雷霆万钧之势取胜，真玩命他不是你的对手，金枪自你父亲手中时就是一个拼字，当年黑榜高手蓝孤月和你父亲神耀负责追杀蒙古皇族，一路上连败数百名蒙古精锐，就是靠拼。"

神谦点头后，进入候场，裁判员见神谦到了，接近道："久闻神少侠威名，你只要再胜三场就是武状元了，眼前这位莫问不好对付，你一定多加小心。他的剑法阴毒，而且此人在武林中的口碑不好，听说跟颜不换有勾结！"

　　神谦抱拳道："多谢前辈指点！"那人继续道："你的侠名我早有耳闻，今日一见果然不凡，你去吧，我虽然是裁判，但还是希望你胜！"

　　两人正面上台，莫问先道："黑榜高手神谦，呵呵，我的实力也可进入，而且在我们白道上有八大高手，和你们黑榜高手是一个级别的，我如今就是八大高手之一，今日一战对我来说很重要，稍后我不会留情，如果你选择弃权最好，以免性命不保！"

　　神谦抱拳道："兄台的好意在下心领，今日我就领教武当派高招！出手吧！"

　　两人先打了三十招，神谦上来就发出绝招，枪影盖满全场，这一招是金枪门的秘技，威力不亚于花青云的漫天花雨！

　　台下残影老人喝了一口茶，笑道："这小子跟我还留了一手，胜负已分！"

　　众人再看向台上之时，发现太极剑法根本化解不了这锋利的枪影，打得莫问全身是血！

　　神谦以压倒性的优势取胜，莫问双手握剑，感叹道："这，这就是神家金枪吗？佩服……"

　　神谦将其扶起，进入了决赛！

　　晚间神谦得知明日的对手是个女子！乃丹青派的第一高手，武林十大美女之一的"赛木兰"司空少珊！传闻此女子实力极强，被列入新一代白道八大高手之一，而且是位列其首！

　　一把双刀使得出神入化，有人说金刀无敌林枫与其不分伯仲，他们的单双刀被正派称为神刀双绝！

　　神谦夜间未眠，明日胜了后，就进入总决赛，再胜一人方可进入名家考量。他感叹人生不易，一个人要想成大事真的很难。

　　晚间有人敲了一下他的窗户，说道："神兄可否出来？"说话的是个女子，神谦知道，很可能是"赛木兰"司空少珊！

　　他穿好衣服，出门后发现一位女子背对着他，单从背影来看就是个绝世美人！

神谦抱拳道："姑娘不知有何事？"司空少珊转身的一瞬间，香气扑鼻，打扮得十分柔美，一看之下哪里像武林中人。

女子抱拳道："我乃明日和你决战的司空少珊，今晚前来就想一睹公子风采，想不到我与公子会有一场较量。"神谦道："姑娘的双刀无敌，可以跟金刀林枫媲美，在下没有决胜的把握，望明日全力以赴！"

司空少珊道："好，神公子和我想象的一模一样。"神谦一时间没听懂她的意思，道："那咱们早点休息，明日见！"

次日场上，两个人上阵，今日司空少珊是男子打扮，明显和昨日的气场不同，看起来特别凶狠，双刀在手，鬼神难敌！

残影老人指点神谦道："此人的招数和你同出一路，你不可与其打正面，要抓住一瞬间的时机大胆出手，一击致命！"

二人出手！神谦发出金枪门绝招"环形气冲"，这招从地面打出，让相隔三丈的司空少珊脚下被攻，可司空少珊不愧为一代宗师，双刀果断发力，地面之气被瞬间化解！

二人用出浑身解数，到了百招后仍不分伯仲！

突然双刀砍伤了神谦！而神谦抓住这个机会，双手握住金枪一个下劈，将司空少珊直接打趴下！

司空少珊的单刀掉落，还剩一把刀回旋发出上千道刀气！撕裂的痛感传遍神谦全身，可他没有松开金枪，发出昨日的绝招，无数枪影和他融为一体，直击司空少珊，两股强大之力碰撞后，最终司空少珊的这把单刀也被击落，金枪放在了她的肩膀之上！

胜负已分，神谦明日进入总决赛！

下场后，司空少珊叫住他了他："你，你今晚有空吗？我有事和你说。"神谦急忙抱拳道："当然有空。"

其实在今日决斗后，神谦就已经喜欢上她了，她很美，而且武功那么高，简直是武林中人所追求的完美女人。

司空少珊小声道："你明日的对手我偷偷给你问出来是谁了。"神谦道："哪位？"

"和你同为黑榜高手的'天下第一'花青云！"

成人之美　浪子君子

晚间神谦和司空少珊散步于园林之内，司空少珊看着神谦道："神公子还未娶妻对吧？"神谦想不到她问得这么直接，道："没，没有的。"

"呵呵，那，那你觉得我这人怎么样？"

"你，你当然好哇，你是我心里最完美的女子。"神谦不好意思地道。

"哈哈哈，想不到神家金枪第一人竟然说话如此腼腆。"司空少珊笑道。"我没有的。"神谦道。

司空少珊侧身问道："明日的决赛，你有把握吗？"武林中早就传闻神谦败给了花青云，所以明日的战斗大家都认为神谦会败。

神谦深吸一口气，"没把握，花青云与我神家也有着解不开的矛盾，当然其中缘由武林都知道，是我们神家长年做派不正，这点我心里是理解的。上次我和他有过一次正面交手，我输了半招。"

司空少珊道："此人的口碑不好，但如今改邪归正，被少林等正派推崇，虽然被列入黑榜，但算黑道中的白道，他原来拈花惹草，我的师姐就被他玩弄过，此人实在可恶，我希望你明日战胜他！他现在是代表金陵武林出战，金陵武林已合成了一派，金陵派，之前梅无赦由于被招安，所以从武林中撤出，之后林枫和花青云再次重振金陵武林雄风。"

神谦道："一定，我会拼尽全力对敌，此人通晓百家武学，和他对战我需要面对上百种门派招数，想想都可怕。还有他的漫天花雨剑法，更是百年不见的神功。"

"神兄，多日不见了！"只见不远处花青云向他们走来！

神谦抱拳道："花兄，许久不见！"司空少珊也随之一礼。

花青云道："其实也没多久，上次解救令狐行时神兄以黑衣人的身份出现，力战关外三匠师，别以为我不知道！"神谦暗忖："那日他也去了？"

花青云继续道："神兄做好事不留名，真乃大侠之风，这点我就很难做到。"神谦道："我这不算什么，颜不换荼毒武林已久，我偶尔就是为武林尽微薄之力。"

花青云走近道："今日前来就是告知神兄，明日的决赛，我已经弃权了！"神谦听后马上问："为什么？"

独尊大会是每个年轻高手的梦想，而且一辈子最多参加两次，花青云都打到了决赛，为何不和他争了？

花青云坐下，慢慢道："我想与神兄冰释前嫌，化解你我之间的仇怨，也是因为我佩服神兄的为人。"神谦明白花青云的用心，道："可你这么做，未免代价太大了。好，今日我知道花兄有这份心，已足以化解你我之间的误会，今后咱们是好兄弟，不过明日的决赛，你一定上！"

花青云摇了摇头，"我这个浪子今日就想当一次君子，神兄别不给机会呀，再说凌云堡的名家考量，就在决赛后的一天，你我的实力在伯仲之间，真打起来不管谁胜，对方的损伤也会很大，这样会影响名家考量！神兄如今就需要成名，然后重振金枪门，这件事我心里清楚，所以你不必再推托了！"

良久后，神谦再次抱拳，"我神谦想不到能遇到你这样的真侠士，在此谢过了！"花青云临走时道："祝神兄一举成名，其实我与神家的事一直认为自己没错，可每当想起神兄，心里就过意不去。没办法，江湖的事很多都是复杂的，况且上次你与我的决斗最后的半招是你留手了，我才侥幸获胜！不然结果还是未知，更别提日后我与令尊神耀决战了，没准早就成为你的枪下之鬼！"

花青云的一番话，令神谦对他的私怨一笔勾销，君子和浪子有时候一样的，很多事大家心知肚明。

神谦马上就要面对最重要的名家考量……

梅花之刃　金枪锋芒

今日就是神谦进入名家考量的时刻，这一幕神谦是在天下英雄瞩目的情况下开始的。

一早残影老人对神谦说："接下来的路只能靠你自己了，记住我指点你的枪法要诀。"随后消失在凌云堡内。

名家考量开始的时间在傍晚，堡主宇文安仁亲自祝贺神谦，随后带他进入那间神秘房间。

离别时钟离升云被选中做考官，因为他是上届独尊大会的武状元，有资格充当四位考官中的一位。

钟离升云和其他三人都蒙上面，准备抓阄……

如今武状元已经是神谦，很多人觉得他已经成功了，可有些人认为必须通过名家考量才是真正的武状元。

神谦手握金枪，大步流星般走入第一关。

这一关是比拼速度，十分考量双方的心理素质。

屋内坐着一位老者，此人没有蒙面，面色极佳，一看就是进入武功顶层的绝世高人。

他见神谦到了，道："金枪门的绝技看来你已经参悟透彻，就算你父亲神耀再世，也未必是你的对手。"神谦抱拳道："前辈仪表不俗，肯露脸相见，晚辈敢问前辈高姓大名？"

老者拿起桌子上的宝剑，猛然拔剑，道："比试过后再说吧，看看你我谁的速度快！"

这关是谁先打中对方算谁胜！

血红色的剑刃顿时发出，四周都是梅花气息！神谦心想："难道是他？"

神谦感到此人很是眼熟，慢慢地想起来他是谁了。

老者也看着神谦微笑，似乎在说咱们切磋下！

这种比拼就是瞬间发招，以最快的速度取胜，不能恋战。

老者发出万道剑气，红色的剑光和数不清的枪点对决。

神谦发出十成功力拼尽全力直击老者，而老者道："看招，这是我的最高心法！"忽然屋内四周都是剑气，这比之前的还要强上数倍！

神谦也发出绝招对敌，二人快速对了五十招，最终双方同时击中对方！

比武点到为止，两人都没受伤，双双收回兵器。

神谦正想继续出手之际，老者打断道："你赢了，走吧。"神谦问道："你我胜负未分，前辈为何如此？"

老者点头道："果然是君子。刚才你的金枪攻破了我的剑气，虽说我也同样击破了你的枪刃，可你的枪稍微快了一点点。何况你眼下还有三关，对你公平的话我身为考官不可强打。"

神谦临走时道："多谢梅前辈！晚辈去了。"

梅无赦坐下喝了口茶道："你我这是第二次见面了，小子竟然认出我来。"神谦兴奋道："前辈上次解救林枫，仗义出手，不计前嫌，真乃英雄也！"

那日林枫在洞庭湖为了解救令狐行，对抗数名颜不换帐下高手，最终体力不支之时被一个黑衣人救下，当时林枫还以为那人是花青云，可后来得知不是，其实这人是梅无赦！

梅无赦点头道："知道就行了，眼前颜不换是我们所有人的敌人，那时候望渊帮如果没了，恐怕颜不换的手会伸向其他人，我出手也不是为了侠义。"神谦称赞道："前辈虽然口中这么说，但实际上是个热血侠士，是枭雄，也是英雄，那晚你我一起逃离洞庭，看前辈的身法真是了得，还能一人独战塞外三匠师。"

梅无赦道："区区小事，何必提呢。"神谦道："可见前辈与我有缘，那日我正巧经过洞庭，也得知望渊帮令狐行有难，所以为了正义，我也出手对抗了颜不换势力。"

临走时，梅无赦传音给他道："这里有没有绝世高手监听我也不清楚，只能传音告知，第三关和第四关的人特别强大，你要小心！"

枪神乾坤　天时地利

神谦带着激情来到了第二关，想不到第一关竟然遇到了"故人"，真是人生无处不相逢！

第二关的人到底是不是钟离升云?!

他紧张地走了进去，因为内功比试很重要，如果保持内力，才能突破第三、四关。

"神兄!"果然第二关的人是钟离升云！他运用无影门绝技摸到了第二关，十分顺利。

神谦感叹："人想成大事，必须得有天时地利人和，还得有实力、运气等，缺一不可!"钟离升云点头道："没错，这就是江湖。"

钟离升云道："那咱们不必多说，你去吧!"临行时，钟离升云严肃道："第三关很可能是上届时击败我的十八岁少年，神兄一定要击败他!"

钟离升云的噩梦就是此人，无数次夜里梦到他，自己在梦中不管怎么出手，也打不过他，气得他醒后才知道是梦。

刚才抓阄的时候，虽然四位考官都蒙面，他们之间的身份也是相互保密的，可钟离升云通过气息可以判断那人就是他！

神谦这次坚决回答："一定击败此人！我的实力至今还没完全发挥，稍后我让他尝尝什么是武学巅峰！"

神谦走入第三关，拳脚。

神谦进入后，发觉屋内站着一位老者，他负手而立，一身蓝衣，极为华贵，一看就是权贵之人，并非钟离升云说的那位。

"贤侄，坐下喝杯酒吧，稍后你我难免一场恶斗，还有我想问你，在你神家最苦难的时候为什么不来朝廷找我？"老者是背对着神谦，但是神谦单凭声音和背影就能判断此人是谁！

他就是当今黑榜高手"鬼神莫测"蓝孤月！

这位在大内深居简出的高手，想不到今日来到了凌云堡当考官。

神谦知道父亲神耀与此人私交甚好，当年两人之力独挡蒙古国数十名超级高手，最终取胜，他们并肩作战，和蓝玉将军一起将蒙古人逐出塞外，还俘虏了蒙古皇族的亲王、嫔妃等，为汉人出了一口百年恶气，真是惊天地泣鬼神！

神谦叹气道："伯父！真的是你！"蓝孤月拍了拍他的肩膀，眼角竟然红了，"你现在真是好哇，如果你爹泉下有知那他得高兴坏了。神耀的性格我了解，此人表面上看是个暴虐之人，实际上就是固执，这几年的确做了不少坏事，中途我也劝过他，可他不听劝哪！最终酿成了恶果。可你不同，你是神家的唯一希望，如今进入第三关，我希望你能胜我。凌云堡主和我也是过命的交情，我不能因为你我之间的私人关系而放水，希望你能理解我！"

神谦起身道："前辈请吧！今日能在这里见到前辈可见咱们有缘！"

神家的拳脚一样厉害，招招致命，蓝孤月的追魂十八掌更是可怕，两人正式开打，现在的神谦仿佛和之前的完全不同，那个重义气、自信的他真的回来了！

百招后正是分胜负的时候，神谦用尽功力一拳直击蓝孤月的手腕，而蓝孤月也一掌发出，拳掌相交，屋内被这两股霸道真力所撼动！

最后蓝孤月被打得坐在了椅子上，而神谦站在原地不动，从容收拳！

神谦知道蓝孤月的兵器更加厉害，一把打神鞭在手，所向无敌，当年金枪神鞭乃朱元璋旗下两员大将，现在的拳脚比试还没发挥蓝孤月的真正实力。

蓝孤月慢慢说："长江后浪推前浪，你的武功已经突破了极限，甚至超越了黑榜境界，今后你必定能成为武林中数一数二的人物！贤侄，请！"神谦道："刚才我也想不到，自己的身手竟然比以前更强了，多谢前辈指点！他日晚辈必登门探望。"

蓝孤月见他离去的背影心想："此子果然是人中龙凤，竟然可以胜过我的掌法，换作神耀最强之时也未必如此。哈哈，神耀哇，你能有这么一个好儿子，真是你们神家的天德。"

望渊帮房间内。

狄青等人都在，令狐行道："明日就是决战四大宗师之日，咱们可得全力以赴。"吴问天道："我肯定会拼的，因为这场战斗是咱们在全武林面前打的，明日会有很多武林名宿观看，凌云堡堡主宇文安仁在这几日特意请来了上百名高人侠士观战，可见他志在必得。"

安东如道："明日的胜负对我们来说是非常重要，如果败了，那咱们就不好收场了。"狄青闭上双眼，"明日咱们最要小心的就是那位坐在最里面不说话的那位，此人的地位明显高过那三人。其次是鬼脸人，他那晚也没出手，实力如何是个问号。总之这四人个个都是绝世高手，当晚剑圣在四十招内击败我，恐怕想胜过此人必须得靠咱们联手。明日血战，咱们见机行事，找机会合攻他们一人看看。"

"狄帮主！"门外传来一位女子的声音，狄青打开门后，发现钟璐璐来了！

众女子进来后，钟璐璐不好意思地对大家道："不好意思，都是我不好，原来想害大家，你们不会还恨我吧。"狄青看着她心想："她还是那么美，如今也被列入武林十大美女之列，唉，我们就是没缘分。"

　　谁知钟璐璐突然扑到了狄青怀里，"我知道你心里有我，如今我爹和诸葛大侠已经冰释前嫌，你不会还跟我记仇吧?"狄青终于放开了，双手抱住她："不会的，我要你!"

　　其他人一阵起哄，二人顿时不好意思了。之后钟璐璐道："我爹也来了，是被宇文安仁请来的，明日的决斗，你们一定要救出燕名，击垮四大宗师!我现在是望渊帮的帮主夫人，咱们一同去，我在下面给你们助威!咱们还跟原来一样，是一个整体!"

　　几人相互看了看，纷纷握紧手中的兵器……

枪影绝灭　背水一战

神谦走入第四关，这间屋子似乎特意被装饰了一番，里面竟然无人，神谦闭上双眼，感受到有股浓烈的杀气！

他抱拳道："阁下请现身，神谦在此！"一个声音突然出现在他身后："想不到竟然有人能闯入第四关，听说凌云堡的名家考量至今为止没有一个武状元能突破到第四关的，你是第一个！"

见身后站着一位紫衣公子，他面目白皙，一身邪气，腰间的佩剑是武林两大秘宝之一的帅才剑，此剑据说拍卖时候被抬到了上万两白银。

神谦问道："敢问阁下是谁?"紫衣公子发出沉稳的笑声，抚摸着宝剑道："哎呀，我是谁，恐怕武林中没几人知道，你如果特想知道，我就告诉你吧。"

神谦觉得此人说话有些古怪，于是拿起金枪道："那就开始吧，打赢你再问！"紫衣公子却道："你这人真是有意思，我现在还不想动手，来坐下，先陪我喝一杯，然后再打！"

神谦没和他较劲，坐下喝了一杯，他发觉此酒特别醇正，简直是酒中精品，于是问："兄台这酒是凌云堡的?"紫衣公子哈哈大笑，"你我还真是投缘，这酒我也是第一天喝，是我从一位朋友那里拿的。"

神谦边喝边问："谁呀，我也去找他买点。"紫衣公子道："那人和你有仇哇，是花青云！"

谁知神谦笑道："好说，我们已经化解了恩怨，就在昨晚。"紫衣公子道："是吗？想不到哇，花青云真有一套，不过听说你之前和他比武败了半招，但在昨天他弃权了比赛，我也猜想这是他的手段。此人城府极深，神兄还是对其多加防备。"

说到这里，神谦对眼前这位公子存有疑惑，"你和他也有过节？"紫衣公子顿时露出了狠辣目光，"我的武功一直不在他之下，甚至之上！可武林中人认为我是个狠角色，邪派中的代表，还给我了起了外号，万恶公子！"

说到这里，神谦想起来了，黑榜高手中有万恶公子，叫无名氏！

紫衣公子道："我是武林四公子之一的南宫余度，并非现在武林中传闻的无名氏，只不过我近期喜欢易容而已，游戏江湖，外加我是正派出身，所以没有被列入黑榜，但实力绝不在花青云之下，我的剑鞭双行，可谓称霸武林！"

上次听钟离升云说是在第三关遇到他的，那是拳脚，这回此人在第四关，可见实力之强。

南宫余度道："好了，说这么多，咱们开始吧。其实我这次来的目的就是在这里击败花青云，可没想到你竟然进入名家考量了。"神谦暗忖："很久以前听说武林四公子之一的南宫余度和花青云有过一场比试，因为南宫余度认为自己的武功比花青云高，但最终还是败给了花青云，从此以后他就消失了。原来是易容为无名氏，此人能沉住气隐匿世间，可见武学的修为也不可小视，况且他现在有战胜花青云的实力，实力和过去不能同日而语！"

南宫余度道："神兄与我年龄相仿，又同是黑榜高手，此战公平得很，看招！"说他从腰间抽出软鞭，配合他的宝剑同时进攻，上来就发出杀招，十分凶残。哪里是比武，分明是想要神谦的命！

金枪和剑鞭在空中交错，产生神奇的场面，神谦现在用出了十成功力，外加残影老人传授他的改良版神枪，和他的不传之秘绝招都用了出来，两人左右闪身，打得惊天动地！

南宫余度其实现在想胜的原因是神谦是花青云的手下败将，如果自己今日再败给神谦，那岂不是还不如花青云！

三百招过后，南宫余度的长剑击打金枪头部，顺势长鞭拴住枪杆！这招是千钧一发之际抓住的机会，他绝对不能错过。可神谦的爆发力之大超出了他的认知，一口气将鞭子挣断！然后一枪正面砸向他的面门！

这一枪是神谦的全部功力，凝聚了全身力气，这一招要是不胜，那接下来就只有败了！

南宫余度剑鞭同时防御，因为这股力量实在太可怕，南宫余度第一次感到了压迫感。眼前这个人，已经超出了他所见到过的所有高手！

这一击过后，南宫余度的宝剑竟然被金枪压弯了！他却从容地说：“我输了，心服口服！你走吧，堡主在第五个房间等你。”神谦此时已经筋疲力尽，但胜利了，自己真的成功了……

刃叠浮屠篇

群雄齐聚　巅峰之战

神谦此时的心情难以言表，他真的成功了！

房间内钟离升云和司空少珊都在等他，可不见残影老人。

钟离升云道："想不到你真的胜了，那个万恶公子的武功在我之上，可见神兄的武功如今已经到了很高的境界。"

神谦皱眉道："其实第一关的梅无赦才是深不可测，他似乎没有用全力，不然我岂能全身而退。"钟离升云随后得知数日前梅无赦和他并肩作战的事情，道："此人或许认为你们有缘，才没有放开，不过他就算出了全力，你们的胜负也是未知数。"

神谦暗忖："梅前辈的武功似乎有一招未用，因为在决斗时他三次都收了半招，高人看来都是留一手。"

随后堡主宇文安仁亲自为神谦颁奖，形式极为隆重，在万众瞩目下神谦登上了凌云堡的最高峰。

此时还是没见到残影老人，这让神谦心中有些失落，毕竟他算自己半个师父，但这个结果，或许在残影老人意料之中。

钟离升云和神谦当日举杯痛饮,神谦严肃道:"兄弟答应我一事!"钟离升云道:"你我之间就算一百件也答应!"

神谦看着天空道:"今后我在山东重建金枪门,想把这个门派做到最大,一切从正,想请你来做金枪门的副掌门,所有利润你我平分。从今往后咱们兄弟联手成就一番事业,可以扩展镖局、酒楼等。"

钟离升云知道神谦是想帮他,不想看他再颓废下去了,之前因独尊大会泄气的他,在武林中隐姓埋名,实在可惜。

最终两人达成共识,新的江湖等待着他们。

神谦现在最想做的事,就是回到秦淮河畔的船舫,找娄雅丹。这时一个声音传来:"神兄是不是得了武状元就把我忘了?"神谦回身一看,是司空少珊……

上午凌云堡堡主安排了四大宗师对战望渊帮之事,近三日上百名武林中有头有脸的大人物都被宇文安仁请来观战,大战一触即发。

参与独尊大会的三百余名年轻高手多数也没有离去,留下来观这场对决。

宇文安仁安排决战在一个时辰后开始,望渊帮以狄青为首,全部骨干都已到场,稍后宇文安仁亲自用奇门遁甲打开四大宗师之地,也精心在附近布置了观战台,可以容纳上千人!

宇文安仁刚回到屋内喝一杯茶,发现不对劲!一股无比强大的气力环绕在他身旁,于是问道:"不知哪位高人驾临?"一个苍老的声音道:"宇文小弟还是那么野心勃勃,十年未见了!"来者竟然是残影老人!

宇文安仁见到他后恭敬地抱拳,"晚辈没想到是您来了!您为何不早说,招待不周处请见谅。"残影老人随意地坐了下来,"你这里和皇宫没什么区别,呵呵,日子过得这么好,为什么要学颜不换出去争名夺利,你和他本质还是有区别的。"

宇文安仁道:"您教训的是,不过人生都是有追求的,各有所志,望您老理解。"残影老人叹气道："你的做法不能说不对，都看自己的念想吧。如今两大秘境和三大禁地都逐渐向世俗靠拢，我是管还是不管，你说呢？"

宇文安仁道："您的身份就是我们五处神秘之地的领袖，您的话当然有分量。"残影老人起身道："燕名这人虽早期作恶，但如今是望渊帮的副帮主，今日的决战，我希望你好自为之，处理妥当，不论胜负，人你必须得放！"

宇文安仁迟疑道："这人我好不容易派出多名高手暗算偷袭抓住的，您说今日要是狄青败了，放人的话我还有条件吗？"没等残影老人说话，一行人从正门进入，这些人里有岑樱、钟逆。

岑樱抱拳道："宇文伯伯！"宇文安仁见故人都来了，心情大好，寒暄几句后得知，这两人都是来为望渊帮求情的。岑樱乃隐湖云庄第一高手，钟逆在血海帮做帮主时候曾多次和他交手，最终两人不打不相识。可如今都向着望渊帮说话。

岑樱和钟逆都不认识眼前的残影老人，钟逆客气地问道："这位前辈是？"残影老人起身回道："我乃两大秘境之一夜梦城的城主，残影！"

此话一说，岑樱和钟逆都大惊失色，夜梦城的神秘比之桃花源更甚，其内部谁也不知道，据说颜不换都对其忌惮三分。

残影老人道："宇文堡主，既然大家也是这个意思，那我也不多说了，你自己看着办吧。做事得有个度，但比武一事靠的是本事，我很赞同！"说完他转身离去。

宇文安仁暗忖："残影啊，你真是多管闲事。哼，今日我打算找机会将望渊帮所有高手都命丧凌云堡！"他也没把钟逆和岑樱放在眼内。

力拼至高　火魔战气

宇文安仁一出门，就看到各大派掌门都在大厅等候，他快速招待，然后安排比武立即开始！

狄青等人被宇文安仁带入场中央，这里正是四大宗师所在之地。

宇文安仁介绍道："四位前辈，今日望渊帮帮主狄青，率领帮内众高手来此讨教。"随后狄青上前抱拳道："四位前辈，狄青今日前来领教四位的神功绝技，稍后咱们以四敌四，另外有吴问天、令狐行、安东如三人。"

燕名听到他们来了，喊道："兄弟们！我在此，今日之战只许胜不许败，而我在此为你们助威！"狄青道："燕前辈等着，稍后咱们就把酒当歌！"

望渊帮不愧为江湖豪杰，到了任何场合都从容不迫。

四人中最里侧的神秘之人还是不说话，那三人同时点头表示认可。

上场前柔若和卢佳馨不放心令狐行，都上来说一些保重之类的话，安东如的妻子也来了，狄青也和钟璐璐十分恩爱，就吴问天孤身一人，突然一个女子飞到了他身边，是宇文紫玉！

宇文紫玉给吴问天肩膀上系了一个紫色布条，道："这是保平安的意思，你稍后一定要打赢他们，我会在下面给你助威！"吴问天此时感到浑身都是力气，六元之力在他体内仿佛燃烧了一般，他说："一定！"

宇文安仁见状，立即让手下把女儿叫了回来，嘴上还说："真是胡闹！他们怎么认识的。"

四大宗师中的白发老者道："久闻武林新出了一批黑榜高手，这位就是'六绝神王'吴问天兄弟吧。"他一眼就认出了吴问天。吴问天发出极为强大的内功，道："不错！正是在下！"这一声响彻全场，就连少林方丈也未必能有如此内力，四大宗师坐在最里面的人突然睁眼了！

白发老者道："我徒弟何有之就是被你所杀，今日换作我这个做师父的领教少侠的灭源六绝！"吴问天昨日已经听狄青说过此人，淡淡地道："那还请前辈指点。"

一旁的鬼脸人对令狐行道："令狐兄数日不见，武功大有进境，怎样啊，当日我说的没错吧，你将来必定是大剑客。"令狐行上前抱拳道："想不到在这里遇到了前辈，唉，人生真是世事难料。"

鬼脸人也叹气道："咱们都是普通人，无奈是不可避免的，你也不必叹气，稍后你我难免有一场厮杀，劝你还是忘了我，专心对敌！"令狐行道："遵命！"

剑圣起身道："久闻安东如公子是个好汉，在江水一战被敌方所擒，在威逼利诱之下也不出卖兄弟，老夫佩服！"安东如抱拳道："多谢前辈认可。"

剑圣道："那咱们开始吧。"说完他先行动手，发出上次对战狄青时候的万剑，锐不可当的气势瞬间震慑全场！

四大宗师中的神秘人还是没有出手，狄青传音给其他三人道："最里面的人没有动，咱们就专心对付这三人，咱们有人数上的优势，吴问天对付气功大师，令狐行缠住鬼脸人，我和安东如专心对战剑圣，希望我们两人能击破他，这三人中只要有一人倒下了，那就好办了！"三人表示认可。

吴问天发出火蛇攻向白发老者，老者大喊一声浑身肌肉暴涨，变身为一个壮汉，一手抓住火蛇将其捏碎！随后一张电网袭来，笼罩在白发老者的头顶，瞬间将其电击！可白发老者丝毫不受损伤！

吴问天暗忖："可恶又是气功，他的功夫必定远高何有之！气门到底在哪儿？啊，难道和他徒弟一样也在屁股部位！"之后吴问天发出土泥月牙！老者双手防住，不料电枪和火蛇同时袭来，打得白发老者难以应付。

吴问天的内功不在他之下，瞬间占了上风！

关键时刻狂风大作，老者被吹得东倒西歪，在这一瞬间吴问天的火蛇攻入老者的屁股之间，可遗憾的是还是无效！

难道眼前这位人物是无敌的？刚才吴问天也在攻击中试探了好几次可能是气门的部位，都是无效的。

白发老者笑道："我懂了，为什么何有之不是你的对手，因为他真的很强，不过我告诉你，气门如今对我来说已经封死，我们四人修炼的'通天之气'就是提升每个人的实力，我利用这气力封死气门，其他三位也都利用通天之气做出了大幅度提升。"

吴问天道："多谢前辈告知！看看这招您接得住吗？"他突然飞起，后背发出一个巨大火魔！是千沧雨的绝招，真火！

英雄无泪　苍凉之意

令狐行与鬼脸人对上了，双方互不相让，这次的对手太过强大，而且招数阴毒，令狐行的真炎之刃感到被压制！

鬼脸人散发出无限的阴性之气，他每出一掌就对令狐行的真火有着压倒性作用。令狐行和他过了三十招后感到乏力，对方不论从内力还是招数上都不在自己之下，于是决定出绝招一拼！

谁知鬼脸人笑道："令狐兄弟何不使用威震八方，让我看看你现在到底有多强！"令狐行道："前辈看招！"他正面腾空，剑刃带着霸道非凡的剑气！鬼脸人原地不动，竟然不闪避，正面被令狐行刺中！

两人使出了全部内力，剑刃就是刺不进鬼脸人的体内。此时令狐行感叹道："这不是气功，难道是?"

鬼脸人道："是魔教五大神功之一的金刚不坏体神功！我已经练到第九层了，之前被林枫干掉的副教主只修炼到第八层而已。"令狐行收回长剑暗忖："此人刚才的阴毒之气想必就是魔教太阴神功，传说比天地九阴之力还强的武功！看来他就是魔教教主了！"

鬼脸人此时道："换作过去我或许练到第九层也无法防住令狐兄的剑，但如今我等修炼通天之气，武功各方面都得到了神的提升！"

与此同时，剑圣上来就发出绝招！万剑在空中飞舞，无数剑气刺向狄青和安东如，两人本想先解决了剑圣，可想不到的是，十招后安东如实在招架不住，流星锤被无数剑气撕碎！身体也被剑气伤成血人！

狄青见状狂喊道："我跟你们拼了！"他再次发出绝招，刀刃与剑气正面展开对决，他的肩膀已经被剑气撕裂，但手中的兵器没有掉落，拼尽全力刺向剑圣！

吴问天听到安东如快不行了，他发动火魔，以全力之火扑向白衣老者，这次白衣老者双掌齐发，四周的树木房屋等均被他的掌法震裂！两股真力进行碰撞！

白衣老者赞道："你的真火已经可以胜过千沧雨了！"话音刚落，火势还在周围将老者包围，可吴问天早已不见！

剑圣和狄青正面对击，三尖两刃刀和剑圣的单掌相击！剑圣没有兵器，因为他已经到了无剑的境界！

狄青顿时口吐鲜血！可还是没有倒下，剑圣严肃道："再不收掌你就死了！"

"该收掌的是你！"剑圣的背后突然出现一道人影，他双掌齐发打在剑圣背后！是灭源六绝中的绝招，无敌灭邪六元合一掌！这是吴问天集中所有内力的一掌，其实刚才打算给白衣老者的，可是眼看安东如和狄青快不行了，所以前来相救！

这一掌发出后，四大宗师中一直没说话的神秘人叹道："好掌力！"但他还是没有出手。

吴问天在后方命中剑圣，可剑圣是何许人也，他内力之深是吴问天和狄青都未想到的。剑气不断从剑圣体内发出，狄青已经吐了三口血了，而剑圣面不改色，连吴问天都冒出了虚汗！

安东如突然飞起，直垂凌空从上面给剑圣一掌！直接打在了剑圣胸口！

三人同时与其拼斗内力，剑圣睁大双眼，开始全力发出剑气，丝毫不弱于三人！

其余二人令狐行独自抵抗，不料鬼脸人双手夹住剑刃，令狐行刚要收剑，白衣老者从背后袭来，一拳将他打飞！

"停！我不走了，停吧！"一个十分痛苦的声音从后方传来，是洞内被囚的燕名，此时他竟然哭了。是的，这个表面硬朗的汉子，现在竟然选择罢手，他喊道："你们回去吧，我燕名这辈子有你们这些好兄弟就心满意足了。四大宗师的实力不在咱们之下，再这样打下去，恐怕会出人命的！"

令狐行刚从地上爬起，鬼脸人和白衣老者将其前后包围，而狄青等三人和剑圣拼斗内力还没有结束，突然安东如喷了一口大血，最先躺下！

之后吴问天和狄青同时收掌，急忙跑到安东如处，可他此时浑身抽搐，七窍流血！

狄青知道他的五脏六腑已经被剑圣震裂，救不了了，大喊道："兄弟！"吴问天回头狠狠地瞪了剑圣和宇文安仁一眼！

安东如双手抱住狄青道："我，我先走一步了。帮，帮主，以后我不能再和你叱咤风云了，但，但你一定要，要把燕前辈救出来！上次，上次大战他为了咱们，拼死力战太史梦璇和扎西多杰，所，所以今日，我为他拼了，也是值得的。还，还有，望渊帮是天下第一帮，是无，无敌的。最后请帮，帮主把诸葛大叔找回来，顶，顶替我，这样就可以击败四大宗师……"他用尽最后力气，说完了这些话，这是英雄最后的忠告。

狄青发声道："停！"然后对四大宗师以及全场道："今日之战，我等败了，他日想再行请教！人不能不救，望宇文帮主和四大宗师准许！"

静心沉思　　敌我无情

今日一战，望渊帮惨败！狄青等人坐在屋内看着安东如的尸体沉思，今天所有人都哭了。

吴问天也是第一次感到了失败是什么滋味，想不到四大宗师的实力如此之强。

最可怕的是他们还有一位没出手！单靠三大宗师就稳住局面。

狄青闭上双眼道："没事的，诸葛大叔定会知晓此事，我觉得他会来这里找咱们的。"令狐行握紧剑柄道："不战胜四大宗师，我就不离开这里。"

吴问天心想："眼下就算黑榜第一高手诸葛书辰来了，胜负也是未知数，因为他们还有一位高手没有出手。"

这次战斗给宇文安仁的脸上增加了无数光芒，现在他正在大摆宴席，宴请天下群豪。刚才狄青提出想再次挑战一事，他心里很是高兴，因为他认为四大宗师是无敌的，无人能敌。如果望渊帮二次挑战后，再失败，那凌云堡就稳住了武林第一的名声，就算颜不换也得高看他一眼！

再说在第二场激战中狄青如果被打死，那就太好了！宇文安仁的如意算盘打得甚是精明！

狄青一人独自来到了宴会厅，他身上的血迹还在，宇文安仁拿起酒杯上前道："狄帮主刚才真是威武，在此敬你一杯！"狄青没有表情地道："今日我在此当着天下英雄的面，告诉你一句话，我与你宇文安仁势不两立！今后不是你死就是我亡！"

这句话说完后全场进入了寂静，宇文安仁自然不能乘人之危在自己的地盘找人围攻狄青。狄青继续道："你已经死了，只不过先多活几天而已。"

之后各大门派或黑道上的人物过来劝阻狄青，可今日狄青谁的面子都没给，因为他的兄弟死了，其实在上次薛文轩之死时他就发誓，不能让身边的人再牺牲了，可今日又发生了。

最终宇文安仁让狄青等人多住几日，给他找强人填补安东如的时间，还让所有武林中人也多留数月，见证这一场大战。

空中突然下起了大雨，雨中吴问天独自漫步，他喜欢自然，感叹刚才怎么不下雨，不然自己的实力还能更强。

"想不到你也来了！"一个熟悉的声音在吴问天耳旁响起，吴问天回身道："是前辈！"

来者正是梅无赦！

梅无赦拿着一壶酒，道："来，心情不好的话咱兄弟喝一杯！"吴问天早就把梅无赦当作和狄青一样的好友，是忘年之交。

二人坐在树下看着雨水喝了起来，梅无赦直接道："兄弟，我知道你现在很难受，你跟望渊帮的感情我懂，都是从年轻时候过来的，看了今日你们这场大战，我觉得自己热血沸腾，忍不住又回到了年轻之时。"

吴问天问："前辈为何在此？"梅无赦道："我与宇文安仁是至交好友，这次被他邀请参与独尊大会中名家考量的考官。"

吴问天道："江湖真的好小，那前辈给我讲讲眼下该如何是好！"梅无赦严肃地道："让我来！"

"什么?! 可前辈不是望渊帮中人。"

"哼，你不也是刚加入的吗?"

"但是您与宇文安仁的交情?"

梅无赦摆了摆手，"在你面前，他的那点交情就是面子的事，不管了! 你救过我的命，咱们一起鸿门赴宴，刀山火海都走过，就让我来顶替安东如! 如今我是朝廷中人，可随时加入望渊帮，这只需要狄青点一下头即可。"

梅无赦虽然是一带枭雄，可在大是大非面前，还是看得很清楚的，况且上次他还出手救了林枫，那是因为他早已被吴问天的侠义所感染。

梅无赦如今也算金盆洗手，看透了很多东西，他的落梅神功可以让身体瞬间隐匿无形，在第一次跟林枫交手时候就用过，但那时候他还没修到最高层，需要耗费大量内功，可今日不同，自己仿佛已经和剑融为一体。

吴问天此时觉得这一战有了胜算，梅无赦乃黑榜中实力仅次于诸葛书辰的存在，而且他的武功吴问天最清楚，落梅神功的最后阶段已经完成，如今他的实力可以说超出了黑榜级别!

二人直接回去找狄青请示，路上梅无赦道："我就算加入，咱们的胜算依然很低，因为对方有一人身份神秘，没有出手，他今日不出手的原因是知道靠你们四人根本敌不过那三位高手。"

横扫无敌　血刃狂行

　　梅吴两人找到狄青后，告知了梅无赦要加入战斗一事。"对不起，我来晚了。"是诸葛书辰！门外一个伟岸的身影出现，他背着月夜双戟，大步走到安东如的面前，低声道："明日就战四大宗师！"

　　狄青问道："那现在咱们这里多出一人，诸葛大叔您看？"诸葛书辰道："请帮主退下，因为你乃一帮之主，万一有所闪失就中了宇文安仁的计策，他很希望你再次挑战，越冲动越好。"

　　狄青这次真的长大了，没有了原来的冲动，点头道："诸葛大叔乃帮内第一人，此事可行。"

　　一早下起了暴雨，吴问天看着天空的雨滴，嘴角一笑，真是天助我也！

　　四人上阵！这次天下群雄都震惊了，因为这件事引来了黑道第一高手诸葛书辰！诸葛书辰的实力一直就是个神话，或者说是个谜，至今谁也不知道他到底有多强，颜不换也把他视作势均力敌的对手。

　　狄青没等宇文安仁说话，他先道："四位前辈，今日我等再行请教！"随后对洞内的燕名喊道："燕前辈，诸葛大侠来了！"燕名听到诸葛书辰到了，

沉声道："诸葛兄，你我虽然未见，但神交已久！"诸葛书辰先对燕名道："兄弟放心，不必多说！"然后对四位宗师道："四位想必都是超越黑榜实力的人物，今日我代领望渊帮，率领'六绝神王'吴问天，'炎魔剑皇'令狐行，还有前来助拳的'落梅剑神'梅无赦等三人，前来讨教！"他的话极为平和，丝毫没有私人恩怨。

这回四大宗师为首之人说话了："明教教主公治才华欢迎诸葛大侠前来！"那人之前挡在脸上的头发也被其内力吹去，露出中年男人硬朗的一面，此人自称明教教主！

原来朱元璋在建国后，对明教中人很是忌惮，首先就是教主公治才华，此人掌握明教多种绝学，武功可谓天下无敌，朱元璋曾让神耀和蓝孤月一起暗杀此人，但没成功，最终此人逃出大内，他是最早进入凌云堡的大人物。鬼脸人也摘下了面具，他是魔教教主，'万化魔手'虞进波，但前些日子魔教被颜不换攻占，自己单打独斗败在了颜不换手中，但拼死杀出重围逃脱出来，也进入了凌云堡。白发老者叫毕如松，外号'天神之气'，是和剑圣一起进入这里的，四人潜修通天之气后，纵然有千军万马，也难敌这四人。

诸葛书辰拔出月夜双戟，传音给吴、梅、令狐三人道："稍后我全力对付他们，今日咱们横竖就是一拼，抱着必死的决心才能获胜，明教教主由我对付，毕如松的气功虽然封住了气门，但不带表破不了，最需要注意的是剑圣，此人综合实力仅次于公治才华，还请梅兄对付此人，最后就是魔教教主虞进波的太阴神功，是克制令狐行的炎剑，所以令狐行不可与其硬碰硬，带我们三方哪一方获胜去支援再说，当然，如果咱们哪一方败了，必须立刻叫停，真的不能再有伤亡！

比武开始！暴雨突然更加猛烈了！吴问天正面攻向毕如松！大吼一声："看招！"

毕如松深吸精气，打算防住这招，不料肚子被吴问天打穿！是暴雨梨花！毕如松一招就被破了气功，诸葛书辰大吼："好！"他飞身而起准备攻击毕如松，可两股霸道无双的劲力袭来！是剑圣发出的万剑和虞进波的万化魔手！诸葛书辰双戟齐发，无数风刃封住了两人的绝技！随后一个飞跃到了公治才华身旁，只见公治才华坐在地上没有起身，诸葛书辰双戟猛攻，左右开攻，公治才华双手防御，两人正面过了五十招后，公治才华右肩被铁戟打伤！而诸葛书辰也被他一击重脚击退数十步！

正当公治才华打算起身时感到不妙，身后无数风刃袭来，原来诸葛书辰刚才双戟与他对决时，故意用顶级的内力残留在附近一些劲力，是先天真气！随后诸葛书辰被他一脚踢中的同时，双戟再次发动龙卷之力！

公治才华背部中了三道风刃，诸葛书辰正色道："公治兄，再接我这招如何！"他顿时飞在空中，发出当年的绝招，龙卷风在四周暴起！这次的招数威力和以往都不同，诸葛书辰这几年巡游海外，感悟武学的真谛，如今的他，和当年在太湖对战东方风正时更强了！

公治才华闭上双眼，瞬间万千火焰般的真气从他体内发出！这是明教绝学之一，化解来袭的龙卷之力，两人开始了最终对决！

另一旁梅无赦对战剑圣，剑圣的万剑与梅无赦的嗜血刃打得不相伯仲，剑圣赞道："梅兄的剑法不在我之下，这么多年终于碰上对手了！"梅无赦道："能和剑圣兄一绝胜负，是每个剑客的夙愿！"眼看万剑之力压得梅无赦喘不过气来，如今剑圣已经摸清梅无赦的剑法，开始全力一击！可嗜血刃突然变作万道红光，向剑圣袭来，梅无赦的人也消失了！

剑圣立刻感知梅无赦的去向，不料当他反应过来之时，梅无赦已经出现在他身后！

梅无赦道："得罪了！"嗜血刃直击剑圣后心，可剑圣毕竟是超绝高手，他瞬间凝聚全身剑气，竟然勉强防住了嗜血刃！此时梅无赦一招将其压倒，从上方一击把他打到了地面，剑圣胸口一阵，嘴角流出了血！这一招击败剑圣的绝技是梅无赦修炼落梅神功最顶层的绝杀招数，当年与林枫对决时还未能领悟此绝技！此招数利用先天真气让全身进入虚无状态，剑法与步伐在瞬间合一，刹那间一剑定胜负！

同时令狐行对战虞进波，上次对决时令狐行没有把炎剑发挥至极限，因为毕竟是故人，可安东如已死，现在就是一拼！两人打了一百招后不相伯仲，虞进波万化魔手、太阴魔掌等魔教绝学在令狐行面前似乎起不了作用，可百招后令狐行越战越勇，而虞进波被打的连连败退！虽然虞进波的魔教太阴神功克制令狐行的真火之刃，可令狐行何等人物，那是为兄弟敢拼命的狠角色，此时一招威震八方发出！打得虞进波难以招架，身形不稳！

当虞进波准备运功发动魔教金刚不坏体神功中的魔罩金网顶住其利刃之时却突然退缩了，因为他第一次感到魔教第九层的金刚不坏体神功可能被破！于是马上后撤，不然可能被其斩成八段！令狐行乘胜追击，完全把虞进波的攻势压制！四周的阴狠之气被火气所反向扑灭！

一道惊雷从天空中直劈场内！没等大家反应过来，吴问天双手抱住闪电直击毕如松腹部，而毕如松闭住气力硬抗这招绝杀！

吴问天突然收手，随即左右手同时发出六绝中的所有绝杀！毕如松双手封住了风刃、土月牙，可火龙与火魔已经将其吞噬，吴问天没有停止攻击，把全身之力瞬间集合在一点，准备用出六绝合一无敌掌！一招定乾坤！

其实毕如松与剑圣都是前任黑榜高手，也是当年黑榜十大高手中的上乘人物，如今真是长江后浪推前浪！

岁月圆满　江湖无极

场内所有人都惊住了，这次望渊帮似乎胜了……

空中惊雷闪烁，一道闪电附在了吴问天的手中，毕如松已经身受重伤。

令狐行的剑架在了虞进波的脖子上，而虞进波对令狐行的剑法很是认可。

梅无赦的嗜血刃插在了地上，剑圣原地不动，万剑之气消失在天空之中。

最后诸葛书辰和公冶才华两人的比拼还未结束，真是棋逢对手！

公冶才华见其他三位宗师均已败北，他先行收掌，诸葛书辰也结束了龙卷风。

这局可谓一平三胜！望渊帮赢了！

燕名高声呐喊："好！凌云堡四大宗师不敌我望渊帮群雄！"

台上宇文安仁由于怒火攻心，直接坐了下来，那口气差点没上来……

独尊大会也画上了一个圆满句号，回到望渊帮后，狄青等人安葬了安东如，诸葛书辰亲自给他上香，由于得让于湖鸣留守，他得知安东如去世后，心中的滋味难以言表。

几日后，望渊帮又恢复了往日的秩序，酒家、镖局等行业顿时又增加了两百家。因为这次望渊帮力挫凌云堡一事传遍武林，江湖无人不知他们的威名，不少商人愿意与之合作。

门卫突然跑了进来道："帮主，门外有人求见，还说找吴问天！"狄青道："谁呢，吴问天早就回金陵了。"

来人竟然是宇文安仁的女儿宇文紫玉，她进来就道："狄帮主，吴问天呢？咱们说好要一起闯荡江湖的。"原来宇文紫玉一人逃了出来，在望渊帮第一次对抗四大宗师时紫玉就和吴问天接触上，这让父亲宇文安仁很是气愤，于是当日就把她软禁了，知道最后凌云堡一败涂地，宇文安仁气得直接大病，至今还未下床，紫玉才借机跑了出来。狄青本想近期找宇文安仁报仇，可如今此人这般田地，此事暂且放下。

自这次大战，颜不换对望渊帮更是重视，不敢轻易冒犯，江湖逐渐进入了平静，他在武林也消失了一段时间……

令狐行已经准备好结婚，柔若和卢佳馨两人心中对他都很认可，也同意与之同心，几日后婚礼大办，迎娶这两位新娘。

诸葛书辰上次去了西方，和女儿见面后发觉西方挺有意思的，这回料理好帮内之务，又前往西方……

梅无赦放下剑刃，专心于官场，每日公事繁忙。近期又有贵人相助，让他在朱元璋身旁做事……

林枫学会《易筋经》后武功可独步天下，他重整金陵武林，不出一年，金陵武林重回当年雄风，四处繁华掩盖了当年的战火。

狄青决定独自出去走走，散散心，帮主当得的确累，帮内事务暂由于湖鸣管理。

狄帮主身边自然不会缺少美人，那美人就是钟璐璐，二人似乎重新回到了从前。

花青云独自游走江湖，过着无忧无虑的生活。

无影门内。

"哈哈哈，师父，我早就说嘛，神谦一定能通过名家考验。"说话之人是周文超，无影老人点头道："我也觉得你们能行，自己老了，不然也想去凑凑热闹，哼，不过你这个废物到底进没进决赛十强……"

秦淮河畔，船舫之内，娄雅丹已经三日没有进食了，董老板劝道："唉，你就别想他了，没准儿那个神谦不是他。"

娄雅丹道："是，一定是！"董老板笑道："你可真够痴情的，想不到那个蓝衣少年让你如此痴心。"

娄雅丹未加理会，起身出去。

有时候一个人在湖边走走，别有一番风味，可以思考一下人生，反思一些事情。

直到傍晚，娄雅丹依旧在河边看着夕阳。

"我回来了！"

"你，你是？"

只见一人手握金枪，一身蓝衣……

在一座深山之内，一座古宅之中，一位紫衣少年抚摸着飞刀，自言自语道："呵呵，神谦，你不是我的对手，花青云也不是，早晚都是我的手下败将，那日名家考量的规定是不准许使用暗器的，不然神谦怎能敌我的飞刀！"

他身边坐着一位女子，淡淡地说："那就让他们得意片刻，有时候让敌人轻看你不是坏事。"

一早花青云从青楼醒来，听到了一件令武林震惊之事，武当派张真人病危，武当派中各派系在此时刻展开斗争，引起武林关注……

他打开窗户，感觉武林近期要有大事发生，不仅仅是武当派，似乎还有……

（本书完）

后记：

给未来孩子的一封信

孩子你好，我是忆笔生花，你的父亲，希望你看到这封信时能更懂我和我这个时代。自古以来，人都要靠努力才能成功，我经过自己的努力，在经济方面也算小有成就，给你打下了基础，我希望我努力拼搏的精神你能够传承下去，望今后你能再创辉煌。

提物质太俗，在咱们保证物质基础的前提下，我跟你谈谈精神财富。

一个优秀的人必须得有丰富的精神世界，要从生活中多体会、感悟人生中的酸甜苦辣，多反思自己的不足。

一定要多读书，一部好书能改变人的一生。切记，在书中你能看到平时接触不到的事物，再结合现实多加感悟，你的层次将会飞速提升。

我的特长很多，不仅是作家，还有一身好本领。有个好身体是最基本的，以后我要把双截棍传授给你，双截棍也是咱们的嫡传绝技。

还有诸多有趣的事物我都会教你，让你在全面发展上不输别人。

好了，就写到这里吧，晚安，我未来的孩子！